Romantic Garden

로맨틱 가든

로맨틱 가든

초판 1쇄 찍은 날 | 2015년 9월 3일
초판 1쇄 펴낸 날 | 2015년 9월 12일

지은이 | 설여정
펴낸이 | 예경원

편집 | 유경화

펴낸곳 | 예원북스
등록번호 | 제396-2012-000132호
등록일자 | 2012. 7. 25
YRN | 제1-0115호

주소 | 경기도 고양시 일산동구 무궁화로 8-28 삼성메르헨하우스 1118호 (우) 410-837
전화 | 031-819-9431 팩스 | 031-817-9432
http://cafe.naver.com/yewonromance
E-mail | yewonbooks@naver.com

ISBN 979-11-5845-012-0 03810

Romantic Garden

로맨틱 가든

설여정 장편 소설

YEWONBOOKS
ROMANCE
STORY

YEWON BOOKS
예원북스

C · O · N · T · E · N · T · S

프롤로그

콰르릉! 쾅!

"엄마."

천둥소리에 잠에서 깬 아이는 이불을 뒤집어쓰고 떨리는 목소리로 엄마를 불렀다. 세찬 비바람이 몰아치며 창에서는 덜컹거리는 소리가 연신 들렸다. 잠시 뒤 번쩍하고 번개가 내리치며 다시한 번 요란한 천둥소리가 이어졌다.

"엄마아."

아이는 몸을 벌벌 떨며 엄마를 찾아 나섰다.

"으으으으흑."

칠흑 같은 어둠으로 감싸인 거실에서는 음산한 기운이 가득한 흐느낌이 울려 퍼지고 있었다. 겁에 잔뜩 질린 어린아이는 오도가도 못한 채 그 자리에 얼어붙어 버렸다.

"엄마."

공포감에 휩싸인 아이의 떨리는 목소리는 이내 음산한 목소리에 묻혀 버렸다.

"으으윽, 미안해, 여보. 으으으흑."

어둠에 익숙해진 아이의 눈에 한 남자의 인영이 들어왔다. 늘 굳게 닫혀 있던 방문은 활짝 열려 있었다. 아이는 마치 그곳이 귀신이 사는 방이라도 되는 것처럼 더더욱 겁에 질린 표정을 지었다. 문 앞에 무릎을 꿇고 앉아서 오열하고 있는 남자가 제 아버지인 것을 알아챘지만 아이는 한 걸음도 뗄 수 없었다.

"동진 씨!"

안방 문이 열리고 불빛이 새어 나왔다. 그리고 엄마가 다급하게 다가와 아버지를 뒤에서 감싸 안는 것이 보였다. 하지만 단번에 징그러운 것을 떼어내듯 거칠게 뿌리치는 아버지에 의해 엄마는 밀쳐져 거실 바닥을 뒹굴었다.

"엄마!"

아이는 그제야 흐느끼듯 엄마를 부르며 달려갔다. 그리고 아이가 코를 찌를 듯한 지독한 술 냄새를 풍기는 아버지를 피해 몸을 일으키고 있는 엄마 품으로 뛰어들려는 찰나였다. 아이는 엄마 품에 안기는 대신 뒷걸음질을 쳐야 했다. 매섭게 노려보는 엄마의 눈빛이 섬뜩하게 느껴졌던 것이다.

"엄마."

결국 아이는 선 채로 바지를 적시고 말았다.

"기준아! 네 동생 데리고 들어가."

공포와 충격으로 가득한 표정을 한 아이의 얼굴은 이미 눈물범

벽이 되어 있었다. 하지만 아이는 제 엄마에게 아무런 안도감도 전달받지 못한 채 형의 손에 이끌려 방으로 되돌아가야 했다. 혹시라도 엄마가 안아주지 않을까 하는 기대감을 버리지 못한 아이는 방으로 가는 내내 뒤를 돌아보았다. 하지만 기대했던 일은 일어나지 않았다.

"엄마아."

방문이 닫히고도 미련을 버리지 못한 아이의 입에서 울음이 섞인 채 엄마를 부르는 소리가 흘러나왔다.

"자!"

표정만큼이나 날카로운 형의 목소리가 방 안에 크게 울려 퍼졌다.

"혀엉!"

아이는 형에게서라도 위로를 받고 싶어 입술을 아래로 내리며 형을 불렀다.

"엄마는 우리를 버렸어."

형의 말과 동시에 번개가 치며 요란한 천둥소리가 이어졌다.

우르릉 쾅!

형은 그대로 방을 나갔다. 아무에게도 보살핌을 받지 못한 아이는 젖은 바지를 입은 채 침대로 올랐다. 그리고 이불을 뒤집어쓰고 벌벌 떨며 잠을 청했다.

"으으으으."

괴로운 신음 소리를 내던 두준은 몸을 벌떡 일으켰다. 온몸은 이미 흥건히 젖어 있었다. 꿈이었다. 늘 같은 악몽을 꾸었다. 하지만 어찌 된 일인지 마치 꿈속의 일이 꿈이 아닌 어린 시절의 기억처럼 생생하게 느껴졌다. 바지를 적신 채 침대에 흐느끼며 잠을 청하던 아이는 제가 확실했다. 그날의 충격적인 기억은 고스란히 트라우마로 남아 악몽으로 이어지고 있는 것 같았다.

"하아아."

두준은 눈을 감은 채 미간을 찌푸렸다. 깊은 한숨이 절로 나왔다.

Rrrrrr.

이 악몽을 꾼 날 아침이면 알람처럼 정확하게 휴대폰이 울렸다. 당연히 확인하지 않아도 전화를 건 사람이 누군지 알 수 있었다.

"네."

[오늘 무슨 날인지 알고 있지?]

아버지의 고조가 없는 음산하기까지 한 목소리는 저를 늘 얼어붙게 만들었다.

"네…… 압니다."

제 목소리에도 감정이 묻어나지 않는 건조함이 가득하다는 걸 안다.

[그럼 늦지 않게 오너라.]

"……."

[왜 대답이 없어?]

쩌렁쩌렁 울리는 동진의 목소리에 두준의 가슴은 철렁 내려앉았다. 늘 이런 식이었다. 전후 사정에 대한 물음이 없는 아버지의 명령. 그에 대해 조금이라도 이의를 제기하면 여지없이 이어지는 고함에 머릿속은 늘 하얘지곤 했다. 두준은 휴대폰을 머리에서 떼어내며 냅다 집어 던지고 싶은 맘을 꾹 눌렀다. 어금니에 힘이 들어가며 관자놀이의 근육이 바르르 떨렸다. 그는 가까스로 휴대폰을 귓가로 가져갔다.

"갑니다."

[진즉 그럴 일이지, 꼭 이렇게 호통을 쳐야 되는 일인 게냐?]

네, 아버지.

못마땅함을 가득 담은 노여운 목소리를 듣는 것도 이번이 마지막이다. 그렇게 생각을 하며 내뱉지 못할 말을 입속으로 삼켰다.

뚝—

그사이 동진은 일방적으로 전화를 끊었다. 두준은 이미 통화가 끊긴 휴대폰을 귓가에서 떼지 못하고 서 있었다.

팟!

가로등이 점화되었다. 점으로 새겨진 불빛은 주변이 어두워질수록 밝기의 크기를 키워 나갔다.

'하! 감각들 하고는.'

제집 앞에 차를 멈춘 그는 흘깃 대문에 시선을 주었을 뿐 미동도 하지 않았다. 난데없이 '가로등이 맘에 들지 않는다.'로 시작한 상념의 부스러기들이 그의 머릿속에서 가지를 치기 시작했다. 옛날 유럽의 거리를 밝히던 가스등의 어슴푸레한 조명을 떠올린 그는 도시의 미학을 잘 아는 사람들로 인해 도시계획이 다시 이루어져야 한다는 결론을 내리고 있었다.

그는 한쪽 입술 끝을 비틀어 올렸다. 자조 섞인 미소를 짓지 않을 수 없었다. 꼬리를 물던 상념들이 사라지자 그는 미간을 잔뜩 찌푸린 채 차에서 내리기 싫다고 고집을 피우는 어린아이처럼 의자 깊숙이 몸을 파묻었다.

성북동 본가는 과연 제게 집의 의미가 있는 걸까. 삼 년 전 독립해 나올 때까지 살았던 이 집은 제게 슬픔의 나락과도 같은 공간이었다. 암울한 시간들로 꽉 채워져 있는 이곳에 발을 디디는 것은 죽기보다 더 싫었다.

하! 그런데도 내 발로 이곳에 오다니…….

그는 쓸쓸한 입맛을 다셨다. 아침나절 아버지와의 통화를 떠올리던 두준은 입을 꽉 다문 채 미간을 잔뜩 찌푸렸다. 쓴 물이 역류하듯 목구멍으로 차올랐던 것이다. 입안이 소태처럼 썼다.

도대체 언제쯤이면 적응할 수 있을까. 차라리 포기할 순 없는 걸까?

두준은 마른세수를 연거푸 했지만 동요된 마음이 쉽사리 진정되지 않았다. 스물아홉 해를 살아오며 단 한순간도 가족이란 이름에서 따뜻함을 느껴본 적이 없는 그였다. 제가 태어나고 자란 이 집을 따뜻한 곳이라 여긴 적도 없었다.

"어째서 그 여자의 제사를 내가 지내줘야 하는 거냐고!"

기준의 엄마, 아버지의 전 부인, 저와는 피 한 방울도 섞이지 않은 사람의 제사를 왜 자신이 모셔야 하는지 알 수가 없었다. 집에서 온기를 느낄 수 없게 된 것은 아버지의 책임이었다. 평생 기준의 엄마를 잊지 못할 거라면 왜 엄마와 결혼해서 저를 낳았는지 도저히 아버지를 이해할 수 없었다.

왜 아버지는 어머니에게 그리고 제게 이토록 잔인한 짓을 하는 걸까.

아버지를 향한 애증이 두준의 가슴을 할퀴었다.

집을 떠나던 날, 가족의 굴레를 훌훌 벗어던지고 자유롭게 살면 된다고 결심했다. 그렇게 사는 것이 제게는 최선의 방법이라 여겼었다. 하지만 이런 식으로 얽힐 때면 그 무엇으로부터 자유로울 수 없다는 절망감이 들었다. 끝없는 나락으로 추락하는 것만 같았다.

오지 않으면 될 것을……. 내가 집 앞에 와 있는 이유는 뭘까? 무슨 기대를 하기라도 하는 걸까? 왜 떠나지 못하고 이곳을 맴돌고 있는 걸까?

나락으로 떨어지는 기분 한쪽에는 늘 포기할 수 없는 것이 있었다. 가족이란 이름이 주는 따뜻함을 단 한 번만이라도 느껴보고 싶다는 소망.

어쩌면 이번에는 다르지 않을까.

실낱같은 희망을 품으며 두준은 차에서 내려 육중한 철문 앞에 섰다.

딩동.

익숙한 벨 소리가 나고 누구냐는 물음도 없이 대문이 열렸다. 그는 대문 안으로 들어서며 눈이 시리도록 밝은 집의 불빛을 보며 시니컬한 웃음을 지었다. 환하게 불을 밝힌 집이 우스웠다. 제집은 저렇게 밝지도 따뜻하지도 않은데 말이다.

"제사는 정성이다. 삐죽 절만 올리는 게 무슨 의미가 있어!"

현관에 들어서는 두준을 향해 동진이 나무라는 말을 건넸다.

"……."

거실에는 이미 제사상이 차려져 있었다. 아버지는 오롯이 제사상에만 눈을 맞춘 채 미동도 없이 앉아 있었다. 숨이 막힐 것 같았다. 역시나 이곳에 오는 게 아니었다. 대체 무엇을 기대한 걸까. 두준은 원망을 가득 담은 시선을 아버지에게 보낸 채 현관에 한참 동안 서 있었다.

"언제까지 거기 서 있을 게야!"

동진이 벼락같은 호통을 하고서야 두준은 마지못해 제사상 앞에 앉았다.

"시작해라."

얼음 조각처럼 미동도 없이 앉아 있던 동진이 자리에서 일어나 제사상 옆으로 다가왔다. 두준은 자리에서 일어나 절을 하고 다시 무릎을 꿇고 앉아 잔을 들어 올렸다. 동진이 잔에 술을 따르자 익숙한 자세로 술잔을 올리던 두준은 처음으로 제사상 위에 놓인 영정 사진에 시선을 가져갔다. 어렸을 때는 두려움 때문에, 크고 나서는 미움 때문에 단 한 번도 보지 않았던 사진이었다. 두준의 눈동자가 크기를 알 수 없이 커졌다.

어디에서 본 적이 있던가?

온화하고 따뜻한 미소를 짓고 있는 여인의 모습이 어쩐지 낯설지 않았다. 가만히 사진을 들여다보니 형, 기준과 많이 닮은 듯 보였다.

그래서 익숙한 느낌이 드는 거겠지?

술잔을 든 채 멍하니 앉아 있는 두준에게 동진의 못마땅한 시선이 다가왔다. 그러던 동진의 눈빛이 전에 없이 애잔해졌다. 그는 두준의 시선이 닿아 있는 곳으로 눈길을 가져갔다.

여보, 미안해. 올해도 두준이에게 말하지 못했어.

울컥 솟아오르는 격정을 이기지 못한 동진의 눈에 눈물이 솟구쳤다. 그는 눈을 질끈 감은 채 한동안 말없이 서 있었다. 그러는 사이 두준은 술잔을 올리고 절을 마친 후 뒤로 물러나 앉았다. 그리고 시계를 들여다보았다. 한 시간 뒤면 선정이 집으로 돌아올 터였다. 어머니를 떠올리면 한없이 불쌍하고 애틋한 마음이 들다가도 혼란스러움이 겹쳐졌다. 두준은 미간을 찌푸리고 다시 한 번 제사상 위의 사진으로 시선을 가져갔다.

　기준을 생각하면 저 여자의 제사를 지내는 것이 아주 이해하지 못할 상황은 아니었다. 하지만 도무지 이해를 할 수 없는 것은 제사가 있는 날이면 더욱 날카롭게 구는 아버지였다. 어머니를 제사에 참석하지 못하게 했다. 제사 음식을 만지는 것조차 허락하지 않았다. 그러면서도 제게는 반드시 제사에 참석할 것을 명령했다. 기준이 미국으로 떠난 이후로는 제가 제주가 되어 있었다.

　올해도 마찬가지구나.

　그의 가슴에 실망감이 번졌다.

"아, 향긋해!"

새벽녘 꽃시장 안으로 들어서던 은서는 발걸음을 멈추고 가슴 깊이 향긋한 꽃 내음을 들이켰다. 시장을 가득 메운 갖가지 꽃들에게서 퍼지는 달콤한 향연은 늘 그녀의 맘을 설레게 했다. 묘한 설렘은 지금처럼 며칠 동안 밤을 지새우다시피 한 피곤한 상황에서도 그녀를 이곳으로 이끌었고 일에서 손을 놓을 수가 없게 했다.

은서는 플라워디자인학을 전공하고 졸업과 동시에 창업을 했다. 그녀는 단순히 꽃을 장식하는 일을 의뢰받아도 소품을 활용해 고객의 취향과 모임의 콘셉트에 맞게 분위기를 연출했다. 덕분에 입소문을 낼 수 있었다.

창업 후, 4년이 지난 지금은 어느 정도 입소문을 타고 있어 일

이 끊이지 않았다. 새벽에는 꽃시장, 낮에는 소품 상점으로 종횡
무진 발품을 팔지 않으면 안 되었다. 그것뿐이던가. 세계 각지의
인테리어 소품과 장식들을 끊임없이 검색하고 수집하느라 밤을
지새우기 일쑤였다.

그만큼의 노력을 하지 않고서는 안목을 키워내기 어려운 일이
었다. 창조는 모방에서 출발하는 것이니 끊임없는 공부만이 자신
의 능력과 안목을 키우는 길임을 믿어 의심치 않는 은서였다. 그
녀는 능력을 발휘하고 인정을 받는다는 것이 얼마나 큰 희열을 주
는지 경험으로 체득하고 있었다.

이번에 맡은 일을 잘 마치고 나면 청담동에 진출을 할 수 있을
터였다. 은서는 플로리스트로 일하면서 청담동에 제 이름을 건 숍
을 낼 수 있게 되길 오래전부터 소망해 왔다.

은서의 주 고객인 청담동 부유한 젊은 사모님들, 기껏해야 제
또래인 그들의 취향은 정말 제각각이었지만 럭셔리한 분위기는
공통의 취향이기도 했다. 럭셔리하면서도 우아해야 했고 동시에
젊은 감각도 잃지 않아야 했다.

제 위치와 품격에 어울리는 취향을 가진 사람이 과연 몇이나 될
까?

늘 안목에 대한 훈련을 받으면서 자라난 부류를 제외하면 신흥
부자들처럼 갑자기 얻게 된 부와 지위를 가진 자들에게 높은 안목
이란 타고나지 않는 이상 단기간 내에 체득하기는 쉽지 않았다.
그런 탓에 그들은 은밀한 전문가를 필요로 했다. 은밀한 전문가로
서, 은서의 능력은 그런 부류들 사이에서 상당히 입소문이 나 있
었다.

이번 일을 의뢰한 고객, 이소영은 부유한 집안의 외동딸이었다. 뉴욕 유학을 마치고 고위층, 재벌가 자녀나 연예인들이 드나드는 뷰티숍을 운영하던 그녀는 재벌가의 며느리가 되면서부터 잡지나 신문, 인터넷에 핫한 화젯거리로 떠올랐다.

넓은 인맥을 자랑하는 이소영을 만족시킨다면 은서는 단순히 플로리스트로서의 일뿐만 아니라 실내 인테리어는 물론 가드닝까지 일의 분야를 넓혀 나갈 수 있는 발판을 마련하게 되는 것이다. 그러기에 욕심이 났다.

은서의 발길이 빨라졌다. 어제도 잠깐 눈만 붙였을 뿐 거의 밤을 새우다시피 하며 머릿속에 이미지를 담아내느라 바빴다. 독특하게도 그녀는 메인 플라워를 정하는데 마지막 시간을 보냈다. 콘셉트에 맞는 인테리어 소품을 준비하고 나서야 그에 어울리는 꽃을 정하는 것은 그녀의 오래된 습관이었다.

꽃은 품종마다 그 느낌이 매우 달랐다. 이번에 선정한 메인 플라워, 알렉산드리아 작약은 꽃잎이 크고 풍성해 우아한 느낌을 주었다. 꽃잎 끝에 감도는 은은한 핑크빛은 '수줍음', '교태'라는 꽃말에서도 알 수 있듯이 단아한 아름다운 자태 속에서 뭔가 열정을 숨기고 있는 듯한 모습이 그려졌다. 의뢰인, 이소영을 닮은 꽃이었다.

"꽃은 정했어?"

진이가 은서의 바쁜 걸음을 쫓으며 물었다. 진이는 대학의 플라워디자인학과를 전공하던 시절 만난 친구로 같이 일하게 되었다.

"응."

"넌 어떻게 꽃을 나중에 고르는지 모르겠어. 메인이 꽃인데 어떻게 그 메인의 결정이 시작이 아니고 제일 끝일 수 있니? 참나, 네 일하는 패턴은 정말 이해할 수가 없어."

메인 꽃을 정하고 부수적으로 다른 장식품들이 추가되는 것이 일반적인 원칙이라는 것이다.

"메인 플라워는 장식의 주인공이야! 주인공은 제일 마지막에 나타나야 더 신비롭지 않니? 먼저 와서 대기한다면 그게 어디 주인공이라고 할 수 있어? 신비로우면서도 특별함이 있어야 그게 주인공인 거지."

은서는 당연한 걸 왜 묻는지 알 수 없다는 표정을 지었다.

"말은 그럴듯하다만, 주재료 없이 어떻게 그렇게 완벽한 이미지를 구축할 수 있는지 너무 궁금해서."

"주인공은 원래 특별한 게 아니야. 특별하게 만들어지는 거지. 난 김춘수의 꽃이라는 시에서 늘 모티브를 따. '누가 내 이름을 불러주었을 때 그에게로 가서 꽃이 되었다.' 그 특별함을 내가 부여하는 거지."

은서의 독특함에 진이는 피식 웃었다. 그녀에게서는 저랑 다르게 아티스트 냄새가 났다.

"네 정신세계를 누가 이해하겠니? 난 그저 굿이나 보고 떡이나 먹을래. 그래, 대체 이번 콘셉트의 메인은 뭔데?"

"작약. 그리고 수국."

"뭐 작약? 그게 쉽게 구해져? 가격이 만만치 않을 텐데. 가격도 가격이지만 네가 원하는 컬러와 사이즈를 구할 수는 있는 거야?"

"응. 강 비서님이 비용은 얼마가 들어도 된댔어."

"우와! 역시 재벌가 며느리는 뭐가 달라도 다르네. 덕분에 비싼 꽃을 맘껏 활용할 수 있어서 좋겠다."

"응. 그런데 물건 확인해 보고 우리가 직접 현장까지 가져가야 해."

"왜? 확인만 하고 배송시키면 되잖아."

"이번에 의뢰받은 일은 다른 일보다 더 신경을 써야 해. 우리도 이제 청담동으로 진출해야지."

작약은 꽃송이가 풍성해서 서로 부딪히면 꽃잎이 상하기 때문에 조심하지 않으면 안 되었다. 생생한 흰빛에 생채기가 난 작약은 의미를 잃어버린 느낌이 들 만큼 치명적이었다. 게다가 작약은 브런치 파티의 메인 테이블에 음식과 함께 장식이 될 예정이었다. 손님들의 이목이 집중되는 것을 피할 수 없기에 은서는 작은 흠집도 용납할 수 없었다.

"하여간 일할 때 보면 완벽주의자 같다니까. 하긴, 그 덕분에 이렇게 빨리 자리를 잡을 수 있었던 거지만."

진이가 발걸음을 재촉하는 은서의 뒤를 따르며 말했다.

"신 사장님, 안녕하셨어요?"

신정식은 이 바닥에서 이름이 나 있는 꽃 경매인이었다.

"여어, 윤 사장 왔는가? 진이 씨도 왔구먼. 잘 지냈는가?"

신 사장은 그녀의 인사에 쩌렁쩌렁 울리는 목소리로 반갑게 맞아주었다.

"그나저나, 윤 사장, 정말 못 쓰겠구먼. 매번 일을 왜 그렇게 햐아? 꽃을 고르는 게 뭐 어려운 일이라고 그렇게 사람 애를 먹인댜아?"

은서의 일하는 스타일에 대한 타박부터 하는 것을 보면 작약 경매를 받느라 꽤나 고생을 한 듯했다.

"헤헤, 죄송해요."

은서와 진이가 너스레를 떨며 신 사장의 양쪽 팔에 팔짱을 끼며 활짝 웃어 보였다.

"암만 그래도 이번엔 그냥 못 넘어가. 둘이 애교 작전을 펼쳐도 안 되는 거여. 윤 사장 작약 구하느라 정작 오늘 분량의 꽃 경매 받는데 얼마나 애를 먹었는지 아는 겨?"

화를 낼 법도 한데도 여전히 웃는 낯으로 말하는 그는 말로만 화를 내고 있었다. 오랜 동안 알고 지내며 쌓은 친분이 없었다면 불가능한 일이었다.

"죄송해요. 이번 일 끝내놓고 제가 맛난 밥 사드릴게요."

"어디, 맛난 밥으로 날 꼬시는 거여? 그거로는 안 되것는디. 허허."

"그럼 뭐 해드릴까요?"

"흐흐, 농이여 농! 뭘 신경 쓰고 그랴? 오늘 일은 중요하다믄서? 준비는 잘했을 테지?"

"네, 사장님 덕분이죠, 꽃 좀 보여주세요."

"여기엔 없지. 윤 사장이 공들이는 일 같아서 내 특별히 신경 좀 썼지. 냉장실에 잘 보관해 놨으니까 가져가."

"네, 감사해요. 결제는 내일 입금되는 대로 바로 해드릴게요."

"그려. 그리고 파이팅이여! 하하하."

신 사장의 활기 넘치는 배웅을 받으며 은서와 진이는 그의 사무실로 향했다. 그의 사무실은 꽃 도매시장에서 가까운 상가에 소매상을 겸하고 있었다. 통유리를 통해 가게 안이 보였다. 은은한 조명을 받은 은서의 작약이 냉장실 안에서 우아한 자태를 뽐내고 있었다.

가까이에서 꽃을 살피던 은서는 흡족한 표정을 지었다. 신 사장님의 안목은 역시 탁월했다. 탐스런 꽃의 풍성함과 빛깔에 감탄이 흘러나왔다. 최고의 상(上)품을 골라내는 그의 매와 같은 눈은 언제나 정확했고 무한한 신뢰를 쌓아가기에 충분했다.

"우와! 꽤 가격이 나가겠는데."

한눈에 비싸 보이는 몸값을 알아본 진이가 가격부터 물었다. '그것도 다 서류에 있는데.' 하고 답을 하려던 은서는 어깨를 으쓱하곤 꽃의 단가를 말했다.

"우리가 주로 쓰던 꽃들의 세 배쯤이네. 헉! 비용 장난 아닐 텐데. 어쨌든 돈이 좋긴 하다."

진이는 눈을 동그랗게 뜨고 꽃송이가 몇 개인지 세어보았다.

"좋지. 덕분에 평소에는 포인트 정도로만 쓰던 걸 맘껏 활용할 수 있으니. 이번 일이 그래서 중요하다는 거야. 비용 절감 같은 거 신경 쓰지 않고 내 역량을 발휘할 수 있는 기회를 얻을 수 있으려면 청담동 숍은 꼭 필요하다고."

"아유, 알았어. 사장님."

진이는 다 알아들었다는 표시로 은서에게 한쪽 눈을 찡긋해 보이고는 조심스럽게 꽃을 안아 들었다.

"귀하신 몸이니 귀하게 모셔야지."

배송을 운운한 것이 미안해진 진이는 신중하게 꽃을 옮기기 시작했다. 진이의 너스레에도 불구하고 은서는 바짝 긴장한 표정으로 진이와 함께 꽃을 날랐다.

부촌으로 꼽히는 곳에는 트렌드를 반영하듯 초고층 주상복합 아파트들이 반드시 있기 마련이었다. 하지만 신흥 부촌으로 떠오르고 있는 서판교의 청계산 자락에는 자신들만의 성을 구축하듯 늘어선 고급 주택들 사이에서는 어디에서도 초고층 빌딩은 찾아볼 수 없었다.

평창동이나 강남처럼 지역 이미지가 주는 부촌이라는 것과는 달리 건강과 힐링이라는 테마를 바탕으로 청계산 자락에 계단식으로 형성된 고급 주택이 한창 부자들 사이에서는 핫한 가치로 떠오르고 있었다. 운중로로 들어서면서 한눈에 들어오는 부촌의 이미지는 유명 건축가의 설계로 지어져 그런지 모던하고 격조 있어 보였다.

청계산 자락을 조금 오르자 이소영의 집에 다다랐다. 은서는 차를 멈추고 핸드브레이크를 걸었다. 꽃이 상할까 봐 에어컨을 가동해 놓고 있어서 시동을 멈출 수가 없었다. 밴에 가득 실린 작약의 은은한 향이 모아져 어떠한 향수도 따라올 수 없는 최고의 향기를 뿜어내고 있었다.

입가에 미소를 머금고 시선을 돌리니 시계가 다섯 시를 가리키고 있었다. 차창 밖은 어둠이 채 가시지 않았지만 날이 밝아오고 있음이 느껴졌다. 진이는 옆에서 두툼한 담요를 뒤집어쓰고 쌔액쌔액 소리를 내며 잠들어 있었다.

향기에 취한 채 차 안에 있고 싶지만 한기가 느껴져 온몸이 움츠러들었다. 진이를 깨울까 하다 담요를 잘 여며주고 차 문을 열고 밖으로 나왔다. 오월이기는 하지만 이른 새벽의 공기는 서늘하고 안개를 머금고 있어 축축했다. 그래도 차 안보다는 훨씬 따뜻하게 느껴졌다.

한껏 기지개를 켜고 스트레칭을 하자 긴장했던 몸과 마음이 조금은 풀리는 것 같았다. 대단한 기회를 잡았다는 흥분감에 서둘러 떠나느라 보지 못했던 풍경이 눈에 들어왔다. 찬찬히 둘러보니 빌라 아래층 지붕이 정원으로 활용된 여유로워 보이는 공간이 눈길을 사로잡았다. 청계산 자락의 자연과 어우러져 이곳에 사는 것 자체만으로도 힐링이 될 것 같았다.

은서는 제 눈앞에 펼쳐진 풍경에 넋을 빼앗겼다. 이곳은 산으로 둘러싸인 마을이라 늘 구름이 낀다 하여 운중동이라는 이름이 지어졌다 한다. 어슴푸레 스며드는 여명과 자욱하게 피어오르는 안개가 어우러진 산자락의 풍경은 언제 보아도 숨이 막힐 듯한 낭만이 느껴졌다. 이런 곳에서 살면 저절로 마음이 열리는 느낌이 들 것 같았다. 한참을 산자락의 안개 속에 취해 있던 마음은 차 문이 열리는 소리와 함께 제자리로 돌아왔다.

"아흠, 얼마나 더 기다려야 해?"

진이가 차가운 차 안에서 웅크리고 자는 통에 굳어진 몸을 죽 펴며 나른하게 물어왔다.

"조금 전, 저쪽 창에 불이 켜졌어. 이제 곧 문이 열릴 거야. 강 비서님이 여섯 시에 정확하게 문을 열어놓으신댔어."

"아우, 온몸이 얻어맞은 것 같아. 에어컨을 너무 세게 튼 거 아냐? 에취, 나 감기 들겠어."

은서는 재채기를 해대는 진이에게 미안한 마음이 들었다.

"이번 일 끝나고 일이 잘되면 네게도 보너스가 생길 테니까 기대해."

은서의 보너스라는 말에 정신이 차려졌는지 진이의 눈에서 반짝 빛이 났다.

"우와! 정말? 나 얼마나 받는 거야?"

"얼말까? 후후, 이번 일은 제법 손이 많이 가는 작업이니까 보수가 만만치 않을 거라는 정도만 예상하고 있어. 그러니까 작업 들어가면 집중해서 잘해줘."

"당근이지. 아아, 얼마 만에 받아보는 보너스냐?"

진이가 혀를 쏘옥 내밀며 제법 귀여움을 떨었다.

"어디서 귀여움질이야!"

진이 덕분에 이른 새벽에 활기가 돌고 있었다. 정확히 여섯 시가 되자 빌라의 대문이 열렸다. 이제 들어오라는 신호였다. 은서가 차에 시동을 끄고 진이에게 집중하라는 눈빛을 보냈다. 한동안은 꿀 먹은 벙어리가 되어야 했기에 진이는 한숨을 푹 쉬며 작약을 조심스럽게 들어 올렸다.

빌라 안으로 들어가자 강 비서가 한 치의 흐트러짐도 없이 단장을 하고 현관에 서 있었다. 아침부터 저렇게 단정한 정장 차림에 깔끔하게 올림머리를 하고 있으려면 꽤 힘이 들 터였다. 하지만 그녀는 그렇게 하는 것이 일의 일부분으로 자리 잡아서인지 몸에 익어 보였다. 그런 모습을 하고 태어난 것은 아닐까 하는 착각이 들 정도였다.

"정확하시네요. 윤 사장님, 오전 열 시부터 손님들이 도착할 예정이니까 작업은 아홉 시까지 마쳐 주세요. 그래야 삼십 분 정도 음식을 세팅할 수 있겠어요."

"네!"

은서는 강 비서의 차분한 말속에서 느껴지는 서늘함에 더 긴장을 해야 했다.

모임이 열리는 홀로 들어서니 열 명 남짓 사람들이 앉을 수 있는 긴 테이블 위에 미리 가져다 놓은 새하얀 시폰 보가 여러 겹, 주름 하나 없이 깔려 있었다. 은서는 하얀 장갑을 끼고 가지런히 겹쳐져 있던 시폰 보를 매만졌다. 식탁 아래로 늘어져 있는 시폰 보의 모양을 어긋나게 해서 풍성하고 우아한 느낌을 준 후, 창문을 열어보았다. 엷은 바람결에 하늘거리는 시폰 자락의 느낌이 제가 원하던 분위기를 자아내자 곧 다음 작업으로 넘어갔다.

시폰 보와 함께 미리 가져다 놓은 소품들을 하나하나 제 위치에 놓기 시작했다. 머릿속에 구상해 놓은 느낌이 날 때까지 손을 바삐 움직였다. 소품들은 모임이 끝나고 오더를 내린 주인의 맘에 들지 않으면 모두 회수해 가야 하는 리스크가 있음에도 그녀는 고가의 소품에 대한 구입을 망설이지 않았다. 최대의 투자가 그만큼의 능력으로 평가되는 곳이었다. 싸구려 소품들을 쓰면 조잡한 것으로 인식되는 이 바닥의 생리를 여러 번의 경험을 통해 얻었었다.

아무리 간단한 모임이라도 재벌가의 며느리, 이소영의 품격에 맞추어 장식하려면 경비를 아끼지 않아야 했다. 자신에게 어떤 평가가 내려질지는 알 수 없었다. 그렇기 때문에 그녀는 자신의 능력을 최대한 이끌어내기 위해 애를 썼다. 흰 면장갑을 끼고 바삐 움직이는 그녀의 이마에 송골송골 땀이 맺혔다.

"물 좀 줄까?"

구석진 자리에 앉아서 꽃을 다듬던 진이가 은서에게 물었다.

"아니야. 괜찮아."

"꽃만 세팅하면 끝?"

진이의 물음에 은서는 이마의 땀을 손수건으로 닦아내며 고개를 끄덕였다. 탐스럽게 다발로 묶은 수국을 홀의 입구와 창가에 놓인 키가 큰 원통형 유리관에 배치했다. 천장이 높은 홀에 늘어진 시폰 커튼과 연둣빛 수국 다발은 싱그럽고 화사한 분위기를 자아내고 있었다.

피어오른 정도가 다양한 작약은 납작한 유리병에 나누어 담아 테이블 위에 배치해 놓았다. 하늘거리는 시폰 자락이 우아한 자태의 레디 알렉산더 더프와 절묘하게 조화를 이루어 고급스럽고 세련된 분위기를 극대화시켜 주고 있었다.

마지막으로 테이블 위에 연둣빛이 감도는 파스텔 톤의 냅킨을 접어 깔고 그 위에 탐스럽게 활짝 핀 작약의 꽃송이를 짧게 잘라 올려놓았다. 은서는 꾸몄지만 꾸미지 않은 느낌, 투명함과 화이트를 주제로 한 정갈하고 우아한 이미지를 부각시켜 주는 장식을 마쳤다. 이제 의뢰인의 평가만을 남겨두고 있었다. 결과물에 대한 평가는 완전히 주관적인 것이라 의뢰인, 이소영의 맘에 들기를 바랄 뿐이었다. 이제는 제 손을 떠난 일이었다.

"멋지다. 심플하면서도 우아한 느낌이드네."

진이가 홀 입구에 서 있는 은서에게 감탄의 말을 건넸지만 은서는 여전히 불안했다. 심플하다는 진이의 말에 좀 더 포인트를 줄 걸 그랬나 하는 생각이 들었다. 시계를 보니 아직 삼십 분이나 남아 있었다. 목이 바짝 말라 타들어가는 기분이 들었지만 물을 마서야겠다는 생각조차 하지 못할 만큼 긴장됐다.

"너무 심플한가?"

은서의 혼잣말에 진이는 홀을 다시 한 번 훑어보았다. 심플하지만 고급스럽고 우아한 느낌이 나고 있었다. 군더더기 없이 깔끔하면서도 시폰 자락과의 매치가 참 훌륭해 보였다.

"아니야, 아주 좋아. 이 집 안주인도 맘에 들어 할 거야. 걱정을 왜 해? 이렇게 잘해놓고."

진이의 말에 안심이 되면서도 빠진 부분이 없는지 다시 한 번 살펴보았다. 그러는 사이 강 비서가 홀 안으로 들어왔다. 강 비서의 표정으로는 아무것도 짐작할 수 없었다.

"다 마친 건가요? 이제 음식 세팅을 해도 되겠군요. 수고했어요. 모임이 끝나고 사모님께서 따로 부르실 거예요. 이층의 게스트 룸에서 대기하고 계세요. 안내해 드리죠."

은서와 진이는 강 비서의 안내를 받아 게스트 룸으로 갔다. 강 비서가 게스트 룸의 커튼을 젖혀주고 가볍게 목례를 한 후, 밖으로 나갔다. 테라스로 향하는 커다란 유리문 너머로 운중천이 내려다보이는 크고 화려한 방 안에 눈부신 햇살이 가득 들이쳤다. 테이블 위에는 간단히 먹을 샌드위치와 원두커피가 마련되어 있다.

"난 커피고 뭐고 잠이나 잘래. 너무 피곤해."

"뭐라도 먹고 자."

"싫어. 밤새 제대로 잠을 못 자서 그런지 입안이 깔깔해서 아무것도 먹고 싶지 않아. 우와! 정말 이 침대 폭신하네. 크! 잠도 잘 올 것 같아."

진이는 한동안 침대를 이리저리 구르며 침대와 사랑에 빠진 표정을 짓더니만 금방 잠이 들었다. 은서는 아래층 홀에 온 정신을 놓고 와서 그런지 아직도 긴장감에서 벗어나지 못했다. 머그컵에 원두커피 한 잔을 가득 따라 테라스로 향하는 문을 열고 정원으로 나갔다.

　아래층 지붕 위에 꾸며진 테라스의 정원에는 벤치가 놓여 있었다. 그녀는 테라스 난간에 기대 운중천을 내려다보며 커피를 마셨다. 원두커피 향이 은서의 정신을 맑게 해주었고 따뜻한 햇살과 눈앞에 펼쳐진 근사한 풍경은 긴장감을 풀어주기에 충분했다.

　한동안 풍경을 내려다보던 은서는 몸을 돌렸다. 그리고 느긋하게 커피를 한 모금 넘기며 정원을 둘러보았다. 플로리스트이긴 하지만 가드닝에도 관심이 많았던 그녀다. 정원은 다소 정형화된 틀에 얽매인 느낌을 주었다.

　"조금만 사람 냄새가 나게 바꾸면 좋을 텐데."

　은서는 머릿속으로 맘껏 정원을 바꾸며 시간을 보냈다.

　똑똑.

　노크하는 소리가 들렸다. 어느새 시곗바늘이 정오를 넘어서고 있었다. 강 비서였다.

　"사모님께서 뵙기를 청하시네요."

　일층의 서재로 안내된 은서는 방 안을 환하게 밝히고 있는 눈부신 여자를 대면했다.

　그녀는 정말 눈부시게 아름다웠다. 가십거리를 다루는 잡지에서 그녀의 사진과 기사를 본 적은 있었지만 정작 오더를 내린 이소영과 대면하는 것은 오늘이 처음이었다.

오뚝하게 선 콧날과 동그랗게 솟은 이마 때문에 얼굴이 입체적으로 보여 작은 얼굴이 더 작게 느껴졌다. 얼굴에는 잡티 하나 보이지 않을 정도로 잘 정돈된 피부 결이 투명하게 보였다. 사진으로 보았을 때에는 포토샵의 힘을 빌렸을 거라 생각했었는데 피부톤이 정말 투명하고 깨끗했다.

"윤은서 씨? 어떤 사람인지 궁금했어요. 오늘 홀을 꾸민 솜씨는 이 교수님의 총애를 받는 제자다워요. 자 여기로 와서 앉아요. 정말 보고 싶었어요."

목소리도 깨끗한 느낌을 주고 있었다. 인터넷상에 떠도는 그녀의 거만한 표정은 찾아볼 수 없었다. 의외로 그녀는 화려한 겉모습과는 달리 기품 있는 느낌을 주고 있었다.

"이제야 인사를 드리네요."

가볍게 목례를 하고 자리에 앉은 은서는 자신에게 환한 웃음을 보내는 이소영의 눈빛에 지금까지의 걱정을 내려놓아도 될 것 같았다.

"정말 감각 있어요. 은서 씨는 유학파도 아니라면서요. 재능 있는 사람인가 봐. 솔직히 이번 모임은 내게 참 중요한 일이었어요. 난 그냥 대충 즉흥적으로 사는 사람이라 이런 종류의 격식을 차린 모임이 익숙하지가 않아. 게다가 안목이란 게 다 주관적인 거 아냐? 날 천박하게 생각하는 사람들의 코를 납작하게 해줄 젊고 상큼한 감각의 능력자가 필요했어."

은서는 그녀의 칭찬에 한껏 기뻤지만 마냥 웃을 수만은 없어 어색한 표정을 지었다.

"아, 나보다 나이가 어리다고 들었어. 난 격식을 차리는 게 싫어. 말을 편하게 하고 싶은데. 괜찮지?"

이소영은 성격조차도 거침없는 듯했다. 대부분 저런 것들은 숨기기 바쁜 게 일반적인데 그녀는 그러지 않았다. 기껏해야 제 또래의 젊은 사모님들조차도 제게 이렇게 솔직한 말을 터놓은 적은 없었다. 그런 탓에 은서는 적잖이 당황했다.

"훗, 당황했나 봐. 나에 대한 소문은 들어서 대충 짐작은 할 거야. 내가 재벌가에 어울리지 않는 사람이라는 것 정도는."

그녀는 신분에 맞지 않는 결혼으로 한동안 잡지며 인터넷에 핫한 인물로 기록된바 있었다.

"뭐 당황할 것까진 없어. 다 사실인데 뭐. 난 상관 안 해. 실컷 떠들고 나면 이렇게 잠잠해지는 게 원래 가십거리라는 거잖아? 기삿거리 정도는 아무것도 아니야. 이 상류 사회 사람들의 구린내에 비하면."

소영의 눈은 웃고 있는데 표정은 한없이 차가워졌다. 은서는 어쩔 줄 몰라 하며 마른침만 삼켰다.

"하하하, 은서 씨, 이 바닥에서 일하려면 포커페이스 연습 좀 해야겠다."

이소영의 얼굴이 환한 표정으로 바뀌는 걸로 봐서 비꼬는 말은 아닌 듯했다. 그럼에도 은서의 얼굴은 상기됐다.

"은서 씨, 정말 잘해주었어. 홀에 배치된 소품들은 내가 인수하는 걸로 처리해 줘. 홀을 다시 꾸미는 일도 은서 씨가 더 수고를 해줘야겠어. 특히 난 시폰 자락과 꽃이 맘에 들더라. 커튼 대신 시폰 자락을 그대로 두었으면 좋겠어. 결혼식 때 작약 부케를 들 걸 그랬어. 향기조차도 우아하던걸. 몽글몽글 봉오리가 어쩜 그렇게 탐스러울까? 낮이 되니 다 피어버렸지만 꽃송이가 아주 풍성하더라. 페이는 에이급으로 맞춰줄게."

소영의 밝은 목소리는 꽤 들떠 있는 느낌이었다.

"감사합니다, 사모님."

제 깍듯한 존대가 맘에 들지 않는지 이소영이 미간에 잔뜩 주름을 만들었다.

"사모님? 나 정말 그렇게 불리는 거 싫더라. 언니라고 부르라고 하면 거절할 테지?"

"네. 제게는 고객이시니까요."

이소영의 눈이 살짝 커졌다가 제 크기를 되찾았다.

"그래, 차차 편한 사이가 되면 그때 얘기하자. 아침 일찍부터 수고하느라 힘들었을 텐데 이제 그만 가서 쉬도록 해."

부드러운 눈빛을 보내던 이소영이 옆에 놓여 있는 종을 흔들며 인상을 찌푸렸다.

"강 비서 하고 큰 소리로 부르면 되는데 이게 뭐람."

곧 강 비서가 문을 열고 들어왔고 이소영의 표정이 단번에 거만하게 바뀌었다.

"페이는 강 비서가 알아서 할 거야. 조만간 또 보겠네."

은서는 어리둥절한 표정을 짓다가 엉거주춤 일어나 가볍게 목례를 한 후, 강 비서를 따라 방을 나왔다. 이 바닥의 생리를 조금쯤은 안다고 생각했는데 아직도 알아야 할 것이 많은 모양이었다.

"수고했어요. 조만간 사무실을 방문하도록 하죠. 사모님께서 다음 모임부터는 은서 씨를 전담으로 쓰길 원하시네요. 일정표를 작성해서 가지고 갈게요. 은서 씨 계좌로 청구된 비용보다 더 입금했어요. 사모님께서 과분할 만큼 사례를 하셨어요. 모쪼록 다음 일에 더 최선을 다해달라는 당부로 알아줘요."

저와 진이를 배웅하는 강 비서의 표정은 여전히 건조했다. 어쩐지 이소영의 과분한 사례를 못마땅하게 여기는 눈치였다. 대문을 열고 나오자마자 휴대폰으로 입금 확인을 한 두 사람은 입을 떡 벌렸다. 청구한 비용에 50%가 더 지급되어 있었다.

"은서야! 축하해. 곧 청담동에 입성하겠구나!"

차에 오른 두 사람은 발을 구르고 괴성을 지르며 기뻐했다.

짙은 감색 슈트를 차려입은 두준이 앞으로 팔짱을 낀 채 창밖을
내다보고 있었다. 솟아오른 이마, 깊은 눈매, 그 아래 흐르는 날렵
한 콧날과 턱 선, 거침없이 흐르는 그의 얼굴에는 조각상을 느끼
게 하는 남성적인 강인한 선이 존재했다.

"하아."

한동안 창밖을 응시하던 두준의 미간이 점점 좁혀졌다. 성북동
에 다녀오고 나면 좀처럼 일에 집중할 수가 없었다. 상념이 많아
지는 탓이었다.

Rrrrrrrr.

휴대폰 진동음에 두준은 재킷 안주머니에서 휴대폰을 꺼내 귀
로 가져갔다. 어린 시절부터 오누이처럼 자란 소영 누나에게서 걸
려온 전화였다.

"어."

[어? 어째 너 말하는 투가 귀찮다로 들린다.]

"맞아."

단번에 제 맘을 읽어내는 소영의 말에 그는 주저 없이 대답했다.

[어쭈. 자식! 너 많이 컸구나. 이 누나한테 꼼짝도 못하던 게.]

"무슨 일이야."

[꼭 무슨 일이 있어야만 전화하니?]

"나 지금 바빠."

[그래? 그럼 용건만 빨리 말할게. 우리 숍 리모델링하려고 해. 네가 맡아줘.]

"정 여사가 허락했어?"

[뭐, 내 숍인데 내 맘대로도 못해? 그리고 우리 시어머니 걱정을 네가 왜 하니?]

발끈하며 대답하는 소영의 말에 두준은 어깨를 으쓱했다. 시어머니를 걱정하는 게 아니라 누나가 걱정돼서 하는 말이었기에.

"내일 몇 시에 올 건데?"

[이번 공사는 조인이다.]

"뭐?"

[내일 두 시에 시간 비워놔.]

"누나!"

이미 연결이 끊겼으니 소영을 불러봐야 소용이 없었다. 두준은 다시 눈살을 찌푸리며 휴대폰을 노려보았다. 하지만 이내 창밖으로 시선을 돌린 두준은 다시 상념에 빠져들었다.

"어서 와."

소영이 은서를 현관에서 맞이했다. 가볍게 맞이하는 소영의 인사에 은서는 깍듯이 허리를 숙여 인사했다. 아무리 소영이 언니라 부르라고 청했어도 그녀는 제 최고의 고객이었다. 첫 번째 의뢰된 일을 마친 후, 이 집에 세 차례나 불려 왔었다. 모임이 있던 홀의 장식을 새로 하고, 이층의 테라스에 있는 정원을 손보기 위해서였다.

'내 집인데 내 집이라는 기분이 들지 않아.'

소영이 흘리듯 말했지만 은서는 고객의 의도를 금방 파악했다. 기본적인 인테리어를 새로 할 수 없지만 그녀의 취향을 고려해 최대한 그녀가 친숙한 기분이 들도록 홀을 장식했다. 그러면서도 그녀의 지위에 걸맞은 분위기를 내도록 했다.

"아무도 없어. 내가 다 내보냈거든. 가끔은 혼자 있고 싶은 시간이 있어서."

신발을 벗고 들어선 은서가 소영의 그림자처럼 붙어 있는 강 비서를 찾는 듯 두리번거리자 소영이 피식 웃으며 말했다.

"그럼 저도 다음에 올까요?"

"왜? 아아, 괜찮아. 하하하하."

큰 소리로 웃는 소영의 뒤를 따르며 은서는 의아한 기분이 들었다. 제가 상대하는 고객과는 확실히 저를 대하는 모양새가 확연히 다르다는 걸 알 수 있었다. 그렇다고 제가 마냥 편하게 대할 수 있는 상대가 아니기에 자꾸만 어찌할 바를 모르게 된다.

"그럼 전 정원에 가볼게요."

"차 한잔 마시고 나서."

"아니에요. 사모님께 방해가 되지 않도록 주의할게요."

은서는 가벼운 목례를 하고 2층으로 오르는 계단 쪽으로 발걸음을 옮겼다.

"아이, 서운하네. 괜찮다는데도. 그럼 내키는 대로 해."

계단을 오르는 마음이 개운하지 않았지만 은서는 그대로 정원으로 향했다.

정원사가 따로 있긴 했지만 소영은 제게 일을 맡겼다. 정원이라고는 하지만 그저 잔디가 깔려 있고, 향나무 몇 그루에 긴 벤치가 있는 정도. 지루하고 삭막하기까지 했다. 소영은 하루의 시작을 정원에서 느긋하게 맞이하고 싶어했고 몇 차례 시안을 보낸 결과 작업이 진행됐다.

지난번 왔을 때, 정원 한쪽 벽면에 우드펜스를 설치하고 덩굴 식물로 장식한 후 앞쪽에 아기자기한 소품들을 배치한 후 크고 작은 화분도 놓아두었다. 질감도 여러 종류의 것을 선택해 다양한 느낌을 주었다. 다시 와서 보니 투박하면서도 시골스런 분위기가 느껴져 아늑해 보였다.

"항아리 몇 개를 더 놓아볼까?"

혼잣말을 하던 은서는 고개를 가로저었다. 명품으로 그득한 집 정원에 놓인 항아리라니. 외톨이로 푸대접을 받을 게 뻔했다. 테라스 입구 옆에 미리 배송의뢰를 해두었던 식물들이 어지러이 놓여 있었다. 오늘은 중앙의 잔디를 거둬내고 키가 작은 화초를 가득 심어 풍성한 느낌을 줄 예정이었다.

밝은 햇살이 눈부시게 은서를 비추고 있었다. 쪼그리고 앉아 잔디를 드러내느라 손은 이미 흙투성이가 되어 있고 이마에는 땀이 방울을 이루며 쉴 새 없이 갸름한 얼굴선을 따라 흘러내렸다. 작업을 하면서도 간간이 고개를 돌려 화분이 놓여 있는 곳을 바라보던 은서는 안 되겠다는 듯 자리에서 일어나 벤치에 가서 앉았다. 가방에서 스케치북을 꺼내고 머리에 꽂힌 연필을 빼내어 뭔가 그리기 시작했다.

슥슥, 삭삭.

한동안 연필이 움직이는 소리가 계속됐다.

"뭐 해?"

고개를 드니 소영이 내리쬐는 태양을 피하기 위해 커다란 창이 있는 모자와 선글라스를 쓰고 한 손에는 아이스커피를 들고 서 있었다.

"네? 그냥 뭐 좀 확인하느라."

"스케치네. 저걸 그리고 있는 거야?"

소영이 고갯짓으로 은서가 그리고 있는 곳을 가리켰다.

"네."

"그건 없는데."

그림과 실제 공간을 번갈아 보던 소영은 그림 속에서 항아리를 발견하고 의아한 표정을 지었다.

"네. 저기에 항아리를 두면 어떨까 해서요. 이미지를 떠올려 보면 아니다 싶으면서도 괜찮지 않을까 하는 생각이 머리에서 맴돌아서."

"구도로 볼 때는 나쁘지 않은데 왜?"

"사모님 품위에 맞지 않을 것 같다는 생각을 떨칠 수가 없어요."

"하하하하. 그런 거 생각 안 해도 돼. 음…… 이곳은 외부인들이 오지 않아. 게스트 룸이 있기는 한데 그곳에 손님이 온 적은 없어. 여기 이층은 내 개인적인 공간이라서 그렇게 럭셔리하고 화려할 필요는 없어. 나도 숨 쉴 구멍은 좀 필요하거든. 그러니까 최대한 편안함을 느낄 수 있는 공간이었으면 해."

"강 비서님 생각은 좀 다르시던데요."

소영의 개인 공간이긴 하지만 너무 서민적으로 꾸미면 안 된다고 못을 박았던 것이다.

"그 양반이 하는 일이 그거니까. 하지만 오너는 나야. 내가 오케이하면 은서 씨는 그대로 하면 돼."

"네."

"이거 마시고 해."

그녀가 내내 들고 있던 아이스커피는 저를 위한 것이었던 모양이었다.

"아까 살짝 올라와 봤더니 더워 보여서. 있던 커피에 얼음만 잔뜩 띄운 거니까 맛은 보장 못해."

아이스커피를 손수 만들어온 모양이었다. 은서는 얼른 스케치북과 연필을 내려놓고 두 손으로 물방울이 맺힌 유리잔을 받아 들었다.

"머리를 그걸로 고정시켰던 거구나."

소영이 연필에 시선을 두고 물었다.

"네. 항상 가지고 다녀서 버릇이 됐어요. 그래서 핀 가지고 다니는 것을 늘 잊어버려요."

커피를 옆에 얌전히 내려놓은 은서가 얼른 머리를 정리해 연필로 다시 고정시켰다.

"머리가 아주 풍성하네. 아까 깜짝 놀랐다니까. 아마 내가 남자였으면 바로 은서 씨한테 돌진했을 거야. 하하하하."

"네?"

"고정됐던 머리가 촤르르 쏟아지는 모양이 어찌나 섹시하던지. 하하하하."

은서는 소영의 말에 눈을 동그랗게 떴다. 그런 말은 처음 들어본다. 선머슴처럼 흙 파고 놀기 좋아하던 저다. 그게 좋아 가드닝을 배웠고 꽃이 좋아 플로리스트가 되었다. 꽃을 만지다 보니 여성성이 생기기라도 한 걸까? 시원한 커피가 목으로 넘어가며 제정신이 들었다.

"사모님, 무슨 꽃을 좋아하세요?"

"글쎄……. 난 꽃은 잘 모르는데. 은서 씨가 알아서 꾸며줘."

소영은 팔짱을 끼고 은서를 보았다. 흰 민소매 티에 커다란 흰 셔츠의 단추는 모두 풀고 끝을 살짝 묶고 청바지를 입은 차림이었다. 아마도 작업을 할 때는 늘 그런 차림을 하는 모양이었다. 브런치 파티 모임을 준비하던 날도 그런 편안한 차림이었던 것 같았다.

"편안한 공간에 대한 이미지를 말해주시면 좋겠어요."

"복잡한 거, 생각하는 거 딱 질색이야. 알아서 해줘. 비용은 생각지 말고 해보고 싶은 대로 해봐. 난 은서 씨 감각을 믿어."

소영은 한 손으로 선글라스를 살짝 내리고 은서에게 장난스런 윙크를 했다.

"감사해요, 사모님. 마음에 꼭 들도록 할게요."

눈을 반짝이며 순수하게 웃는 은서의 얼굴이 소녀같이 해맑아 보였다. 요즘 힘든 나날들이 계속되고 있어서 늘 긴장의 연속이었던 소영은 제 몸의 모든 근육들이 돌이 되어 언젠가 석상이 될지도 모른다는 생각이 들었던 차였다. 이렇게 편안한 대화를 언제 했었는지 기억조차 없었다. 기분 좋은 대화를 트고 나니 소영은 은서의 면모가 점점 더 궁금해졌다.

"은서 씨는 언제부터 이 일이 하고 싶었어?"

"저요? 전 참 이상한 아이였어요."

은서는 스케치를 다시 시작하며 말을 이었다. 신기하게도 남아 있던 여백 위를 연필이 기분 좋은 소리를 내며 움직일 때마다 이 정원을 채워줄 것들이 생명을 얻고 있었다.

"전 어렸을 때 분위기를 참 좋아했어요. 음…… 뭐랄까 그때그때의 기분에 따라 변화된 공간을 연출하는 걸 참 좋아했어요. 혼자서 방 안의 물건들을 다르게 배치를 해보고 혼자서 좋아하곤 했죠."

"어릴 때부터 그랬단 말이야? 뭐 작은 소품들을 가지고 그렇게 놀이 삼아 즐겼구나."

"헤헷, 아뇨. 가구며 책상까지 다 옮겼는걸요. 혼자서."

"뭐! 혼자서? 완전 괴력의 소녀였구나! 그때는 좀 체격이 좋았나 봐."

"아뇨, 그때도 이렇게 말라깽이였어요. 가구 아래에 수건을 깔고 발로 열심히 밀고 끌면 해결이 돼요. 안 해서 그렇지 맘만 있으면 할 수 있어요. 전 그랬어요. 늘 똑같은 분위기에 머물러 지내는 게 싫었어요."

소영이 편안하게 대화를 이끌자 은서는 소영이 제 고객이라는 것도 잊은 채 자신의 이야기를 쏟아내기 시작했다.

"제가 자란 곳은 시골이거든요. 제가 어렸을 때 엄마가 아프셔서 요양차 시골에서 살게 되었어요. 엄마는 소일거리로 집 앞에 정원을 만들기 시작하셨어요. 집 근처에 엄마 또래의 어른들은 농사철엔 바쁘세요. 엄마는 대화 상대가 없어 마음까지 우울하셨대요. 그래서 정원을 만드셨죠. 처음엔 꽃씨를 뿌리고 가꾸는 정도였는데 점점 시간이 지나며 나무도 심고 꽃나무도 심으면서 점점 정원이 커져 갔어요. 전 그렇게 달라지는 정원에서 엄마랑 시간을 보내면서 자랐어요. 어쩌면 그때의 영향이 컸는지도 몰라요. 꽃들이 심어지고 정원의 분위기가 사뭇 달라지는 걸 경험하면서 나도 늘 저렇게 화사한 걸 창조해 내는 사람이 되고 싶다고 꿈꿨는지 몰라요."

말을 마친 은서는 스케치북을 잠시 내려놓았다. 마치 꿈을 꾸는 사람처럼 눈망울을 반짝이며 잠시 멍한 표정을 짓던 은서는 눈을 동그랗게 뜨고 소영을 바라보았다. 살짝 상기된 얼굴이었다.

"죄송해요. 저도 모르게."

혼자 신나서 떠들어댔다는 걸 뒤늦게 깨달은 은서는 어쩔 줄 몰라 했다.

"정말 좋았겠네. 부럽다. 나름 평범한 시간을 보냈음에도 거기서 자신의 꿈을 발견한 거네. 다행이야, 은서 씨가 그런 꿈을 꾼 덕분에 난 공짜 정원을 갖게 생겼잖아."

소영은 전혀 제가 늘어놓은 이야기에 언짢아하지 않았다. 처음 인터넷을 통해 소영의 얼굴을 보았을 때를 떠올리면 정말 지금의 저런 말투와 표정은 상상조차 하기 힘든 일이었다.

"기분이 좋아. 은서 씨랑 이러고 있으니까. 전에도 말했지? 내가 원래 즉흥적인 사람이라고. 충동적이고 맘 내키는 대로 살던 사람. 하아, 그런데 결혼하고 모든 게 바뀌었어. 은서 씨도 이 바닥에서 일하는 사람이니 대충은 여기 사람들의 겉 다르고 속 다른 행동들 눈치챘을 거야. 염증이 나. 그러면서도 어쩔 수 없이 동조를 하며 살아야 해."

"저를 믿으세요?"

소영의 말에서 왠지 모를 공허함이 느껴졌다. 저렇게 눈부시게 아름다운 여자가, 모든 것을 다 누리고 사는 사람이 전혀 행복해 보이지 않았다. 그런 속내를 왜 제게 자꾸만 드러내는 건지 도무지 알 수가 없었다.

"왜? 믿으면 안 돼?"

소영의 되물음에 은서는 당황하는 표정을 지었다.

"나. 어쩐지 은서 씨가 좋아졌어. 이 교수님께 믿을 만한 사람이라고 소개를 받을 때만 해도 내가 이렇게까지 내 이야기를 하게 될 줄 몰랐어."

소영에게서 진심이 느껴졌다. 어쩌면 이 정원처럼 자신도 그녀에게 숨을 쉴 수 있는 구멍인지 모른다는 생각이 들었다.

"사모님, 참 밝고 좋은 향기가 나는 사람이에요. 늘 그런 모습 잃지 않으셨으면 좋겠어요."

은서가 처음으로 말간 눈을 맞추며 진심을 담아 소영에게 말했다.

"언제까지 사모님이라고 부를 거야?"

"폐가 되진 않을까요? 그럼 사석에서만 언니라고 할게요."

"아유, 센스쟁이. 그래, 그럼 오늘부터 은서 너는 내 동생 된 거야."

"네, 언니."

전혀 사심이 담기지 않은 은서의 담백한 대답에 소영은 대단한 답을 듣기라도 한 것처럼 기뻐했다.

"두준아! 숍으로 가자."

오전 10시, 한 건축사무소 소장실로 들어서자마자 소영이 뱉은 말이다.

"내가 거긴 왜?"

뭐가 그리 신이 난 건지 한눈에 보기에도 소영의 표정이 들떠 보였다. 두준은 책상 위의 도면으로 시선을 옮기며 대답했다.

"리모델링하려면 현장을 봐야지."

"하, 거기 인테리어 내가 한 거야. 기억 안 나?"

엘리베이터를 타고 8층으로 내려가면 소영의 숍이다. 그곳은 눈 감고도 훤히 보일 만큼 자신이 직접 꽤 신경 써서 인테리어를 했다. 그런데 현장을 봐야 한다니.

"아, 그렇지. 그래도 내부를 다 기억할 수는 없잖아?"

"하아. 누나, 인테리어 마치면 내부 전경 찍어서 컴퓨터에 보관하는 건 기본이야. 파일만 열어보면 되는데 뭐 하러 가."

"자식! 너, 다른 고객들한테도 이렇게 해?"

한껏 들떠 있던 표정이 김샜다는 듯 눈에 잔뜩 힘을 주고 어깃장을 놓는 소영이다.

"참. 또 뭐야? 대체 뭐에 꽂혀서 이래? 정 여사가 주시를 하고 있을 텐데 왜 숍에 손을 대?"

"또 그 얘기야? 정 여사가 요즘 내 심기를 건드리잖아. 나도 좀 같이 긁어드려야 공평하지. 하하."

"힘들면 언제든 그만두고 나와."

"누가 힘들대?"

"그럼 얌전히 있던가. 그 사람들 눈 밖에 나서 좋을 건 뭐야."

"됐고. 그런 거 너는 신경 쓸 거 없어. 기분 전환이 필요할 뿐이야."

"맘대로 하셔. 언제 내 말 들었나."

두준은 제 만류에도 아랑곳하지 않는 소영을 향해 시큰둥한 표정을 지었다.

"그래. 내 맘대로 할 거야."

입술을 앙다물고 대답하는 소영이었다. 두준은 입술을 일그러뜨리고 어깨를 으쓱했다. 별수 없었다. 저렇게 고집을 피우면 아무도 못 말린다는 걸 알기에 그는 노트북 앞에 앉아 소영의 숍 전경을 담아둔 파일을 클릭했다. 내부 전경을 노트북 창에 띄워 살펴본 그는 고개를 갸웃했다. 회원제로 운영되는 그녀의 마사지 숍의 인테리어 자재들은 모두 최고급으로 이뤄져 있었다. 가만히 생각을 해보니 인테리어를 한 지 일 년 남짓 지났을 뿐이었다.

"이거 드러내고 다시 하기엔 아까워. 소품과 장식만 조금 손대면 될 거 같은데."

사진에 시선을 고정한 채 혼잣말처럼 말을 내뱉은 두준은 바로 날아올 소영의 질타를 떠올리며 미간부터 찌푸렸다.

"그래?"

예상 밖의 환한 목소리에 의아해진 두준은 소영에게 시선을 가져갔다. 그녀는 오히려 잘됐다는 듯 눈을 반짝이고 있었다.

"그럼, 넌 필요 없겠다."

생글생글 웃으며 몸을 돌리는 소영을 보자 갑자기 부아가 났다.

"내가 왜 필요 없어?"

"내가 조인이라고 했잖아. 장식과 소품만 손대면 된다며. 그건 내 맘에 쏙 들게 하는 사람한테 맡기려고. 다음에 보자."

말을 뒤집어보면 제 인테리어 감각이 그 사람만 못하다는 소리였다.

"누나!"

어이가 없어진 두준은 미련 없이 사무실 문을 열고 나서려는 소영을 불러 세웠다.

Rrrrrr.

때마침 소영의 휴대폰이 울렸다.

"어머, 은서네. 시간 칼같이 지키는 앤데. 너 때문에 은서가 기다리게 생겼잖아. 어, 은서야."

뒤돌아서서 저를 쏘아보는 소영의 표정이 날카로웠다. 선약은 저와 해놓고 또 누구와 약속을 했기에 저러나 싶어 두준도 소영을 퉁명스럽게 쳐다보았다.

"잠깐 엘리베이터 앞에서 기다려. 나도 바로 내려갈게."

어떻게 저런 표정을 지으면서도 다정한 목소리를 낼 수 있는 걸까. 이중적인 소영의 모습에 두준의 낯이 어두워졌다.

"누군데?"

"알 거 없어. 아, 아니다. 너, 가끔 가드닝 외주 주기도 하지?"

"그건 왜 물어."

"너, 아까부터 묻는 말에는 대답 않고 왜 네 궁금한 걸 물어."

"그래. 외주 준다. 왜 묻냐고!"

"그럼 같이 내려가자. 소개시켜 줄 사람 있어."

"누구?"

"가보면 알 거 아냐."

"나 바빠. 현장에 가봐야 돼."

"그럼 다음에 보면 되고. 나도 바빠서 이만."

소개시켜 줄 사람이 있다며 잠깐 누그러졌던 소영의 표정이 비아냥거림을 머금고 있었다. 그리고 미련 없다는 듯 몸을 돌려 사무실을 나갔다.

'내 맘에 쏙 들게 하는 사람한테 맡기려고.'

조금 전 소영이 했던 말을 떠올린 두준의 인상이 확 구겨졌다.

"은서야."

엘리베이터 문이 열리고 소영이 미소를 띤 얼굴로 은서를 불렀다.

"네, 사모님."

"후후, 여긴 아무도 없는데."

"그래도."

"맞아. 조심해서 나쁠 건 없지. 그럼 가볼까, 은서 씨."

"네."

두 사람은 소영이 운영하는 마사지 숍 안으로 들어갔다.

"안녕하세요, 사장님."

들어서자마자 안내데스크의 직원이 자리에서 일어나 깍듯이 인사를 했다.

"응. 오늘 예약 손님들 다 취소하라고 한 건?"

"네. 다 취소했습니다."

"직원들은 다 퇴근했고?"

"네."

"그럼, 시진 씨도 퇴근해."

"네? 그럼……."

"뒷정리는 내가 알아서 할게."

"네."

머뭇거리던 직원은 경쾌한 구두 소리를 내며 자리를 떠났다.

"한번 둘러볼까."

"이곳은 쉬는 날이 없어요?"

"왜? 영업에 지장 있을까 봐? 쉬는 날은 없어. 여기 드나드는 사람들은 뉴 페이스를 극도로 경계를 하지. 예약을 취소한 건 네 편의보다 고객들을 배려한 거니까 신경 쓸 거 없어."

소영의 안내에 따라 숍 안을 둘러보며 카메라의 셔터를 열심히 누르던 은서는 의아해졌다. 전혀 손댈 필요성을 못 느낄 정도로 모던함과 격조를 갖춘 공간이라는 생각에서였다. 무엇보다 엔틱 가구와 패브릭의 절묘한 조화가 이곳을 드나드는 고객의 연령층을 가늠케 했다. 다소 부족한 것을 꼽으라면 편안함을 주는 휴식 공간의 느낌이 결여되어 있다는 것 정도였다.

"언니, 혹시…… 노파심에서 드리는 말인데, 이 일 제게 일거리 주려고 계획하신 거예요?"

"역시 센스쟁이라니까. 맞아."

"즉흥적인 사람이란 말 진짜인가 봐요."

"그럼 아닌 줄 알았어?"

"네. 스스로를 그렇게 표현하는 사람은 없잖아요. 조금은 과장된 말이라 생각했어요. 잠깐 동안이지만 언니를 보면서 제가 관찰한 바로는 전혀 그렇게 보이지 않았거든요."

"후후, 사람은 오래 겪어봐야 아는 거라잖아. 그래서 내가 부담스러워?"

"아니요. 신경 써주시는 마음이 고맙죠. 그런데 여긴 정말 손댈게 없어요. 굳이 뭐라도 해야겠다고 하시면 고객의 대기 공간에만 가구 배치를 좀 바꾸고 편안함을 주는 휴식 공간의 느낌을 살리는 소품을 가져다 놓으면 어떨까 해요."

"정말 그것만으로도 분위기가 달라질까?"

"해봐야죠. 음악은 틀어놓으세요?"

"아니."

"흠, 혹시 서로 마주치기 껄끄러운 분들이 같은 시간대에 마주치는 일은 없나요?"

"응? 가능하면 예약 시간을 조정하긴 하는데 일일이 체크하기 힘들긴 해. 그래서 간혹 그런 일이 벌어지지. 직원들 말로는 기 싸움이 장난 아니라네. 숨도 크게 쉬기 힘들대."

은서가 그런 것을 왜 묻는지 의아하다는 표정을 짓던 소영은 직원들의 말을 상기시키며 대답했다.

"그럴 거예요. 대기 공간에 머무는 시간이 짧을 테지만 서로 마주치고 싶지 않은 분들에게는 상당히 괴로운 시간일 거예요. 편안한 휴식을 제공받으러 왔다가 스트레스만 쌓이지 싶어요. 지금의 가구 배치는 그런 부분을 전혀 고려하지 않은 것 같아요. 구도나 분위기상으로는 최적화되어 있지만 고객들 입장에서는 편안함이 결여되어 있죠."

"듣고 보니 그러네. 역시 내가 사람 보는 눈이 있어. 여기 오기 전에 자료 조사 꽤 했나 보다."

"이곳을 이용하는 고객들 입장에서 가장 필요한 것이 무엇일까를 고민하다 보니 어떤 부분을 체크해 봐야 할지 답이 나오더라고요."

"그럼 하루 정도만 문을 닫으면 되겠네."

"언니, 지금 생각난 건데요. 심신을 편안하게 하는 음악에 물소리가 더해지면 훨씬 안정감이 느껴질 것 같아요. 지금처럼 고객들이 안내 데스크를 바라보고 앉아 있게 하는 것보다 벽면에 폭포가 보이도록 하면 어떨까요."

"실내에?"

소영의 시선이 천장에서 벽을 타고 바닥까지 훑어 내렸다.

"주변에 물이 튀면 지저분할 텐데. 그리고 인공 석으로 된 폭포는 좀 아니지 않아?"

"아크릴 같은 투명판을 대고 물이 그걸 타고 내려오게 조절하면 주변에 물이 튀는 현상은 막을 수 있어요. 저도 인공 석 폭포는 싫어요. 하얀 대리석을 벽에 붙이고 스크린처럼 사용하면 어떨까요. 취향이 비슷한 고객을 묶어 예약일을 달리하고 스크린 영상의 종류를 달리하면 괜찮을 것 같아요."

"가능할까?"

"일단은 전문가에게 조언을 받아보고요. 여의치 않으면 다른 아이디어를 내보죠."

"그래. 알아봐. 실은 네게 일을 주고 싶어도 직접적으로 너를 소개하는 게 어쩐지 구차한 생각이 들더라고. 거절당하면 치사한 기분도 들 것 같고. 그래서 눈으로 보여주면 알아서들 관심을 보일 것 같더라. 여기 드나드는 사람들 층이 의외로 다양해서 상당한 입소문을 내줄 거고, 이것보다 확실한 방법은 없겠다 싶었어."

"언니, 신경 많이 쓰셨네요. 감사해요. 덕분에 청담동 매장 내는 일이 빨라질 것 같아요."

"매장이 필요하면 내가 내줄까?"

"아유, 그런 신세까지 지면 안 되죠."

"누가 공짜래? 투자자 형식으로 매장 내주고 일은 네가 하면 돼. 한번 생각해 봐."

"언니……."

자신의 능력을 믿어주고 아낌없는 지지를 해주려는 소영의 마음 씀씀이에 은서는 깊은 감사를 느꼈다. 늘 일에는 최선을 다하고 있지만 더 노력을 하고 싶어졌다.

"네가 오케이만 하면 자세한 계약 조건은 변호사를 통해 계약서를 작성하면 돼. 절대로 선심을 쓰는 제안은 아니니까 그렇게 고마운 표정은 사절이야. 이익이 나지 않으면 바로 계약 철회할 거니까. 하하하."

"생각해 볼게요."

"신중하게 생각해 봐."

소영이 저렇게 말하는 것도 제 부담감을 덜어주려는 거란 느낌이 드는 건 어쩔 수가 없었다. 은서는 이번 일을 끝내고 반응을 지켜보며 신중하게 결정하리라 마음먹었다. 서로에게 피해가 되지 않도록.

청담동, 오피스 용도의 빌딩들이 빼곡히 포진 된 거리에 위치한 두준의 12층 빌딩은 외관만으로는 훨씬 높은 층의 건물로 인식이 된다. 타 건물보다 천장을 높이 지었기 때문이다. 처음 이 빌딩을 설계할 때부터 건축비가 쓸데없이 많이 든다며 제 아버지의 심한 반대에 부딪혔지만 두준은 뜻을 굽히지 않았다. 건축비를 아끼려면 한없이 아낄 수 있었다. 하지만 조악한 건축물을 지어놓고 제 이름에 먹칠을 하고 싶지 않았다.

청담동이 어떤 곳인가. 우리나라에서 내로라하는 사람들의 활동 무대다. 도시미학에 맞는 독특하고 트렌디한 빌딩들이 즐비한 곳에서도 단연코 돋보이는 건물을 짓고 싶었던 그다. 제가 설계 건축한 건물이 이 지역의 랜드마크처럼 인식되길 바랐다. 그런 열망을 가지고 아낌없는 투자를 해 이 건물을 지었고 결국 지난해, 주목받는 건축가 상을 거머쥘 수 있었다.

두준의 사무실이 있는 제일 꼭대기 층 한쪽 외벽은 수직이 아닌 사선으로 절개가 되어 넓은 창이 설치되어 있었다. 12층을 통째로 사무실로 쓰고 있는 탓에 중앙 엘리베이터에서 내리자마자 사무실로 바로 연결이 됐다. 동시에 정면으로 보이는 자연광이 비치는 사선의 창은 사람들의 눈길을 끌기에 충분했다.

꼭대기 층의 진가는 오늘처럼 비가 오는 날이면 빛을 발했다. 사선으로 된 유리창을 타고 흐르는 시원스런 물줄기를 바라보는 기분은 참 평온했다. 마치 엄마의 자궁 속에 들어앉은 기분이랄까. 하염없이 흐르는 빗줄기가 제 영혼을 씻어주고 위로해 준다. 그렇다고 감상에 젖어들어 모든 것을 긍정적으로 바라보아야 하고 용서해야 한다는 생각이 드는 건 아니다. 저는 결코 감성적인 것과는 거리가 먼 인간이기에.

그런데 비가 오는 사무실에 서 있는 두준은 전혀 평온해 보이지 않았다. 그는 아까부터 가슴 앞으로 팔짱을 끼고 입술을 굳게 다물고 서 있었다. 건축이나 인테리어는 단순히 살 공간이나 목적을 위한 공간을 짓고 꾸미는 것이 아니라고 생각해 왔던 그다. 반드시 건축주나 건축가의 영혼이 담겨 있어야 한다고 여겼다. 공간에 대한 이해와 해석이 반드시 필요한 작업이었다.

두준은 출근을 하고 오전 내내 곧 있을 리조트형 주택단지 건축에 대한 회의를 진행할 때만 해도 평온한 기분이었다. 그러다 문득 얼마 전 소영이 했던 말을 떠올리자 부아가 치밀어 올랐다. 다른 건 몰라도 저보다 공간에 대한 이해와 해석이 더 나은 사람이 있다는 말이 신경을 긁어댔다. 그때 기분 같아서는 바로 쫓아가 면상을 확인하고 시안을 살펴본 후 묵사발을 만들어주고 싶었다. 하지만 비아냥거리는 소영의 웃음을 되갚아주려면 기다리는 게 나을 것 같아 꾹 참았다.

점심시간에는 소영의 숍에 손님이 없다는 것쯤은 알고 있었다. 매니저에게 잠깐 연락을 해두어 숍 안을 둘러보는 것은 어렵지 않았다. 약속해 둔 시간에 숍의 문을 열고 들어간 그는 한동안 입을 다물지 못했다. 평온함을 느끼게 하는 분위기에 압도당하고 말았다. 무언가 허를 찔린 기분에 그는 마른침을 삼켰다.

"다른 곳은 어떻게 바꼈습니까?"

"다른 곳은 그대로예요. 이곳만 교체작업을 했어요. 분위기 참 근사하……."

눈치 빠른 매니저는 말끝을 흐리며 두준의 표정을 살폈다.

"사장님께 저 여기 다녀갔다는 말 하지 마십시오."

이렇게 말하고 돌아선 두준은 한쪽 얼굴을 찌푸렸다. 아마도 매니저는 제가 그렇게 말하더라는 것까지 전할 게 뻔했기 때문이었다.

"내가 그러더라고 전할 거 압니다. 하지만 난 안 그랬으면 좋겠군요."

두준은 몸을 돌려 매니저에게 최대한 목소리를 낮춰 말했다. 그의 부드러운 목소리가 낮게 깔리며 매력적인 호르몬을 쏟아냈다. 매니저 시진의 얼굴이 순식간에 붉게 달아오르고 있었다. 유혹하는 어떤 표정도 감정도 담겨 있지 않은 얼굴이란 걸 알면서도 속절없이 가슴을 뛰게 만드는 그의 능력은 놀라웠다.

"네. 그럼요. 절대 말씀 안 드릴게요."

"한 가지 더 물어볼게요. 혹시 이 공간에서 고객들 복장이 어떻습니까?"

"가운만 입고 계세요."

매니저는 제게 시선도 못 마주치고 간신히 대답을 해주었다. 순간 그의 표정이 굳어졌다.

'그거였군. 내가 놓친 게.'

더 이상 아쉬울 것 없는 두준은 인사말조차 건네지 않고 숍을 나왔다. 그리고 바로 제 사무실로 와 내내 굳은 표정으로 서 있었다.

"시진 씨, 두준이 아직 안 왔다 갔어?"

그룹의 이미지 홍보 차원의 봉사를 마친 소영은 기사를 대동하지 않고 숍으로 향했다. 도착해서 물어도 되었지만 궁금한 것을 참을 수가 없었다. 결국 블루투스를 연결해 매니저에게 전화를 했다.

[네.]

시진에게서는 간결한 대답만 돌아왔다. 그럴 리가 없었다. 제가 두준이 녀석의 속을 박박 긁는 소리를 했는데도 확인을 하지 않았다는 건 말이 되지 않았다. 분명 자존심, 아니, 그의 자부심을 건드리는 말이었는데도.

"정말이야?"

도무지 이상해서 믿음을 저버린 적 없던 시진에게 되물었다.

[네. 사장님.]

"하아. 알았어. 10분 후 도착. 숍에는 별일 없지?"

[네.]

오늘따라 시진의 단답형 대답이 수상쩍어 보였다. 하지만 표정을 읽을 수 없으니 자꾸 캐물을 수도 없었다. 별수 없이 두준을 찔러봐야 하는 건가?

"두준아, 바빠?"

"여기가 누나 놀이터야? 아무 때나 불쑥 오게?"

"무슨! 점심시간 다 됐잖아."

"혼자 먹어."

"왜? 선약 있어?"

"아니. 내키지 않아."

"왜?"

그제야 책상 앞에 앉아 내내 파일을 넘겨보던 두준이 고개를 들어 소영을 보았다. 재벌가 며느리가 되면 소영을 자주 볼 수 없었기에 그녀가 숍을 제 사무실이 있는 빌딩으로 옮기겠다고 할 때 흔쾌히 받아들였었다. 덕분에 이렇게 쓸데없이 자주 보는 일이 생겼다.

"하아…… 누나 숍을 이곳에 내주는 게 아니었어."

"뭐야? 내가 귀찮다는 소리로 들린다."

"어. 그래."

한동안 눈에 힘을 주고 노려보던 소영이 방긋 웃었다.

"아이, 왜 그래. 너, 기분 나쁜 일 있구나. 뭔데. 이 누나가 들어줄게."

"그런 거 없어. 지금은 밥 생각이 없을 뿐이야."

두준은 제가 퉁명스럽게 대하면 퉁퉁거리며 사무실을 박차고 나갈 줄 알았던 소영이 끈질기게 버텨내자 마지못해 핑계를 댔다. 그녀가 왜 버티고 있는지는 말하지 않아도 잘 알았다. 이렇게 확인까지 하려 드는 걸 보면 일부러 제 속을 긁었다는 거였다. 하지만 순순히 그녀의 꿍꿍이에 굴복할 수는 없었다.

"야아, 사무실 들어오기 전에 네 비서한테 확인했어. 한 시간 뒤에 영흥엔가 간다며. 빈속으로 가겠다는 거야? 그럼 안 되지."

소영의 말에 두준은 미간을 찌푸렸다.

"너, 설마 비서를 불러다 야단치는 건 아니지? 그럼 내가 뭐가 되냐?"

"이번엔 넘어가겠지만 다음부터는 내 비서를 곤란하게 만들지 마."

"쳇, 별거도 아닌 거 가지고. 네가 그렇게 까칠하게 구는 데는 이유가 있다고 봐!"

"무슨 이유?"

"너, 봤지?"

고개를 살짝 비틀고 눈을 게슴츠레 뜨고 입가에 지은 미소. 다 안다는 투였다.

"그래. 다 봤다!"

두준이 버럭 성질을 냈다.

"하하하하하. 녀석 귀엽긴."

단정하게 빗어 올백으로 넘긴 그의 머리가 순식간에 흐트러졌다.

"아이 참!"

어린 시절, 소영이 그렇게 하면 헤벌쭉 웃던 두준이었다. 하지만 지금은 전혀 그녀의 손길이 반갑지 않았다. 전혀 칭찬과는 거리가 먼 감정이란 걸 알기에 더더욱 짜증스러웠다.

"네 올백 머리 가끔은 엄청 부담스럽거든."

"이 머리가 어때서."

"인상이 강해 보이잖아. 물론 그거에 껌벅 넘어가는 여자도 있지만. 난 별로."

"누나가 나한테 여자는 아니잖아. 내가 매력 어필을 해야 하는 것도 아니고."

잔뜩 심통이 난 얼굴로 머리를 매만지는 두준을 피식 웃으며 바라보던 소영은 본격적으로 제 속내를 드러내기 시작했다.

"어땠어? 참신하지?"

두준은 고개만 무성의하게 까닥했다.

"감각도 있고. 현장을 파악하는 능력도 탁월하고. 그치?"

여전히 심드렁한 얼굴로 고개만 끄덕이는 두준이었다.

"네가 놓친 걸 한 번에 파악해 내더라. 내 촉이 맞았어. 너보다 나아."

버럭 소리를 지르는 대신 그는 눈에서 레이저라도 뿜을 듯 매섭게 소영의 눈을 노려보았다. 하지만 전혀 개의치 않는다는 듯 소영은 더 환하게 웃었다.

"거봐. 네 눈이 말해주잖아. 인정한다고. 너, 외주도 준다고 했지? 이번에 벌이는 주택단지사업에 은서랑 콜라보레이션하는 건 어때? 네가 놓치고 넘어갈 수 있는 것까지 완벽하게 커버할 수 있을지도 모르잖아."

"그거였어? 누나가 원하는 게?"

"서로 좋잖아. 뭐, 네가 굳이 사양을 한다면 할 수 없지만. 음…… 서두르지 않으면 은서가 먼저 못한다고 할 수도 있어. 말 안 해도 알겠지만 여기 드나드는 여자들 입소문이 아마도 대단하지? 벌써부터 은서 전화번호 알려달라고 난리거든. 난 네게 기회를 먼저 주려고 한 것뿐이야."

무심한 듯 말하고 있지만 소영이 제 눈치를 살피고 있다는 게
보였다. 두준은 한쪽 입꼬리를 들어 올렸다.

　"못 믿겠으면 시진 씨한테 물어보던가. 충직해서 네 물음에는
진실을 말해줄 테니. 아, 그러고 보니 아무래도 비서를 서로 바꾸
는 것도 나쁘진 않겠네. 배고파. 오전 내내 봉사를 하고 왔더니 도
저히 못 참겠다. 난 간다."

　매니저에게 물어보라고 하는 걸 보면 은근 슬쩍 떠보는 말은 아
닌 듯했다. 그렇다면 정말 제게 필요한 인재를 눈앞에서 놓치게
될지도 모른다는 조급함이 일었다. 두준은 껌딱지처럼 의자에 붙
였던 엉덩이를 떼어내 듯 마지못해 자리에서 일어났다.

　"같이 가. 혼자 무슨 맛으로 먹어."

　마치 제가 선심을 쓰는 양 그는 소영을 따라나섰다.

3

[은서야, 바쁘지?]

"네, 언니. 다 언니 덕분이죠."

소영의 숍을 드나드는 사람들의 입소문은 빨랐다. 고객의 취향과 장소에 알맞은 분위기를 살릴 줄 안다는 입소문이 나며 실내를 장식해 달라는 의뢰가 줄을 이었다. 이 주일 사이 일이 두 배로 늘어나 정신이 하나도 없었다. 이대로라면 파티 홀 장식이나 결혼식 부케 만들어 납품하던 일은 줄여야 할 지경이었다.

[전에 가드닝을 본격적으로 하고 싶다고 했었지?]

"네."

[그럼 우리 숍 꼭대기 층에 있는 한 건축사무소 한번 가봐. 거기서 널 보고 싶대.]

"네?"

[자세히 말해주고 싶은데, 지금 내가 길게 통화하기 어려워. 문자로 전화번호 넣어줄 테니 약속 시간 정해서 가봐.]

"네, 언니."

통화가 끊기고 바로 소영에게서 문자가 왔다. 전화번호와 함께 당분간 바쁜 일로 자신과는 연락이 안 될 거란 말도 덧붙여 있었다. 일반인과는 다른 특별한 사람이란 걸 알고 있지만 가끔은 그걸 잊고 지낸다. 요즘 들어 대대적인 그룹 이미지 쇄신이 이뤄지고 있었기에 아무래도 소영은 바쁜 스케줄을 소화하느라 바빠질 모양이었다.

"진이야, 부케 마무리 작업은 혼자 할 수 있지?"

"응. 부케 정도야, 뭐. 근데 무슨 일 있어?"

은서가 오피스텔 가득 부케를 만드느라 늘어놓은 물건과 꽃들 사이를 조심스레 피해 책상 앞에 앉자 진이는 부케를 만들던 손놀림을 계속하며 물었다.

"어, 잠깐 먼저 통화부터 하고."

은서는 소영의 문자에 찍힌 전화번호를 꾹 눌렀다. 바로 연결이 되며 컬러링이 시작됐다. 공허한 피아노 소리가 울려 퍼졌다. 이어 천둥소리가 나고 빗소리와 피아노 소리가 합쳐지며 한없이 외롭고 참담한 느낌이 들었다.

"이거 컬러링이지?"

"응."

"이 사람 실연이라도 당한 것 같다."

"응······. 그러게."

컬러링이 계속되고 통화 연결이 되지 않았다. 은서는 기분이 묘해졌다. 누군가의 감정을 몰래 엿본 느낌이 들었던 것이다. 아무래도 일반적인 컬러링과는 다른 분위기의 곡을 들어서인가 보다. 종료버튼을 누른 은서는 문자를 보냈다.

「안녕하세요. 저는 플로리스트 윤은서라고 합니다. 이소영 씨 소개로 전화드렸는데 통화가 안 되네요. 언제 통화가 가능할까요? 가능한 시간을 알려주시면 전화드릴게요.」

Rrrrrr.

"여보세요."

[안녕하십니까. 한 건축사무소 대표 한두준입니다.]

"아, 네."

휴대폰을 내려 번호를 확인한 은서는 고개를 갸웃했다. 조금 전 제가 걸었던 번호와 다른 번호였다.

'잘못 전화를 했었나?'

그럴 리가 없었다. 문자에 찍힌 번호를 그대로 눌러 통화를 했었으니까. 어떻게 제 번호를 알고 그가 전화를 한 걸까. 문자를 보고 한 걸 텐데.

[블로그가 잘되어 있더군요.]

"아아, 블로그를 보고 전화를 하셨군요."

[네. 소영이 누나에게 부탁해 두었는데 전달이 안 된 것 같군요.]

누나라고 부르는 걸 보면 꽤 친한 동생쯤 되는 모양이었다.

두근두근.

이상했다. 한동안 의문 때문에 인지하지 못했다. 왜 자꾸만 가습이 두근거리는 걸까. 아마도 그의 목소리 탓인 것 같았다. 수화기를 통해 울리는 그의 낮은 저음은 꽤 매력적이었다. 전혀 달콤한 말을 속삭이는 것도 아닌데 그런 착각을 불러일으켰다.

[여보세요. 은서 씨?]

쿵!

제 이름이 불린 순간 저도 모르게 심장이 떨어져 나가는 것 같았다. 은서는 재빨리 고개를 흔들며 정신을 차리려 애를 썼다.

"네, 네. 말씀하세요."

그가 전화를 끊을까 봐 다급하게 연결되어 있음을 알렸다.

[바쁘신 것 같으니 용건만 간략하게 말씀드리겠습니다. 함께 일을 해보고 싶은데 제 나름의 검증이 필요합니다. 의향이 있으시면 사무실로 나와주십시오.]

전혀 사적인 말을 하는 것도 아닌데, 더군다나 일 때문에 만나자는 그의 말을 속수무책으로 데이트 신청처럼 느끼는 이 말도 안 되는 기분을 무엇으로도 설명할 수가 없었다. 얼른 대답을 해야 하는데 목구멍이 꽉 막힌 것처럼 목소리가 나오질 않았다. 그만큼 그의 목소리는 제 정신을 혼미하게 만드는 마력이 있었다.

"흠, 흠. 아, 죄송해요."

[시간이 안 되시는군요.]

"아니에요. 저 시간 많아요. 아아, 제 말은…… 그러니까…… 언제 방문하면 될까요."

바보 같았다. 은서는 잔뜩 인상을 찌푸리며 눈을 질끈 감아버렸다.

[내일은 주말이니 힘드실 테고…….]

"아니요. 내일 가능해요. 몇 시쯤 갈까요?"

그의 말이 채 끝나기도 전에 은서는 눈을 번쩍 뜨고 다급히 약속 시간을 물었다.

[그럼 오전 10시에 뵙죠.]

"네."

은서의 대답을 끝으로 통화가 끊겼다.

"너, 왜 그래? 무슨 도깨비불이라도 봤니?"

진이는 무엇엔가 홀린 것처럼 멍하니 앉아 있는 은서를 의아한 눈으로 보았다. 정면을 향해 있던 은서의 멍한 눈이 진이 쪽으로 움직였다.

나 이상해. 가슴이 떨려. 이런 기분은 처음이야. 이거 설레는 거 맞지.

"하아아아아. 후우우우우."

한 빌딩 주차장에 차를 세운 은서는 가슴을 진정시키려고 긴 호흡을 내뱉었다. 효과가 전혀 없는 건 아닌지 쿵쿵거리던 심장이 진정되는 것 같았다. 시간을 확인한 은서는 룸미러로 제 얼굴을 재빨리 살폈다. 데이트를 하러 가는 것도 아닌데 볼이 살짝 핑크 빛으로 물들어 있었다. 입술도 지나치게 반짝거렸다. 얼른 티슈를 꺼내 입술에 바른 립글로스를 닦아내고 파우치에서 분첩을 꺼내 볼을 정신없이 두드렸다. 분첩에 묻어 있던 뽀얀 가루가 은서의 설렘을 가려주었다.

다시 한 번 시간을 확인한 은서는 얼른 차에서 내려 엘리베이터로 갔다. 한 건축사무소 전용이라는 표지가 붙은 엘리베이터가 보였다. 12층 사무실과 바로 연결되는 모양이었다. 전용 엘리베이터는 호흡을 가다듬을 틈도 안 주고 순식간에 저를 12층으로 데려다주었다. 그리고는 저를 놀리듯 띵 하는 경쾌한 소리와 함께 문을 활짝 열어젖혔다.

마지못해 튕겨져 나오듯 엘리베이터에서 내린 은서의 표정이 대번 꿈을 꾸는 듯 바뀌었다. 그녀의 시선을 사로잡은 건 경사면으로 된 넓은 창이었다. 외부에서 볼 때부터 이 공간이 무척 궁금했던 은서는 몇몇의 직원이 의아한 눈길을 주는 것도 모른 채 창이 있는 곳으로 걸어갔다.

"아쉽네. 여기 이 공간을 이렇게 썰렁하게 두다니."

직원들의 휴게 공간으로 사용되고 있는 듯 사무실용 원탁과 의자들이 몇 벌 놓여 있었고 들쭉날쭉한 나무가 심어진 화분 몇 개가 덩그러니 자리를 차지하고 있었다. 은서는 이곳에 제가 왜 왔는지도 잊은 채 가방에서 스케치북을 꺼내 제가 원하는 이미지를 그림으로 담아냈다.

"정말 시간 개념이 정확하군."

지난번 소영이 볼멘소리를 해대던 것이 괜한 소리는 아닌 듯했다. 소장실 안에 있던 두준의 시선이 정확히 10시가 되자마자 엘리베이터에서 내린 여자를 스캔하듯 훑어 내렸다. 작고 앙증맞은 얼굴이 이제 막 고등학교를 졸업한 듯 앳돼 보였다. 그런데 마른 몸은 제법 볼륨감이 느껴졌다. 순간 눈살이 찌푸려졌다.

"어린애군."

고집스레 시선을 얼굴에 고정시킨 그는 입가에 비웃음을 머금었다. 일에 있어서 완벽주의를 추구하는 제 자존심을 건드린 사람이 애송이라 여기며 묘한 경쟁심 따위는 가질 가치도 없다는 듯 그는 턱을 치켜들었다.

검증을 거쳐 본다고 한 건 잘한 것 같아.

고개를 끄덕이던 그는 흠칫 놀란 표정을 지었다. 여자가 돌연 자신이 있는 쪽으로 걸어왔던 것이다. 탐색하던 시선을 들킨 것 같아 얼른 사무실 문을 열고 나서려던 그는 당황했다. 제 쪽으로 걸어오는 줄 알았던 그녀가 휴게 공간을 빙 둘러보더니 가방에서 스케치북을 꺼내 무언가를 그리기 시작했다. 조용히 문을 열고 밖으로 나간 그는 숨을 죽이고 은서에게 다가갔다. 그리고 그녀가 스케치하고 있는 것을 들여다보았다. 점점 그의 표정이 굳어져 갔다.

엘리베이터에서 내리자마자 한번 사무실을 둘러본 게 전부였다. 어떻게 그걸 다 본 걸까. 사무실 내부 곳곳에 놓여 있던 건축물 모형 7개가 경사진 벽면 아래 공간에 배치되고 긴 테이블과 조감도까지 놓이니 마치 고객 상담을 위한 피티 룸처럼 보였다. 완성된 그림은 아니었지만 상당히 그럴듯해 보였다.

대체 뭐야!

한참 동안 굳어진 표정으로 그림을 들여다보던 두준은 제 앞에 서 있는 여자의 머리를 뚫어질 듯 응시했다.

사각사각, 스스슥.

스케치북 위를 바삐 움직이던 손의 움직임이 갑자기 멈췄다. 그리고 무엇인가 생각난 듯 재빨리 스케치북을 덮고 몸을 돌렸다. 두준은 몸을 피할 새도 없이 그녀와 눈이 마주치고 말았다. 무슨 말이든 해야 하는데 아무 말도 할 수가 없었다. 몹시 당황한 기색은 그녀도 마찬가지인 듯했다. 재빨리 그가 손을 내밀어 인사를 청했다. 최대한 그녀의 스케치는 못 본 척하며.

"한두준입니다."

은서는 놀란 빛을 숨기지 못한 채 호흡을 깊게 들이마셨다. 짙은 눈썹, 눈에는 거만하고 당당하면서도 음울하고 강렬한 빛이 서려 있었다. 마치 먹잇감을 앞에 둔 맹수의 그것과 다르지 않았다. 깊이를 알 수 없는 눈동자 속으로 쑤욱 빨려 들어갈 것만 같았다.

이 사람이 한두준.

강인한 선이 존재하는 그의 얼굴과 얇은 입술이 은서의 가슴에 작은 소용돌이를 만들어냈다. 눈을 동그랗게 뜨고 그가 내민 손을 살짝 잡았다. 짧은 순간이었지만 두텁고 커다란 그의 손안에 제 손이 쏙 들어간 느낌이 이상했다. 강인하면서도 부드러움이 동시에 느껴졌다. 남자의 손이란 이런 거구나.

"이쪽으로 오시죠."

얼어붙은 듯 숨을 삼키는 은서에게 향한 그의 눈빛은 아무런 미동도 없었다. 꽤 사무적인 태도를 보이며 악수 후 바로 몸을 돌려 소장실로 은서를 안내할 뿐이었다. 은서는 아쉬운 표정을 지으며 그의 뒤를 따랐다.

그렇게 활용할 수도 있었는데 버려진 공간으로 내버려 뒀다니!

은서의 스케치북 안에서 멋지게 탈바꿈되어 있던 공간을 떠올린 두준은 제대로 뒤통수를 얻어맞은 기분이었다. 경사진 넓은 창 아래 작업대를 배정받은 직원들의 원성이 터져 나오고 나서야 그 공간이 사무실로는 적합하지 않다는 것을 알게 됐다. 따가운 햇볕이 내리쬐었기 때문이었다.

역시 감각 있다고 인정해야 하는 걸까.

생각에 잠긴 두준은 아무 말 없이 책상에 기댄 채 서 있었다.

"어떤 검증을 거쳐야 하나요?"

어제도 할 말이 끝남과 동시에 전화를 뚝 끊더니만 인사용 악수를 한 후에도 볼일이 끝났으니 미련이 없다는 듯 돌아서던 그다. 사무실로 들어와서도 앉으라는 말 한마디가 없었다. 은서의 아랫입술이 저도 모르게 삐죽 튀어나왔다.

"아, 이쪽에 앉으세요."

그가 가리킨 소파의 색깔이 살짝 빛이 바랜 빈티지한 느낌을 자아내고 있었다. 은서는 언제 기분이 상했냐는 듯 다시 눈을 반짝이며 소파의 색깔을 유심히 관찰했다.

"빛이 선물한 예술이네요."

"네?"

"이런 빛깔은 인위적으로는 만들기 어려운 칼라죠. 햇살 아래 놓인 덕분에 소파가 멋진 색으로 옷을 갈아입을 수 있었던 거죠. 그러니 선물이 맞죠."

두준은 한쪽 눈썹을 살짝 끌어 올렸다. 도무지 이 기분이 뭔지 알 수가 없었다. 면접을 보러 온 게 맞나 싶을 정도로 너무 해맑은 그녀였다.

애송이야, 아님 닳고 닳은 거야!

"제가 뭐에 꽂히면 말이 많아요. 장점이자 단점이죠."

그가 아무런 말이 없자 은서는 살짝 얼굴을 붉히며 말했다.

"무엇에 대한 검증이냐고 물었죠? 거기부터 시작할까요?"

"네."

은서는 자세를 고쳐 앉으며 눈을 반짝였다.

"전원주택단지를 시공 중입니다. 우리 건축사무소에서 가장 중점적으로 진행하는 공사죠. 입주할 고객들과 협의를 거쳐 가드닝을 해줄 마땅한 업체를 찾고 있습니다. 무조건 입주자들의 취향만 고려하는 게 아닌 단지 전체와 조화로운 이미지를 구현해 낼 수 있어야 합니다."

그의 말을 듣고 있던 은서는 더욱 눈을 반짝였다. 청담동 매장 같은 것은 이미 그녀의 머릿속에서 사라졌다. 제 최종 목표는 그가 말하고 있는 것을 해보는 거였으니까. 소영의 일을 맡았을 때보다 더 욕심이 나고 의욕에 넘쳐흐르는 표정이 됐다.

"아직 제 마음에 드는 시안을 내는 업체를 찾지 못했습니다. 소영 누나의 추천을 받고 블로그에 들어가 보긴 했지만 은서 씨의 작품들이 썩 마음에 와 닿지는 않더군요."

제가 말하는 의도를 그녀가 제대로 파악하지 못하고 눈을 반짝이는 것이 몹시 못마땅했다. 그렇게 큰 가드닝 작업이라면 위축되어야 하는 게 아닌가. 묘한 경쟁심에 사로잡힌 그는 지그시 그녀를 눌러보기로 했다.

"그건, 블로그에 가드닝을 제대로 한 작품을 올리지 않아서죠."

전혀 위축되지 않은 그녀가 아무렇지도 않은 얼굴로 대답했다.

"왜죠?"

그는 강도를 높였다.

어서 말해. 한 번도 해본 적이 없다고.

그의 턱이 조금씩 올라가기 시작했다.

"그건…… 제가…… 그렇게 큰 작업은 해본 적이……"

그의 입가에 회심의 미소가 지어질 찰나였다.

"하지만 해본 적이 없을 뿐 잘할 수 있어요!"

근거 없는 자신감을 내보이는 그녀였다. 그는 저도 모르게 피식 웃고 말았다.

"한 소장님이 비웃는 게 당연해요. 하지만 저를 부르신 건 제게서 가능성을 보신 거잖아요. 그래서 검증을 해보겠다고 하시는 거고."

그의 얼굴이 순식간에 굳어졌다. 따박따박 제 할 말을 한다. 조금 전까지 보이던 해맑은 소녀의 모습은 없었다. 자꾸만 감정이 뒤섞이며 머릿속이 복잡해졌다. 일을 맡기겠다는 건지 제 자존심을 회복하기 위해 그녀를 밟아주겠다는 건지 분간이 되지 않았다.

"맞아요. 그래서 검증이 필요하다고 했습니다."

"어떤 검증이죠?"

"꽤 자신 있어 보이는군요. 그럼 어디 해봅시다. 파주에 주택이 있습니다. 거기에 가드닝을 직접 해봐요."

"그럼 제가 한 소장님의 마음에 들게 가드닝을 하면 제게 일을 맡겨주시는 건가요?"

열망에 들떠 있는 것은 그녀의 목소리뿐만 아니었다. 전혀 제 생각을 숨길 줄 모르는 얼굴이었다.

내 마음에 들게? 틀렸어!

그는 한쪽 입술을 비틀어 올렸다.

"그 집에는 누가 사나요?"

그녀의 물음에 그의 입술이 일자로 굳어지며 한쪽 눈썹이 크게 올라갔다. 이런 경우 보통 어떤 콘셉트로 하면 되는지부터 물어오는 게 일반적이었다. 그런데 누가 사는지부터 묻는다. 역시 인정해 주어야 하는 걸까?

"그건 왜죠? 콘셉트만 알려 드리면 되지 않습니까?"

"아니죠. 콘셉트도 중요하지만 그 집에 사는 사람들이 가장 중요하죠. 구성원들의 취향을 모두 고려해 조화로운 이미지를 만들어야죠. 그건 소장님이 더 잘 아시잖아요."

그의 입가에 처음으로 부드러운 미소가 지어졌다.

하! 제법이군.

하지만 곧 그는 무표정한 얼굴을 했다.

"제가 삽니다."

"네?"

크게 당황한 그녀는 아까처럼 숨을 크게 들이마시며 눈을 동그랗게 떴다.

"저 혼자 살아요. 제 취향은 저도 모릅니다."

그녀가 어떤 대답을 할지 몹시 궁금했다.

"본인의 취향을 모르신다고요……?"

"네."

한참 동안 생각에 잠긴 듯 시선을 이리저리 돌리는 은서를 바라보는 그의 눈빛은 승리감에 도취된 듯 보였다.

"시간이 필요해요. 일단 파주 현장을 볼 수 있을까요?"

"지금은 곤란한데요."

"집의 내부 전경을 찍은 사진이라도 볼 수 없나요?"

하! 내부 전경을 보고 내 취향을 파악하겠다?

"이메일 주소 주세요. 파일로 보내 드리죠."

묘한 뉘앙스를 주는 억양이었다. 해볼 테면 해봐. 이렇게 말하는 것으로 들렸다. 솔직히 그의 매력에 잠깐 설레고 혼란스러웠던 건 사실이지만 그건 잠깐 그의 외적 매력에 홀린 것뿐이었다. 그녀도 일에 있어서는 누구보다 자부심이 큰 사람이었다. 그런 제 능력을 시험당하는 기분이 썩 좋을 리 없었다. 은서는 아랫입술이 나오려는 걸 애써 집어넣으며 아까 몹시 당황해서 그에게 전하지 못했던 명함을 건넸다.

"여기요. 언제 현장에 갈 수 있죠?"

"주말엔 곤란하고 월요일쯤 가능합니다."

"좋아요. 그때 시안 들고 찾아뵐게요."

"여러 개의 시안을 들고 오는 것보다 한 가지 시안을 만들어오는 게 더 인상적일 겁니다."

쐐기를 박듯 그는 사무실을 나서는 그녀를 향해 강한 어조로 말했다. 마치 시안이 마음에 안 들면 바로 잘라 버리겠다는 듯.

"이이, 씨!"

은서는 노트북 창에 띄워놓은 이미지를 몇 시간째 분석 중이었다. 퀭한 눈과 눈 밑에 드리워진 다크서클로 그녀가 얼마나 고심을 하고 있는지 알 수 있었다.

"누가 이런 이미지를 달랬냐고! 실제 살고 있는 지금을 보여달라는 거였어! 그걸 분명히 알고 있을 텐데. 이이, 씨."

투정을 부리듯 아무리 노트북을 향해 혼잣말을 해보았자 아무 소용이 없음을 안다. 답답한 마음을 풀어낼 길이 없었기에 잔뜩 푸념을 내뱉었지만 돌아오는 답은 없었다. 스스로 풀어야 할 숙제, 난제였다.

집의 내부 구조나 인테리어, 가구나 소품 심지어는 책장에 꽂힌 책의 종류 등에는 그 집에 사는 사람들의 취향이 그대로 드러나기 마련이다. 고객들의 취향을 파악하기 위해서는 현장에 방문해 직접 둘러보는 것은 필수였다. 하다못해 실제 살고 있는 공간의 사진이라도 보아야 한다.

그런데 그가 보낸 이미지 파일은 순전 엉터리 정보였다. 이런 사진을 보고 자신의 취향을 파악해서 시안을 만들어오라니! 인테리어를 마치고 바로 찍은 사진이었던 것이다. 당연히 그 어디에서도 그가 직접 사용하고 있는 물건들은 찾아볼 수 없었다. 게다가 무슨 이유에선지 내부 인테리어도 각 공간마다 느낌이 제각각이었다. 통일감은 없는데 조화롭다는 건 흥미로웠지만 도무지 그의 취향이 어떤 것인지는 파악할 수가 없었다.

첫 이미지, 거실은 모던하고 깔끔한 화이트 톤으로 되어 있다. 그런데 벽난로라니……. 처음엔 단순한 장식용인 줄 알았다. 하지만 이미지를 확대해서 보니 사용을 목적으로 한 것이었다. 화이트 스톤으로 주변이 장식된 벽난로는 꽤 근사해 보였다. 다소 딱딱해 보일 수 있는 모던한 거실을 중화시켜 주는 느낌이랄까? 실제로 불이 피워져 있다면 거실의 분위기를 아늑하게 바꿔줄 것 같았다.

두 번째 이미지, 안방과 욕실의 구조는 신선하다기보다는 다소 충격적인 느낌이었다. 거실의 출입구로 들어서면 바로 드레스 룸이 있었고 안방과 욕실이 나란히 연결됐다. 안방에서 드레스 룸으로 통하는 출입문과 욕실의 출입문을 닫으면 안방은 마치 밀실처럼 창이 없는 폐쇄적인 구조였다. 은서는 한동안 멍한 표정으로 안방의 이미지를 들여다볼 수밖에 없었다. 이런 구조의 집은 단 한 번도 본 적이 없었기에 무척 당혹스러웠다. 게다가 안방보다 욕실이 훨씬 아늑한 느낌이 들었다.

바닥을 파내어 모자이크로 마감한 욕조라니……

나머지 방과 욕실은 손님을 위한 공간임에 틀림없어 보였다. 평범한 일반적인 집의 안방 구조와 별반 다르지 않았다. 주방 역시 살림을 위한 것은 아닌 듯 심플했다. 처음엔 주방이 없는 줄 알았다. 그러나 곧 다음 이미지에 답이 들어 있었다. 거실 한쪽 벽면의 수납 가구처럼 보이는 것이 주방이었다. 수납 가구의 문을 모두 오픈한 이미지로 주방가전과 수납장이 빌트인되어 있음을 알 수 있었다. 개수대까지 빌트인으로 하다니. 그건 아무래도 주방에 머무르는 시간이 거의 없다는 것으로밖에 안 보인다.

무엇으로 그의 취향을 파악해야 하는 걸까. 노트북 창의 이미지를 올렸다 내렸다 하는 마우스 휠의 움직임에 속도를 가하던 은서는 결국 코뿔소처럼 가슴을 들썩이며 거칠게 숨을 내쉬고는 마우스를 던져 버렸다. 도저히 화를 삭일 수가 없었다.

매년 독일의 마에스타, 영국의 맥퀸즈, 제인파커, 프랑스의 까뜨린 뮐러 등등 유학을 가는 인원이 100명이 넘는다. 그 많은 사람들이 유학을 마치고 국내로 들어와 모두 자리를 잡고 살아남는 인원은 10% 안팎이다. 그런 치열한 경쟁 속에서 유학파도 아닌 제가 만들어놓은 입지는 자부심을 갖기에 충분했다.

그가 저를 불러들인 의도가 의심스러웠다. 제 감각을 인정하기에 일을 주겠다는 것인지 간절한 꿈을 향해 달려가는 제 의지를 꺾으려는 것인지 분간이 되지 않았다. 후자와 같은 의도라면 대체 왜!

어깨를 들썩이며 콧김을 뿜어내던 은서의 어깨가 갑자기 축 처졌다. 일을 의뢰한 당사자로서 생각을 할 때는 견딜 수 없게 화를 돋우는 상대였다. 하지만 막상 그의 얼굴을 떠올리자 온몸이 저절로 반응하는 듯했다. 온몸에 힘이 빠져 느른해지고 자꾸만 가슴이 설레었다. 그의 깊은 눈에서 뿜어져 나오는 서늘함마저 매력적으로 느껴졌다.

"하아."

은서의 눈길이 욕실에 닿았다. 어떻게 욕실 창을 이렇게 할 생각을 했을까. 은서는 눈을 감고 상상의 날개를 펼쳤다.

깊은 밤 욕조에 가득 받아놓은 뜨거운 물 위로 수증기가 피어오른다. 마치 호숫가에 드리워진 밤안개처럼 몽환적 분위기를 자아내겠지. 살짝 열어놓은 창을 비집고 들어온 바람에 하늘거리는 커튼 자락. 미끄럼틀을 타듯 욕실 바닥에 앉았다가 욕조 안으로 미끄러져 들어가 비스듬히 누우면 어떤 기분이 들까. 안락함, 모든 시름이 다 사라지진 듯한 평화로움, 하루의 피로를 다 씻어내 줄 것 같은 나른함. 은서는 그 기분을 느껴보았다.

"조명 대신 초를 켜야겠다. 아니다. 굳이 초를 켜지 않아도 달빛으로도 충분할지도 몰라. 시골이라 까만 밤하늘은 별로 가득하겠네. 그리고 지금은 오월이니까 산자락을 타고 달콤한 아카시아 향이 욕실 안으로 짙게 퍼지겠지? 향이 진한 목욕제 따위는 필요도 없겠다. 아, 정말 로맨틱하다."

나른한 상상에 빠진 은서의 머릿속에 갑자기 잔뜩 인상을 찌푸린 그의 얼굴이 오버랩됐다.

"헉!"

실오라기 하나 걸치지 않은 벌거벗은 제 모습을 그에게 들킨 것 같아 은서는 두 손을 모아 제 가슴 위로 가져갔다. 그리고는 픕 하고 웃고 말았다.

"으이구! 내가 제정신이 아닌 모양이다."

미친 듯이 머리카락을 두 손으로 마구 헝클어트리던 은서는 뇌리를 스치듯 무엇인가가 떠오르자 종일 띄워놓았던 이미지 창을 내리고 인터넷을 열었다. 검색창에 한 건축사무소 한두준이라고 입력하고 엔터키를 눌렀다. 은서의 입술이 천천히 옆으로 벌어졌다. 다양한 경로로 찾다 보면 그가 보내준 이미지 사진과 접점이 되는 것을 찾을 수 있을지도 모른다고 생각을 한 건 천재적 감각이라고밖에 표현이 안 됐다. 은서는 눈을 반짝이며 그에 대한 정보를 수집해 나갔다.

그는 몇 해 전부터 '공감'이라는 건축 잡지에 '도시의 미학'이라는 제목으로 칼럼을 쓰고 있었다. 서울 곳곳의 아름다운 건축물들과 거리를 소개하며 건축의 미학을 글로 맛깔스럽게 표현해서 칼럼을 읽고 나면 건물과 거리를 실제로 보고 싶다는 마음을 동하게 만들었다.

소개하는 도시의 건축물을 배경으로 촬영된 그의 사진은 그녀의 시선을 끌기에 충분했다. 카메라가 아닌 다른 곳을 응시하는 그의 시선 처리는 계산된 것인지는 알 수 없었지만 이상향을 보는 듯했고 때로는 고뇌에 차 있는 것도 같았고, 꿈을 꾸는 듯 몽환적으로 보이기까지 했다.

인터뷰 기사에는 잡지에 실린 그의 사진에 마음을 빼앗겨 건축 잡지를 구독하는 매니아 층이 생길 정도라고 쓰여 있었다. 게다가 그가 한 빌딩의 건축으로 지난해 신인 건축가 상을 거머쥐었다고 전했다.

"우와! 대단한 사람이구나. 이게 대체 몇 개야?"

인터뷰 기사 아래 달린 댓글 수를 보는 은서의 눈이 휘둥그레졌다.

인터넷에는 그에 대한 수많은 정보가 올라와 있었다. 칼럼과 인터뷰뿐만 아니라 잡지사의 각종 파티에 초대받았던 사람들의 블로그에서도 심심찮게 그에 대한 정보를 엿볼 수 있었다. 인터넷의 정보를 요약하자면 그는 건축가로서의 자긍심이 강한 이 시대의 남성상이란다. 부와 명예, 외모와 스펙. 즉, 모든 것을 다 갖춘 완벽남이란다.

그런 남자가 원하는 정원은 어떤 걸까? 정원이 눈에 들어오기나 할까? 대체 어떤 목적으로 정원의 가드닝을 해달라는 걸까?

지금까지 알아낸 수박 겉핥기식의 정보로는 머릿속만 더 복잡해질 뿐이었다. 은서는 다시 원점으로 돌아가 기사나 블로그 글에 달린 댓글을 보기 시작했다. 좀 더 사적인 그의 면모를 엿볼 수 있기를 바랐다. 인터뷰 기사에 있던 그의 결혼관은 의외로 평범했다. 이상형의 여자를 만난다면 언제든 결혼할 마음이 있단다. 지극히 평범한 대답이지 않은가? 그런데 의외의 댓글을 발견하고 은서는 눈을 찌푸렸다.

—자유분방하게 살면서 무슨 개소리냐.

—그래도 꽤 로맨틱한 남자다.

―스스로 떨어져 나가도록 만들고 이별의 타이밍에 맞춰 흑장미를 건네는 아주 지능적인 사람이다.

댓글을 살펴보며 뜨악한 기분이 들었던 은서의 뇌리에 불현듯 소영이 떠올랐다. 그녀를 놓고 보자면 인터넷 기사도, 그 기사에 달린 댓글도 전부 신뢰할 수 있는 것은 아니었다. 선입관을 가지고 그녀를 만났지만 그녀의 실체는 인터넷과는 전혀 다른 사람이었다. 어쩌면 그도 같은 맥락으로 봐야 하지 않을까.

아무것도 해결한 것이 없는데 눈꺼풀은 왜 이렇게 천근만근 무거운지. 은서는 깊은 한숨을 내쉬며 책상 위에 엎드렸다. 무엇엔가 열중하면 빠져 버리는 그녀였다. 먹는 것도 자는 것도 잊어버릴 만큼. 모든 에너지가 방전된 인형처럼 마지막 힘을 다해 깜박이던 눈꺼풀이 감기고 그녀는 스르륵 잠이 들었다.

"시안은 가져왔습니까?"

약속 시간에 맞춰 모습을 드러낸 은서는 그의 사무실에 들어온 후, 아무런 말이 없었다. 가볍게 목례를 한 그녀는 이전처럼 빤히 제 눈을 맞추지도 못했다. 시안을 가져오지 못한 게 틀림없어 보였다. 이틀 사이 꽤 초췌해진 은서의 지친 표정을 보니 어쩐지 불쌍해 보였다. 묘한 경쟁심으로 그녀를 시험해 보고 싶었던 것은 사실이었지만 그녀가 타고난 감각의 소유자란 걸 인정하기에 어떤 시안을 내놓든 인정해 줄 생각이었다.

"시안은 없어요."

"그렇겠죠. 취향이 무엇인지 모르는 고객의 입맛에 맞는 시안 하나를 제시한다는 건 처음부터 말이 안 되는 거였어요."

두준은 그녀의 대답이 몹시 마음에 들었다. 뾰족했던 마음도 누그러지는 것 같았다. 선심을 쓰듯 그는 다 이해한다는 반응을 보였다.

"네. 시안을 만들 수는 없었지만······ 이 그림을 봐주세요. 이런 분위기로 정원을 꾸민다면 어떨까······ 생각해 봤어요."

은서가 주저하며 가방에서 스케치북을 꺼내 그의 앞에 펼쳐 놓았다. 전에 없이 여유로운 표정을 보이던 그의 입가가 점점 굳어져 갔다.

'너, 대체 뭐야.'

제가 보낸 이미지 파일은 엉터리였다. 그녀는 대체 거기서 무엇을 본 걸까. 두준은 뚫어질 듯 그녀의 눈을 응시했다.

은서는 깊이를 알 수 없는 그의 눈동자를 마주 응시했다. 그의 시선이 강렬하고 두려웠지만 피하지 않았다.

"왜 이런 허접한 그림을 보여주는 겁니까?"

"하아. 허접하긴 하네요. 기교도 꾸밈도 전혀 없는 평범한 마당이니까요. 인정해요. 일을 주지 않으셔도 좋아요. 어차피 저는 천천히 제 꿈을 향해 가고 있으니까요. 고속 엘리베이터를 탈 수 있는 기회였기에 욕심이 났어요."

잠시 아쉬운 표정을 짓던 은서가 말을 이었다.

"이 그림이요. 제가 어렸을 때부터 살았던 집의 마당이에요. 우리 엄마가 정성껏 가꾼 평범한 집의 평범한 마당. 솔직히 한 소장님 집에서는 사람 냄새가 안 느껴졌어요. 물론 바로 인테리어를 한 직후의 사진이라 더 그랬겠죠. 그래서 마당에 평상 하나쯤 놓이면 어떨까. 옛날 집처럼 벽돌을 총총 박아놓은 촌스러운 화단이 있으면 어떨까. 털이 복슬복슬한 강아지가 뛰어다니면 어떨까. 좀 엉뚱한 생각을 해보았어요."

서늘한 표정을 짓고 있는 그를 응시하며 은서는 제가 그린 그림에 대해 설명했다. 집이란 사람이 사는 곳이니 당연히 사람 냄새가 나야 한다. 그의 집에 결여되어 있는 이미지를 보완하는 정원을 구상하다가 흙장난을 하며 엄마와 보내던 제 어린 시절을 떠올렸고 그걸 그림으로 담았다.

"어쨌든 기회를 주셨던 것에 감사드려요. 열심히 실력을 더 쌓아서 언젠가는 한 소장님과 꼭 일해보고 싶어요."

은서는 자리에서 일어나 그에게 손을 내밀었다.

"잠깐만."

그는 은서가 내민 손을 맞잡지 않았다. 여전히 눈빛은 서늘했지만 뭔가 할 말이 있는 듯 은서를 응시할 뿐이었다.

"네?"

"그림이 허접하다고 했지 일하지 말라고 하진 않았습니다."

"네? 그럼……."

은서는 눈을 동그랗게 뜨고 내밀었던 손을 입으로 가져갔다.

"이미지가 허접하지만 좀 더 보완을 하면 나쁘진 않겠군요."

이미 케이오 패를 당했다. 하지만 표면적으로는 절대 우위에 있고 싶었던 그의 마지막 자존심은 굴복을 허락하지 않았다.

"네. 현장을 본다면 좀 더 구체적인 이미지를 떠올려 시안을 만들 수 있을 것 같아요."

어린애처럼 방긋 웃으며 어쩔 줄 몰라 하는 은서였다.

"주소를 주면 혼자서 찾아갈 수 있습니까?"

"네!"

"오늘 낮에 일하는 아주머니가 계시니까 가서 둘러보고 제대로 시안을 만들어와요."

"네! 감사합니다."

표정만으로도 그녀가 얼마나 기뻐하는지 알 수 있었다. 인사도 생략한 채 주소를 받아 들고 통통거리는 걸음으로 사무실을 나가는 은서의 뒷모습을 바라보는 두준의 얼굴은 복잡해 보였다. 어쩐지 지금의 이 결정이 자신을 한순간에 무너뜨릴지도 모른다는 생각이 들었기 때문이었다.

'대나무였어. 하!'

두준은 시간이 지나고 점점 빼곡해질 대나무 숲을 생각하며 입가에 미소를 피워 올렸다. 취향을 모른다고 했다. 그리고 집을 보여주는 것 외에는 아무런 정보도 주지 않았다. 그럼에도 불구하고 은서는 겨우 일주일 만에 1년이 넘도록 제가 포기하고 있던 것을 찾아내 해결했다. 말하지 않아도 가려운 곳을 콕콕 짚어내 긁어주는 그녀의 능력에 절로 감탄하지 않을 수 없었다.

놀라울 정도로 밝은 달빛, 금방이라도 쏟아져 내릴 듯 밤하늘을 가득 채운 별빛. 도심을 떠나 파주에 주택을 지은 건 자연이 주는 느긋함을 맛보고 싶어서였다. 자연은 그렇게 제 지친 마음을 치유해 주는 치료제였다.

처음, 욕실을 통창으로 설계했을 때, 뜨악한 표정을 짓던 사무실 직원들이 도통 이해되지 않았다. 하지만 입주를 하고 첫날 여지없이 꿈은 무너졌다. 실오라기 하나 걸치지 않은 채 욕조에서 느긋하게 자연을 품어내던 밤, 근사한 집이 지어진 걸 구경하러 왔던 동네 주민들로부터 플래시 세례를 받았을 때를 떠올리면 지금도 낯이 뜨겁다. 그날 이후, 하늘거리는 커튼을 뜯어내고 바로 버티컬을 설치했다. 그런데 이런 문제를 그녀가 한방에 해결을 하다니.

그녀는 함께 일하는 파트너로서 아주 적합해 보였다. 그러나 아주 가까이 두고 싶은 마음은 없었다. 어쩐지 제 속을 들키게 될까 꺼림칙했다. 아니, 이미 많은 부분을 들키고 있는 게 썩 마음에 들지 않았다.

참 위험한 여자야.

누그러졌던 마음을 굳게 잠그는 그의 얼굴에서 서늘한 바람이 불었다.

4

끼이익.

조심스럽게 철문을 열고 들어서던 은서의 어깨가 잔뜩 움츠러들었다. 도둑질을 하러 들어가는 것처럼 은밀한 방문이었기에 대문에서 나는 작은 소리에도 더더욱 심장이 쪼그라드는 것만 같았다. 왜 아니겠는가. 제가 이렇게 도둑고양이처럼 남의 집에 숨어들 줄은 몰랐다.

그의 집 정원은 어제까지만 해도 가드닝 공사 때문에 은서가 자연스럽게 드나들던 공간이었지만 공사를 마무리한 지금은 엄연히 타인의 집이었다. 어제 공사를 마무리한 터라 은서는 한 소장의 집 열쇠를 돌려주려 한 빌딩으로 향하다가 차를 돌려 파주, 그의 집으로 왔다. 그의 은밀한 욕실을 살펴볼 수 있는 다시는 없을 기회였다. 오늘은 집을 관리하는 아주머니도 오지 않는 날이었다.

그의 차도 보이지 않았다. 잠깐이면 되었다.

징검다리처럼 마당에 심어놓은 돌에 살금살금 발을 디딘 은서는 현관에 다다를 때까지 벌렁거리며 뛰는 심장을 주체할 수가 없었다. 손을 뻗어 열쇠 구멍에 열쇠를 넣으면 되는데, 그러면 곧장 그의 침실과 연결된 욕실을 볼 수 있었다.

꼴깍.

이 무슨 악취미인지. 그가 끝내 보여주길 거부하는 공간을 보겠다는 일념 하나로 남의 집을 도둑고양이처럼 어슬렁거리고 있는 꼴이라니.

"몰래 보는 건데 뭐."

혼잣말을 중얼거리던 은서는 서늘한 표정에 입술을 단단히 붙인 두준의 얼굴을 떠올려 보았다. 그리고 고개를 저었다. 더 이상 그에게 죄를 지을 수는 없었다. 남의 프라이버시를 제 호기심 때문에 침범하는 것은 해서는 안 되는 일이었다. 열쇠를 손에 꽉 움켜쥐고 한동안 현관의 열쇠 구멍만 바라보던 은서는 몸을 돌렸다.

하지만 제 호기심은 끝끝내 포기를 하지 못하는 모양이었다. 저절로 발이 움직이며 뒷마당으로 저를 이끌었다. 제 탓이 아니었다. 호기심이 생기면 풀기 전까지 잠을 이루지 못하는 은서였다. 본성은 제가 다스릴 수 있는 것은 아니지 않은가. 천천히 뒷마당으로 향하던 은서는 흐뭇한 표정으로 정원을 시선으로 훑었다.

아무리 생각해도 펜스를 거둬내고 대나무로 담장을 만들어놓은 것은 신의 한 수였다. 대나무는 몇십 년에 한 차례 꽃을 피워 씨를 맺고 모두 죽는 특성이 있어 영양번식법으로 번식이 가능하기에 대가 굵지 않은 햇대나무를 담양에서 구해왔다. 아직은 키가 크지 않고 여리해 보이지만 하루 만에도 1M나 성장을 하는 대나무의 특성상 자리를 잡으면 뒷마당은 금방 대나무 숲을 이룰 것이었다.

'어!'

심봤다. 하마터면 산삼을 발견한 심마니마냥 소리를 지를 뻔했다. 욕실의 버티컬이 활짝 열려진 채 왜 이제야 왔냐며 저를 반기고 있었기 때문이었다. 은서는 무엇엔가 이끌리듯 입을 벌리고 수줍게 열려 있는 문을 통해 욕실로 들어갔다. 이미 호기심에 휩싸인 그녀에게서 이성이라고는 찾아볼 수 없었다.

아침의 햇살을 가득 담은 욕조에는 보석 가루를 뿌려놓은 듯 물이 반짝이고 있었다. 그 사이사이로 빨간 꽃잎들이 부유하고 있었다. 사진상의 이미지로는 느껴지지 않던 입체감이 선명하게 드러나는 욕조였다. 독특한 욕조에 호기심이 생긴 은서는 욕조의 구조를 살펴보기 위해 가까이 다가갔다.

사진으로 볼 때 하트 모양이라고 단정 지을 수 없었던 욕조의 모양은 제 생각처럼 어머니의 자궁 형상이었다. 유선형으로 파인 욕조 안은 갖가지 조각난 타일이 공들여 붙여져 있었다. 자세히 모자이크의 모양을 살펴보던 은서의 표정이 꿈을 꾸는 듯 몽롱한 미소를 머금었다. 어머니의 자궁 안에 있는 아가들의 꿈을 녹여놓은 이미지다.

두준의 독특한 감각과 취향에 감탄을 하고 있을 때였다. 갑자기 안방 드레스 룸 쪽에서 인기척이 들렸다. 화들짝 놀란 은서가 서둘러 몸을 일으켜 욕실 창 쪽으로 걸음을 옮기려던 순간 커다란 소리를 내며 욕조 속으로 몸이 던져졌다.

낭패였다. 욕실 바닥은 오일이라도 뿌려졌던 건지 상당히 미끄러웠다. 욕조 가까이 다가갈 때는 몸을 사려가며 조심했었다. 하지만 갑자기 들려오는 인기척에 당황한 나머지 욕실 바닥이 미끄럽다는 것을 잊은 게 화근이었다. 물속에 던져져 허우적대면서도 누군가 황급히 다가오는 모습이 보였다.

맙소사! 그였다.

한참을 허우적대던 은서는 간신히 몸을 일으켰다. 겨우 무릎을 넘기는 깊이의 욕조에서 살겠다고 버둥거리면서도 그가 왜 이 시간에 집에 있는 것인지 알 길이 없어 황망한 기분이 들었다. 공사 기간 내내 파악한 그의 동선에 의하면 이 시간에 그는 사무실에 있어야 했다.

두 손으로 얼굴의 물기를 거둬내자 제 얼굴에서 몸으로 천천히 시선을 옮기는 그가 눈에 들어왔다. 얼른 시선을 아래로 가져간 은서는 양손으로 제 가슴을 가리며 염치 불구하고 욕조에 주저앉았다.

'하필!'

은서는 입술을 잘근잘근 깨물었다. 오늘따라 얇은 흰 면 원피스를 입고 있었기에 물에 흠뻑 젖은 옷은 살과 밀착되어 여과 없이 제 속옷이며 속살을 비춰주고 있었기 때문이었다.

"은서 씨가 왜 거기에 있는지는 나중에 듣도록 하고 우선 좀 나오지."

어느새 그의 손에는 목욕 가운이 들려 있었다. 난감한 것은 저인데, 그 역시도 난감한 표정을 짓고 있었다.

"나…… 나갈 수…… 없어…… 요."

몸을 일으키면 그의 시선을 피할 수가 없을 것이다. 부끄러움에 은서는 몸을 잔뜩 움츠리며 기어들어 가는 목소리로 겨우 대답했다.

"훗."

그가 입가에 묘한 미소를 띠었다. 조금 전, 남자를 온몸으로 유혹하기라도 하는 듯한 제 실루엣을 떠올리는 게 분명했다.

"내가 나가줄 테니 얼른 나오는 게 좋을 거야. 물이 차갑지도 않아? 감기라도 들면 어쩌려고."

그가 목욕 가운을 욕조 옆에 툭 던지고 몸을 돌려 드레스 룸 문 뒤로 사라졌다. 문이 닫히는 소리가 나는 동시에 은서는 욕조 속으로 머리를 끌어 내렸다. 차마 이 상황을 어떻게 해명해야 할지 몰라 너무도 암담했다. 물속에서 한참을 버티던 은서는 숨을 참지 못하고 벌떡 일어났다.

'뭐라 변명을 하지…….'

아무리 머리를 짜내도 변명의 여지가 없었다. 이런 상황을 맞이할 거라고는 전혀 예상하지 못했었다. 놀라서인지 아니면 차가운 물 때문인지 몸이 오들오들 떨렸다. 아무 대책도 세우지 못한 채 은서는 욕조 밖으로 나와 원피스와 속옷을 벗어 수건으로 말아 물기를 짜내었다.

대충 몸의 물기며 머리카락의 물기를 닦아내고 축축한 옷에 몸을 끼워 넣자 불쾌함에 몸서리가 쳐졌다. 어쩌면 젖은 옷에 대한 불쾌함이라기보다는 이 상황에 대한 대책이 없음에 몸서리가 쳐지는지 모를 일이었다. 목욕 가운을 걸치고 한숨을 쉬었다.

모든 걸 포기한 심정으로 처분만을 바라는 죄인처럼 고개를 숙이고 있던 은서는 그가 사라진 드레스 룸이 아닌 마당으로 통하는 문을 향해 냅다 뛰기 시작했다. 무슨 변명거리든 그럴싸한 포장이 필요했다. 그러기 위해서는 시간이 필요했다. 서늘한 눈빛으로 그가 추궁을 해대면 속절없이 제 입이 모든 것을 털어놓을 게 분명했다. 지금은 이렇게 삼십육계 줄행랑을 치는 것이 최선이었다.

"하!"

잠시 어이없던 표정을 짓던 그의 입가가 점점 실룩댔다.

"푸하하하하."

온몸에서 물기를 뚝뚝 떨어뜨리며 빛의 속도로 마당을 가로질러 대문 밖으로 사라지는 은서를 거실에서 지켜보던 두준은 속절없이 터지는 웃음을 참을 길이 없었다. 황당했지만 뭐라 설명할 수 없는 유쾌한 기분이 들었다.

어제 아버지와 형, 기준의 문제로 통화를 한 후, 가슴이 답답해져 친구, 승재를 만나 술을 마셨다. 얼마나 퍼마신 건지, 어떻게 집까지 왔는지도 알 수 없었다. 밀실과도 같은 안방의 구조는 가끔 지금이 몇 시라는 걸 인지하지 못하게 만들곤 했다. 오늘처럼.

제기랄. 오전 10시가 다 되었군.

깨질 듯한 머리 때문에 한참 동안 침대에 앉아 있다가 겨우 정신을 차리고 욕실로 갔다. 욕실 문을 열고 들어선 순간 풍덩 소리와 함께 허우적거리는 사람을 보았을 때는 그저 눈살이 찌푸려지는 정도였다. 귀찮은 도둑쯤으로 여겨졌었다. 그런데 몸을 일으킨 사람이 은서라는 걸 알았을 때 숨을 '흡' 삼켜야 할 만큼 놀라고 말았다.

은서가 차라리 속살을 그냥 드러내고 있었다면 뭐야? 하는 기분이 들었을지도 모른다. 그러나 밀착된 젖은 옷과 살은 농염한

실루엣을 만들어냈고 제 눈과 심장을 파고들었다. 온몸에서 불이 난 것처럼 열기가 솟구칠 만큼 야릇했다. 어린 애송인 줄로만 알 았는데 순식간에 술기운이 싹 가실 만큼 육감적이었다.

본능적으로 남성이 춤을 추는 걸 겨우 참아내야만 했다. 그녀가 당황해서 욕조에 주저앉았기에 망정이지 안 그랬으면 제가 욕조 의 차가운 물속으로 뛰어들어야 했는지도 모른다. 겨우 목욕 가운 을 찾아서 제 욕망을 가리고 있어야 했다.

밖으로 나와 훗훗해진 심장을 가라앉혔지만 물기로 가득한 그 녀를 보면 어떤 일이 벌어질지 알 수 없었다. 그런데 마당을 가로 질러 뛰어가는 은서의 뒷모습에 묘한 쾌감이 느껴졌다. 어떻게 저 렇게 귀여운 해답을 찾아낸 걸까. 자꾸만 황당한 상황에 웃음이 터졌다.

"하하하하하."

깨질 듯한 머리가 개운해질 만큼 기분을 좋게 만드는 웃음이었 다. 하지만 그녀에게 어떤 변명거리든 들어야 했다. 그는 서둘러 문자를 전송했다.

'오늘의 일은 머릿속에만 담아두려고 했는데 안 되겠군. 그렇 게 젖은 채 남의 가운을 입고 도망가는 충분한 변명거리가 필요할 거야.'

그의 입가에 묘한 미소가 번졌다.

"하아."

히터를 틀고 운전을 한 덕분에 옷은 거의 말라 있었다. 하지만 언제 머리를 묶었던 고무줄이 끊어진 것인지 봉두난발이었다. 게

다가 정성껏 화장한 얼굴은 물에 빠진 덕분에 얼룩덜룩 번져 있었다. 오피스텔 주차장에 도착을 하고 룸미러로 제 꼴을 살피던 은서는 입술을 내밀며 크게 한숨을 내쉬었다.

—딩동. 메시지가 도착했습니다.

아까부터 울리는 휴대폰 알림음은 확인해 보지 않아도 누가 보냈는지 알 것 같았다.

"어휴, 알았다고."

울상을 지으며 메시지를 확인한 은서는 차 안에서 발을 동동 굴렀다.

"아니! 어쩌자고 거길 갔냐고!"

후회를 해보아야 소용이 없다는 걸 알면서도 이 난감한 현실을 어떻게 극복해야 하는지 알 수가 없었다. 그녀의 머릿속에는 온통 이 문제를 해결할 방법을 생각하느라 제가 목욕 가운을 입고 있는 것도 잊은 채 제집으로 향했다.

머리를 산발하고 얼룩덜룩 화장이 번진 얼굴에 목욕 가운을 걸치고 생각에 빠져 있느라 멍한 표정을 한 그녀는 딱 미친 여자 콘셉트였다. 엘리베이터를 타고 내리는 사람들이 아래위로 훑으며 수군거려도 은서는 정말 정신이 나간 사람처럼 미동도 하지 않았다.

"무슨 일이야!"

현관문을 열고 들어서는 은서를 향해 진이가 놀란 얼굴로 물었다. 아침 일찍부터 꽃단장을 하고 나가더니만 은서가 목욕 가운을 걸치고 정신이 반쯤 나간 채로 들어오는 것이 이상했다.

"무슨 일 있었어?"

"진이야, 나 어떡해."

"어떤 놈이야!"

"어?"

"몸은 괜찮은 거야? 어디 다친 데는 없어?"

잠깐 눈을 껌벅이던 은서는 고개를 마구 저어댔다. 아마도 진이는 제가 추행이라도 당한 게 아닌지 걱정을 하는 듯했다.

"아니야. 그런 거."

"그럼 대체 무슨 일이야. 그리고 그 가운은 뭐고."

진이가 뜨악한 눈으로 은서의 행색을 살폈다.

"하아, 그게 어떻게 된 거냐면……."

은서는 의자에 풀썩 주저앉으며 파주 그의 집에서 있었던 일에 대해 진이에게 말하기 시작했다.

"푸하하하하."

"웃음이 나와!"

"바보. 그래서 모양 빠지게 도망을 나왔단 말야?"

"그럼 어떡해. 이 꼬라지를 하고 거실에 가서 실토를 했어야 해?"

"아니지. 열쇠는 어쨌어?"

"어? 모르겠어. 아까 손에 쥐고 있었는데."

"욕조에 빠질 때 떨어뜨렸나 보다. 잘됐네."

"뭐가?"

"얼른 문자나 해. 아침에 열쇠를 돌려 드리려고 집에 방문했다가 아주머니가 안 계셔서 정원에 놓친 부분이 있나 살피다 보느라 뒷마당까지 갔다. 그런데 욕실 문이 열려 있어서 문단속을 해주러

들어갔다가 인기척에 도둑인 줄 알고 놀라서 허둥대다 욕조에 빠졌다. 그런데 댁이 있었다. 물에 빠진 생쥐 꼴로 거실에서 댁을 마주하기 난감해서 집으로 왔다. 뭐 이렇게."

"믿어줄까?"

"믿고 안 믿고야 한 소장님 마음이지. 어쨌든 난 아무 죄 없다! 오지랖이 넓었을 뿐이다! 이렇게 뻔뻔하게 나가는 수밖에 없어."

진이는 멍하니 앉아 있는 은서의 손에서 휴대폰을 빼내 문자를 작성하기 시작했다.

"내가 보내줄 테니까 넌 어서 가서 씻고 다시 화장해."

"어?"

"이런 일일수록 바로 얼굴을 보는 게 중요해. 며칠 시간을 끌다 보면 거짓말한 게 표가 나는 법이거든. 그리고 오늘 파주 주택 가드닝한 거 정산받기로 했다며."

진이 말대로 이렇게 하는 게 맞는지 알 수 없으나 부딪쳐 보는 수밖에 없었다. 12층 엘리베이터 버튼을 누르는 은서의 손끝이 떨렸다. 입도 크게 벌려보고 잔뜩 찡그리기도 하며 긴장한 얼굴근육을 풀어보려 애를 써야 했다. 그런데 이 콩닥거리는 가슴은 어떻게 진정을 시킬 수 있는 걸까.

엘리베이터에서 내린 은서는 크게 심호흡을 하고 최대한 태연함을 가장하고 두준의 사무실 쪽으로 몸을 틀었다. 그러다 순간 멈칫했다. 경사진 넓은 창 아래 거의 버려지다시피 한 공간이었던 곳이 제가 스케치북에 담았던 이미지 그대로 연출이 되어 있었다. 그녀의 입가에 미소가 번졌다.

"정말, 근사하죠."

멍하니 엘리베이터 앞에 서 있는 은서에게 다가온 김 실장이 은서와 한 방향으로 나란히 서서 말했다. 김 실장은 파주 주택 가드닝을 하며 친해진 사람이었다.

"어, 김 실장님. 네. 근사해요."

"우리 소장님 아이디어예요. 전부터 저도 저렇게 하면 어떨까 생각을 안 한 건 아닌데 한 방 먹었어요."

소장님 아이디어?

은서는 눈을 동그랗게 뜨고 김 실장을 마주 보았다.

"섣불리 아이디어를 냈다가 까이는 게 한두 번이어야죠. 그러다 본인이 저런 아이디어를 내면 사무실 분위기가 싸해져요."

제 놀란 표정을 아무래도 그가 오해한 듯했다.

"소장님 사무실에 계셔요?"

"네. 방금 도착하셨어요."

"그럼."

"참. 축하해요. 내일부터 은서 씨를 매일 볼 수 있겠어요."

"네?"

"아직 몰라요? 하긴 어제 결정이 난 거라 모르시겠구나. 하하. 스포했다고 소장님께 한 소리 듣게 생겼네요."

김 실장은 머리를 긁적이며 소장실을 힐긋댔다.

"뭔지 모르겠지만 김 실장님한테 들었다는 소리는 안 할게요."

"어이구, 감사!"

그는 개운한 얼굴로 인사를 하고 제 책상 쪽으로 걸어갔다. 은서는 잰걸음으로 소장실로 향했다. 조금 전 긴장했던 모습은 찾아볼 수 없었다. 무엇인가 따질 것이 있다는 당당한 걸음걸이였다.

똑똑.

예의상 노크를 마친 은서는 대답도 기다리지 않고 소장실 문을 열었다. 눈에 잔뜩 힘을 주고 들어선 은서의 표정은 금방 누그러지고 말았다. 아까는 당황해서 살피지 못했던 그의 얼굴이 조금 까칠해 보였기 때문이다. 문득 생각을 해보니 그 시간까지 그가 집에 있었다는 건 어쩌면 아파서였는지도 모른다.

"내가 들어오라고 허락한 적 없는데."

눈동자만 움직여 저를 바라보는 시선에 제압당할 것 같았다.

"저 공간 소장님 아이디어라고 하셨어요?"

"아니. 난 그런 적 없어."

"그런데 직원들은 그렇게 알고 있던데요."

"난 은서 씨 아이디어라고 말하지 않았을 뿐이야. 더군다나 내 아이디어라고 말한 적도 없어. 그냥 자기들끼리 쑥덕인 거지."

은서는 묘하게 기분이 나빴다. 까칠한 얼굴에 잠깐 누그러졌던 눈에 힘을 주고 그를 응시했다.

"풍선 인형이라도 가져다 놓고 은서 씨 작품이라고 광고해 주길 바라는 거야?"

"그건 아니지만 제게 의견을 물으셨어야죠. 아니면 이렇게 한 것에 사과를 하시던가요."

"허락을 받지 않은 게 잘못이란 얘기군. 그럼 아무도 없는 집에 허락도 없이 함부로 들어온 건 잘못이란 걸 안다는 건데."

"그건…… 문자로 설명드렸는데요."

아무리 태연한 척을 하려 애를 써도 거짓말에는 서툰 은서였다.

표정으로 감정이 다 드러난다는 것을 본인은 모르는 듯했다. 그의 입가에 비웃음이 번졌다.

"엉터리 변명을 해도 소용없어."

"그래도 이거하고 그건 다른 문제예요."

발끈하고 대드는 은서를 향해 그는 인상을 찌푸리며 귀찮다는 듯 손사래를 쳤다.

"됐고. 이 계약서 읽어보고 사인이나 해."

그러고 보니 이렇게 묘하게 기분이 나쁜 건 짧아진 그의 말 때문이었다. 그가 내민 서류를 휙 낚아채며 한 소리를 하려던 은서의 눈이 휘둥그레졌다.

사악, 사사삭.

한동안 사무실 안에서는 천천히 서류가 넘어가는 소리가 났다. 서류를 넘길 때마다 점점 더 환해지는 표정을 지켜보는 두준의 표정이 그리 편해 보이지 않았다.

"정말 제게 일을 주시는 거예요?"

"하아."

그는 대답 대신 한숨을 쉬며 펜을 내밀었다.

"내일부터 실무자와 함께 고객들과 상담을 진행해 줘."

"네."

사인을 마치고 계약서를 가슴에 꼭 끌어안은 은서는 고개를 연신 끄덕였다. 마음 같아서는 펄쩍펄쩍 뛰고 싶었지만 꾹 참았다.

"뭐 할 말 있어?"

그는 책상 위의 서류들 쪽으로 시선을 돌리고 볼일이 끝났으니 가라는 말을 에둘러 표현하고 있었다. 미운털 박힌 세 살짜리 아이같이 미웠다. 그는 악수를 청하거나 잘해보자는 격려의 말 한마디가 없었다. 제 실력을 인정받은 것이 분명한데 뭔가 찜찜한 기분이 드는 건 어쩔 수가 없었다. 은서는 그의 정수리에 대고 눈을 흘겼다.

"가보라고."

갑자기 그가 고개를 들며 짜증 섞인 표정을 지었다. 은서는 순간 제가 했던 행동을 들킨 것 같아 흠칫했다. 그가 뭐라고 말하려는 듯 입술을 달싹이다 그것도 귀찮은지 입술을 굳게 붙이고 새를 쫓듯 손을 내저을 뿐이었다.

"이이, 씨!"

침대에서 몸을 이리저리 뒤집으며 뒤척이던 은서는 벌떡 일어나 앉았다.

"내가 닭이야!"

그가 손을 내젓는 폼은 정말 자신을 닭이라 말하고 있었다.

"쯤! 이렇게, 이렇게 어깨도 두드려 주고 수고했다고 해주면 안돼?"

은서는 셀프로 어깨를 두드리며 입술을 비죽거렸다. 분명 그는 파주 집의 가드닝이 썩 마음에 들었던 게 틀림없었다. 그랬기에 가드닝 외주 업체 계약서를 내민 게 아닌가. 그리고 처음 그를 만나던 날 제가 스케치북에 담은 이미지대로 고객 상담실을 꾸민 것도 제 아이디어가 마음에 들었다는 것이다.

그런데 닭 취급이라니. 이렇게 영리하고 예쁜 닭도 있어?

아무 생각 없이 매력적인 포즈를 취하던 은서의 머릿속에 젖은 옷이 들러붙어 연출됐던 상황이 떠올랐다. 순간 얼굴이 확 달아올랐다. 어찌 됐든 상황은 무마된 듯 보였지만 그는 엉터리 변명이라고 못을 박았었다.

"아, 어떡해."

부끄러움에 이불을 머리끝까지 뒤집어썼던 은서는 재빨리 이불을 걷어냈다.

"가만."

은서는 잠옷을 몸에 들러붙게 만들고는 거울에 비쳐 보았다. 나름 굴곡진 몸매였다. 게다가 아까는 꽤 야해 보이기까지 했다. 그런데 그의 반응은 살짝 놀라긴 했지만 나중엔 저를 비웃는 것 같았다.

"하아."

전혀 저를 여자로 보아주지 않는 두준의 얼굴을 떠올린 은서는 아쉬운 한숨을 뱉어냈다.

남자들은 그런 상황에 넋이 나간 표정을 지어주지 않나?

드라마나 영화 심지어는 리얼리티 프로그램에서 보면 액션은 취하지 않아도 눈빛은 다들 넋이 나가던데 그는 아니었다. 실망감이 가슴에 번졌다. 그러다 문득 상상의 나래를 펼치는 은서였다. 만약 제가 도망을 가지 않고 그의 집 거실로 갔다면?

그가 아무런 말 없이 따뜻한 우유를 건네준다. 목욕 가운 안에 젖은 옷을 본 그가 눈살을 찌푸리긴 하겠지만 제 셔츠를 건네준다. 그의 셔츠를 입은 나는…… 그와 단둘이 한 공간에 있다는 게 떨리겠지. 그가 뜨거운 눈을 부딪쳐 온다.

상상만으로도 두근거리는 가슴을 진정시킬 수가 없을 정도였다. 문제는 상상만으로도 너무 좋다는 거였다.

"아이, 몰라."

눈만 감으면 제 눈앞을 부유하듯 떠다니는 그의 모습에 자꾸만 심장이 떨리는 것을 어쩌지 못해 은서는 밤새 잠을 설치고 말았다.

외주 업체로 선정되고 첫 방문이었다. 엘리베이터에서 내린 은서는 살짝 상기된 얼굴로 사무실을 둘러보았다. 늘 진이와 단둘이 작업을 했던 탓에 대형 사무실에서 일하는 많은 직원들의 모습이 낯설었다.

"환영합니다."

두준의 집 가드닝 작업을 할 때 도움을 주었던 김 실장이 은서를 발견하고 다가오며 인사를 건넸다.

"감사해요. 그런데 한 소장님은요?"

은서는 소장실 쪽을 두리번거리며 그를 찾았다.

"현장에 가셨어요. 거의 토목공사가 마무리 단계라."

"네에."

은서의 얼굴에 아쉬운 빛이 서렸다. 가드닝 외주 업체 계약을 했지만 실무는 그와 함께하는 게 아닌 듯했다.

"가드닝 외주 업체를 두는 건 이번이 처음이에요. 우리 사무소에 저 말고도 두 사람이 가드닝을 전담해 왔어요. 지금까지는 단독주택이나 빌딩을 주로 건축했으니 가능한 일이었죠. 하지만 이번에 주택단지를 조성하게 되었고 가드닝 부서를 키울 거란 소문이 돌긴 했는데……."

이런저런 파일들을 은서 앞에 놓으며 김 실장은 은서가 외주 업체로 선정된 배경을 설명하기 시작했다. 하지만 은서는 두준이 없는 소장실 쪽을 흘깃대며 건성건성 들었다. 이전의 은서에게서는 전혀 볼 수 없는 모습이었다. 일에 있어서는 누구보다 더 열성을 보이던 그녀가 아닌가.

"외주 업체로 선정되신 거 보면 은서 씨 능력이 탁월하다는 거 겠죠?"

"네에."

"하하하하. 본인 입으로도 그렇게 말씀하시다니 조금 당황스럽네요."

"네? 아아. 전 그냥……."

당황한 은서가 얼굴을 붉혔다. 일하러 와서는 딴생각에 빠지다니.

"농담이시죠?"

"네. 그럼요. 농담이에요."

무슨 상황인지 파악할 수 없었던 은서는 어색하게 웃으며 그의 말에 동조했다.

"소장님이 외주 업체를 선정하실 때는 무척 까다로우세요. 뭐, 제가 말씀드리지 않아도 아시겠지만 워낙 까칠한 분이라 소장님의 시험을 통과하는 게 쉽지 않아요. 그런데 단번에 그 일을 해내신 거 보고 저도 조금 놀랐습니다."

"아니에요. 김 실장님이 제가 원하는 자재들을 빠른 시간에 조달하는 모습이 더 인상적이었는걸요. 그래서 더 일하기 수월했어요."

"어휴, 소장님이 어찌나 일일이 체크를 하시던지. 얼마나 진땀을 뺐는지 몰라요."

"네? 소장님이요?"

김 실장의 말에 은서는 고개를 갸웃했다. 공사 기간 내내 별다른 반응을 보이지 않았던 두준을 생각하면 제 일에 신경을 써주었다는 김 실장의 말을 믿기 어려웠다.

"네. 아무래도 이소영 씨의 입김이 작용을 했겠죠."

"아, 네."

그럼 그렇지. 결국 소영 언니가 제게 일을 주기 위해 애를 써주었던 모양이었다. 능력을 인정받은 것으로만 알았던 은서는 갑자기 기운이 쭉 빠지는 것 같았다. 그가 제게 사적인 감정은 없어도 실력은 인정하고 아끼는 기분이 들어 살짝 기대감에 부풀기도 했다. 함께 한 공간에서 자주 부대끼고 지내다 보면 없던 정도 새록새록 들기도 하지 않을까 헛된 기대도 됐었다.

'역시 헛된 희망이지?'

"자, 여담은 이쯤에서 끝내고 우리 본격적으로 일 시작해 볼까요?"

"네."

아무래도 제 열정을 쏟아야 할 대상을 잘못 잡은 듯했다. 은서는 눈을 반짝이며 김 실장이 제 앞으로 놓아준 파일을 열었다.

"영흥? 주택단지가 조성된다는 데가 영흥이에요?"

"네. 아세요?"

"네."

은서는 눈을 동그랗게 뜨고 고개까지 끄덕였다. 영흥은 제가 어린 시절을 보낸 곳이었다. 한동안 떠나 살기도 했지만 지금은 부모님이 귀향해 살고 계신 곳이기도 했다. 지난 이른 봄, 집에 갔을 때 엄마가 주택단지를 조성하기 위한 토목공사가 한창이라 대형트럭이 빈번이 오고 간다며 얼굴을 찌푸리던 것을 떠올렸다.

"주소지가…… 어머, 내리네요."

그렇다면 엄마가 말한 곳이란 얘기였다. 항상 밤에만 잠깐 갔다 오곤 해서 현장을 보진 못했지만 주소상으로는 초등학교 바로 옆 산자락이 틀림없었다. 온통 아카시아 꽃과 잡목, 바위로 뒤덮인 산자락이 토목공사로 사라졌을 것을 떠올리며 은서는 살짝 미간을 찌푸렸다.

"내리초등학교 바로 옆의 산인데. 그런데 어떻게 아세요?"

"초등학교에 붙은 집이 있는데. 혹시 보셨어요?"

"네."

"거기가 제 고향집이에요."

"정말요? 우와. 이거 보통 인연이 아닌데요."

"그러게요."

"그럼 우리 현장에도 가보셨겠네요."

"아니요. 요즘 바빠서 통 가보질 못했어요. 거기서 불어오는 바람결에 행복감을 느끼는 것도 이제 끝이네요."

더 이상은 향긋한 꽃 내음에 취할 수 없다는 사실이 못내 아쉬웠다. 두준의 관심을 얻지 못해 아쉬운 것처럼.

"왜요?"

"아카시아 나무가 많았는데 토목공사한다고 다 밀어버렸을 거 아니에요."

"에이, 은서 씨. 우리를 아주 환경 파괴자처럼 보시는 거예요? 뭘 모르시네요."

"네?"

"섭섭합니다. 이제 한 식구나 마찬가진데. 현장에 가보시면 제가 무슨 말을 하는지 아실 거예요."

김 실장은 섭섭하다는 반응을 보였다.

"아, 내일모레 고객을 모시고 현장에 갈 예정인데 같이 가보실래요? 아마 현장을 보시면 그런 말 한 걸 후회할걸요."

"네. 좋아요."

그가 의기양양한 표정인 걸 보면 아카시아 나무를 다 베어내지 않고 살려둔 모양이었다. 그런데 어떻게 나무들을 살려놓은 걸까. 아무래도 전체적인 주택단지의 그림이 그려지려면 현장을 봐야 알 수 있을 것 같았다.

이틀 후, 한 빌딩 주차장에 차를 세운 은서는 엘리베이터로 향했다.

"은서야!"

"어머, 언니."

"후훗, 너희 소풍 간다며."

"네?"

엘리베이터 앞에서 마주친 소영이 뜬금없는 말을 했다.

소풍이라니? 누가?

"두준이가 너랑 영흥에 간다던데."

"네?"

"아니, 얘가 왜 이래. 몰랐어?"

"네. 금시초문이에요. 전 오늘 김 실장님이랑 고객들 모시고 공사 현장에 가는데요."

"뭐? 나는 방금 전에 두준이랑 통화했는데."

소영은 고개를 갸웃하며 조금 전 두준과의 통화를 떠올렸다.

"은서하고는 어떻게 됐어?"

[그걸 왜 누나한테 내가 보고를 해야 하는데.]

"네가 은서한테 일도 안 줬는데 내가 전화해서 물으면 은서가 좋겠니?"

[은서 씨와 외주 업체 계약했어. 됐지?]

"정말? 그럼 같이 밥 먹자. 은서랑 다 같이. 밥은 내가 살게."

[나도 은서 씨도 바빠.]

"바로 일 들어간 거야? 우와, 빠르네. 그래도 점심은 먹을 거 아냐."

[우리 영흥에 가야 돼.]

"영흥? 현장에?"

[그래. 빨리 끊어! 곧 나가야 돼.]

"쳇, 성질머리하고는 알았어."

"언니가 힘써주신 거죠? 감사해요."

은서가 감사 인사를 건네자 소영의 미간이 활짝 펴지며 밝은 미소가 입가에 떠올랐다.

"참! 계약 축하해."

"언니 덕분이죠."

"뭘. 네 실력이 좋으니까 계약을 한 거지."

땡.

나도 아닌 거 알거든. 엘리베이터가 내는 소리에 민감해져 은서는 저도 모르게 엘리베이터를 흘깃 노려보는데 열린 엘리베이터 안에 그가 있었다.

"야! 원수는 외나무다리에서 만난다더니."

두 여자가 동시에 저를 노려보고 있었다. 소영이야 그렇다 쳐도 은서가 왜 저런 표정을 짓는지 알 수 없었다.

"내가 왜 원수야? 죄를 짓기라도 했나?"

소영에게 묻는 것 같지만 실은 은서를 향한 물음이었다.

"은서는 김 실장이랑 지금 현장에 일하러 간다는데."

"김 실장은 지금 일산 현장에 일이 터져서 그거 막으러 갔어."

"그래서 네가 은서랑 현장에 간다는 거였어? 그럼 그렇다고 할 것이지."

"내가 왜 누나한테 내 스케줄을 일일이 보고를 하나."

"그게 무슨 보고야. 그냥 말하는 거지."

"됐어. 올라가 봐."

"나도 같이 갈래."

"뭐?"

"밥은 먹을 거 아냐!"

소영은 앞장서서 두준의 차 쪽으로 걸어갔다.

"고객들이랑 같이 가는 거야."

소영이 끝내 따라나서자 두준은 난감했다.

"그럼 넌 고객들 모시고 가. 은서야, 넌 내 차로 가자. 이따가 주차장으로 데려다줄게."

은서는 두 사람 사이에 서서 어쩔 줄 몰라 했다. 마음이야 그의 차에 오르고 있었지만 그러고 나면 두준은 쌩하니 소영을 버려두고 갈 것이 뻔했다. 은서는 얼른 소영의 팔짱을 끼었다.

"후우."

매서운 눈으로 소영과 은서를 쏘아보던 두준은 한숨을 내쉬고 혼자 차에 올랐다.

"쳇, 하나도 안 무서워. 은서야, 저 자식 무게를 잡느라 저러는 거야. 겁먹을 필요 없어. 가자."

저렇게 쏘아볼 때면 눈으로 상대를 제압하는 것 같아 심장이 쫄깃해지면서도 이상하게 숨이 막히게 그가 멋져 보였다. 그의 차가 옆으로 미끄러지듯 지나가는 걸 은서는 아쉬운 표정으로 바라볼 뿐이었다.

"어머, 주소도 안 물어봤는데 먼저 가냐."

소영의 볼멘소리에 은서가 빙긋 웃었다.

"언니, 제 차로 가요. 눈 감고도 찾아갈 수 있어요."

"어딘지 알아? 그새 현장까지 가본 거야?"

"실은 거기에 부모님께서 사세요."

"그래?"

은서는 고개를 끄덕였다. 놀란 표정을 짓던 소영이 함박웃음을 머금으며 은서에게 제 차의 키를 내밀었다.

"네가 운전해."

선뜻 고급 외제 승용차 키를 내미는 소영의 행동에 은서는 침을

105

꿀꺽 삼키며 키만 쳐다보았다.

"괜찮아. 이거 지붕이 오픈되는 차야. 은서야, 난 기분 전환이
필요해."

컨버터블을 타고 대부대교를 건너는 기분이 어떨지 상상만으로
도 행복했다. 은서는 냉큼 소영에게서 차의 열쇠를 건네받았다.

"아, 시원해. 이게 얼마 만이야!"

차는 고속도로를 벗어나 대부대교를 건너고 있었다. 소영이 버
튼을 누르자 차의 지붕이 천천히 열리며 눈부신 햇살이 두 사람의
머리 위로 쏟아져 들어왔다. 시원한 바람이 그들을 휘감고 지나갔
다. 소영은 바람에 흩날리는 머리를 두 손으로 감싸 쥐고 은서를
바라보았다.

"우와!"

은서는 창문을 열고 운전하는 것과 비교할 수 없는 자유로움에
탄성을 질렀다. 영화를 보며 상상했을 때보다 훨씬 근사했다. 마
음 같아서는 틀어 올린 머리를 풀어 맘껏 바람을 느끼고 싶었지만
운전에는 방해가 될 것 같아 꾹 참았다.

"은서야, 좋지!"

"네, 언니! 저 이런 차 처음 타봐요. 상상할 때보다 훨씬 좋아
요!"

소리를 지르니 자유로운 기분은 배가됐다. 자연과 한 몸이 되어
달리니 저도 모르게 가속페달을 밟은 발에 힘이 들어갔다.

부아앙.

"우와!"

미끄러지듯 차가 속도를 내자 은서는 얼른 가속페달에 주었던 발을 살짝 떼었다.

"하하하하. 신나지? 나도 모르게 밟게 돼. 원래 그런 거야."

입을 크게 벌리고 운전하는 은서를 바라보는 소영의 입가에도 큰 웃음이 번졌다. 대부대교를 건너고 한참 동안 이어지는 시골길 풍경에 두 사람은 진짜 소풍을 나온 사람들처럼 신이 나 웃고 떠들었다.

영흥대교를 지나 갈림길에서 내리로 향하는 쪽으로 우회전을 했다. 해안도로에 접어들고 얼마 지나지 않아 은서의 시야에 바다를 마주한 파란 양철 지붕에 하얀 담벼락을 한 집이 보이기 시작했다. 절로 미소가 지어졌다.

"언니, 저기 보이는 학교 옆 작은 집이 우리 집이에요."

"저기?"

소영이 손가락으로 가리키는 집이 점점 크게 그들에게 다가왔다.

"네. 현장은 학교 뒤쪽이에요."

"그래? 그러면 집에 들러서 부모님께 인사드리고 가자."

"현장에서 소장님이 기다리실 텐데요."

"네가 고객들을 안내해야 하는 건 아니잖아. 좀 기다리면 어때."

은서는 차를 집 앞에 세웠다. 정원에 놓인 파라솔 테이블에 앉아 계시던 은서의 부모님이 반가운 표정으로 서둘러 다가왔다.

"은서야, 어쩐 일이야! 연락도 없이."

"엄마."

차에서 내리자마자 은서는 환하게 웃으며 제 엄마에게 어린아이처럼 덥석 안겼다.

"에휴, 이 무심한 것 같으니라고. 얼굴 잊어버리겠다. 나쁜 년."

엄마는 은서를 품에 꼭 끌어안으며 반가움과 서운함을 동시에 뿜어내셨다.

"왜 열심히 일하다 온 아이한테 욕을 하고 그러나. 점잖지 못하게."

경섭은 차 옆에 서 있는 낯선 사람에게 살짝 눈인사를 하며 옥주를 나무랐다.

"점잔을 빼고 살 건 뭐래요. 다 늙어가는 마당에. 엄마가 딸년한테 욕도 못해요? 게다가 은서가 우리를 얼마나 외롭게 했는지 다 잊었어요?"

"헤헤, 울 엄마 화 많이 났구나. 엄마 정말 잘못했어요. 그래도 어떡해. 일이 바쁜걸. 딸이 잘나가는 게 자랑스럽지도 않은가 봐, 울 엄마는."

옥주가 은서에게 눈을 흘겼다.

"그런데 저분은 누구시니?"

옥주는 딸과의 재회를 마치자마자 얼굴에 미소를 띠고 서 있는 소영에게 어색한 눈인사를 건넸다.

"어머, 언니. 죄송해요."

"아니야. 오랜만에 찾아뵙는 모양이구나."

"네. 엄마, 아부지. 이분이 소영 언니예요."

"안녕하세요. 이소영이에요."

"아이고, 말씀 많이 들었습니다. 우리 애를 잘 봐주신다구요.

정말 고맙습니다."

허리까지 굽혀가며 인사를 하는 은서의 부모님 때문에 소영은 당황하며 같이 허리를 굽혀 다시 인사를 했다.

"말씀 낮추세요. 은서랑 저랑 언니 동생 하는 사인데. 그럼 전 딸이나 매한가지인걸요."

"고마워요. 고마워."

여전히 고마운 마음을 드러내는 은서 부모님의 얼굴이 선해 보였다. 은서가 선한 인상을 가진 것은 부모님의 영향인 것 같았다.

"여기서 이러고 서 있을 게 아니라 집 안으로 들어갑시다. 귀한 손님이 오셨는데 세워두는 건 예의가 아니지."

경섭의 말에 은서가 손사래를 쳤다.

"아빠, 실은 저 일하러 온 거예요."

"응? 일? 그럼 벌써 지환이가 전화를 한 게야?"

"네? 지환이요?"

"아니야?"

"은서는 주택단지 가드닝을 하게 돼서 현장을 보러 온 거예요."

소영이 상황을 정리해 말했다.

"아주 큰 공사를 맡았구나."

"그것도 언니 덕분이에요."

은서의 말에 소영은 아니라는 듯 고개를 내저었다.

"그럼 더더욱 그냥 보내 드리면 안 되지. 현장에 갔다가 와. 점심 준비하고 기다릴 테니까. 소영 씨, 꼭 오셔야 해요."

은서는 소영이 불편할까 봐 선뜻 대답을 못하고 소영에게 눈을 맞췄다.

"네. 꼭 올게요. 맛있는 거 많이 해주세요."

소영은 은서에게 괜찮다는 눈짓을 보냈다.

"현장이 가까워? 내내 앉아만 있었더니 좀 걷고 싶네."

"힐 신고 불편하실 텐데요. 포장이 안 된 길이라."

"몇 미리 신어요?"

"네? 아, 235요."

"내 운동화 신고 가면 되겠네."

옥주가 얼른 신발장에서 운동화를 가져왔다.

"이거, 새 거니까 기분 나쁘게 생각하지 말고 신어요."

"감사해요."

소영은 옥주의 배려에 감사하며 기꺼이 운동화로 갈아 신었다.

"그럼 다녀와요."

옥주와 경섭의 배웅을 받으며 은서와 소영은 천천히 걸음을 옮겼다.

"언니, 곤란하시죠."

학교 안으로 들어서며 은서는 미안한 표정을 지었다. 온통 명품으로 감싼 그녀의 발에 상표도 없고 색깔도 촌스러운 운동화라니. 자꾸만 엄마 아빠의 배려가 소영에게 폐가 되고 있다는 생각이 들었다.

"아니야. 사람 사는 냄새가 이런 거잖아. 난 이런 거 좋아해."

소영은 아무렇지도 않다는 듯 흙먼지를 일으키며 씩씩하게 걸어갔다.

"이상하네. 애들이 하나도 없어. 수업 중인가?"

"아, 이 학교는 폐교가 됐어요. 지금은 야영장으로 이용되고 있고요."

두 사람은 여유로운 발걸음으로 두준이 기다리는 현장으로 향했다.

"여기 참 좋구나."

시원하게 느껴지는 바닷바람, 멀리서 들려오는 새의 울음소리가 호젓한 기분을 느끼기 안성맞춤이었다.

"그냥 평범한 시골인데요. 뭐."

"네가 뭘 모르는구나. 인위적인 휴양지보다 심신을 안정시켜 주기에는 이런 곳이 더 좋아."

"그래요? 어, 저기 보인다."

학교 건물을 돌아가자마자 바닷가와 맞닿은 산자락이 보였다.

"한눈에 바다가 내려다보이는 비탈길에 층층이 집을 짓고 싶어 하더니만 두준이가 소원 풀었네."

소영의 말에 다시 산자락으로 고개를 돌린 은서의 입가에 미소가 피어올랐다. 토목공사가 한창이라는 말이 무색하게 곳곳에 아카시아 나무들이 자리를 잡고 있었다. 그곳은 어린 시절 자신이 수도 없이 오르내렸던 곳이었다. 추억의 장소가 사라지는 건 아쉬웠지만 전원주택단지가 완공되고 나면 어떤 모습일지도 몹시 궁금해지는 은서였다.

"내일 오시는 줄 알았습니다."

두준이 현장 주차장에 차를 세우자 영진이 다가와 인사를 건넸다.

"당분간 장기출장을 가게 됐어요. 제가 없어도 소장님이 다 알아서 하시겠지만 체크해야 할 사항이 있나 보러 왔습니다. 급한일이 있으면 시간에 구애받지 말고 바로 전화하시면 됩니다."

"네. 걱정 마시고 다녀오십시오. 다행히 비가 오지 않아서 공사 진행 속도가 빠릅니다. 계획에 차질이 빚어질 것 같진 않습니다."

"그래요. 더 보고할 것 없으시면 일 보세요."

"네. 그럼 둘러보고 가십시오."

영진이 현장으로 돌아가고 두준은 바닷가 쪽을 바라보며 긴 한숨을 내쉬었다. 그리고 어제의 일을 떠올렸다.

"집에 잠시 다녀가는 게 그리 힘든 게냐?"

"……."

"두준이 덕분에 간만에 외식도 하고 당신하고 이렇게 바람도
쐬고 좋아요. 그러니 너무 나무라지 마세요."

며칠 전, 아버지로부터 기준의 문제로 집에 다녀가라는 명령을
받았다. 하지만 바쁘다는 핑계를 대며 가지 않았다. 일 년에 두 번
집에 다녀오는 것만으로도 숨이 막힐 지경이었다. 그리고 제 어머
니의 이중적인 행동에 대한 혼란스러움을 더 이상 이겨낼 수 없었
다. 아버지 앞에서만 제게 살가운 표정을 짓는 선정을 볼 때면 의
아한 기분이 떠나지 않았고 점점 더 그 이유에 대해 묻고 싶었다.

"여보, 이것도 좀 드셔보세요. 간이 심심해서 담백하네요."

아버지 옆에 찰싹 들러붙어 아양을 떠는 어머니가 애처로워 보
였다. 단 한 번도 자신을 바라봐 주지 않는 냉정한 사람에게 어떻
게 저렇게 한결같은 애정을 퍼부을 수 있는 걸까. 금방이라도 아
버지의 역정이 쏟아질 것만 같아 두려워 가슴이 좋아들었다.

한 여자만을 바라보는 아버지, 그런 아버지만을 바라보는 어머
니. 엇갈린 관계 속에서 철저하게 외면당한 채 자란 형과 자신은
온전한 정신을 갖고 살기란 힘들었다. 한 공간에 이들과 함께 있
는 것이 힘든 이유였다.

"그만! 잠깐 나가 있어!"

잠시도 곁을 주고 싶지 않다는 거부감을 내비치며 끝내 아버지
는 소리를 지르며 눈살을 찌푸렸다. 어머니는 가만히 젓가락을 내
려놓고 무안한 표정을 지은 채 자리에서 일어났다. 그녀의 입술이

떨리는 것이 보였다.

"어머니는 아버지 챙기느라 아직 식사도 마치지 못하셨어요."

미간을 좁히며 아버지에게 전에 없이 어머니를 두둔하고 말았다. 그녀가 제게는 혼란을 가중시키는 존재여도 제게는 어머니였다. 아버지로부터 보호를 하고 싶었다.

"지금까지 뭐 하고 있던 게야! 쓸데없는 짓 하지 말고 얼른 먹고 나가 있어!"

아버지의 큰 호통이 이어졌다. 가슴을 옥죄는 기분이 들었다. 도저히 어머니와 눈을 마주칠 수 없었다. 괜히 제가 끼어들어 면박을 당하게 한 것만 같아 송구했다. 미닫이문이 열렸다 닫히는 소리가 들렸다.

"비행기 표는 끊은 게야?"

"아직요."

아버지의 윽박지르는 소리에 잔뜩 주눅이 들고 있었다. 기어들어 가는 소리가 나오는 게 싫었다. 하지만 부자지간에는 늘 이런 식의 대화만이 있을 뿐이었다. 대화라고도 할 수 없었다.

"뭐! 아직!"

눈을 부릅뜨고 노여운 표정을 짓고 있을 아버지의 시선을 피한 채 마른침을 삼켰다. 심장이 점점 오그라들었다. 어떠한 변명도 허락하지 않는다는 것을 알기에 머릿속은 텅 비어갔다.

"네 형이야! 네 형이 그 먼 타국에서 힘들어하는데 넌 한 번도 문병을 가지 않았어! 이제 퇴원을 해도 된다잖니. 당장 가서 형 데리고 와!"

아버지 눈에는 형만 힘들어 보이는 모양이었다. 심장이 오그라들 것 같은 기분을 느끼고 있는 자신은 보이지 않는가 보다. 왜 당신은 자신에 대한 반성은 하지 못하는 걸까. 세상의 중심이 왜 당신이기만 한 걸까.

"왜 대답이 없어! 내일 당장 다녀와! 이번에는 꼭 기준이 데리고 들어오너라. 몇 달이 걸려도 설득해서 데리고 와."

명령이 쏟아졌다. 아버지는 이제 복종만 허락할 것이다. 지금 제가 하고 있는 일 따위는 안중에도 없을 아버지였다. 급한 일만 마무리하고 가겠다고 솔직하게 말한다 한들 들어줄 분이 아니었다. 멍한 시선을 무릎에 맞춘 채 고개만 끄덕거리는 것 말고 제가 할 수 있는 것은 아무것도 없었다.

왜 은서와 이곳에 오고 싶었던 걸까. 다분히 즉흥적인 결정이었다. 어딘가에 마음 둘 곳이 있었으면 좋겠다는 생각과 함께 은서가 떠오른 건 왜일까. 아마도 현장으로 오는 길목에 있는 아담하고 포근한 분위기의 집 때문인지도 모르겠다. 그 집의 마당과 제 집의 마당이 몹시도 닮아 있었다.

두준은 작년에 처음 이곳을 방문했을 때를 떠올려 보았다. 바닷가와 인접해 있는 집 북쪽에는 대나무가 울창하게 자리를 잡고 있었다. 아마도 겨울의 매서운 북풍을 막아주기도 하고 비 오는 날에는 운치 있는 분위기를 자아내기도 할 터였다. 집 주변을 가득 메운 꽃들은 화려하진 않지만 여주인의 손길이 담뿍 느껴졌다. 마당 한쪽으로 놓여 있는 항아리들도 역시 여주인의 손길이 닿은 듯 반질반질했다. 소박하고 정감 있는 느낌이 한껏 묻어나는 정원 바닥은 잔디와 하얀 조약돌들로 어우러져 있었다. 무엇보다 눈길을

끈 것은 툇마루에 나란히 앉아 담소를 나누는 부부의 표정이었다. 작고 아담한 집에서 소박한 행복을 누리는 그들의 표정에 한동안 차 안에서 멍하니 바라보았었다.

"하아."

두준은 깊은 한숨을 내쉬었다. 자신의 부모님도 그들과 같은 온화한 표정을 짓는 분이었으면 좋겠다는 아쉬움이 가슴 가득 물들었다. 한동안 상념에 빠져 있던 두준은 시계를 들여다보았다. 그리고 이쪽으로 오는 차가 있는지 도로를 살펴보기 위해 시선을 돌렸다. 멀리서 은서와 소영이 걸어오는 것이 보였다.

대체 차는 어디에 두고 온 걸까.

"늦었네."

현장 바로 아래에 두 사람이 다다르자 두준은 서늘한 시선을 보냈다.

"고객들은?"

"다 둘러보고 갔지."

소영의 물음에 두준은 퉁명스럽게 거짓말을 했다. 제가 왜 뜬금없이 은서와 이곳에 올 생각을 했는지 알 수 없었고 더더구나 소영에게 이런 마음을 들키고 싶지 않았다.

"그래?"

"은서 씨, 시간 정확히 지키는 사람인데 누나가 사달이야."

눈살을 잔뜩 찌푸리던 그가 셔츠 앞섶에 끼워 놓았던 선글라스를 썼다.

'햇살 때문에 눈살을 찌푸린 건가?'

애초부터 약속 시간 같은 것은 정해져 있지 않았다. 단순히 현장을 둘러보기 위해 왔던 은서는 제가 무슨 잘못을 한 것 같아 그의 눈치를 살폈다.

"은서가 네 사무실 직원이니? 고객들 현장 안내까지 해야 하는 건 아니잖아."

소영이 은서를 대신해 두준을 나무랐다.

"고객들 현장 안내하면서 은서 씨도 같이 안내해 주려고 했어. 날도 더운데."

짙은 선글라스 때문에 눈빛을 볼 수 없지만 그의 눈에 짜증이 가득한 것이 느껴졌다.

"죄송해요. 아무 말씀이 없으셔서."

"맞아. 그런 거였으면 출발할 때 말해주던가. 아니면, 전화를 하던가. 잔말 말고 얼른 안내나 해."

소영은 은서가 어쩔 줄 몰라 하는 것을 보고 더 큰소리를 쳤다. 두준은 대꾸도 없이 성큼성큼 산비탈을 올라가기 시작했다. 은서와 소영은 그의 뒤를 잰걸음으로 쫓아갔다. 안내랄 것도 없었다. 산꼭대기까지 곧게 낸 길을 따라 올라가며 양쪽에 어긋나게 조성된 택지와 골목길을 둘러보는 정도였다.

"야, 이게 안내야?"

아무런 설명도 없는 두준을 향해 소영이 투덜거렸다.

"그만한 일로 삐쳐서는."

"삐치다니. 내가 어린애야?"

"고객들한테도 이렇게 했어?"

"누나하고 은서 씨가 고객은 아니잖아."

"어휴, 내가 은서 보기 민망하다. 언제 철이 들래?"

두준이 입매를 잔뜩 긴장시킨 채 소영을 응시하다가 휙 몸을 돌려 주머니에 손을 찔러 넣고는 산비탈을 내려가기 시작했다. 소영의 말대로 단단히 삐친 어린애 같았다. 서늘하고 무표정한 그를 놓고 보면 상상도 할 수 없는 행동이었다. 두 사람이 티격태격하고는 있지만 서로 불쾌해서 싸우는 것 같지는 않았다. 그런 두 사람의 모습이 꽤 친밀한 사이임을 짐작하게 했다.

"으이구. 은서야, 신경 쓰지 마."

"설명을 듣는 거보다 일단은 그냥 둘러보는 게 좋아요. 나름의 이미지를 떠올릴 수 있거든요. 설명을 먼저 들으면 저도 모르게 생각을 고정시켜 버려서 아이디어가 떠오르지 않을 수도 있어요. 아마 아셨을 거예요."

"그런 거야? 난 또. 두준아, 같이 가."

은서의 설명에 소영이 뽀르르 두준에게 달려갔다. 은서는 그들 뒤에서 걸으며 빙긋 웃었다.

아, 얼마나 다행이야.

만약 소영이 결혼을 하지 않았다면 두 사람이 연인 사이라고 여겼을지도 모른다. 그런 생각을 하던 은서의 입가에 미소가 지워졌다.

그에게 연인이 있고 없고가 무슨 상관이라고. 다행이라 여기는 걸까.

제 마음이 자꾸만 두준에게 향하고 있음이 느껴졌다. 멍한 시선이 갈 곳을 잃고 허공을 헤맸다.

"은서야! 무슨 생각을 그렇게 해. 얼른 가자. 나 배고파."

소영의 부름에 정신을 차린 은서는 걸음을 재촉했다. 두준과 소영은 어느새 산비탈을 벗어나 있었다.

"너도 같이 가."

"어디를."

"밥 먹으러."

이미 점심시간을 훌쩍 넘긴 시간이었다. 마침 시장기도 돌았다. 두준은 머릿속으로 점심을 먹을 마땅한 식당을 떠올려 보았다.

"학교 옆에 작은 집 있지. 거기가 은서네 집이란다. 너도 몰랐지?"

두준은 표정을 굳히며 산비탈을 내려오고 있는 은서를 힐긋 쳐다보았다.

"두준아, 우연치고는 참 대단한 우연이다. 안 그래?"

"어? 어."

어쩐지 그녀가 정원을 이렇게 꾸미면 어떻겠냐며 내놓은 그림의 풍경이 낯설지 않았다. 이제야 그 이유를 알 것 같았다.

"같이 가자. 은서네 부모님이 점심 차려놓으신댔어."

"나 바빠."

"얘는 툭 하면 바쁘대. 점심은 먹어야 할 거 아냐."

"오후에 미팅 있어."

"야! 야! 한두준!"

소영의 부름이 들리지 않는 사람처럼 두준은 서둘러 차에 올라 시동을 걸었다. 서둘러 산비탈을 내려오는 은서에게 잠깐 시선을 보낸 그가 그대로 떠나 버렸다. 갑작스런 상황에 은서와 소영은 눈을 동그랗게 뜨고 지켜볼 뿐이었다.

"왜 저래?"

소영은 뭔가 짚이는 것이 있었지만 은서의 표정을 살피며 어깨를 으쓱해 버렸다.

"바쁜 일이 있나 보네요. 언니, 우리 밥 먹으러 가요."

은서가 소영에게 팔짱을 끼었다.

"그래."

두 사람은 다정하게 발걸음을 맞춰 걷기 시작했다.

"현장 보니까 뭔가 떠오르는 이미지가 있어?"

"네. 고객들이 원하는 이미지를 다 맞추려다 보니 전체적인 이미지가 제대로 안 그려졌었거든요. 아무래도 조율을 해봐야 할 것 같아요."

"하긴 다들 취향이 제각각이고 자신들이 원하는 집을 짓고 싶어할 테니. 설득하기 쉽지 않을 텐데. 힘들겠구나."

"이젠 제 일인걸요. 한번 부딪쳐 봐야죠. 가장 아름다운 계절의 모습을 이미지화시켜 보려고요."

"고객들의 눈을 현혹시켜 보겠다는 계산?"

"큭큭. 일단은 눈부터 사로잡고 하나씩 설득해 보면 어떨까 생각 중이에요."

"하하하. 두준이가 아주 천군만마를 얻은 것 같네."

"그렇지도 않아요. 고객들 입장에서 더 많이 생각을 할 거거든요. 아마 저 많이 미워하실 거예요."

"픕! 두준이를 응원해야 하는 거였나?"

"두 분 오누이 같아요."

"응? 나랑 두준이? 맞아. 어렸을 때부터 다 보고 컸으니까. 어머니끼리 친구였거든."

"네에."

"두준이랑 일하기 쉽지 않지?"

"네? 네. 조금요……. 눈빛으로 일단 제압을 당하니까 눈을 마주치기 겁나요."

하지만 그 눈빛이 멋있어요. 은서는 차마 할 수 없는 말을 속으로 삼켰다.

"하하, 무서워할 거 없어."

소영의 말에 어느 정도 수긍이 갔다. 그의 내면을 담았던 페이스북의 글들을 떠올린 은서는 고개를 끄덕였다. 서너 개의 글을 보았을 뿐이지만 그것만으로도 그의 내면 깊숙한 곳에 자리 잡은 상처가 느껴졌었다. 어쩌면 그런 것을 아는 까닭에 더 그가 궁금해지는지도 모른다.

"무슨 생각을 그렇게 해?"

"아, 아니에요."

"끊임없이 이미지가 떠오르겠지. 너도 가만 보면 두준이처럼 일 중독자인 거 같다."

"헤헤."

은서는 상념을 털어버리듯 소영의 말에 웃음으로 동조해 버렸다.

"어서 들어와요."

현관을 열고 들어서는 은서와 소영을 경섭이 맞이했다.

"잠깐만 기다려요. 다 됐으니까."

옥주는 쌉쌀한 인삼 향과 뭉근해지고 있을 닭고기 내음이 폴폴 뿜어져 나오고 있는 부엌에서 분주히 움직이고 있었다.

"삼계탕을 준비했는데 괜찮으신가?"

"네. 뭐든 잘 먹어요."

소영은 경섭이 내준 방석에 앉으며 그의 걱정스런 얼굴을 환하게 해주었다.

"아부지, 제가 사다 드린 선크림은 안 바르셨어요?"

부쩍 검게 그을린 피부 때문에 경섭의 주름진 얼굴이 더 깊게 패인 느낌이 들었다.

"늙은이가 피부가 하얘서 무엇에 쓰게. 괜찮다. 건강해 보이지 않니? 아침저녁으로 햇빛 쐬며 자전거 좀 탔더니 그을렸나 보구나. 앞으로는 꼭 바르고 다니마."

"네가 우리를 외롭게 해서 그래. 속이 검게 타는데 거죽은 오죽하겠니?"

부엌에서 큰소리로 은서를 나무라는 소리가 들려왔다.

"네 에미 아침부터 해 질 때까지 눈을 마주치는 사람만 있으면 너 자랑하느라 아주 바쁘다. 외롭긴 뭣이 외로워. 매일 하는 것도 많아서 바쁜 사람이. 베개만 베면 코 골며 잠만 잘 잔다. 은서야, 걱정할 거 없어."

"뭐예요? 내가 무슨 코를 곤다고 그래요. 저 양반은 참, 손님도 계신데."

경섭의 핀잔에 커다란 국자를 들고 거실로 나온 옥주가 투덜거렸다. 그 모습에 은서와 소영은 서로 얼굴을 마주 보며 피식 웃고 말았다.

"아이, 엄마. 국물 떨어진다. 알았어요. 본격적으로 공사 들어

가면 내내 살다시피 할 거예요."

"아, 맞다. 그렇지."

"손님 시장하셔. 얼른 합시다."

경섭은 옥주의 등을 밀며 함께 부엌으로 갔다.

"엄마, 수저는 어디에 놓을까요?"

"우리 툇마루에서 먹을까?"

"언니, 괜찮죠?"

"그래."

소영은 툇마루에 앉아 세 사람이 분주히 상을 차리는 것을 지켜 보았다. 한번도 본 적 없는 풍경이었다. 늘 일하는 아주머니가 있 었고 부모님과 함께 상을 차려본 적이 없었다. 함께 무언가를 하 며 도란도란 이야기꽃을 피우는 그들의 모습을 보고 있으니 어쩐 지 마음이 푸근해졌다.

"차린 게 부실해서 어떡해요. 갑자기 준비하려니 찬이 마땅치 가 않네."

툇마루에 놓인 상 위에 먹음직스러워 보이는 삼계탕을 가져다 놓으며 옥주가 소영에게 걱정스런 말을 건넸다.

"부실하다니요. 저 이런 시골 밥상 아주 좋아해요."

"예의 차리지 말고 많이 들어요."

"네, 잘 먹겠습니다."

소영은 예의상 하는 말이 아니었던 듯 수저를 바삐 움직이며 맛 있게 먹는 눈치였다. 그게 예뻐 보였는지 옥주는 이것저것 그릇들 을 그녀 앞으로 밀어주며 챙겼다.

"잘 먹었어요, 엄마."

식사를 마친 소영이 숟가락을 내려놓으며 한 말에 세 사람의 시선이 그녀에게 쏠렸다.

"후훗, 엄마라고 부르고 싶었어요. 정말 오랜만이거든요. 제 앞으로 그릇 밀어주는 사람을 보는 게. 많이 놀라셨어요?"

"아니요, 좋네요. 그래요, 우리 가깝게 지내요."

"아유, 그럼 말씀부터 낮추세요."

"그럼 그럴까?"

"엄마가 몇 해 전에 사고로 돌아가셨어요. 늘 돈만 버시느라 바빠서 하나밖에 없는 딸하고 놀아줄 시간이 없으셨죠. 그래도 함께 밥을 먹을 때는 제게 눈도 맞추고 잘 먹는 반찬 그릇을 밀어주곤 하셨어요."

그렇게 말하는 소영의 얼굴에 그늘이 느껴졌다. 은서도 모르던 사실이었다.

"제가 별말을 다 하네요."

"괜찮아. 내가 이제부터 친정 엄마 해줄 테니까 힘든 일 있으면 언제든지 와."

"어머나, 좋아라. 은서 덕분에 요즘 제가 얻는 게 참 많아요."

"무슨 그런 말을 해요. 언니한테 제가 더 도움을 받는데."

"아냐, 너를 알게 돼서 난 요즘 사는 거 같아."

소영의 얼굴이 한층 밝게 빛나고 있었다.

"언니, 조심해서 들어가세요."

"그래, 너도."

한 빌딩 주차장에 은서를 내려놓은 소영은 은서의 배웅을 받으며 차를 출발시켰다. 룸미러 속의 은서는 모습이 보이지 않을 때까지 내내 손을 흔들고 있었다. 미소를 지으며 조수석에 놓인 쇼핑백과 보자기에 싸인 것들에 눈길을 주던 소영은 서울로 돌아오는 차 안에서의 대화를 떠올렸다.

"언니 피곤하시죠?"

"무슨. 네가 더 피곤하지. 운전까지 하고 있으면서. 난 오늘 제대로 힐링한 기분이야. 실은 요즘 스트레스 때문에 힘들었는데 덕분에 다 풀렸어."

"엄마가 싸준 음식들은 제가 가져갈게요."

"응?"

"괜찮아요."

"뭐가? 그거 내가 다 가져갈 거야."

"곤란하시다는 거 알아요."

"엄마는 모르시니까 나 챙겨주고 싶어서 주신 거잖아. 내가 알아서 할 거니까 걱정 마."

"미안하지만 줄 사람이 있어, 은서야."

아까는 은서에게 하지 못한 말이었다. 소영은 제집이 있는 곳의 반대 방향으로 차를 몰았다. 한참 동안 달리던 차는 한적한 시골길에 접어들었고 논과 밭 사이의 외딴집 앞에 멈춰 섰다. 요란한 개구리 울음소리가 적막한 집과 대조를 이루고 있었다.

"하아."

집 안에서 빛이 새어 나오지 않는 것을 보면 두준은 안방에 틀어박혀 있는 게 뻔했다. 소영은 한숨을 내쉬며 초인종을 눌렀다. 쉽게 대문이 열릴 것 같지 않았다. 하는 수 없이 휴대폰을 가방에서 꺼낸 소영은 차에 기대서서 전화를 걸었다.

[가.]

역시나 제 예상대로다.

"문이나 열어."

[나, 피곤해.]

"나도 피곤해. 네가 문을 열어야 나도 얼른 집에 갈 거 아냐."

[……]

"기다릴 거야."

[전화 끊어.]

한사코 먼저 끊는 법이 없다. 소영이 먼저 전화를 끊고 문이 열리기를 기다렸다. 거실과 정원에 불이 켜지고 대문이 열렸다. 대문을 열고 들어선 소영은 잠깐 멈칫했다. 불빛이 환하게 비치는 정원은 은서의 집 마당을 연상케 했다. 소영의 입가에 미소가 지어졌다. 여기 와보길 잘한 것 같았다.

"뭐야."

"뭐긴. 보고만 있을래? 매너하고는."

현관 앞에서 주머니에 손을 찔러 넣은 채 꿈적도 하지 않는 두준을 향해 소영이 눈을 흘겼다. 쇼핑백과 보자기로 싼 꾸러미가 제법 무거웠다.

"왜 안 하던 짓을 하고 그래."

허접해 보이는 보따리들이 결코 소영이 들고 다닐 만한 것이 아니란 것은 금방 알 수 있었다. 두준은 미간을 찌푸린 채 소파에 가서 앉았다.

"야, 웬만하면 식탁 좀 사라."

보따리를 바닥에 내려놓고 접이문을 열자 개수대와 준비대가 모습을 드러냈다. 소영은 끙 소리를 내며 보따리를 옮겼다.

"누가 밥을 해먹는다고. 그러게 누나네 집에도 못 가져갈 거면서 뭐 하러 받아와."

"이제부터 해먹으면 될 거 아냐. 사먹는 밥 지겹지도 않니."

"……."

대꾸하기도 귀찮아진 두준은 입술을 굳게 다물고 소파에 몸을 깊숙이 묻었다.

"은서 엄마가 담근 장아찌랑 겉절이야. 너도 한번 먹어봐. 정말 맛있어. 맘 같아서는 집에 가지고 가서 혼자 먹고 싶은데 그랬다간 아마 정 여사 귀에 바로 들어갈 거야. 너도 알다시피 격 떨어진다는 소리 할 게 뻔해."

"……."

"이거 그냥 반찬이 아니고 정이야. 먹으면 가슴이 따뜻해지는 음식이라고."

"……."

소영은 냉장고에 반찬통을 집어넣으면서도 간간이 두준에게 시선을 보냈다. 그가 무슨 대꾸라도 하길 바랐지만 굳게 다문 입술은 벌어질 기미가 보이지 않았다.

"은서네 식구들 참 따뜻하더라. 서로를 챙기고 위하는 모습을 보니까 부럽기도 하고. 무엇보다도 사람 사는 냄새가 물씬 났어. 두준아, 은서 엄마가 내 친정 엄마 해준다고 했어."

소영은 두준의 눈치를 살피며 은서 가족에 대한 이야기를 늘어놓았다. 그리고 은서 엄마가 친정 엄마처럼 대해주어 기분이 좋았다는 걸 말할 참이었다.

"하. 그런다고 은서 씨 엄마가 누나의 친정 엄마가 돼? 친정 엄마가 싸준 음식 집에도 못 가지고 가면서."

"뭐! 그래. 그런다고 진짜 친정 엄마가 되는 건 아니지만⋯⋯."

두준의 비꼬는 소리에 버럭 소리를 지르던 소영은 그의 의도에 휘말리지 말아야겠다고 생각하며 그의 옆에 가서 앉았다.

"너도 있었으면 하잖아. 어딘가에 마음 둘 곳."

"필요 없어."

언제나 이런 문제에 대해서는 한결같은 반응을 보이는 두준이었다. 냉소적이고 시니컬한 반응.

"너, 아까 그렇게 도망치듯 가버린 이유 다 알아."

"내가 언제 도망을 갔다고."

"은서네 집 마당하고 네 집 마당."

소영은 정곡을 찌르듯 두준에게 왜 두 집의 마당이 같은 모습을 하고 있는지 물었다.

"가."

두준은 굳은 표정으로 눈가에 힘을 준 채 소파에서 일어나 현관 앞에 가서 섰다.

"너, 그런 표정 짓고 있으면 아저씨랑 똑같아. 냉기가 아주 뚝뚝 떨어져."

"뭐라고?"

"넌 아버지처럼 살고 싶지 않다며."

"그래서."

"좋은 사람 만나서 따뜻하게 살아."

"하. 누나가 할 소리는 아닌데."

"뭐?"

"그만하고 가."

"그래. 간다 가. 나쁜 놈."

소영은 소파에서 벌떡 일어나 쿵쿵 발소리를 내며 현관으로 갔다.

"밥 해먹어. 반찬 버리기만 해봐."

눈을 잔뜩 흘기며 소영은 현관문을 쾅 소리가 나도록 닫고 나가 버렸다.

딸깍.

차가 출발하는 소리가 들리자 두준은 거실과 정원의 불을 끄고 안방으로 들어가 문을 닫았다. 답답한 공기가 친숙하게 느껴졌다. 마치 제 몸의 일부를 이루고 있는 것 같았다. 두준은 거칠게 마른 세수를 했다. 소영의 말이 하나도 틀린 것이 없었다. 어딘가에 기댈 곳이 있었으면 좋겠다. 따뜻하게 마음을 나누며 살고 싶다. 하지만 그런 마음은 자신을 나약하게 만들 뿐이었다. 이 세상에는 자신을 품어줄 따뜻한 존재는 없는 것만 같았다.

아버지랑 똑같다고?

서둘러 안방의 불을 켜고 거울을 노려보았다. 소영의 말대로 젊은 아버지의 모습이 거울에 비쳐져 있다. 두준은 숨을 죽인 채 눈살을 찌푸렸다. 매서운 눈초리에 제압을 당한 것처럼 숨이 막혔다.

"누나가 더 나빠."

모르고 있었다. 거울을 보면서 제가 아버지를 닮아가고 있다는 것을 인지하지 못했다. 아버지처럼 살고 싶지 않았다. 이해할 수도, 사랑할 수도 없는 존재였으니까. 한동안 이를 꽉 깨물고 미움을 가득 담아 거울을 응시하던 그는 눈을 감아버렸다. 외면하는 것 외에 제가 할 수 있는 게 대체 무엇이란 말인가.

"일산 현장 일은 잘 해결하셨어요?"

"일산 현장이요?"

김 실장은 은서의 물음에 금시초문이란 표정을 지었다.

"일산 현장은 내 담당이 아닌데. 뭐, 이정미 씨가 알아서 했겠죠."

"네에."

은서는 고개를 갸웃했다.

"오늘은 은서 씨 혼자서 고객들을 만나야 하는데 괜찮죠."

"김 실장님은 다른 업무가 있으세요?"

"어제 오시기로 한 고객들이 오늘 오시잖아요. 은서 씨와 같이 현장을 둘러봐야 하는데 다른 고객들 상담과 겹쳐서 오늘은 어렵겠네요. 상담 일정을 다 끝내고 같이 가요."

"네?"

"왜요. 그래도 현장을 직접 보셔야 대충 감을 잡으실 거 아니에요. 그리고 아카시아 나무를 어떻게 했는지 궁금하지 않아요?"

김 실장은 도통 이상한 말만 늘어놓고 있었다. 어제 두준과 소영의 대화로 대충 짐작한 것과 지금 김 실장의 말과는 앞뒤가 맞지 않았다. 그는 제가 두준과 함께 현장을 둘러본 것을 모르고 있는 눈치였다.

"네에. 맞아요."

얼른 그에게 대답을 한 은서는 소장실 쪽으로 시선을 가져갔다. 그리고 영문을 몰라 속으로 한숨을 내쉬었다.

"그럼 저쪽 고객 상담실에서 앉아서 기다리세요. 고객들이 오면 이 비서가 안내를 해줄 겁니다."

"네. 다녀오세요."

은서는 김 실장에게 인사를 건네고 고객 상담실에 자리를 잡고 앉았다. 늘어뜨린 롤 스크린 덕분에 빛이 일부 차단되어 햇살이 눈에 거슬리지 않았다. 늘어진 천 사이로 하늘에 뭉게구름이 지나가는 것이 보였다. 은서는 턱을 괴고 하염없이 하늘을 바라보았다.

밤에 이 테이블에 누우면 하늘에서 별이 쏟아져 내릴까? 아마 도심이라 어려울 거야.

은서의 시선이 자연스럽게 소장실로 향했다.

왜 거짓말을 한 거지? 소영 언니가 없었으면 정말 단둘이 현장에 가려고 했던 걸까? 그런데 왜 김 실장에게는 전하지 않았을까.

은서는 턱을 괴고 손가락으로 얼굴을 살짝 퉁기며 답을 찾아보려 애를 썼지민 딱히 떠오르는 답은 없었다.

"윤은서 씨, 고객님이 오셨어요."

이 비서의 말에 은서는 자리에서 일어나 고객을 맞이했다. 고객 상담이 이어지고 구체적인 이미지 작업에 들어갔다. 하지만 어찌된 일인지 사무실에서 그를 볼 수는 없었다. 매일 반복되는 일상이 지루하게 느껴졌다.

은서는 롤스크린이 걷어진 유리창을 통해 하염없이 흐르는 빗줄기를 바라보았다. 그리고 소장실로 시선을 옮겼다가 슬쩍 뒤를 돌아다보았다. 그를 보지 못한 지 벌써 한 달째였다. 일을 손에 잡으면 그걸 마칠 때까지 밤을 새워가던 열정은 어디로 사라진 걸까. 스케치북 위를 달려야 할 손은 자꾸만 턱을 괴기 일쑤였다.

"자, 커피 마시고 하세요."

"아, 김 실장님. 감사합니다."

"은서 씨 얼굴에 딱 커피가 마시고 싶다고 쓰여 있더라고요. 지치죠?"

"네. 조금요."

"상담 없는 날은 집에서 작업을 하시지 왜 나오세요. 힘들게."

"네?"

생각해 보니 상담이 없는 날에는 굳이 이 사무실에 올 필요가 없었다.

"그냥요. 이 창가에 앉아 있어야 이미지가 잘 떠오르는 거 같아서요."

은서는 피식 웃으며 핑계를 댔다.

"곧 장마 끝나면 여름휴가 기간인데 어디로 가세요."

"휴가요? 라스베이거스로 가요."

"네? 우와! 스케일 크시네."

"김 실장님은 어디로 가세요?"

"방콕이요."

"에이, 농담이시죠."

"왜요? 제가 방콕도 못 갈 것처럼 보여요?"

"태국 방콕?"

"어어, 그냥 방콕?"

두 사람은 큰 소리로 웃어댔다.

"저는 어머니 모시고 효도 여행 갑니다. 은서 씨는 남친이랑 가요? 좋겠다."

"놀러 가는 거 아니에요. 대학 은사인 이 교수님이 라스베이거스 호텔 외관 가드닝 작업을 하고 계셔서 공부하러 가는 거예요. 눈으로 직접 보는 게 큰 공부가 되잖아요."

"나도 시간날 때마다 공부를 해야 하는데 어디 그게 맘대로 돼야죠."

"그렇죠. 회사 다니는 분들은 현실적으로 어렵죠."

Rrrrrr.

휴대폰이 울리자 김 실장은 손 인사를 하고 자리로 돌아갔다.

"여보세요."

[은서야!]

"네 언니."

[너 내일모레 라스베이거스 간다고 했지.]

"네."

[그럼 미국에 간 김에 뉴욕에 들렀다 오면 안 될까?]

"무슨 일인데요."

[뉴욕에 가서 그림 좀 받아다 줘. 거의 마무리됐다고 하는데 기다렸다 재촉을 하지 않으면 안 되는 사람이라. 그런데 내가 거기

까지 갈 시간이 없어.]

"네."

[고맙다. 뉴욕 숙소는 내가 머물던 집이 있으니까 따로 예약하지 마.]

"네."

어차피 시간은 많았다. 본격적인 가드닝은 수개월 후에나 시작이니까. 전화를 끊은 은서는 짧은 한숨을 쉬며 소장실을 바라보았다. 얼마나 오랫동안 그를 볼 수 없는 걸까. 기약 없는 기다림을 하는 은서의 마음은 점점 타들어갔다.

6

"Excuse me, Ma'am."

낯선 부름에 은서는 눈을 번쩍 떴다. 금발의 스튜어디스가 미소를 지으며 비행기가 곧 뉴욕에 도착할 거라 알려주었다. 선잠에서 깨어 어리둥절한 표정을 짓던 은서는 자신이 지금 뉴욕으로 가는 비행기 안에 있음을 인지했다.

인천공항에서 마주친 강 비서가 건넨 봉투에는 비행기 오픈티켓 두 장과 비자카드, 얼마간의 현금이 들어 있었다. 한사코 여행을 다녀와서 비용 청구를 하겠다고 했는데도 소영은 그런 제가 거절을 할 수 없게 일부러 탑승 시간에 맞춰 강 비서를 내보낸 듯했다.

라스베이거스에서 일정을 마치고 그곳 공항에서 오픈티켓을 항공사에 내민 후부터 시작된 낯선 서비스는 아직도 이어지고 있었다. 개인비서처럼 스튜어디스는 자리를 정리해 주었다. 어쩐지 느긋하게 서비스를 받는 것이 불편했던 은서는 작은 가방을 챙겨 화장실로 갔다. 찬물로 세수를 하며 얼른 정신을 차리는 것이 좋을 듯했다.

"아, 피곤해."

소영에게 부탁받은 일 때문에 넉넉하게 여행 일정을 잡았는데도 불구하고 마음이 조급했다. 어서 일정을 마치고 한국으로 돌아가고만 싶었다. 자꾸만 두준이 생각났다. 그가 보고 싶었다. 그런 까닭에 시차에 적응할 새도 없이 3일간 라스베이거스에서 교수님의 마무리 작업을 도운 후 바로 뉴욕행 비행기에 몸을 실었다.

비행기가 착륙하고 공항 라운지로 바로 연결되는 통로를 따라 비행기에서 내린 은서는 귀를 쫑긋 세우고 영화에서 나올 법한 멋진 미소를 짓는 직원의 말을 알아듣는 데 집중했다. 리무진이란 소리를 듣고 은서는 바로 손을 내저었다. 그리고 지금부터는 제가 알아서 가겠다고 대답하고 얼른 캐리어를 끌고 라운지를 벗어났다.

"리무진이라고? 얼마나 비쌀까?"

일반석의 네 배나 되는 비행기를 타고 온 것도 부담스러워 죽겠는데 거기에 리무진 비용을 카드로 지불할 생각을 하니 도저히 그럴 수가 없었다.

"내가 얼마나 블로그를 뒤지며 공부를 했는데."

은서는 뿌듯한 미소를 지으며 안내데스크에 가서 자메이카 역으로 가는 지하철에 대한 안내를 받았다. 눈을 부릅뜨고 긴장을 한 탓인지 커피가 당겼다. 미국은 뭐든지 컸다. 하기야 한 나라 안을 이동하는데도 5시간이나 비행을 해야 하는 것을 생각하면 이해가 됐다. 제일 작은 사이즈의 컵으로 주문한 커피를 받아 든 은서는 씩씩하게 지하철역으로 향했다.

온통 피부색이 다른 사람들이 제 옆을 스치며 지나가고 낯선 글자로 된 표지판을 찾아 헤매다 보니 제가 정말 이국 땅에 와 있는 것이 실감났다. 라스베이거스에서는 그래도 이 교수님과 함께여서 훨씬 마음이 여유로웠던 모양이다. 이젠 혼자서 낯선 뉴욕을 헤매야만 했다. 그녀의 얼굴에 긴장감이 가득했다.

공항에서 에어트레인을 타고 자메이카 역에서 내려 롱아일랜드 레일로드로 환승하는데 성공. 사우스 햄튼에 도착! 그제야 은서의 긴장했던 얼굴이 환해졌다. 사우스 햄튼의 번화가에는 휴가를 즐기러 온 관광객들로 넘쳐나고 있었지만 전혀 소란스럽지 않았다. 한국의 피서지와는 확연히 대비됐다. 그들의 여유로운 발걸음과 표정이 눈길을 사로잡았다. 카디건을 벗어 허리에 두르고 본격적으로 영화의 한 장면 속으로 걸어 들어가는 그녀의 얼굴에는 설렘이 가득했다.

"얼굴이 많이 상했네."

두준은 보증서에 사인을 한 후 기준의 퇴원 수속을 마쳤다. 그리고 기준과 함께 병원을 나서며 한마디 툭 던졌다. 뉴욕에 온 지 한 달이 다 되어서야 겨우 형의 얼굴을 볼 수 있었다. 퇴원을 하기 싫다며 버티던 기준 때문에 생각보다 체류 기간이 길어져 짜증스러웠지만 초췌해진 형의 얼굴을 본 순간 안쓰러움이 밀려왔다. 몇 년 만에 본 기준의 얼굴이 무척 수척해져 있었다.

"네가 그런 말도 할 줄 알았나?"

두준은 기준의 말에 무표정한 얼굴로 어깨를 으쓱해 보였다. 아버지로부터 정신병원에 입원해 있는 형을 퇴원시켜 집으로 데려오라는 명령을 받았을 때만 해도 제가 이런 말을 하게 될 줄은 몰랐다.

"아, 자유의 냄새."

현관을 나서던 기준이 크게 숨을 들이마시며 환한 표정을 지었다.

"언제까지 이러고 살 거야. 아버지가 이번엔 형 짐 싸서 집으로 데리고 오래."

기준이 순순히 제 말을 따를 것 같지 않았다. 그가 퇴원을 미룬 것도 한국으로 돌아가기 싫다는 무언의 반항인 것을 알았다. 하지만 두준은 짐짓 모르는 척하며 아버지의 명령을 전달했다.

"안 가."

"안 가면?"

두준의 물음에 기준은 빙글빙글 웃으며 고개를 저을 뿐이었다.

"돈줄이 끊기는데도?"

"하. 그걸로 나를 옭아맬 수 있다고 생각을 하신다?"

기준의 입가에 비웃음이 번졌다.

"어쩔 셈이야."

"네가 도와주면 되겠네."

"내가 어떻게?"

"오너가 그만한 여유도 없어?"

"주택단지 건축 때문에 그런 여유 없어."

두준은 잔뜩 인상을 구기며 단칼에 형의 부탁을 거절했다. 더이상 가족들 문제에 얽혀들고 싶지 않았다.

"자식! 인상이나 펴고 말해. 점점 노친네랑 똑같아진다."

"……."

"소호에 스튜디오나 하나 얻어줘."

"작업 시작하게?"

"응. 별수 없지. 여기서 버티려면."

"집에 안 갈 거면 아버지랑 통화해."

당연히 제가 스튜디오를 얻어줘야 한다는 듯 말하는 형이었다. 아버지와 형이 해결할 문제였다. 괜히 중간에 끼어 아버지로부터 호된 꾸중을 듣고 싶지 않았다.

"내가? 네가 해."

"형 일이야. 형 보호자는 내가 아냐."

"귀찮아 죽겠지. 그래도 네가 보증서에 사인을 했으니 내 보호자는 너야."

형의 비아냥거림에 두준의 미간이 더 깊게 패였다. 가능하면 평정심을 유지하려 애를 썼지만 도무지 피가 섞인 가족들에 대한 반감은 수그러들지 않았다.

"키 줘. 그리고 내일까지 쓸 만한 스튜디오 하나 구해놓고 전화해."

저만 아버지를 닮은 게 아니었다. 부탁을 해도 모자란 상황에 명령을 하고 있는 형이 마음에 들지 않았다.

"어디를 가려고!"

두준의 언성이 높아졌다.

"지루한 동네 지겨워. 내가 또 약에 취했으면 좋겠냐?"

기준이 두준의 손에서 차 열쇠를 낚아채 차에 오르고 혼자 떠나버렸다.

"하아."

두준은 마른세수를 하며 한숨을 내쉬었다. 약에 절어 정신병원에 입원과 퇴원을 반복하는 기준이 저렇게 할 것을 뻔히 알면서 자신은 왜 이곳에 와 있는 걸까. 답답함으로 가슴이 저릴 걸 알면서 자신은 왜 이러고 있는 걸까.

한동안 멍하니 서 있던 두준은 마침 외부로 나가는 택시를 불러 세워 몸을 실었다. 세 시간을 꼬박 달려 택시는 사우스 햄튼에 다다랐다. 상점들이 줄지어 있는 번화가에는 사람들로 넘쳐나고 있었다. 이 도로를 벗어나 이스트 햄튼에나 가야 한가로울 듯했다. 무심한 눈으로 거리를 바라보던 두준의 눈이 순간 커다래졌다.

"윤은서?"

얼른 고개를 돌렸지만 조금 전 제 눈에 가득 들어왔던 사람의 모습을 찾을 수는 없었다. 택시를 세우고 찾아봐야 하나 잠깐 생각을 하던 두준은 피식 웃어버렸다. 미친 짓이었다. 뉴욕에 그녀가 있을 리 만무했다. 이곳에서 지내는 동안 줄곧 가슴이 답답해질 때면 은서가 떠올랐다. 해맑은 그녀의 미소를 보고 싶었다. 지친 마음을 위로해 줄 것만 같은 기분이 내내 떠나지 않더니 결국은 그녀의 환영을 만들어낸 모양이었다. 에어컨이 가동되고 있는 차 안에서 그의 가슴은 속절없이 열기를 내뿜었다.

『아이스크림 주세요.』

은서는 수제아이스크림 가게 안으로 들어가 아이스크림을 주문했다. 노천의 테이블에 앉아 차가운 아이스크림을 한입 떠먹으니 살 것 같았다. 시차 적응이 되지 않아 피곤한데다 다리도 아팠다. 아무리 멋진 거리지만 캐리어를 끌고 걸을 생각을 했던 것부터 잘못이었다. 일단 숙소에 짐을 풀고 천천히 다녀도 좋았을 걸 하는 후회가 밀려왔다. 아무래도 뉴욕에 대한 사전조사를 하며 꿈에 부풀어 의욕부터 앞세웠던 모양이었다.

줄지어 서 있는 상점들이며 아기자기한 카페, 아트 숍에 눈길을 빼앗겼던 것도 잠시였다. 이국의 모든 것이 신기한 눈으로 봐야 할 정도로 멋졌지만 무엇인가 빠진 느낌을 떨칠 수가 없었다. 심드렁한 기분이 드는 것은 피곤한 탓만은 아니었다.

"하아."

자꾸만 한숨이 나왔다. 두준과 함께 이곳에 왔다면 좋았겠다는 생각이 들었던 것이다. 확실히 제정신이 아닌 모양이었다. 얼른 숙소로 가서 잠을 청하는 게 좋을 것 같았다. 블로그를 통해 알아낸 정보들을 적어놓은 수첩을 펼쳐 택시를 부르고 은서는 다시 아이스크림을 먹기 시작했다.

얼마 지나지 않아 택시가 도착했다. 30여 분을 달리는 동안 드넓은 초원과 농장이 펼쳐진 도로변을 바라보는데도 여전히 심드렁한 기분이 들었다. 이스트 햄튼의 개인 소유의 별장이 죽 늘어선 곳의 입구에 도착한 은서는 휴대폰을 꺼내 전화를 했다. 잠시 뒤 몸집이 넉넉한 흑인 여자가 땀을 뻘뻘 흘리며 걸어왔다.

『피오나예요. 저기 보이는 세 번째 집이에요. 문은 열어두고 왔어요.』

관리인과 몇 마디 나눈 여자가 다가와 은서에게 인사를 건넸다. 개인 소유의 별장들이 이어져 있는 곳이기에 드나드는데도 허가를 받아야 했다.

『내일부터 저도 휴가를 받았어요. 편히 쉬세요.』

『네. 반가웠어요.』

큰 몸집만큼이나 넉넉한 웃음을 짓던 피오나는 인사를 마치고 주차장 쪽으로 걸어갔다. 은서는 영화 같은 풍경에 넋을 놓은 채 천천히 걷기 시작했다. 이름을 대면 알 만한 유명인들의 별장이 드문드문 늘어선 거리를 걸으며 재벌가 며느리 이소영의 실체를 이제야 어렴풋이 실감했다. 엄청난 부를 누리지 않는다면 어떻게 이런 곳에 집을 소유하고 있겠는가. 결국 소영에게서 흐르던 럭셔리한 분위기는 자연스럽게 체득이 된 것이었다.

별장 앞쪽으로는 드넓은 바다와 모래사장이 펼쳐져 있었다. 얼른 짐을 내려놓고 바다로 뛰어들고 싶은 마음이 동했다. 길가에서 현관까지 나무로 된 폭이 좁은 길이 이어져 있었다. 덕분에 모래로 둘러싸인 별장 현관까지 어렵지 않게 캐리어를 끌고 갈 수 있었다. 현관문을 벌컥 열고 안으로 들어서던 은서의 얼굴이 삽시간 굳어졌다.

건장한 가슴을 드러낸 채 커다란 수건을 긴치마처럼 허리에 두르고 욕실을 나오고 있는 사내는 한두준이었다. 전혀 예상하지 못한 뜻밖의 만남에 은서는 눈을 크게 떴다. 하지만 그가 왜 이곳에 있는지에 대한 의문보다 반가운 마음이 앞섰다.

세상에!

그는 방금 샤워를 마친 모양이었다. 물방울들이 그의 멋들어진 쇄골에서 가슴골을 타고 흘러내렸다. 만약 두준이 그런 모습이 아니었다면 그에게 달려가 안겼을지도 모를 일이었다. 이 모든 게 눈 한 번 깜박할 사이에 일어난 일이었지만 시간이 멈춰 버린 것 같은 기분이 들었다. 온몸에서 힘이 빠져나가는 것 같았다. 은서는 손에 쥐고 있던 캐리어의 손잡이를 놓치고 말았다. 그 바람에 잠깐 동안 두 사람 사이에 흐르던 정적을 깨는 둔탁한 소리가 집 안에 울려 퍼졌다.

"어떻게 여기에?"

정지 화면처럼 서 있던 그가 먼저 입을 뗐다.

"그러는 소장님은 여기에 왜! 전 소영 언니 부탁을 받고 왔어요. 기다리는 동안 이곳을 숙소로 사용해도 좋다고 하셨고요."

그의 목소리에서 전혀 반기는 기색을 느낄 수가 없었던 은서는 까칠한 목소리로 대답했다.

"고개 좀 돌리지."

빤히 눈을 맞추고 서 있는 은서를 향해 그는 불쾌하다는 시선을 보냈다. 그제야 은서는 반쯤은 헐벗은 남자를 제 시선 안에 가두고 있음을 깨달았다.

"미안해요. 너무 당황해서 그랬어요."

고개를 돌리며 사과를 했다.

"당황했다면 아무 소리 못하고 고개부터 돌렸을 텐데."

뒤에서 그의 비아냥거리는 소리가 들렸다.

"그래요. 뭐, 하나도 당황하지 않았어요. 여기는 이국이고 멋진 남자가 가슴팍을 드러내고 서 있고. 잠깐 정신이 나갈 정도로 좋았나 보죠."

"하하하하."

제가 지금 무슨 짓을 한 걸까. 푸념을 하듯 속내를 드러내 놓았던 것이다. 그런데 그가 웃는다. 농담으로 알아들은 걸까.

"다 입으셨죠?"

"뭐, 이젠 뒤돌아도 상관은 없어."

그의 말에 은서는 슬며시 뒤돌아섰다. 가슴을 드러내고 편안한 슬랙스만 걸친 채 티셔츠에 머리를 넣는 그가 보였다. 이미 가슴은 보여주었으니 다시 봐도 상관은 없다는 소리였나 보다. 은서는 그의 장난스런 태도에 입술을 비죽이면서도 얼굴을 슬쩍 붉혔다.

"소영이 누나가 이 집에서 머물라고 했다고? 뭔가 착오가 있었던 모양이군."

"……"

"시내 쪽에 호텔을 알아봐 줄 테니 거기서 지내도록 해."

"싫어요."

은서의 대답에 두준은 한쪽 눈썹을 치켜 올렸다.

"나더러 숙소를 옮기라는 말이야? 그렇게는 못하겠는데. 이곳은 우리와 누나네 공동소유 별장이거든."

그는 다소 과장된 표정을 지으며 말했다. 다분히 위축감을 주어 쫓아내려는 심산인 듯했다.

"그래도 숙소는 못 옮겨요. 호텔 비용을 지불할 능력 없어요."

"내가 부담하지."

"왜 제가 소장님께 폐를 끼쳐야 해요? 불편해요."

"하! 그럼 이곳에서 나와 함께 지내겠다고? 그건 안 불편해?"

"서로 공간을 나눠서 쓰면 되잖아요. 최대한 소장님 눈에 안 띌게요. 잠자고 씻는 것 외에 이 집에 있을 시간도 없어요. 뭐!"

은서는 고집을 피웠다. 함께 지내는 것이 불편할지 의외의 결과를 가져올지는 알 수 없는 일이었다.

"맘대로 해. 지금부터 난 거실을 쓸 예정이야. 방은 저쪽이 비어 있어."

그는 해변가에 붙어 있는 방을 턱으로 가리키며 주머니에 손을 넣은 채 소파에 털썩 소리를 내며 앉았다. 막무가내로 쫓아낼 줄 알았던 그가 순순히 제가 이 집에 머무르는 것을 허락하자 은서의 가슴은 벌써부터 기대감으로 부풀어 올랐다. 하지만 이내 이어진 그의 말은 실망스러웠다.

"그 방에는 욕실이 딸려 있고 해변으로 통하는 문이 있지. 더 이상 마주칠 일은 없겠지?"

"알겠어요. 외출할 때도 그 문을 이용하죠. 그럼 안녕히 계세요."

은서가 입술을 이죽이며 작별 인사까지 했다. 그리고 캐리어를 끌고 방으로 들어가 버렸다. 두준은 그런 은서를 보자 웃음이 나오면서 괜스레 아쉬운 마음이 들었다.

노란 머리끈. 너였어.

아까 번화가에서 제 눈길을 사로잡았던 것은 은서가 틀림없었다. 뉴요커라면 저런 머리끈을 사용하지 않는다. 가슴으로 번지는 묘한 흥분감에 두준은 한껏 미소를 지었다. 하지만 이내 제 감정을 숨기며 눈살을 찌푸렸다.

쓸데없는 짓을 하는군.

소영을 떠올린 두준의 미간이 더욱 깊은 주름을 만들어냈다.

해변으로 통하는 문을 열어놓으니 마치 방갈로에 들어앉은 것 같았다. 이국의 드넓은 해변이 방 안으로 성큼 들어와 있는 듯했다. 잠시 눈앞에 펼쳐진 풍경에 눈길을 빼앗겼던 은서의 시선이 거실로 통하는 문으로 향했다. 그렇게 화를 내고 들어오는 게 아니었다. 그녀는 깊은 한숨을 내쉬며 침대에 주저앉았다. 출렁거리는 침대처럼 제 마음도 요동쳤다. 눈앞에 펼쳐진 멋진 바다가 더 이상 낭만적으로 보이질 않았다.

한동안 멍하니 앉아 있던 은서는 캐리어를 열어 대충 짐을 풀었다. 이럴 줄 알았으면 좀 더 예쁜 옷을 챙겨오는 건데 그랬다. 티셔츠에 짧은 반바지가 주를 이루고 있었다. 그나마 오늘 입은 짧은 미니 원피스가 그럭저럭 봐줄 만한 정도다. 그렇다고 이미 땀에 젖은 옷을 계속 입고 있을 수는 없었다.

은서는 서둘러 샤워를 마치고 원피스를 빨아 옷걸이에 걸어두었다. 물이 뚝뚝 떨어지는 원피스를 바라보던 은서는 다시 한숨을 내쉬었다. 정말 그의 말대로 다시는 그를 볼 일이 없다면 원피스가 마른들 무슨 소용일까 싶었다.

'꼬르륵.'

그러고 보니 아침부터 지금까지 제가 먹은 거라고는 커피 한 잔과 아이스크림뿐이었다.

"그렇다면!"

은서는 그가 한 소리 해줄 것을 기대하며 당당한 얼굴로 거실로 통하는 문을 열고 나갔다. 하지만 텅 빈 거실에는 파도 소리만 가득했다. 그녀는 아랫입술을 비죽 내밀고 어깨를 축 늘어뜨렸다.

그리고 기운이 하나도 없는 사람처럼 주방으로 걸어갔다.

화이트 톤으로 마감된 집 안 곳곳의 가구와 물건도 화이트 톤으로 채워져 깔끔한 인테리어가 돋보였다. 아까까지만 해도 낯설었던 모든 게 편안하게 느껴졌다. 이국땅에서 아는 이를 만난 게, 비록 까칠한 사람이긴 하지만! 몹시 위안이 되는 모양이었다.

"뭐지? 더는 볼일이 없다더니."

냉장고를 열어 아일랜드 테이블 위에 과일과 야채를 잔뜩 펼쳐놓고 간단한 샌드위치를 만들던 은서는 그의 목소리가 들려오는 곳으로 고개를 돌렸다. 두준이 주방 입구에 서서 못마땅하다는 시선을 제게 보내고 있었다.

"배가 고파서요."

"직접 요리를 해 드시겠다?"

"네."

"그거는 내가 돈을 지불한 거야. 내 폐는 끼치지 않겠다더니."

조금 전 작별 인사를 했던 그녀다. 그런데 눈을 반짝이며 아무렇지도 않게 대답하고 있었다. 두준은 괜히 장난기가 발동해 표정을 굳히며 말했다.

"먹은 만큼 채워놓을게요."

"이렇게 하는 건 어때? 나도 마침 배가 고프니 내 것도 준비해줘. 그럼 됐지?"

"공평하네요."

"하하하하. 공평하다. 좋군."

그가 아까처럼 기분 좋은 웃음소리를 내며 웃었다. 그의 웃음소리에 은서는 붕 떠오르는 기분이 들었다.

"메뉴는 뭐지?"

"제가 저기 있는 오븐은 사용할 줄 몰라서요. 간단하게 야채랑 햄을 끼운 샌드위치랑 과일 주스 만들려고요."

"그래. 만들어서 테라스로 가져와. 거기 테이블이 있어."

대답도 기다리지 않고 그는 사라졌다.

"피이."

은서의 입에서 바람 빠지는 소리가 났다. 어쩌다 보니 그의 메이드가 된 기분이 들었다. 하마터면 '네, 주인님.' 하고 대답할 뻔했다. 마치 롤러코스트를 탄 것처럼 하늘로 붕 떠올랐다 곤두박질치기를 반복하는 이 묘한 기분을 어떻게 설명할 수가 없는 은서였다.

"아니, 옆에 서서 거들어주면 좀 좋아? 없던 정도 샘솟을 텐데 말이야!"

다정한 연인처럼 그와 나란히 싱크대 앞에 서서 음식을 만드는 상상을 하던 은서의 볼이 삽시간에 붉어졌다. 그가 백허그를 해주는 모습을 상상하니 소름 끼치게 좋았다. 혼자만의 상상인데도 가슴이 쿵쿵 뛰며 설레었다.

"후우."

긴 한숨을 내쉬며 마음을 진정시킨 은서는 대충 샌드위치와 과일 주스를 만들었다. 그리고 쟁반에 받쳐 테라스로 나갔다. 그가 마치 풍경의 일부분인 것처럼 해변을 바라보고 서 있었다. 바람에 흩날리는 머리카락이 부드러워 보였다. 어쩐지 그의 뒷모습이 쓸쓸하게 느껴졌다. 서울에서는 전혀 볼 수 없었던 그의 단면이 문득문득 보이고 있었다.

달그락거리는 소리에 돌아보니 은서가 테이블 위로 쟁반을 내려놓고 있었다. 제 제안을 거절하고 고집을 피우는 그녀를 골려주듯 식사를 만들게 했지만 어쩐지 맘이 편하지 않았다. 엄밀히 따지면 그녀가 잘못한 것은 하나도 없었다.

"잘 먹을게. 고마워."

평소에는 절대로 하지 않았던 고맙다는 말을 꺼낸 그는 스스로를 놀라워하며 피식 웃었다.

"그런데요."

은서가 두준을 향해 뭔가를 물을 듯 망설였다.

"뭐든 지금 물으면 대답해 주지."

선심을 쓰듯 그가 말하자 은서는 기다렸다는 듯 물었다.

"왜 제게 반말을 하세요? 제 기억으로는 말을 놓아도 된다고 허락한 적도 없는데. 저는 소장님이 공적으로 만나는 사람이잖아요."

"왜? 기분 나빠?"

두준은 빙그레 미소를 띠며 은서의 눈을 응시하며 물었다. 자신도 왜 그랬는지 알 수 없었다. 욕조에 빠진 그녀를 발견한 날부터 자연스럽게 말을 놓았다. 그녀를 가볍게 여겨서 그런 건 아니었다. 욕실 가운을 입은 채 줄행랑을 치는 그녀를 본 순간 어쩐지 귀여운 여동생처럼 느껴졌는지도 모른다.

"……."

"그럼 이제부터는 꼭 존대를 해드리지요, 윤은서 씨."

"아니…… 꼭 그렇게 존대를 해달라는 건 아니고요."

그가 비꼬듯 말을 했다면 기분 나빠서라도 그냥 두었을 텐데 정중하게 존대를 하자 은서는 어쩐지 서운한 기분이 느껴졌다.

"그럼 어쩌라는 거지?"

"모르겠어요. 소장님이 반말을 하면 기분이 묘하게 나쁘기도 했다가 친근감이 느껴졌다……."

저도 모르게 또 진심을 말하던 은서는 말끝을 흐리며 그의 표정을 살폈다. 그가 빤히 눈을 맞춰왔다. 전혀 눈살을 찌푸리지도 않았고 굳은 표정을 짓지도 않았다. 다만 강렬한 무엇인가가 느껴지는 눈동자는 가만히 저를 바라보고 있었다. 숨이 막혀왔다.

"배고프다면서."

그가 샌드위치로 시선을 가져가며 테이블로 다가왔다.

"맛이 없군."

그는 한입 베어 물었던 샌드위치를 내려놓고 과일 주스를 단숨에 마셨다. 맛이 없다는 말은 거짓말이었다. 친근감이 느껴진다는 은서의 말에 묘하게 가슴이 두근거렸다. 단둘이 마주 앉아 아무렇지도 않게 샌드위치를 먹을 수가 없었다.

"아무래도 나가는 게 좋겠군."

"싫어요. 겨우 샌드위치 때문에 쫓겨나긴 싫어요."

"쫓겨나다니?"

"전 절대로 숙소 안 옮겨요."

"픕. 나가서 밥 먹고 오자고."

꽤나 이곳이 마음에 드는 모양이군.

두준은 해변가를 시선으로 훑었다. 별 감흥이 없던 바다였다. 그런데 참 이상하게 바닷가에서 불어오는 바람이 전혀 끈적이게 느껴지지 않았다. 오히려 청량한 느낌마저 들었다.

"밥값은 소장님이 내세요."

"그러지."

두준은 바로 쟁반을 들고 집 안으로 들어갔다.

"잠깐만요."

은서는 방으로 들어가 옷장 문을 열었다가 한숨을 푹 내쉬었다. 그와 멋진 카페에서 밥을 먹는다. 어찌 보면 데이트를 하는 거나 다름이 없었다. 그런데 티셔츠에 반바지 차림이라니. 좀 더 그에게 매력적으로 보이고 싶었지만 붉은빛이 도는 립글로스를 덧바르는 것밖에 제가 할 수 있는 것은 없었다.

현관으로 나가니 그가 기다리고 있었다. 흰색 티셔츠를 입은 탓인지 검게 그을린 구릿빛 피부가 도드라져 보였다. 바닷바람에 들러붙은 티셔츠는 그의 탄탄해 보이는 가슴을 그대로 노출시켜 주었다. 은서는 볼을 붉히며 살며시 고개를 숙였다.

"택시를 불렀어. 저 앞까지 걸어가서 기다리지."

"네."

그가 앞서 걷기 시작했다. 은서는 이 모든 순간이 믿기지 않았다. 말로 표현할 수 없는 행복감에 자꾸만 미소가 입가로 번지는 것은 어쩔 수가 없었다.

번화가로 나온 후, 노천카페에 자리를 잡고 앉았다. 메뉴를 들여다보는 두준의 표정이 꽤 부드럽게 느껴졌다. 은서는 거리 풍경으로 시선을 돌렸다. 그녀의 눈매가 활처럼 휘었다. 아까까지만 해도 심드렁하게만 여겨지던 풍경이 지금은 무척 로맨틱했다. 거리를 뒹굴고 있는 나뭇잎조차도 아름다워 보였다.

『주문하시겠습니까?』

은서는 설레는 미소를 머금은 채 목소리의 주인공에게 시선을 가져갔다. 주문을 받으러 온 남자가 마치 화보에서 금방 뛰쳐나온 사람처럼 보이는 것은 어쩌면 그와 함께하는 모든 순간이 아름답게 느껴지는 탓인지도 모른다는 생각이 들었다. 은서의 미소가 더 짙어졌다.

"메뉴나 봐."

낮게 깔리는 음성이 경고음같이 여겨졌다. 조금 전까지 부드럽게 보이던 그의 눈은 순식간에 차가워져 있었다.

"볼 거예요."

환하게 웃음을 짓던 은서도 얼굴을 굳히고 메뉴판을 들어 올려 시야를 가렸다. 좋았던 분위기가 왜 이렇게 얼어붙은 것인지 알 수가 없어 눈을 껌벅였다.

"뭘 가리고 보나."

그의 말에 은서는 메뉴판을 살짝 내리고 그의 표정을 살폈다. 분명 주문을 받으러 온 남자를 바라보던 제 시선을 탓하고 있었다. 은서는 메뉴판을 테이블에 내려놓고 손가락으로 콕콕 찍으며 주문을 했다. 그리고 멋진 미소를 짓고 있는 남자에게 환한 미소를 지어 보이며 슬며시 그의 눈치를 살폈다.

『난 맥주만.』

주문을 받으러 온 사내를 바라보는 은서의 얼굴에 지어진 미소가 더없이 맑고 고왔다. 제가 아닌 다른 사람을 향한 그녀의 미소에 갑자기 식욕이 사라졌다. 그의 표정이 점점 더 뿌루퉁해졌다.

『다른 건 더 주문하실 게 없나요?』

남자의 말에 두준은 귀찮다는 듯 미간을 찌푸리며 손을 들어 올렸다.

"배고프다면서요."

"식욕이 사라졌어."

"왜요?"

"몰라."

"아세요?"

"뭘?"

"음…… 저 남자는 그림처럼 아름답죠."

그가 한쪽 눈썹을 거칠게 들어 올리고 있었다.

"그런데요, 제 눈에는 소장님이 저 남자보다 백배쯤은 더 멋있어 보여요."

장난 섞인 미소를 지으며 은서가 그의 표정을 살폈다. 혹시나 그가 질투를 하는 것은 아닌가 확인해 보고 싶었다.

"그래서?"

어투는 퉁명스러웠지만 그의 입가가 잠깐 옆으로 늘어지는 것이 보였다.

"어유, 오글거려라. 밥 얻어먹기 힘드네요."

얼른 팔짱을 앞으로 끼며 팔을 위아래로 훑어 내리는 은서에게 눈을 흘기던 두준은 피식 웃어버렸다.

"비굴하게 얻어먹을 생각이야? 더치페이 몰라."

"나가자고 한 건 소장님이니까 밥값은 내주셔야죠."

"그럼 더 비굴하게 굴어봐."

"헤헤헤. 목소리요. 소장님은 목소리가 매력적이에요. 아름다운 소리를 내는 악기도 소장님의 목소리는 못 당할걸요."

농담처럼 시작한 말이었지만 속내를 고스란히 드러내는 은서였다. 괜스레 부끄러워진 그녀는 살짝 얼굴을 붉히며 시선을 거리로 옮겼다. 심장이 고장이라도 난 것처럼 콩콩 뛰어댔다.

"훗."

비굴한 농담이었지만 묘하게 제 마음을 흔들어놓는 은서 때문에 두준은 눈가에 살짝 주름을 만들어내며 웃었다. 그는 그녀처럼 주변을 둘러보았다. 저를 알아보는 이 하나 없는 이곳에서는 어쩌면 솔직하게 감정을 드러내도 괜찮지 않을까 하는 생각이 고개를 들었다. 맑은 눈을 굴리며 거리를 오가는 사람들을 구경하는 은서에게로 그의 시선이 부드럽게 닿았다.

"뭘 그렇게 봐?"

잠깐 거리를 훑던 두준의 시선이 다시 은서에게로 향했다. 묘하게 자꾸만 제 시선을 사로잡는 그녀에게서 눈을 뗄 수가 없었다. 거리의 풍경이 아무리 이국적이고 아름다워도 은서만큼은 아니었다. 얼굴을 붉힌 채 거리로 향한 그녀의 시선을 잡아들이기 위해 질문을 던졌다. 이내 그녀의 시선이 제게로 향하자 두준은 가슴으로 번지는 묘한 기분에 어색해져 눈썹을 움찔거렸다.

"이곳은 미국 드라마에서 본 적이 있어요. 언젠가는 꼭 가봐야지 했던 곳이에요. 아까 이곳에 도착했을 때는 아, 내가 드디어 햄튼에 왔구나! 하면서 감동했었어요. 그런데……."

"그런데?"

"처음에는 그런 기분이었는데 금방 심드렁해졌어요."

"꼭 가봐야지 했던 곳인데 왜 심드렁해져? 생각만큼 멋진 곳이 아니어서 실망한 거군."

"아니요. 참 멋진 곳이에요. 이 세상에서 이곳처럼 멋진 곳은 없을 거예요."

"훗, 심드렁하던 곳이 이제는 이 세상에서 제일 멋진 곳이라는 말이야? 어째서?"

"음…… 그건……."

'그건 당신과 함께 있기 때문이에요.' 라고 말하면 그는 어떤 표정을 지을까.

은서는 망설이다가 결국 환한 미소만 지어 보였다. 괜히 분위기에 휩쓸려 그에게 다가가려고 했다가 무안한 말을 듣게 될 것 같았다.

"비밀이야?"

두준의 물음에 은서는 고개를 끄덕였다.

"비밀이라면 굳이 말을 꺼낼 이유가 없을 텐데."

"궁금해요?"

"아니. 말하고 싶지 않으면 하지 않아도 돼."

두준은 어깨를 으쓱하고 대답했다. 궁금했지만 더 이상 묻지 않기로 했다. 저 역시 남들이 궁금해한다고 일일이 설명하고 대답하는 사람이 아니었기에.

『더 필요한 것은 없습니까?』

직원이 음식을 가져다 놓고 더 주문할 것이 있는지 묻자 두준은 고개를 저었다.

"정말 배 안 고파요?"

"안 고파."

두준은 맥주병을 입으로 가져가며 대답했다.

"우와."

은서는 나이프로 고기를 한 점 얇게 썰어 입에 넣고 오물거렸다. 금방 입안에서 녹아 없어지는 식감에 눈을 반짝이며 감탄사를 뱉었다. 그리고 좀 더 크게 고기를 썰어놓고 크게 심호흡을 했다. 그리고 포크로 고기를 찍어 두준에게 내밀었다. 그의 눈이 커지는 것이 보였다.

"먹어보세요. 정말 맛있어요."

두준은 살짝 얼굴이 붉어진 은서와 붉은 속살을 드러내고 있는 고기 조각을 번갈아 보았다. 망설이던 것도 잠시 그는 그녀가 내민 손을 마주 잡아 제 입으로 가져갔다. 그녀의 얼굴에 미소가 번지는 것이 보였다.

"맛있군."

두준은 입매를 늘이며 고개를 끄덕였다.

"더 드실래요?"

한층 더 밝아진 은서의 목소리가 꽤 들떠 있었다.

"혼자 먹기에도 모자랄 텐데."

"이거 더 달라고요? 에이, 하나 더 시켜야죠!"

"하하하하. 그래."

자꾸만 마음을 환하게 만드는 은서 때문에 그는 소리 내 웃었다. 그런 그를 바라보는 은서의 눈빛은 설렘으로 잔뜩 물들어갔다.

"바람이 제법 부네요. 에어컨 없이도 시원해요."

그녀가 바닷바람에 날리는 머리를 가지런히 모아 넘기며 말했다. 두준은 손을 뻗어 그녀의 머릿결을 느껴보고 싶은 충동을 느꼈다. 충동을 누르기 위해 양손을 바지 주머니에 쑤셔 넣어야 했다. 제 마음에 이는 바람이 당황스러웠다.

"뭘 그렇게 열심히 봐?"

때 이른 저녁을 먹고 은서의 제안으로 걸어서 집까지 왔다. 식사를 하는 동안 조금은 편안해지긴 했지만 택시를 타고 일찍 들어와 봐야 편하게 서로 마주 앉아 있을 사이는 아니었다. 느른한 걸음으로 최대한 천천히 걸었지만 그래 봐야 한 시간 남짓 걸었을 뿐이었다. 어쩌면 은서가 집에 도착한 후 제가 허락한 구역, 즉 해변가와 붙은 방으로 들어가 버릴까 봐 불안했던 건지도 모르겠다. 제 마음을 읽기라도 한 듯 집에 도착한 은서는 냉큼 소파에 자리를 잡고 앉더니 아까부터 작은 수첩을 들여다보고 있었다.

"네? 아, 이거요?"

은서가 말을 걸어주길 기다렸다는 듯 수첩에서 시선을 거두어 맑은 눈동자를 맞춰왔다. 생글거리며 웃고 있기까지 했다. 성격이 좋은 건지 아니면…… 그는 고개를 저었다. 어쩐지 제 속에서 일고 있는 미묘한 변화가 맘에 들지 않았다.

"궁금해요?"

"아니."

부드러운 눈길로 묻던 두준의 입매가 조금씩 굳어졌다. 참 이상했다. 묘하게도 은서와 함께 있으면 온몸의 긴장이 풀어졌다. 편안함이 느껴졌다. 게다가 자꾸만 장난을 치고 싶어졌다. 순전히 사적인 호기심이 아주 없다고 할 수가 없었다. 이 여자를 곁에 두고 오래 보고 싶어질까 어쩐지 두려웠다. 제 마음에 스미는 행복감이 낯설기만 했다.

"여기 오기 전에 뉴욕에 대해 공부 좀 했죠. 가끔 외국에 나갈 기회가 있을 때면 미리 그 나라의 여행 정보를 수집하거든요. 그래야 조금이라도 비용을 아껴 최대한 많은 곳을 볼 수 있으니까요."

은서는 그의 표정이 굳는 것을 보고 불안한 마음을 떨치려 속사포처럼 말을 쏟아냈다. 어떻게든 구실을 만들어 그와 함께 있는 시간을 늘리고 싶었다.

"시간이 촉박해서 아주 자세하게 조사하지는 못했지만 제일 중요한 교통수단은 제대로 알아왔죠."

"교통수단?"

그가 여전히 입매를 굳히고는 있었지만 입을 꽉 다문 채 아무 말도 안 하고 있는 것은 아니라 다행스러웠다. 은서는 재빨리 그의 말을 받았다.

"네. 여행자들에게 제일 편한 건 아무래도 택시! 하지만 그건 우리 같은 어수룩한 여행자들에게는 가장 위험한 교통수단이에요. 바가지를 쓰기 딱 좋거든요. 주머니도 얇은데 바가지요금에 팁까지 줘야 하는 건 무리잖아요?"

"훗."

그의 입매가 늘어지더니 바람 빠지는 소리를 내며 웃었다. 은서는 더욱 신이 나 말을 이었다.

"지하철이나 버스를 이용하는 것이 가장 현명한 방법이에요. 그런데 이것도 아주 경제적으로 이용할 수 있는 방법이 있다는 말씀!"

"아주 유용한 것을 발견한 얼굴이군."

"그럼요! 버스나 지하철을 한 번 타는데 2.5달러인데 반해 7일 동안 무제한으로 탈 수 있는 패스를 구입하면 30달러면 충분해요. 이게 바로 그 패스예요."

은서는 두준에게 패스를 자랑 삼아 보여주며 어깨를 쭉 폈다.

"꼼꼼하고 야무진 줄은 알았지만 제법이군."

두준의 칭찬에 은서가 해맑게 웃었다.

"겨우 교통정보만 알아낸 거야?"

관심 없는 척 툭툭 말을 뱉던 두준은 은서가 아무런 말 없이 생글거리며 웃기만 하자 본격적으로 수첩에 관심을 보이기 시작했다.

"아니요. 나름 알아낸 뉴욕의 정보가 들어 있죠."

"뭔데?"

"안 가르쳐 드릴 거예요."

"왜?"

재잘재잘 교통정보에 대해서는 말을 쏟아내던 은서가 새침한 얼굴로 수첩을 탁 소리가 나도록 접는 것을 본 두준은 그대로 그녀가 방으로 달아날까 봐 눈을 크게 뜨며 물었다.

"아깝잖아요. 고생고생해서 알아낸 정보를 공짜로 공유하는 거."

"하! 아까 대중교통 패스에 대해서는 술술 말해놓고."

다행이었다. 좀 더 같이 있을 수 있다는 생각에 두준은 소파에 느른한 자세로 앉아 입가에 미소를 머금으며 은서에게 핀잔을 주었다.

"어차피 소장님은 택시를 이용하실 거잖아요."

"뭐야! 아까 분명 우리 같은 여행자라고 했잖아?"

결국 쓸데없는 정보만 공유하겠다는 말에 그는 발끈하며 따져 물었다.

"그 우리라는 말은 주머니가 얇은 사람들을 총칭하는 말이었어요. 밥 먹으러 갈 때, 걸어서 가도 되는데 택시를 타고 다운타운까지 갔잖아요. 그러니까 소장님은 우리에 낄 수 없죠."

"아까는 배가 너무 고파서 그런 거지. 올 때는 걸어왔잖아. 그리고 내가 주머니 사정이 넉넉하면 소영 누나의 집에 얹혀 있을 이유도 없고."

"아아, 그렇구나. 그런데 여기에는 왜 오신 거예요?"

"그건 왜 물어? 그러는 은서 씨는 왜 온 건데?"

뜬금없는 질문에 그가 눈을 동그랗게 뜨고 은서에게 되물었다.

"내가 먼저 물었는데."

혼잣말을 하듯 한마디 내뱉더니 그녀는 무엇인가 기분 좋은 기억을 떠올리듯 꿈을 꾸는 표정을 지어 보였다. 두준의 퉁명스런 시선이 은서에게 향했다.

"라스베이거스에 지인의 일을 참관하러 왔죠. 그리고 소영 언니 부탁으로 여기까지 오게 된 건 아시죠?"

두준은 고개를 끄덕였다.

"소장님은 여기 왜 오셨는데요? 오래되셨어요?"

저도 말했으니 대답을 하라는 말일까?

"몰라."

"내일은 뭐 하실 거예요?"

"안 가르쳐 줘."

"뭐, 아주 궁금하진 않아요."

"그런데 왜 물어?"

"제 여행에 소장님을 끼워 드리려고 했죠. 주머니 사정이 안 좋다면서요."

"하하하하하."

딱히 제가 여기에 왜 왔는지, 무슨 이유로 오래 체류를 하고 있는지 궁금해서 묻는 건 아닌 듯했다. 어쩐지 그녀 앞에서 긴장을 할 이유가 없을 것 같았다. 괜한 경계의 턱을 높이고 있었는지도 모르겠다. 스스로가 우습기도 하고 은서의 말이 재미있다는 생각에 웃음이 나왔다.

"왜 웃으세요?"

아무것도 모르는 은서는 비웃음으로 받아들였는지 새침한 얼굴을 하고 물었다.

"어디를 다니려고."

"그냥 발길 닿는 곳으로 아무 데나."

"내일 소호에 다녀와야 해."

"네? 저도 내일 소호에 갈 건데."

조금 전까지 새침한 얼굴이었던 사람이 맞나 싶을 정도로 그녀의 해맑은 눈동자는 잔뜩 기대에 차 있었다. 감정을 숨길 줄 모르는 은서가 신기했다.

"그래서?"

자꾸만 은서에게 빠져들고 있음을 감지하면서도 느슨해지는 긴장감을 내버려 두는 그였다.

"저랑 같이 기차랑 지하철 타고 소호에 가요. 소호에서 소장님은 볼일 보러 가고, 저는 제 볼일 보고 집으로 올 때는 알아서 각자 오는 걸로. 콜?"

두준은 대답 대신 입가에 환한 웃음을 머금었다. 은서는 그가 웃는 모습을 보자 긴장이 한꺼번에 풀리는 것 같았다. 아까부터 쏟아지던 잠이 한꺼번에 몰려오고 있었다.

"아함. 꼭 이 시간만 되면 정신을 못 차리게 졸려요. 내일 약속 잊으시면 안 돼요."

소기의 목적을 달성했다는 듯 은서는 뿌듯한 얼굴로 방으로 들어가 버렸다.

"훗. 누가 약속을 했다고."

두준은 고개를 흔들며 은서가 사라진 방문을 쳐다보았다. 묘한 이 기분을 어떤 말로 설명할 수 있을까. 아무런 긴장감 없이 사람을 상대하는 일이 있었던가? 자꾸만 자신을 무방비 상태로 만드는 그녀였다. 그런데도 불편하지 않았다. 오히려 함께 있는 게 편안하기까지 했다. 아주 잠깐만 이런 기분을 아무 생각 없이 누리고 싶은 마음이 간절했다.

"그래, 잠깐만. 아주 잠깐이면 돼."

테이블 위에 그녀가 놓고 간 수첩을 천천히 살펴보던 그의 입가에 기대감이 차올랐다.

"솔직히 말해보세요. 주머니가 얇다는 건 거짓말이죠?"

소호로 가기 위해 햄튼에서 롱아일랜드 레일로드 기차에 올랐다. 그와 나란히 자리를 잡고 앉은 은서는 건장한 그의 팔이 제 팔에 와 닿자 온 신경이 그에게 쏠리고 말았다. 가까운 거리에 그가 있다는 사실이 좋으면서도 긴장됐다. 긴장감을 떨치기 위해 은서가 말을 꺼냈다.

"아닌데."

"피이."

입술을 삐죽 내밀며 바람 빠지는 소리를 내는 은서가 귀여워 보였다. 늘씬한 미녀들이 주변에 그득했지만 그의 눈에는 은서만 보였다.

"왜?"

"아까 기차를 타기 전에 패스를 구입했잖아요. 그걸 보면 소장님은 지금까지 택시를 이용했다는 거잖아요."

"그래서 지금 나를 데리고 다니는 데 불만이라도 있다는 거야?"

"어쩐지 제가 손해를 보는 것 같아요. 속은 것도 같고."

"하하하. 손해는 아닐 텐데. 지금 은서 씨가 먹고 있는 도넛이랑 커피는 누가 비용을 지불했더라?"

"아아. 참, 그렇지. 헤헤, 그럼 오늘 밥값은 다 소장님이 내주시는 거예요?"

"어어, 이거 왜 이래? 소호까지만 같이 가고 우린 서로 볼일 보러 가는 거 아니었어?"

"아! 그러기로 했죠."

생글거리며 재잘대던 은서의 표정이 시무룩해졌다.

"뭐야, 그 표정은? 밥값을 아끼려고 했는데 계획이 무산되어 아쉬운 얼굴이네."

"아니에요."

은서가 눈을 흘기며 입술을 비죽거렸다.

"아니긴. 딱 그런 표정인데 뭐."

바로 되받아칠 줄 알았는데 은서는 아무 말 없이 도넛을 입으로 가져가 한입 베어내 오물거렸다. 입술에 붙은 설탕 시럽이 햇살에 비쳐져 번들거렸다. 지저분해 보여야 하는데 이상하게 그녀의 입술이 더없이 섹시해 보였다. 가만히 손을 뻗어 그녀의 입술을 엄지손가락으로 훑었다. 스스로도 놀랄 만한 행동을 하고 말았다. 은서의 놀란 눈이 시선에 들어오자 그는 고개를 돌렸다.

"칠칠맞지 못하게. 설탕이나 묻히고 먹고. 휴지가 없어서."

타당한 이유였다. 은서도 그리 생각해 주길 바랐다.

"원래 도넛은 그렇게 먹는 거라고요. 이렇게 커피를 마시면 되는데. 화장실 다녀와서 손 닦았어요!"

"뭐야?"

졸지에 더러운 사람이 돼버리자 그가 눈을 부라렸다.

"소장님 표정을 보니 안심이네요. 손은 닦는 깨끗한 사람인 거 인정. 하지만 또 내 입술을 훔치지 말아요. 심장 떨리게."

"내가 입술을 훔쳤다? 하하하하. 말 되는군."

그가 환하게 웃고 있었다. 은서는 마치 꿈을 꾸고 있는 것 같은 착각에 빠졌다. 냉소적인 표정을 달고 사는 사람이 언제부턴가 큰 소리로 웃고 있었다. 그 웃음소리에 자꾸만 행복해졌다. 좀 더 그의 웃음소리를 듣고 싶었다. 아무래도 하루가 길게 느껴지고 환상적인 도시의 풍경은 시큰둥하게만 보일 것 같았다.

"소호에는 왜 가시는 거예요?"

"일이 있어."

"난 비숍 씨의 작업실에 들렀다가 작품 진행 상황만 살펴보고 나올 건데……."

"소호에는 상점들이 많아. 쇼핑 거리로 유명한 곳이지. 백화점에나 있는 웬만한 명품 브랜드들이 거리에 죽 널려 있어. 아마 정신 못 차릴걸."

"가보셨어요?"

"음."

"그렇구나. 난 쇼핑은 별로라서……. 거기에 미국 드라마에 자주 나오는 중세풍의 멋진 성당이 있다는데 그거나 찾아보고 바로리를 이탈리아로 가봐야겠다. 거기서 점심 먹어야지."

은근히 제 동선을 흘리는 은서의 말에 그는 속으로 피식 웃었다. 그리고 최대한 무관심을 가장하며 커피를 마셨다. 아니나 다를까 은서가 힐긋 제 표정을 살피는 게 보였다.

"뭘 먹을까? 이탈리아니까 피자? 파스타? 다 먹고 싶은데……. 에이, 모르겠다. 성당에서 결정해야지."

제가 반응을 보이지 않자 은서는 입술을 비죽이며 혼잣말을 하더니 결국은 성당에서 기다릴 거라고 말하고 있었다. 두준은 웃음이 터질 것 같았지만 일부러 무표정을 한 채 시계를 들여다보았다. 소호에 도착하면 최대한 빨리 일을 마무리해야 할 듯했다. 그의 마음이 점점 바빠졌다.

"네가 웬일이냐?"

스튜디오를 둘러본 기준은 전혀 고마워하는 기색도 없었다.

"이번이 마지막이야."

혹시 몰라 뉴욕으로 날아오자마자 기준을 위해 스튜디오를 마련해 두었던 두준이다. 한국으로 돌아가자고 해도 기준이 선뜻 나서지 않은 것을 알았다. 모든지 제 맘대로 해야 하는 형이었다.

"마지막? 네가 뭘 했다고."

고맙다는 말을 기대한 것은 아니었지만 뭘 했느냐는 기준의 물음에 기가 막혔다.

왜! 대체 왜! 내가 얼굴도 모르는 형의 엄마 제사를 지내야 하는 건데!

짧은 순간이었지만 이런 말을 쏟아내고 싶은 걸 이를 악물고 참아야 했다. 심약한 형이 또 약물에 빠질지 모른다는 걱정이 앞섰던 것이다. 왜 모든 배려의 몫이 아무 죄 없는 저와 엄마의 몫으로 남는지 알 수 없었다.

"형이 모르는 많은 걸 했지. 형 대신 뭔가를 하는 일은 더 이상 없을 거야."

두준은 미간을 잔뜩 찌푸렸다.

"뭐? 희생을 하고 살았다는 얼굴이다."

"여튼, 난 이제 아무것도 안 할 거야."

울컥하고 올라오는 감정을 누르며 두준은 다짐하듯 스스로를 향해 말을 내뱉었다.

"아무것도 모르는 주제에."

"무슨 말이야?"

"됐고. 몇 개월 지불했어?"

"무슨 말이냐니까."

두준은 날을 세워 거칠게 기준의 팔을 잡아당기며 소리를 질렀다.

"너만 피해자인 척 굴지 말라는 거야."

기준의 낮은 음성이 음산하게 들려왔다.

"피해자인 척?"

두준은 눈을 동그랗게 뜨고 기준의 말을 따라했다.

"그래. 넌 누리고 사는 게 많으면서 그걸 모르더라. 하긴 네가 뭘 알겠어. 다들 쉬쉬하고 살기 바빴는데."

"내가 뭘 모른다는 거야? 다들 쉬쉬하는 건 뭔데!"

"때론 모르는 게 약이라잖아. 훗, 그런데 이상하지. 그 약이 통하지 않을 때도 있으니."

기준이 두준에게 잡혔던 팔을 비틀어 빼내며 알 수 없는 말들을 해댔다.

"세상에서 벌어지는 모든 일을 네가 다 안다고 착각하지 마. 그러면 쓸데없는 피해 의식도 가질 필요 없는 거지. 편하게 살아. 너라도."

"대체 무슨 말이야? 알아먹게 말을 해."

"자식⋯⋯."

기준의 광기 어린 시선은 어느새 사그라졌다.

"미안하다. 나도 가끔 속이 뒤집어져서 그래. 그냥 너 하고 싶은 대로 하고 편히 살라는 말이야. 스튜디오 일 년 치만 선불해 줘. 그러면 내가 알아서 살 테니."

기준은 말을 아끼고 있었다. 두준은 속이 답답했다. 기준에게 다그쳐 물어도 소용이 없을 거란 걸 안다. 늘 저런 식이었으니까. 이글이글 타오르는 눈으로 뭔가를 말할 듯하다가 이내 연민의 빛을 띠는 얼굴로 저런 식의 사과를 해왔다.

"일 년 치 선불 지불했어. 햄튼에 있는 짐은 언제 가져갈 거야?"

더 이상 형과 한 공간에 있기 싫었다. 나머지 일들을 마무리하면 다시는 형을 보지 않을 작정이었다.

"가능하면 네가 알아서 옮겨줬으면 좋겠어."

"이거."

두준은 기준에게 카드를 내밀었다.

"당분간 생활비는 필요할 거 아냐. 체크카드야. 돈 조금 넣어놨어."

"거기 두고 가."

두 형제는 늘 그랬듯이 건조한 시선으로 작별 인사를 대신했다. 스튜디오를 나온 두준은 숨이 막힐 것만 같았다. 그의 시선이 갈 곳을 몰라 헤매는 사람처럼 거리를 배회했다. 어떻게든 여기서 벗어나고 싶었다. 도무지 좁혀지지 않는 가족들과의 거리감은 제가 느끼는 모든 불행의 원천이었다. 답답하게 심장을 조여오는 기분을 떨치려 그가 셔츠의 단추를 풀어보았지만 더운 공기만 훅 하고 끼칠 뿐이었다. 어서 청량한 공기를 맡아야 한다. 본능적으로 그는 성당으로 발걸음을 옮겼다.

"윤은서!"

그녀다. 막혔던 숨을 토해내듯 그는 은서의 이름을 불렀다. 온갖 소음 탓에 그녀에게 닿았을 리 없는 외침을 듣기라도 한 걸까. 사방을 두리번거리던 은서가 바로 눈을 맞춰왔다. 청량한 바람이 가슴에 스며들고 있었다. 따뜻한 온기가 느껴지는 시선이 반가웠다. 한낮에 찌는 듯한 태양 아래 땀을 비 오듯 흘리고 선 채 그는 온몸으로 그녀의 존재를 느꼈다.

"어머, 부자 아저씨가 택시도 안 타고 뛰어온 거예요?"

입매를 잔뜩 늘이던 은서가 잰걸음으로 다가오며 눈을 동그랗게 뜨고 물었다.

그렇게 뛰어오지 않아도 되는데.

한 시간도 넘게 그를 기다리고 있었다. 아마도 저는 그가 나타날 때까지 종일 기다렸을지도 모른다.

"치이, 나 여기 있는 거 어떻게 알았어요?"

어느 쪽에서 올지 몰라 성당 앞을 서성이며 사방을 두리번거리던 걸 혹시 본 건 아니겠지?

은서는 제 마음을 들킬까 봐 그에게 눈을 흘기며 농담을 건넸다.

기다리고 있었잖아.

툭 던지려던 말을 그는 입속으로 삼켰다.

"아직도 뭘 먹을지 결정 못했나 보군. 둘 다 먹으면 될걸."

대신 그녀에게 속아주기로 했다.

"주머니가 얇은데 2인분이나 시켜요?"

"물주가 왔으니 걱정 말고 다 먹어."

"정말요?"

"그래, 주머니가 뚱뚱한 내가 다 살게. 대신 은서 씨는 가이드를 하면 되겠네."

"콜! 역시 공부를 잘해야 한다니까."

"수첩 잃어버리지 않게 조심 해. 어제도 보니까 함부로 굴리던데."

"뭐예요! 혹시 다 훔쳐본 건 아니죠?"

"별것도 없던데 뭐."

"치사하게 왜 남의 걸 몰래 보고……."

"일부러 본 건 아니야. 그냥 궁금했던 거지."

"아, 배고파. 기다리다 쓰러지는 줄 알았다고요."

은서는 곱게 눈을 흘겼다.

"그래. 나도 배고파 쓰러지기 직전이야."

"피자 정말 맛있죠."

이탈리아식 화덕피자를 게 눈 감추듯 먹어치운 은서는 뿌듯한 미소를 지었다. 블로그에 유명한 맛집이라고 소개되어 있었지만 기대 이상이었다. 그도 맛있게 먹는 눈치였다. 그는 식사를 하는 동안 생각에 잠긴 듯 잠깐씩 무표정이 되기도 했지만 대체로 제가 던지는 이야기에 귀를 기울였고 미소를 지어주기도 했다.

"괜찮군. 수첩 덕을 톡톡히 보고 있는 것 같네."

"에이, 아직 멀었죠."

"그런가? 다음 행선지는 어디지?"

"가보고 싶은 곳 있어요?"

"하하, 자신감이 넘쳐 보이는군."

"자신감 넘치는 가이드. 어쩐지 믿음직스럽지 않아요?"

그는 웃으며 고개를 끄덕였다.

"오늘 소호에 갔던 일은 잘됐어요?"

은서는 조심스럽게 그의 표정을 살피며 물었다.

"으음……. 은서 씨는?"

"아주 잘…… 됐어요. 생각보다 빨리 준비가 될 듯해요. 이르면 내일모레까지 마칠 수도 있대요."

"잘됐군."

두 사람 사이에 잠시 침묵이 이어졌다. 잘됐다고 말하는 두 사람이었지만 표정은 그리 기쁘지만은 않았다.

"운 좋게 성당 앞에서 소장님과 재회해서 맛있는 피자까지 얻어먹었으니 내 맘대로 목적지를 정해도 되는 거죠?"

"운이 좋은 거랑 그거랑 무슨 상관이 있다고?"

"운이 좋으니까 오늘 밤 야경을 보기로 내가 결정을 하면 선명한 야경을 볼 수 있을지도 모르잖아요."

"갖다 붙이기는. 날씨가 이렇게 화창한데 밤에도 당연히 좋겠지."

"모르시는 말씀. 뉴욕의 날씨는 변화무쌍해서 선명한 야경을 보는 건 운이 좋아야 한댔어요."

"후훗, 공부를 더 해봐. 한여름에도 그런지."

"어쨌든 오늘 선명한 야경을 보게 되면 그게 다 내 덕분인 거라고요."

"하하하하."

그는 얼토당토않은 말을 늘어놓는 은서 덕분에 큰 소리를 내며 웃을 수밖에 없었다. 살짝 눈을 흘기던 은서가 손목의 시계를 확인하더니 자리에서 벌떡 일어났다.

"서둘러야 해요."

"아직 해가 지려면 한참이나 남았어."

뉴욕은 9시가 넘어야 해가 지는 도시였다. 서두를 필요가 전혀 없었다.

"아이, 그럼 야경을 볼 수 있는 시간까지 여기서 앉아만 있자고요? 벌써부터 눈치를 주고 야단인데. 저기 줄 서서 기다리는 사람들이 아까부터 곱지 않은 시선으로 쳐다보고 있었단 말이에요. 엠파이어 빌딩으로 가기 전에 가볼 데가 있어요."

은서가 엉덩이를 자리에 붙이고 앉아만 있는 두준의 손을 잡아당겼다. 엉겁결에 손을 붙잡힌 두준은 못이기는 척 은서에게 이끌려 레스토랑을 나섰다. 어쩌면 은서 말대로 서둘러야 하는지도 모른다. 길면 이틀 정도. 자유로움을 만끽할 수 있는 시간이 얼마 남지 않았다.

손을 잡은 채 앞서 걷고 있는 은서의 발걸음이 무척 빠르게 느껴졌다. 성큼성큼 걷지 않으면 금방이라도 잡힌 손을 놓칠 것만 같았다. 그는 미소를 지으며 그녀가 이끄는 대로 무작정 따라갔다.

부끄러울 테지만 조금만 이러고 있자.

서두르자는 말에도 일어나지 않는 두준의 손을 잡았다. 은서는 곧 제가 무슨 짓을 했는지 깨달았지만 다행스럽게도 그가 제 손을 뿌리치지 않았다. 겨우 손을 잡았을 뿐인데 심장이 고장이라도 난 것처럼 방망이질을 했다. 얼굴도 달아오르는 게 느껴졌다. 그의 손을 놓으면 제 몸의 이상 반응은 사라질 터였다. 하지만 놓고 싶지 않았다. 이 세상 끝까지라도 걸어갈 수도 있을 것만 같았다.

지하철을 타기 위해 지하로 내려온 은서는 살며시 그의 손을 놓았다. 어디를 가나 실내에 과하다 싶을 정도로 에어컨 시설이 잘 되어 있는 뉴욕이었다. 하지만 지하철 역 안은 그야말로 찜통이었다. 하지만 땀으로 흥건한 손은 결코 찜통 같은 지하철 안의 열기 때문만을 아니었다. 은서는 태연한 척 손으로 부채질을 했다. 붉게 달아오른 얼굴도 실내의 열기 탓인 듯.

"택시를 탈 걸 그랬네."

그랬다면 여전히 그녀의 손안에 제 손은 가둬진 채였는지도 모른다는 아쉬움이 그의 가슴에 번졌다.

"시간이 없어요. 택시를 탔다가 길이 막히면 낭패예요. 꼭 소장님이랑 가보고 싶은 곳이 있어요."

악명 높은 뉴욕의 교통체증에 걸리면 제시간에 도착한다는 장담을 할 수 없었다. 그녀가 가려는 구겐하임 미술관의 마감 시간이 겨우 두 시간 남짓 남아 있었다.

"어딘데?"

"비밀."

"하아, 더운데 더 덥게 만드는군."

"곧 시원하게 해드릴게요."

은서는 크로스백에서 손수건을 꺼냈다. 냉장고에 넣어두었던 얼음 팩은 이미 녹아 있었지만 손수건에 아직 찬 기운이 남아 있었다. 마치 비장의 무기라도 되는 것처럼 생글거리는 웃음을 지으며 그의 이마에 흐르는 땀방울을 손수건으로 쿡쿡 찍어댔다.

"앗, 차가워."

"시원하게 해드린다고 했잖아요."

"이리 줘."

제가 땀을 닦아주는 게 불편한 모양이라 생각한 은서는 순순히 손수건을 그에게 넘겼다. 그가 손수건을 펼쳐 반으로 접더니 은서의 얼굴을 감싸 쥐었다. 순간 은서의 두 눈이 동그래졌다. 속절없이 가슴이 뛰기 시작했다.

"시원하지?"

은서는 고개를 끄덕일 수도 대답을 할 수도 없었다. 점점 그의 손에 힘이 가해지고 있었다. 어느새 은서의 표정이 엽기적으로 변했다.

"푸하하하하."

"아이, 뭐예요!"

은서가 그의 손을 뿌리치며 정색을 했다.

"뭉크는 아마 이 얼굴을 보고 스크림을 그린 게 틀림없어. 하하하하."

얼굴이 망가진 게 대순가? 그가 이렇게 웃고 있는데.

은서도 그를 따라 웃었다. 그의 눈에 드리워진 깊이를 알 수 없는 상처를 이렇게 조금씩 지워갈 수 있다면 더한 것도 할 수 있다는 생각이 드는 은서였다.

"우와, 정말 멋지죠?"

86th Street 역에서 나와 5th Avenue에서 오른쪽으로 돌아 10여 분쯤 가니 큰 달팽이 모양의 외관을 한 구겐하임 미술관에 도착했다. 은서는 입을 크게 벌리며 두준에게 동의를 구하는 시선을 보냈다. 건축가인 그를 위해 그가 관심을 가질 만한 공간에 함께 가고 싶었다. 뉴욕 어디를 가나 눈길을 끄는 건축물이 많았지만 이렇게 독특한 건물은 흔치 않을 거라 여겼다.

"내부에 들어가면 계단 없는 나선형 구조의 전시장이 펼쳐지지. 설계가 독특하다는 평가를 받고 있는 건물이야."

그는 익히 알고 있는 듯했다.

"와봤구나."

"여기 오려고 서둘렀던 기가?"

그가 손목시계의 시간을 확인했다. 현대 미술작품들이 이곳에 모여 있는 것은 아닐까 할 정도로 유명 작품들이 전시되어 있는 곳이었다. 작품들을 둘러보려면 은서 말대로 시간이 빠듯했다.

"우리도 인증 샷 찍을까요?"

"훗."

그가 웃으며 고갯짓을 했다. 여기저기서 인증 샷을 찍는 사람들과 건축물 촬영을 금지시키는 경비원들 간의 실랑이가 벌어지고 있었다. 아마도 미술관의 일상인 듯했다.

"에이, 좀 찍으면 어때서."

"눈으로 담아. 영감을 떠올릴 수만 있다면 그걸로 충분하잖아."

"하긴 그래요."

6층에서부터 시작된 전시관의 관람은 나선형 구조의 복도를 돌다 보니 어느새 1층에 다다랐다. 천천히 걸으며 그림을 감상하는 동안 두준은 몸을 기울여 은서의 귀에 쉴 새 없이 속삭였다. 화가와 그림이 탄생하기까지의 히스토리, 그림을 보는 여러 가지 견해들을 말해주었다.

"벌써 다 본 거네요."

현대 미술 작품들은 난해하다 여겼는데 그의 설명을 듣다 보니 친숙한 느낌마저 들었다. 덕분에 한 시간을 훌쩍 넘기는 시간이었지만 순식간에 다 본 기분이었다. 어쩌면 세계적으로 유명한 작가들의 그림보다는 귓가에 느껴지던 그의 숨결과 낮게 퍼지는 음성에 더 심취를 했는지도 모른다.

"아쉬워?"

"시간이 충분했으면 더 좋았을 텐데."

"아까 보니까 고흐의 그림을 유심히 보던데 관심 있어?"

"실은…… 미술 작품 같은 거 잘 몰라요. 그저 아는 화가가 고흐밖에. 헤헤. 왜 있잖아요. 별 헤는 밤이란 작품. 그림에서 느껴지는 신비로운 느낌 때문에 그림 속으로 빨려 들어가는 기분이 들잖아요. 화집에서 본 적이 있어요. 그러고 보니 수련을 많이 그렸던 모네도 안다. 헤헤."

"그럼 여기 말고 모마 미술관에 갈 걸 그랬네. 거기에 가면 고흐랑 모네 그림을 볼 수 있는데. 아무래도 미술 교과서에서 자주 보던 그림이라 여기보다는 덜 지루하고 좋았을 텐데. 창의적인 작품들도 많아서 영감을 떠올리긴 그쪽이 훨씬 재미있었을 거야."

"정말요? 그럼 미리 말 좀 해주지."

"비밀이라며! 무슨 가이드가 이 모양이야. 큰 소리를 치더니 나보다 더 몰라?"

"피이."

"아무래도 저녁은 내가 살 수 없겠어."

"그런 게 어디 있어요. 약속은 약속이죠."

"신세를 지기 싫다더니 막무가내군."

"제가 아껴 드린 교통비만도 어딘데!"

"하하. 한마디도 안 지는군."

두준에게 슬쩍 눈을 흘기던 은서가 수첩을 펼쳐 들자 두준이 수첩을 빼앗아 접어버렸다.

"엉터리 가이드 안 믿어. 서둘러야 해."

서두르자는 말과 함께 이번엔 두준이 은서의 손을 잡아 이끌었다.

"지하철 타지 말고 걸어가지. 몇 블록만 걸으면 고흐와 모네를 실컷 보여줄게."

"어, 미술관 문 닫지 않았어요?"

"8시까지 관람이 가능해."

그의 손에 이끌려 걷는 은서의 얼굴이 발갛게 상기되어 있었다. 조금 전 미술관 안에서 그의 숨결이 닿았던 귀가 간질간질했다. 심장도 간질간질했다. 몸으로 느껴지는 감각들이 생소했지만 이 모든 것이 그로 인해 생기는 것이란 게 좋았다.

뉴욕현대미술관, 약자로 모마(MOMA). 그곳에는 그의 말대로 미술 교과서에서 많이 보았던 그림들이 전시되어 있었다. 미술관까지 걸어가는 내내 그는 손을 놓지 않았다. 티켓을 끊으며 잠시 놓았던 손을 미술관 안으로 들어서며 당연하다는 듯 다시 잡았다.

누군가를 제대로 알려면 함께 여행을 해보라고 했던가? 어쩌면 이런 그의 다정한 모습은 그의 내면을 보여주는 것인지도 모른다. 늘 차가운 표정을 하고 절제된 행동만 하던 그였다. 한국에서의 그와 지금의 그는 확연히 달라 보였다. 은서는 불현듯 스치는 생각에 불안했다.

낯선 이국땅에서의 일탈일까? 한여름 밤의 꿈처럼 여겨지는 이 행복감이 지속될 수 있을까?

"왜? 그림을 보니까 한숨이 나와? 너무 엉성해서?"

"아니요. 쉬이. 조용히 감상하세요."

난해해 보이는 창의적인 작품 앞에서 은서가 나지막이 한숨을 내쉬자 두준이 기다렸다는 듯 말을 걸었다. 미술관까지 걸어오는 내내 어찌 된 일인지 종달새처럼 재잘대던 은서는 조용히 걷기만 했다. 뜨거운 여름날 아무리 근사한 도시지만 걷게 한 것은 무리인 듯했다. 에너지가 방전되었을 터였다. 그래서 더 손을 놓을 수가 없었다.

"힘들지. 우리 전시장 다 둘러보지 말고 고흐랑 모네만 보고 나가자."

"아깝잖아요."

"아니야. 꽤 강단이 있는 사람이라고 내가 너무 과대평가를 했나 봐."

"네?"

"아까 점심 먹을 때 말고는 종일 서서 있었잖아. 에너지 빵빵하게 충전시켜 줘야 야경을 볼 수 있지."

"정말요?"

"왜 아까부터 자꾸 되물어? 내가 거짓말쟁이로 보여?"

"아니요."

다행이었다. 제 표정에서 상념의 빛을 엿보진 못한 모양이었다. 그저 피곤해서 그런 거라 여기는 그에게 은서는 웃어 보이며 손을 빼냈다. 순간 그의 표정이 굳어지는 것이 보였다. 안도감이 느껴졌다.

"아무래도 안 되겠어요."

"불편해?"

"당연하죠. 업어줘요."

그의 당황하는 표정에 은서는 킥킥 웃으며 그의 팔에 팔짱을 꼈다.

"뭘 그렇게 당황하고 그래요? 사람 무안하게. 업어주는 게 싫으면 날 끌고라도 다니라고요. 택시비 아껴서 부자 되세요!"

은서의 봉긋한 가슴이 팔에 느껴졌다. 심장이 불에 덴 것처럼 화끈거려 당황스러웠다.

정말 이렇게 제 몸을 팔에 밀착시키고 다닐 셈인가?

그는 웃음기 없는 얼굴로 은서를 물끄러미 응시했다. 은서의 심장이 팔딱거리고 있는 것이 느껴졌다. 더불어 제 심장도 박자를 맞춘다. 입매를 잔뜩 늘이며 웃고 있는 그녀의 입가가 잠시 파르르 떨리고 있었다. 이대로 있다가는 어색해져 그녀가 팔짱을 뺄 것만 같았다.

"원래 부자들이 돈을 더 아끼는 법이야!"

그는 서둘러 발걸음을 옮겼다.

"치사해. 대신 나 엄청 비싼 밥 사줘요!"

"크크크. 땡깡쟁이."

"우와! 여기 엄청 비싸겠어요."

은서는 제 말을 알아듣는 이가 하나도 없음에도 나지막이 두준만 들리도록 소곤거렸다.

"다 알아듣겠네."

두준의 말에 은서는 주변에 한국인이 있는지 살펴보았다.

"에이, 다 영어 쓰는 사람들뿐인데 어떻게 알아들어요?"

"정말 모르는 모양이네. 표정으로 광고를 하고 다니면서."

"제가요? 그 정도는 아니네요. 뭐!"

"후훗, 맘대로 생각해."

"치이. 나도 할 수 있어요. 포커페이스."

"내가 장담하는데 은서 씨는 절대 포커페이스 같은 거 못해."

"그거야 두고 보면 알겠죠."

두준은 절대로 지지 않고 말하는 은서의 앙증맞은 입술을 삼켜버리고 싶은 마음을 꾹 눌러야 했다. 저라면 모를까 은서가 제 감정을 작정하고 숨기는 일은 하지 못할 것이라 굳게 믿었다. 그럴수밖에 없었던 것은 그녀의 말과 표정은 항상 일체감을 주었던 것이다. 본인은 아니라고 우기고 있지만.

"느긋하게 밥 먹고 칵테일도 한잔하자. 굳이 엠파이어 빌딩이나 록펠러 센터 전망대가 아니라도 뉴욕의 야경을 즐길 수 있다는 걸 알려주지."

두준의 말처럼 빌딩의 옥상에 정원처럼 꾸며진 레스토랑은 야경을 느긋하게 보기에 안성맞춤이었다. 뉴욕의 밤은 숨 막히게 아름다웠다. 해가 지는 풍경에 이어 하나둘씩 불을 밝힌 빌딩의 빛깔이 은서의 눈에 알알이 박혔다. 미드를 볼 때마다 궁금했던 애플마티니를 홀짝이는 은서의 얼굴이 발갛게 달아올랐다.

"덕분에 야경 잘 봤어."

"그건 제가 할 말인데."

"운이 좋은 엉성한 가이드를 만난 덕분이지."

"치이, 기분 홀딱 깨요."

이렇게 숨 막히게 아름다운 야경이 펼쳐지는 멋진 곳에서 근사한 남자와 애플마티니까지. 취하기 딱 좋았다. 애플마티니는 생각보다 도수가 높은 술이었다. 환상에 젖어들던 은서는 기분을 깨는 그의 말에 눈을 살짝 흘겼다. 그런 표정마저도 사랑스럽다는 눈길이 저를 훑고 있었다. 그의 눈빛에 설렘은 더 짙어졌다.

"뉴욕의 밤. 내가 꼭 영화의 주인공이 된 것만 같아요."

은서는 꿈을 꾸는 표정으로 야경을 바라보았다. 멀리 엠파이어 빌딩이 손에 잡힐 듯 보인다. 문득 소영의 컬러링을 떠올린 은서는 속으로 허밍으로 따라 불렀다. 영화 러브 어페어의 주인공들이 재회의 장소로 선택했던 엠파이어 빌딩은 로맨틱함의 상징과도 같았다. 어쩌면 한국에 돌아가도 이 순간을 잊을 수 없을지도 모른다는 생각이 들었다. 은서의 눈동자에 아련함이 떠올랐다.

"피곤해? 그만 갈까?"

은서는 조용히 고개를 끄덕였다. 이곳에 더 있다가는 깊은 상념이 저를 덮칠 것만 같았다. 그와 함께하는 모든 순간이 너무나 행복해서 마치 꿈속을 헤매는 것만 같았다. 결코 이 꿈에서 깨어나고 싶지 않을 만큼 그에게 푹 빠져들고 있었다.

"잘 자."

햄튼으로 돌아오자마자 그는 여전히 달콤한 미소를 지으며 작별 인사를 했다. 그와 좀 더 시간을 보내고 싶었지만 자꾸만 젖어드는 상념 때문에 은서는 고개를 힘없이 끄덕이고 방으로 들어왔다. 그와 함께 있는 시간이 행복하면서도 자꾸만 불안해지는 것은 어쩔 수가 없었다. 샤워를 마치고 나니 조금은 마음이 진정된 듯했지만 개운하지 않았다.

은서는 답답함을 떨쳐 내려고 해변의 테라스로 통하는 문을 활짝 열었다. 깊게 호흡을 하자 바닷가의 공기가 폐부 깊숙이 빨려들어왔다. 잔물결을 이루고 있는 파도 소리가 잔잔하게 들려왔다. 로맨틱하고 평화로운 분위기가 연출되고 있었지만 공허하고 외로운 느낌마저 들었다. 현실에서 괴리된 그와의 꿈같은 시간을 떠올리니 혼란스러움은 더해만 갔다.

절대 이게 현실일 리 없어.

그렇게 생각하는 은서의 표정이 잔뜩 풀이 죽어 있었다. 다정한 미소를 보내는 그는 이곳에서만 볼 수 있는 환상이 틀림없었다. 저와 같은 마음이 아니란 걸 알면서도 속수무책으로 그에게 다가가고 말았다.

이 모든 게 한순간의 꿈이라고 그가 말한다면?

그런 순간이 온다면. 어떻게 되는 걸까. 은서는 고개를 세차게 저었다. 상념을 벗어던지기 위해 바닷가로 나갔다. 테라스에 켜진 등불이 바람에 흔들리고 있었다. 집에서 멀어질수록 앞을 구분하기 어려울 정도로 어두웠지만 발끝에 닿는 모래의 부드러운 감촉에 무작정 빠져들었다.

한참 동안 모래사장을 헤매던 은서는 잔잔한 파도 소리에 마음이 점점 평온해지는 것을 느꼈다. 그와 함께하는 이 순간이 환상이라도 상관없다는 생각이 들며 그의 옆에서 누릴 수 있는 행복감을 끝까지 누려보겠다고 다짐했다. 더 이상 앞으로 일어날 일을 걱정하지 않기로 했다. 아직 하루, 운이 좋으면 며칠 더 그와 함께 시간을 보낼 수 있다. 바보처럼 상념에 사로잡혀 그와 어색한 시간을 보내 버리면 평생 후회하게 될지도 모를 일이었다.

"잘 자."

집에 도착해서 은서에게 밤 인사를 건넨 두준은 그녀가 어제처럼 제 말을 무시하듯 소파에 자리를 잡고 앉아주길 바랐다. 하지만 피곤했는지 희미한 미소를 짓던 은서는 그대로 방으로 들어가 버렸다. 멍하니 그녀가 사라진 방문을 바라보고 서 있던 두준은 아쉬운 마음을 삼켜야 했다.

샤워를 마치고 나서도 개운하지 않았다. 그녀와 함께 보낸 시간을 떠올리던 두준의 입가에 묘한 긴장감이 돌았다. 행복감이 가슴에 가득한데 머릿속은 더 복잡하기만 했다. 과연 이대로 제 감정을 두어도 좋을지 알 수가 없었다. 처음이었다. 마냥 기대고 싶다고 여겨지는 사람은.

마음이 이끄는 대로 내버려 둔 게 잘한 짓일까?

답은 없었다. 아무 생각도 하고 싶지 않았다. 현실과 마주하면 또 어떤 자아가 제 속에서 뿜어져 나올지 알 수가 없었다. 결국 은서에게도 제 자신에게도 상처가 되는 시간으로 남을지도 모른다.

멈춰야 해.

그는 입속으로 이 말을 수십 번 중얼거렸다. 이성은 명확한 답을 내리고 있었지만 심장이 움직이지 않았다. 멈추면 숨을 제대로 쉴 수 없을 것만 같았다. 그녀는 제가 살아서 움직이고 있음을 느끼게 해준다. 외롭고 고통스런 순간을 모두 잊게 해주는 은서를 제가 어떻게 밀어낼 수 있겠는가.

이대로는 쉽사리 잠이 들 것 같지 않았다. 주방으로 향하던 두준의 눈길이 은서의 방문을 더듬었다. 짧은 한숨을 내쉰 그는 와인 잔과 와인 병을 통째로 들고 테라스로 나갔다. 그의 눈길이 자연스럽게 은서의 방 쪽으로 향했다. 테라스로 통하는 문이 활짝 열려 있었다.

한참의 시간이 흘러갔다. 파도 소리 외에는 아무런 소리도 들리지 않았다. 어쩌면 잠든 은서의 평온한 숨소리를 들을 수도 있을지도 모른다는 기대감에 그는 마시던 와인을 내려놓고 천천히 그녀의 방으로 들어갔다. 잘 정돈 된 침대. 누운 흔적도 없었다. 어디로 간 걸까. 홀연히 사라진 그녀의 존재에 그는 덜컥 심장이 내려앉는 것 같았다.

해변으로 서둘러 내려갔다. 그는 허리에 손을 얹고 한 손으로 마른 입가를 막으며 거친 숨을 내뱉었다. 그의 눈동자가 방향을 잃고 허공을 헤맸다. 가슴이 타들어가는 것만 같았다. 대체 어느 방향으로 가야 그녀를 만날 수 있는 걸까. 방으로 뛰어들어 가 그녀의 짐이 있는지 확인해야 하는 걸까. 만약 그녀의 짐이 없다면!

"윤은서!"

그가 미친 듯이 그녀를 부르기 시작했다. 그녀가 떠났을지도 모른다고 생각을 하니 견딜 수 없었다.

"어? 왜 안 자고 나와 계세요?"

소리가 나는 쪽으로 고개를 돌려 잔뜩 눈을 찌푸리고 보았다. 멀리서 누군가 걸어오는 게 보였다. 작은 인영. 은서였다. 사람을 있는 대로 놀라게 만들어놓고 태연하게 웃는 그녀가 미웠다. 다짜고짜 그녀에게 달려가 품 안에 가둬 버리는 두준이었다.

"곧 돌아가야 한다고 생각하니까 아쉬워서 그런가 잠이 안 와서요. 산책 좀 했죠."

그의 심장 고동의 울림이 그대로 전해졌다. 괜스레 코끝이 찡했다.

"같이 가자고 하지."

"소장님 피곤하실까 봐 살짝 나왔는데."

"테라스도 활짝 열려 있고 납치라도 당했을까 봐 걱정됐어."

두준은 그녀를 품에 안아버린 게 스스로도 당황스러워 얼버무리듯 변명을 하며 은서를 놓아주었다.

"히힛. 관리인도 있고. 여긴 개인소유지라 일반인 출입이 엄격히 통제된다면서요. 게다가 제가 줄행랑 칠 이유는 없잖아요?"

"……"

은서의 말에 두준은 할 말을 잃고 멍해졌다.

산책을 나갔을 거란 생각조차 할 수 없을 정도로 다급하게 그녀를 미친 듯 부르며 찾아 헤매다니…….

"우리 잠깐 여기 앉아요."

"그럴까."

"네. 어차피 잠도 깼고 파도 소리가 평온해서 들어가기 싫어요."

"와인 한잔할까?"

"좋죠."

두준이 테라스로 와인을 가지러 간 사이 은서는 부드러운 모래 사장에 엉덩이를 내리고 앉았다. 진흙을 갈아놓은 듯 곱디고운 모래의 촉감이 허벅지의 맨살로 느껴졌다. 잔잔한 파도 소리, 은은한 달빛이 내려앉은 바닷가. 그리고 그. 이 모든 것이 은서에게 설렘을 주기 충분한 조건이 됐다.

"이거 깔고 앉아."

두준이 펼친 담요 위로 은서가 옮겨 앉자 그가 와인 잔을 건넸다. 맑고 경쾌하게 와인이 잔에 채워지는 소리마저도 로맨틱하게 들려왔다.

"모래가 부드러워서 굳이 안 깔아도 되는데. 이렇게 담요를 깔고 앉으니 꼭 소풍 나온 거 같아요."

들뜬 목소리로 말하는 은서의 잔에 맑은 소리가 울렸다. 그가 건배를 해온 것이다.

"무엇을 위해 건배하는 거예요?"

"무엇을 위해서 건배할까?"

"두 영혼의 자유로운 밤을 위해!"

"영혼의 자유로운 밤을 위해……."

제 말을 따라하는 그의 목소리가 낮고 조용하게 퍼져 나갔다. 어쩐지 쓸쓸하고 공허하게 들렸다. 고개를 돌린 은서가 바다를 바라보는 그를 응시했다. 그가 목울대를 크게 움직이며 와인을 삼키고 있었다. 은서는 조용히 미소를 지으며 그가 성당 앞에 나타났을 때를 떠올렸다.

환한 미소를 짓고 있었지만 깊은 눈에 차 있는 상념을 감추지는 못했다. 그때부터였다. 그가 확실하게 달라진 모습을 보인 것은. 어쩐지 위로가 필요한 눈빛이었다. 지금도 그는 그런 눈빛을 하고 있었다. 문득 그를 위로해 주고 싶다는 생각이 들었다. 타국에서의 일탈이 될지도 모르는 관계였지만 지금의 자신은 그를 위로해 주는 사람이고 싶었다.

"꿈결 같아요."

그가 고개를 끄덕였다.

"꿈속에서는 모든 것이 가능하죠."

은서는 마치 꿈을 꾸는 사람처럼 칠흑같이 어두운 먼 하늘을 응시했다. 그를 향한 충만한 마음이 그에게 닿을 수 있었으면 했다. 그를 걱정하는 마음이 그에게 닿아 위로를 줄 수 있기를 바랐다. 그것이 꿈속일지라도.

"꿈속에서는 초능력자처럼 하늘을 붕 날아오를 수도 있고 저 바다 위를 맘대로 걸어 다닐 수도 있어요. 순간이동을 하기도 하잖아요? 현실에서는 일어날 수 없는 일들이 상상의 나래를 펼친 듯 벌어지죠."

그는 은서의 말에 희미한 웃음을 지어 보였다.

대체 무슨 말을 하려는 걸까.

은서의 알 수 없는 말에 그는 살짝 미간을 찌푸렸다.

"그러니까 이런 것도 가능해요."

가만히 눈을 맞추던 은서가 눈을 감고 천천히 그의 입술에 제 입술을 살짝 대었다 떼어냈다.

"우리는 꿈을 꾸고 있는 거예요. 아주 달달하고 행복한 꿈. 꿈에서 깨어나도 괜찮아요. 꿈이니까. 현실이 아니니까."

그렇게 읊조리는 은서의 입술을 그가 뜨거운 입술로 덮어 눌렀다. 놀란 은서의 눈이 잠깐 커다랗게 떠졌지만 이내 스르륵 감겼다. 살짝 벌어진 입술 사이를 파고든 그의 혀 때문에 달큰한 알코올 향이 입안으로 퍼졌다. 날카로운 첫 키스가 시작됐다. 그의 혀에 감긴 제 혀가 갈 곳을 잃고 움찔거렸다. 놀라우리만큼 세차게 제 혀를 빨아들이는 그의 흡입력에 혀뿌리까지 얼얼했지만 기뻤다. 그만큼 그가 자신을 원한다고 믿었다. 제 모든 영혼이 그에게 흡수되는 것 같은 일체감에 온몸에서 힘이 빠져나가는 것만 같았다.

잠시 입술을 떼어낸 두준은 은서의 풀어진 눈동자에 뜨거운 눈을 맞췄다. 꿈을 꾸는 눈동자였다. 꿈이니까 괜찮다는 그녀의 말이 그의 머릿속을 빙빙 맴돌았다. 정말로 괜찮을까. 스스로에게 되물었지만 이성은 이미 마비된 듯했다. 촉촉하고 향기로운 입술이 저를 끌어당기고 있었고 꿈꾸는 눈동자가 저를 유혹하고 있었다.

다시 시작된 그의 키스는 아까와는 달랐다. 성급함을 밀어낸 달콤한 키스였다. 소중한 것을 다루듯 그는 천천히 윗입술과 아랫입술을 차례로 베어 물었다 놓기를 반복했다. 부드러운 살이 맞닿은 감촉에 자꾸만 찌르르한 느낌이 가슴 가득 퍼져 나갔다. 한 번도 느껴보지 못한 생경한 느낌 속으로 은서는 빠져들고 있었다. 온몸의 감각을 열고 그를 느껴보았다. 의도치 않아도 자꾸만 감은 눈이 파르르 떨렸다.

두준은 그녀의 머리를 한 손으로 받쳐 바닥에 눕혔다. 가슴 앞으로 꼭 그러쥔 그녀의 손이 바들바들 떨리고 있었다. 말로는 괜찮다며 대범한 척을 했지만 그녀는 몸으로 두려움을 말하고 있었다.

어찌해야 할까. 멈춰야 할까.

망설이는 저를 은서의 손이 그러쥔 담요를 놓고 거침없이 품 안으로 끌어당겼다.

어디에서 저런 용기가 나는 걸까.

잠시 생각을 하던 두준은 투명한 눈동자를 제게 맞추며 제 셔츠의 단추를 풀어내는 은서 때문에 정신이 아득해졌다.

더 이상의 망설임이 불필요한 순간이었다. 서로를 강렬히 끌어당기는 자석처럼 두 사람은 본능에 이끌리고 있었다. 서두를 필요도 없었다. 그저 손길이 이끄는 대로, 눈길이 이끄는 대로, 입술이 이끄는 대로, 마음이 이끄는 대로 움직일 뿐이었다.

"흐읏."

제 몸을 덮어 누르고 숨 막히는 키스를 퍼붓던 그의 입술이 목덜미로 미끄러지듯 지나갔다. 그의 뜨거운 숨결과 부드러운 입술은 달콤한 느낌을 가슴에 새겨놓고 있었다. 숨을 삼키며 입술을 앙다물었지만 저절로 신음이 입술 밖으로 새어 나왔다. 부끄러움을 느낄 새도 없이 그의 입술이 점점 아래로 향하고 있었다. 단 한 번도 허락한 적 없는 타인의 손길이 저를 어루만지고 키스마크를 찍어 내리는데도 하나도 두렵지 않았다. 그는 제게 결코 타인이 아니었다. 행복한 감정을 느끼게 해주는 사랑하는 이였다.

"하아아."

그런 탓일까. 아무것도 모르면서 제멋대로 손이 움직이고 있었다. 그의 피부 결을 만지는 손끝의 감촉은 탄성을 자아내기 충분했다. 아름다운 느낌이 손끝에서 끊임없이 느껴졌다. 단단하게만 보이던 근육은 놀랄 만큼 부드러웠다. 마치 까칠함 뒤에 숨겨졌던 다정한 그처럼.

미치도록 탐하고 싶었다. 언제부터였을까. 그녀를 만나기 이전부터였을까. 처음 만나던 날부터 과할 정도로 냉소를 뿜게 만들던 은서다. 본능적으로 알고 있었는지 모른다. 이렇게 미친 듯이 그녀를 탐하게 될 것을. 경고를 하듯 그녀에게 내뿜던 냉소는 어쩌면 저를 향한 것이었으리라.

생각을 멈추려 두준은 서둘러 은서의 향긋한 입술을 다시 찾았다. 농밀한 키스가 이어지는 내내 제 가슴에만 머물러 있던 그녀의 파르르 떨리던 손이 어깨로 향하더니 두 손이 미끄러지듯 등 뒤에서 만났다. 그녀는 최대한 자신의 몸을 밀착시키기 위해 깍지 낀 손에 가득 힘을 주었다.

그녀의 봉긋한 가슴이 제 가슴에 눌려오는 말캉한 느낌에 정신이 아득해졌다. 그녀를 갖고 싶다는 열망이 끓어올랐다. 그녀의 입술을 벗어나 말랑한 귓불을 입안 가득 넣고 맛보았다. 어느새 그녀의 여린 살결을 빨아들이던 제 입술은 깊이 파인 티셔츠 안에 숨겨진 그녀의 젖무덤에 이르러 있었다. 그녀의 봉긋한 가슴 사이로 얼굴을 깊이 파묻었다.

"하아, 미칠 것 같아. 다 갖고 싶어."

부드러운 푸딩을 베어 먹듯 여린 그녀의 가슴 주변의 살들을 물었다 놓기를 반복했다. 더 깊은 곳에 숨겨진 정점을 향해 조심스레 이동하던 혀가 딱딱해진 돌기에 닿자 한입에 가득 물어버렸다. 여린 살과 딱딱한 돌기가 동시에 느껴지자 정신없이 빨아들였다. 흥분되는 감정과는 달랐다. 알 수 없는 만족감과 위로가 느껴져 자신을 제어할 수가 없었다. 지금까지 일었던 갈증이 풀리는 것만 같았다.

"아아."

은서의 신음 소리가 짙어졌다. 처음엔 아픔으로 내는 소리란 걸 인지하지 못했다.

"아파요."

어렴풋이 들리는 소리에 제정신이 든 그는 움직임을 멈추고 그녀의 가슴에 얼굴을 묻고 숨을 골랐다. 멈춰야 한다. 지금이 아니면 끝까지 멈출 수 없을 것이다. 이대로 그녀에게 제 영혼까지 빼앗기고 말 것이다. 그러면 제 아픔을 그녀도 함께 나눠야만 한다.

"싫어."

그의 눈에서 눈물이 차올랐다.

꿈이니까 괜찮아.

그녀의 말이 다시 머릿속을 빙빙 맴돌았다. 현실이 아니니까 괜찮아.

정말 지금이 꿈이라면 좋겠다. 현실이 아니었으면 좋겠다.

8

"두준 씨."

처음으로 불러보는 그의 이름이었다. 제 음성이 떨림을 가득 담고 있었다. 어떻게 그를 위로할 수 있을까. 그 마음 하나에 온 신경이 집중됐다. 나지막이 외치는 소리를 들었다. 싫다는 소리와 함께 모든 움직임을 멈춘 채 그는 제 가슴에 얼굴을 묻고 거친 숨을 내뱉고 있었다.

그녀의 부름에 두준은 생각을 멈췄다. 늘 소장님 하고 부르던 그녀가 다정하게 떨리는 목소리로 저를 불렀다. 어깨를 어루만지던 그녀의 손길이 머리카락을 파고들었다. 정확하게 제가 느끼는 감정이 맞는지 알 수 없지만 한없이 따뜻했고 깊은 위로를 담고 있는 손길이었다.

그는 고개를 들어 은서를 바라보았다. 미소를 짓고 있는 은서의 입가에서 뜨거운 마음을 담은 눈동자로 그의 시선이 옮겨갔다. 무표정한 얼굴을 한 그가 흔들리는 눈동자를 은서에게 맞추며 두 손으로 그녀의 볼을 감싸 쥐었다.

"원해요. 지금."

은서가 고개를 돌려 그의 손바닥에 뜨거운 입술을 댔다.

"내가 지금 이렇게 당신을 원해요."

두 팔꿈치로 바닥을 지지하고 몸을 들어 올린 은서가 그의 입술에 뜨거운 입술을 포갰다. 더 이상 파르르 떨리는 눈꺼풀의 감각은 없었다. 이미 그의 뜨거운 입술에 제 몸에 남아 있던 첫 경험에 대한 두려움은 녹아들었던 것이다. 누군가를 만나고, 그 사람이 머릿속을 가득 채우고, 그 사람에게 안기고 싶은 마음이 드는 순간을 기다려 왔다. 지금이 그 순간이란 걸 은서는 알았다.

"내가 원하는 사람이 바로 당신이에요."

은서가 지금 하는 말들은 꿈이니까. 현실이 아니니까. 괜찮아요. 라는 말보다 훨씬 제 심장을 뒤흔들고 있었다. 두준은 비로소 무너져 내렸다. 더 이상 저를 가로막는 것 따위는 떠오르지 않았다. 서툴게 마음을 드러내는 그녀의 몸짓에 온몸의 감각들이 들고 일어났다. 서툴지만 다정한 입맞춤. 풀어헤쳐진 셔츠 사이로 손을 넣어 제 몸을 더듬는 서툰 손길. 심장이 폭발을 할 듯 거칠게 들썩여졌다.

거추장스럽게 그녀의 손길을 방해하는 셔츠를 벗어 던진 그는 그녀의 티셔츠를 단번에 벗겨냈다. 가슴과 가슴이 만나고 입술과 입술이 만났다. 뜨거움과 격한 움직임은 계속됐다. 그녀의 숨결을 빨아들이고 타액을 빨아들이고 가슴을 빨아들이던 그의 온몸은 불덩이로 변해갔다.

벌써부터 성이 난 몸이 그녀와 한 몸을 이루기를 간절히 소망했지만 그는 허락하지 않았다. 막대사탕을 손에 쥔 세 살 어린아이마냥 핥고 빨고 입에 가득 물었다가 놓기를 반복했다. 달콤한 향기와 맛, 감촉을. 그리고 행복감을 오래도록 느끼고 싶었다. 그녀와 한 몸을 이루고 격정을 나누고 나면 물거품처럼 사라질지도 모르는 이 순간을 오래도록 누리고 싶었다.

"하앗."

점점 몸이 공중 부양을 하는 것처럼 두둥실 떠오르는 것 같았다. 그가 선사하는 감각적인 쾌락에 은서는 머릿속이 하얗게 비워지는 것 같았다. 사랑하지 않는다면, 오직 쾌락을 위해서 탐하는 행위라면 결코 이렇게 가슴 가득 차오르는 감정을 느낄 수는 없을 터였다. 그의 손길이 닿는 곳마다 뜨거운 용광로가 생겨나고 그의 입술이 지나는 곳마다 용암이 솟아났다.

부드럽게 지나가는 듯하다가도 숨을 삼키게 만드는 그의 손길에 제 몸은 격한 반응을 시작했다. 저도 모르는 제 모습에 순간 놀라면서도 자꾸만 입가에 희미한 미소가 지어졌다. 이게 바로 환희라는 것인지도 모르겠다. 희열로 가득한 몸이 절로 뒤로 꺾이기를 반복했다.

"하아."

은서는 숨을 몰아쉬었다. 점점 그의 손이 깊은 곳을 향해 내려갔다. 허벅지 안쪽의 살을 더듬는 그의 손길에 숨이 멎을 것 같은 긴장감에 휩싸였다. 마침내 그가 뜨거운 손바닥으로 은밀한 곳을 감싼 채 지그시 눌렀다. 전혀 자극적이지 않은. 그저 그의 손바닥에서 전해지는 뜨거움 하나에 은밀한 곳이 경기를 하듯 펄떡댔다. 부끄러움에 은서는 고개를 돌리며 눈을 감았다.

"보여줘. 네 눈을."

제 몸이 느끼는 쾌락을 그의 손이 먼저 알았을 것을 생각하니 도저히 그의 눈을 마주할 자신이 없었다.

"보여줘. 네 뜨거운 눈을."

잔뜩 쉰 목소리에 반응하듯 은서는 눈꺼풀을 들어 올렸다. 뜨거운 눈동자가 저를 응시하고 있었다. 저를 쑤욱 빨아들일 것 같은 깊은 눈에는 더 이상의 상념 따위는 없었다. 한 여자를 간절히 갖기를 소망하는 남자의 눈빛이 저런 걸까. 부끄러움을 잊은 은서는 기쁨으로 희미한 웃음을 지었다. 금방이라도 눈물이 왈칵 터질 것만 같아서였다. 사랑하는 남자를 품에 안는 것은 생각보다 훨씬 멋진 것이었다.

"당신과 하나가 되어볼래요."

은서가 그의 귀에 속삭였다. 준비를 끝낸 몸이 그를 끌어당겼다. 두 다리로 그의 엉덩이를 감싸 안은 자세를 상상하던 은서는 눈을 질끈 감고 두 다리로 그를 휘감았다. 활짝 벌어진 은밀한 은서 안으로 그의 몸이 천천히 밀고 들어왔다. 아릿한 고통에 은서는 감았던 눈을 크게 떴다.

"흐윽."

두 사람은 한순간도 놓치지 않으려는 듯 서로의 눈을 응시한 채 천천히 한 몸을 이뤄갔다. 조금씩 그녀의 미간이 좁혀지면서 몸이 경직되면 그가 움직임을 멈추고 그녀의 미간을 달콤한 혀로 간질여 주었다. 그녀가 몸의 긴장을 풀어내면 그가 천천히 움직임을 시작했다.

어느 순간, 은서는 저절로 그의 머리를 두 팔로 끌어안을 수밖에 없었다. 고통으로 얼굴이 일그러졌지만 통증이 아프게만 느껴지지 않았다. 그를 제 안에 채운다는 기쁨에 그녀의 입가에 미소가 번졌다. 더 깊숙이 그를 제 몸 안으로 끌어당기며 은서는 두 다리에도 힘을 주었다. 그것밖에 제가 할 줄 아는 게 없었다.

한 몸을 이룬 그가 서서히 허리를 움직이기 시작했다. 미묘한 고통과 환희가 반복적으로 느껴졌지만 전혀 불쾌하지 않았다. 그를 사랑하는 과정이었기에 어떤 아픔도 참아낼 수 있을 것만 같은 은서였다.

두준은 그녀의 몸 깊숙한 곳에 닿았다 떨어지기를 반복했다. 천천히 자신을 밀어 넣었다가 조금씩 뒤로 물러났다. 어떤 여자도 이렇게 온몸으로 원한 적이 없었다. 말랑한 살들이 제 안으로 녹아들고 있었다. 입가에 희미한 미소가 번져 있는 은서가 너무 사랑스러웠다. 그녀의 몸 안으로 깊숙이 빨려 들어가는 느낌에 무거웠던 머릿속이 비워지는 것 같았다. 그녀 몸 안에 가둬졌는데 영혼은 한없이 자유로운 기분이었다. 미치도록 이 순간을 끝내고 싶지 않았다. 이대로 시간이 멈췄으면 좋겠다.

하지만 제 마음과는 달리 너무나 현실적인 몸은 환희로 가는 문턱에 다다른 듯 제어할 수 없이 점점 더 속도를 높여갔다. 스스로도 억제를 할 수 없는 움직임에 그의 미간이 점점 깊게 패였다. 좀 더 그녀와의 일체감을 느껴도 좋을 것을 몹쓸 몸은 제멋대로 움직였다.

마침내 온몸이 불꽃놀이를 시작했다. 그는 은서의 몸 위로 쓰러져 내렸다. 제 등 위로 작은 손이 움직이는 게 느껴졌다. 몹시 평화로운 기분이었다. 모든 걸 쏟아낸 저를 온몸으로 받아내고 있는 은서였다. 고맙고 사랑스러웠다. 저를 솔직하게 만들어주는 존재였다. 두준은 양 팔꿈치로 바닥을 지지하고 은서에게 살짝 떨어졌다. 봐야 했다. 사랑스런 그녀를.

두준은 미소를 지으며 은서의 뜨겁게 달궈진 볼에 입을 맞췄다. 부드럽게 입매를 늘이며 은서도 미소를 지어 보였다. 그렇게 두 사람의 달콤한 밤이 깊어갔다. 그 후, 서로 어떤 말도 하지 않았다. 지금은 행복해도 되는 시간이니까. 생각을 하지 않아도 되는 뜨거운 시간이었으니까.

"일어나, 잠꾸러기."

달콤한 부름에 은서는 눈을 감을 채 피식 웃었다. 그와 한 몸을 이룬 후, 나른한 기운에 정신이 아득해지면서도 내일 아침 그를 어떻게 대할까 살짝 걱정을 했었다. 어느새 제 몸은 푹신한 침대 안에 눕혀져 있었고 그가 향기로운 커피를 가져왔는지 코끝에 커피 향이 풍겼다. 거기에 달콤한 속삭임이 덧붙여져 믿을 수 없을 만큼 행복했다.

괜한 걱정을 했네.

"안 일어나면!"

으름장을 놓는 목소리마저 은근하기 그지없다.

"안 일어나면?"

은서는 이불을 머리끝까지 뒤집어쓰며 물었다.

"확 안아줄 거야. 아주 으스러지게."

장난스런 말도 술술 하는 두준 때문에 은서는 저절로 입가에 미소를 머금었다.

"아웅, 일어나기 싫다."

"일어나. 이대로 있다가 하루가 금방 지나가겠어. 아깝잖아."

하루 종일 침대에서 그에게 으스러지게 안겨 있는 게 더 좋을 것 같았다.

"얼른 커피 좀 마시고 정신 차려."

"민낯으로 보려니까 눈이 안 떠져요. 나가요. 금방 준비하고 나갈게요."

"홋, 다 봤다고. 변장 수준의 화장을 하는 것도 아니면서 뭘. 예뻐."

"그냥 빈말인 거 다 알아요."

두준은 언제 일어났는지 말끔하게 옷까지 차려입고 있었다. 은서는 눈만 살짝 이불 사이로 내밀고 앙탈을 부렸다. 그가 피식 웃더니 방문을 닫고 나갔다. 후다닥 일어나 뜨거운 커피를 겨우 한 모금 마신 은서는 거울부터 확인했다.

"으으으, 최악이야."

그와 한 몸을 이룰 때조차 이렇게 부끄럽진 않았다. 은서는 서둘러 샤워를 마치고 엷은 화장을 했다. 그의 말대로 변장 수준의 화장을 하지 않는 저였지만 민낯을 하고 있으면 어쩐지 벌거벗은 기분이 드는 건 어쩔 수가 없었다.

"별로 달라진 것도 없네."

한결 그의 어투가 가벼워져 있었다. 밤사이 그와 얼마나 가까워진 걸까.

"그래도요. 근데 어디를 가려고요?"

"같이 가보고 싶은 곳이 있어."

"어딘데요?"

"비밀."

"치이. 엉성한 가이드 흉내?"

"푸하하하. 스스로를 디스해?"

"사실인걸요. 뭐."

"수첩 말인데. 거기에 없는 곳이 있어."

은서는 고개를 갸웃했다. 뉴욕의 웬만한 곳을 다 알아두었는데 거기에 없는 곳이라니. 두준이 내미는 손을 잡은 은서는 어디든 그와 함께라면 상관없다는 듯 얼굴에 활짝 웃음을 지었다.

"오늘은 완전 부자 아저씨 티를 내기로 했어요?"

은서는 롱아일랜드 레일로드를 타고 나올 때만 해도 곧 제가 버 펄로행 비행기에 몸을 싣게 될 줄은 몰랐다.

"우리의 범주에 끼워주기 싫다며."

두준이 입매를 늘이며 대답했다.

"부득부득 우기더니."

비죽거리는 은서의 입술을 그가 순식간에 덮쳐 왔다. 외국인들 로 가득한 비행기 안이라 이목이 집중되는 것은 아니었지만 정서 상 적응이 안 됐다. 은서는 이러지도 저러지도 못한 채 얼어붙은 듯 가만히 앉아만 있었다. 놀라서 커다래졌던 눈이 주변의 눈치를 보느라 바삐 움직였다. 전혀 로맨틱하지 않아야 하는데 어느새 그 녀는 눈을 감고 그와의 키스에 몰입하고 말았다.

"그 비죽거리며 한마디도 안 지는 입술! 이렇게 막아주고 싶은 걸 참느라 혼났어."

마침내 입술을 떼어낸 두준이 한쪽 입꼬리를 치켜 올리며 웃었다.

"뭐예요? 아주 엉큼하네요."

"엉큼하긴 누가 엉큼해!"

그의 항변에 은서는 눈을 흘기면서도 손가락으로 그의 입술에 번져 있는 립글로스를 닦아냈다. 두준도 은서의 입술을 엄지손가락으로 부드럽게 훑어주었다. 서로가 똑같은 기분을 느낀 탓인지 이내 좌석에 등을 붙이고 앞을 바라보았다. 키스를 할 때보다 더 호흡이 빨라지는 걸 느꼈던 것이다. 서로가 원하는 순간 얼마만큼 뜨거운지를 경험한 그들이었다.

"곧 도착하겠네. 주머니가 얇은 사람 코스프레 좀 해보려고 했는데 대중교통을 알아보니까 버스로 9시간을 가야 한대. 그 시간을 어떻게 꼬박 앉아서 견뎌. 게다가 당일에 다녀오지도 못하잖아."

호흡을 고른 두준이 은서의 손을 살며시 잡으며 비행기를 탈 수밖에 없었던 이유를 댔다.

"나이아가라는 꼭 가보고 싶었어요."

은서의 눈망울이 살짝 흔들리며 좋은 것을 떠올리는 아이처럼 환해졌다.

"실은 라스베이거스에서 이 교수님 작업을 참관할 때, 빌딩 외관 벽을 타고 흐르게 만든 인공 폭포를 봤거든요. 정말 환상적이었어요. 어릴 때 봤던 동화의 한 장면이 떠오르더라고요. 폭포 안쪽에 카지노 말고 환상 속에만 존재하는 숲이 펼쳐지면 얼마나 더 멋질까. 차라리 카지노가 보이지 않게 물안개가 더 발생하게 만들면 더 좋겠다고 생각했어요."

"이 교수님께 제안했어?"

"아니요. 또 꿈꾸는 소리만 한다고 혼날 텐데요. 현실적으로는 불가능하거든요. 지나가는 사람들은 흠뻑 젖을 거예요."

"풉. 그렇군. 주변과 조화롭게 어우러져야 하니까. 통행자의 배려 차원에서 안 하는 게 낫지. 나이아가라에 가서 폭포 안쪽에 펼쳐지는 이미지를 맘껏 떠올려 봐. 거긴 거대한 물안개가 있으니까."

"후후, 네."

한 시간 반 만에 버펄로 공항에 도착한 두 사람은 택시를 타고 나이아가라로 이동했다. 큰 비용을 들이며 온 보람이 있었는지 캐나다 쪽에서 바라본 나이아가라 폭포는 장관을 이루고 있었다. 한번 벌어진 은서의 입이 쉽사리 다물어지지 않을 만큼 웅장했다. 거대하기만 한 것이 아니라 하늘과 폭포, 폭포 아래의 물이 제각각 오묘한 빛을 발하며 여러 가지 푸른빛을 띠고 있어 신비로운 분위기를 자아냈다.

"이거 입어."

두준이 재킷을 벗어 은서의 어깨에 걸쳐 주었다.

"소장님은요?"

"소장님은 이거 입으면 돼."

소장님이라는 호칭이 맘에 들지 않는다는 듯 그가 미간을 좁히며 파란 우비를 흔들었다.

"그냥 그 호칭이 편해서요."

어쩐지 그의 이름을 부르는 사이가 되면 제 마음은 통제 불능 상태가 될 것만 같았다. 지금은 그가 다정한 모습을 보이고 있지만 한국으로 돌아가면 그가 어떤 모습을 보일지 알 수 없었다. 그에게 다가가고 싶지만 그를 얽매게 만드는 짐이 되고 싶지 않았다.

"편할 대로 해."

은서에게 강요하지 않았다. 강요할 자격이 없었다. 은서와 단둘이 함께하는 시간을 어떤 것에도 방해받고 싶지 않았다.

"어서 입어. 폭포 가까이 가면 서늘해. 물안개 때문에 우비도 입어야 해."

편할 대로 하라는 그의 말에 어쩐지 서운한 마음이 고개를 들었다. 그에게 짐이 되고 싶지 않다면서 서운하다니. 이율배반적인 이성과 감정의 간극을 느끼는 은서였다. 은서는 하염없이 바닥으로 곤두박질치는 물줄기를 멍하니 바라보았다. 누군가를 사랑하고 누군가와 한 방향을 바라보는 게 쉬운 건 아니지만 저와 같은 곳을 바라보지 않는 이를 제가 끝까지 사랑할 수 있을까. 스스로가 무책임한 일을 벌인 건 아닌지 걱정이 밀려왔다.

"왜? 입혀줄까?"

"흠뻑 젖어들고 싶은데."

폭포를 바라보던 은서가 중얼거렸다.

"후회하게 될걸."

은서의 시선이 그를 향했다. 정말 후회하게 될까. 그에게 흠뻑 젖어들게 되면.

"감기 걸리기 십상이야. 아프면 손해야. 괜한 고집부리지 마."

아무것도 모르고 그가 내뱉는 말이 왜 제 상념에 대한 경고처럼 들리는 걸까. 은서는 무작정 그의 품에 기댔다. 다가오지 말라 경고를 해도 이렇게 다가가고 싶은 걸 어쩌란 말인가. 아무런 말 없이 그가 다정하게 꼭 안아주었다. 그런 그의 행동에 충분히 위로가 됐다.

"이상해요. 폭포 근처에도 안 갔는데 추워."

애써 제 상념을 외면한 은서가 그의 품 안으로 더 깊게 파고들었다.

"우비 입으면 괜찮아."

한동안 그녀를 힘주어 끌어안았던 두준이 은서를 품에서 떼어내며 눈을 맞췄다. 은서가 입매를 잔뜩 늘이며 웃고 있지만 눈동자는 방향을 잃고 이리저리 흔들리고 있었다. 어떤 걱정을 하고 있을지 알 것 같았다. 하지만 아는 척할 수가 없었다. 도망갈 구멍을 미리 마련하려는 것은 결코 아니었다. 단지 그녀와 함께 있는 지금 이 순간이 행복하다는 것밖에는 아무런 결론도 내릴 수가 없었기에 유보해 두는 것뿐이었다.

"쪽."

은서의 입술에 소리가 나도록 입을 맞춰주었다. 그리고 환하게 웃어 보였다. 지금 자신이 얼마나 행복한지 보여주고 싶었다.

"아이, 이런 거 적응 안 돼."

금방 반응을 보이는 은서였다. 주변을 두리번거리는 눈동자를 보니 안심이 됐다.

"뭘. 더한 것도 하는 사람들도 많은데."

아닌 게 아니라 온몸을 밀착시킨 채 농밀한 키스를 나누는 연인들이 많았다. 나이가 지긋한 노인들도 예외는 아니었다. 은발의 노부부가 폭포 바로 옆 난간에 기대어 다정한 입맞춤을 하는 것이 눈길을 사로잡았다. 추억과 마주하며 행복하게 나누는 키스 같았다. 그 느낌이 고스란히 전해졌다. 어쩌면 저 노부부처럼 추억을 행복하게 마주하는 순간이 올지도 모른다는 희망이 은서의 가슴에 퍼졌다.

"가요. 저기 유람선 태워줄 거죠? 부자 아저씨!"

은서가 낭랑한 목소리로 물으며 두준의 손을 이끌었다.

"그러다 진짜 감기 들겠어!"

놀란 토끼눈을 하고 하마처럼 벌린 입을 좀처럼 다물지 못하는 은서를 향해 그가 큰 소리로 말했다. 하지만 엄청난 굉음에 그의 말은 순식간에 삼켜지고 말았다. 안개아가씨라는 이름이 붙은 유람선을 타고 출발한 지 얼마 되지 않아 폭포 아래까지 온 후부터 은서는 한결같은 표정을 짓고 있었다. 왜 아니겠는가. 엄청난 굉음, 거대한 물줄기가 쏟아지며 만들어내는 물보라와 안개, 물방울과 빛이 산란하며 만들어내는 쌍무지개는 무표정한 얼굴로 보기에는 너무나 신비로웠다.

"두준 씨, 나요. 당신을 사랑해요. 그래요. 사랑해요. 사랑한다고요."

은서의 얼굴에 커다란 웃음이 번졌다. 그가 옆에 있지만, 그가 들을 수는 없지만 폭포를 향해 고백을 하고 나니 시원했다. 물보라로 흠뻑 젖은 얼굴을 그에게 돌렸다.

"좋아?"

그의 입 모양이 그렇게 물었다. 은서는 고개를 끄덕였다. 아마도 평생 이 순간을 잊지 못할 것 같았다. 여기저기에서 자연이 선사하는 감동에 젖어든 연인들이 서로 부둥켜안고 키스를 나누고 있었다. 지금 그가 키스를 해온다면 저 역시 열렬히 반응을 할 것 같았다. 살짝 눈가에 주름을 만들어내며 웃던 그의 얼굴이 다가왔다. 마침내 입술이 겹쳐졌다. 얼음장처럼 차가운 감촉은 이내 뜨겁게 변해갔다.

얼굴에 부딪혀 오는 물보라가 차가운 듯 그녀가 몸을 자꾸만 움찔거렸다. 그가 손을 올려 은서의 두 볼을 감싸 쥐었다. 아까 비행기에서 키스를 할 때 얼어붙어만 있던 은서가 적극적으로 제 혀를 그녀의 입안으로 끌어당기는 게 느껴졌다. 서툴게 혀를 감았다 풀어놓고 쭉 빨아들인다. 그러고는 놀랍다는 듯 잠깐 멈추고 다시 빨아들이기를 반복했다.

거대한 자연 앞에서 본능을 드러내는 키스. 전혀 거리낄 것이 없지 않은가. 자연과 한 몸이 되고 있는 그들이었다.

"흐읍."

택시에서 내리자마자 두준이 다급하게 은서를 집 안으로 데리고 들어왔다. 뜨거운 태양, 끈적끈적한 바다 내음에 달궈진 집 안의 공기가 훅 하고 그들을 휘감았지만 그들의 눈동자보다 뜨겁지 않았다. 신발도 벗지 못한 두 사람은 서로의 볼을 감싸 쥐고 입술을 강렬하게 부딪쳤다. 두준에게 밀린 은서는 현관에 등을 기댄 채 그의 볼을 감싸 쥔 손에 힘을 주어 끌어당겼다.

무엇이 이렇게 조급하게 굴게 하는지 알 수 없지만 매 순간이 안타까울 만큼 아까웠다. 돌아오는 비행기 안에서도 기차 안에서도 몸을 밀착시키고 뜨겁게 키스를 나눴지만 서로에 대한 갈증만 증폭시킬 뿐이었다.

볼을 홀쭉하게 만들며 그의 혀를 쭉 빨아들인 은서는 거침없이 그의 달큰한 타액을 맛보았다. 그러는 사이 그녀의 손은 다급하게 그의 재킷을 뒤로 젖혔다. 제 양 볼을 감싸 쥐고 있던 두준이 손을 떼어내고 옷을 벗기는 걸 도왔다. 가슴이 터질 것처럼 뛰고 있었다. 어서 근사한 그의 가슴에 손을 넣고 만족할 때까지 쓰다듬어보고 싶었다. 셔츠의 단추를 풀어내는 시간조차 아깝게 느껴졌다. 은서의 손이 그의 셔츠 아래로 파고들어 가슴을 어루만지기 시작했다.

"하아, 하아."

열정적인 키스로 숨을 삼키고 있던 두 사람은 입술이 떨어지기 무섭게 숨 가쁜 호흡을 뱉어냈다. 서로를 삼켜 버릴 듯 마주친 두 사람의 눈빛이 여전히 불타오르고 있었다. 두 사람은 눈을 맞춘 채 서로의 셔츠를 재빨리 벗겨냈다.

두준은 그녀의 티셔츠를 찢어버리고픈 것을 애써 참으며 속옷과 함께 위로 벗겨냈다. 그 바람에 은서의 머리끈이 풀리며 탐스런 머리카락이 아래로 쏟아져 내렸다. 그 모습마저 황홀하다는 듯 두준의 눈동자가 풀어졌다. 잠깐 움직임을 멈춘 두준은 그녀의 머리카락에 가려진 뽀얀 살덩이가 봉긋하게 솟아오른 곳으로 시선을 가져갔다.

"하웃."

덥석 베어 문 가슴의 말랑한 살이 순식간에 딱딱하게 굳어왔다. 은서의 입에서 터져 나오는 신음 소리에 흥분감은 고조됐다. 어서 그녀를 갖고 싶었다. 머릿속이 하얘질 만큼 극한의 자유로움을 맛보고 싶었다. 그녀 안으로 가득 들어가 충만한 만족감을 느끼고만 싶었다.

두준은 그녀의 가슴을 입술과 혀로 맘껏 희롱하며 스커트 자락을 끌어 올렸다. 그녀의 은밀한 살에 닿아 있는 얇은 천을 거침없이 찢어버린 두준은 매끄러운 그녀의 엉덩이를 두 손으로 감싸 들어 올렸다. 은서의 다리가 허리를 감아왔다. 그대로 은서를 벽에 붙인 두준은 빠른 손놀림으로 제 바지와 속옷을 아래로 내렸다.

그의 입술과 혀가 움직일 때마다 가슴속까지 찌르르한 느낌이 번졌다. 더불어 제 은밀한 곳도 함께 타오르는 듯 뻐근해졌다. 아무 생각할 새도 없이 속옷이 찢겨져 나가고 그에 의해 몸이 붕 떠올랐다. 어떻게 그의 허리에 두 다리를 감을 생각을 했는지 알 수 없다. 그의 배에 은밀한 곳이 활짝 펼쳐져 밀착되자 은서는 고개를 뒤로 한껏 젖혔다.

"흐으응."

자꾸만 입에서 터져 나오는 신음을 제어할 수가 없었다. 두준의 어깨 위로 올렸던 손을 입으로 가져가 틀어막았지만 아무런 소용이 없었다. 이미 뜨거워진 제 몸이 저절로 반응하는 것이 당혹스러울 뿐이었다. 애태우듯 가슴을 지분거리던 그의 입술이 점점 위로 올라오고 있는 게 느껴졌다. 목덜미에 느껴지는 거친 숨결로 그가 얼마나 저를 뜨겁게 원하는지 알 수 있었다. 은서는 그의 머리카락 사이로 손가락을 깊숙이 파묻어 제 쪽으로 끌어당겼다. 고개를 숙여 그의 얼굴을 두 손으로 감싸 쥐고 입을 크게 벌려 그의 입술을 머금었다.

"하아악."

그의 혀가 입안으로 들어오는 것과 동시에 그의 중심이 제 몸 안으로 밀고 들어왔다. 뜨겁게 밀려드는 고통에 은서는 새된 비명을 질렀지만 그의 볼을 감싸 쥔 손에 힘을 늦추지 않았다. 더 깊이 더 깊이 들어오기를 바라듯 그의 혀를 세차게 빨아들였다.

마침내 깊숙이 제 몸 안으로 들어온 그가 허리를 튕기기 시작했다. 공중 부양 된 몸이 벽에 밀착된 채 위로 튕겨졌다 떨어지기를 반복하는 사이 은서는 그의 허리를 감은 두 다리에 바싹 힘을 주었다. 그래서였을까. 점점 고통이 잦아들며 한 번도 상상해 본 적 없는 감각이 온몸으로 퍼지기 시작했다.

"흐으으응."

고개를 내려 그의 어깨를 이로 잘근잘근 깨물었다. 머릿속이 하얘질 만큼 좋았다. 왜 그의 어깨에 이로 깨물었는지 모르겠다. 오로지 그의 살과 제 살이 맞물려 만들어내는 감각에만 온 신경이 집중됐다. 파도를 타듯 번지는 만족감에 몸이 부르르 떨려왔다.

찰박찰박.

박자를 타듯 제 허리가 튕겨질 때마다 은서와 몸이 부딪치며 찰진 소리를 만들어내고 있었다. 그녀의 엉덩이를 감싸 쥔 손과 팔에 잔뜩 힘을 주고 그녀가 미끄러지지 않게 받쳤다. 땀으로 얼룩진 그녀의 가슴이 위로 튕겨져 오르며 얼굴을 쓸어내리기를 반복하며 저를 끊임없이 유혹했다. 허리를 감싼 그녀의 다리에 힘이 가해질수록 견딜 수 없는 전율이 일었다. 숨이 턱까지 차올랐지만 그녀의 정점을 입안 가득히 물었다. 그녀도 제 어깨에 이를 박아 넣고 살짝 깨물어댔다. 그녀의 그런 행위가 야릇한 흥분감을 도취시켜 주었다.

"하아, 하아."

마침내 은서가 고개를 들었다. 두준은 도저히 참을 수 없다는 듯 마지막 숨을 고르며 빠른 속도로 허리를 흔들며 은서를 올려다보았다. 초점 없는 눈동자와 눈을 맞춘 그는 입가에 미소를 띠었다. 거침없이 그녀의 눈이 말해주고 있다. 더 이상의 행복감은 없다고. 서로가 함께 호흡하며 만들어내고 있는 감각들이 말해준다. 맘껏 느끼고 맘껏 포효하라고.

"아아아아아."

그는 거침없이 탄성을 내지르며 마지막 정점에 이르렀다.

아아, 너를 어떻게 할까. 윤은서. 너에게 향하는 걸 멈출 수가 없다!

그런 생각이 들면서도 아무런 불안함도 느껴지지 않았다. 오로지 제 몸으로 번져 오는 깊은 만족감이 행복할 뿐이었다. 두준은 환한 미소를 지으며 은서를 응시했다.

땀으로 얼룩진 그의 얼굴에서 땀방울이 쉴 새 없이 흘러내리고 있었다. 저를 바라보는 표정이 그의 마음을 그대로 전해주는 것 같았다. 은서도 웃으며 그의 얼굴에 흐르는 땀을 손으로 쓸어내렸다.

"내려줘요. 힘들어요."

마침내 숨을 고른 은서가 부끄러운 듯 볼을 붉히며 말했다.

"내가 더 힘들거든."

두준은 은서를 조심스럽게 내려놓고 스커트 자락도 내려주었다.

신발도 벗지 않은 채 사랑을 나누다니.

그는 서둘러 바지를 위로 들어 올려 챙겨 입다가 현관 바닥을 나뒹구는 얇은 천을 미간을 찌푸리며 내려다보았다.

"미안해."

너무 행복해 제가 무슨 짓을 했는지도 몰랐다. 차마 그녀의 눈을 볼 수 없이 민망했다. 제 엉큼한 속내를 고스란히 드러내고 있는 그녀의 속옷도 제대로 쳐다볼 수 없었다.

"뭐가요? 나를 너무 뜨겁게 안아서?"

부끄러워하는 두준의 모습이 너무나 사랑스러웠다. 덩치가 큰 남자를 사랑스럽다 표현하는 게 어울리지 않을 테지만 그는 사랑스러움 그 자체였다. 얼른 제 속옷을 손으로 감싸 쥔 은서는 묘한 웃음을 흘리며 그가 사용하는 욕실로 들어갔다. 은근한 유혹에 두준은 망설임 없이 그녀를 따라 욕실로 향했다.

"우리 차림 우스워요."

은서는 묘한 웃음을 흘리긴 했지만 막상 그가 욕실로 따라 들어오자 어색한 듯 웃음을 지었다. 스커트를 그의 앞에서 아무렇지도 않게 벗는 것이 힘들었다. 방금 전까지 야릇한 포즈로 뜨겁게 몸을 밀착시키고 사랑을 나누었지만 아무래도 그가 보는 앞에서 홀렁홀렁 옷을 벗어버리면 사랑을 나눈 여운을 깨는 것 같았다. 그렇다고 상의를 탈의한 채 마냥 욕실에 서 있는 것도 우스웠다.

피식 웃던 은서가 상기된 얼굴을 옆으로 돌렸다. 맘껏 더듬으며 느꼈던 그의 부드러운 살결의 느낌이 떠올랐기 때문이었다. 구릿

빛으로 그을린 탄탄한 가슴을 훤히 드러내고 서 있는 그를 빤히 들여다보는 것이 힘들었다.

"하나도 우습지 않아. 당신이 얼마나 유혹적인지 알아?"

매력적인 중저음의 목소리로 자신을 유혹적이라 말하는 그.

은서가 가슴을 크게 들썩이며 숨을 들이켰다. 저보다 그가 훨씬 유혹적이었다.

"이리 와. 안 잡아먹을 테니."

은서가 고개를 저었다. 그 바람에 풍성한 머리로 가려져 있던 은서의 가슴이 드러났다 숨어버렸다. 말캉한 가슴을 만져 보고 싶은 충동을 억누르며 두준은 욕조 바닥의 구멍에 마개를 끼워 넣고 물을 틀었다.

"우리 같이 있자."

우리라고 그가 말하고 있었다. 우리. 우리. 우리. 귓가에서 그의 말이 메아리처럼 울렸다. 우리라는 말이 이렇게 아름다운 말이었을까. 어쩌면 사랑한다는 고백보다 지금 제게 필요한 것은 그 말인지도 모르겠다. 가까운 사이. 같은 곳을 바라보는 사이. 은서는 부끄러움을 누르며 기꺼이 그와 함께 있기로 했다.

"이리 와."

감미로운 목소리가 욕조에 물이 받아지는 소리를 뚫고 그녀의 귓가에 전해졌다. 은서가 두준이 내민 손을 향해 다가갔다.

"부끄럽지 않게 해줄게."

은서가 가까이 다가오자 두준은 부드러운 미소를 지으며 은서의 뒤로 천천히 이동했다. 시선으로 은서를 더듬는 두준의 눈길이 점점 달아오르고 있었지만 더 이상 은서를 욕심내지 않기로 했다.

고개를 옆으로 돌리며 그의 얼굴을 응시하던 은서는 제 바로 뒤에서 그가 발걸음을 멈추자 눈을 감았다. 눈앞에는 아무도 없었지만 그의 숨결이 뒷목덜미에서 느껴지자 야릇한 긴장감이 일었다. 상체를 드러내고 서 있는 두준을 빤히 바라보는 것보다, 사랑을 나누던 순간보다 묘한 짜릿함이 전해졌다. 조용히 그의 숨결이 사라지고 곧 욕조에 물이 받아지는 소리가 멈춰졌다. 더운 수증기가 피어오르는 것이 피부로 느껴졌다.

"하아아."

야릇한 긴장감을 덜어내려 은서는 깊이 숨을 들이마셨다 내뱉었다. 허리에 그의 손이 닿았다. 은서는 눈을 번쩍 뜨며 몸을 움찔거렸다. 스커트의 단추가 풀어지고 지퍼가 내려가며 툭 소리와 함께 제 나신이 드러나고 있었다. 갑자기 뜨거운 수증기가 실오라기 하나 걸치지 않은 제 몸을 감싸고 기어오르는 것 같았다. 은서는 다시 눈을 감았다.

그가 제 뒤 가까이에 서 있기에 제 나신을 볼 수 없다는 걸 알면서도 부끄럽다는 생각을 멈출 수가 없었다. 다시 툭 소리가 났다. 그의 옷이 욕실 바닥으로 떨어지는 소리라는 것을 알 수 있었다. 은서는 눈을 크게 뜨며 마른침을 삼켰다. 순간 갑자기 제 몸이 붕 떠올라 공중 부양을 했다. 은서는 그의 목에 팔을 감았다. 저를 번쩍 안아 올린 그가 욕조 안으로 성큼성큼 걸어 들어갔다.

"아무 짓도 안 할 거야. 안심해."

안심하라는 그의 말에 안심을 해야 맞았다. 하지만 어쩐지 아무 짓도 안 할 거라는 말에 서운함이 느껴졌다. 도무지 종잡을 수 없는 감정이었다. 이미 벌거벗은 채 사랑을 나누었고 야릇한 자세로 또 사랑을 나눈 사이다. 그럼에도 벌거벗은 모습을 보이는 게 부끄러워 어쩔 줄 모르더니 안심을 시키려는 그의 말에 서운하다고?

"후훗."

은서가 소리를 내며 웃었다. 덕분에 긴장감이 사라지며 그와 함께 욕조 안에 있는 게 편안했다.

"어, 안 믿나 본데. 정말 아무 짓도 안 할 거야."

"그럼 이 손은 뭔데요?"

욕조에 느슨하게 기댄 그가 저를 기대게 했다. 그대로 있었다면 그의 말을 믿었을 것이다. 그런데 머리를 쓰다듬어 주던 그의 양손이 제 가슴을 감싸 쥐며 만지작거렸다.

"잠깐인데 안 될까?"

귓가에 스며드는 애원하는 목소리가 애처롭기까지 했다.

"잠깐만이에요."

그의 손길을 느끼는 가슴은 벌써부터 쿵쿵거리고 있었지만 그건 몸이 주는 감각일 뿐 마음은 그 어느 때보다 평온했다. 어떤 일이 벌어질지 걱정할 이유가 전혀 없었다. 이미 그가 주는 모든 감각과 감정이 제 안에 깊숙이 자리를 잡았기 때문이었다. 기분 좋은 평안함 탓인지 점점 눈이 스르륵 감겨왔다. 이대로 잠이 들어도 좋을 만큼.

하지만 곧 그것은 불가능한 일이 되어버렸다. 가슴을 만지작거리던 그의 몸이 점점 반응을 시작하고 있음이 느껴졌다. 벌써부터 부풀어온 그의 은밀한 곳에 닿은 등이 자꾸만 움찔거렸다. 그에게 기댄 몸을 옆으로 살짝 비틀었다.

"신경 쓰지 마."

어떻게 신경이 안 쓰일까.

"그건 내 의지와는 상관없는 놈이야."

"픕."

그의 말에 웃음이 터졌다.

"나, 그놈 때문에 부끄러워."

귀에 대고 속삭이기까지.

은서의 몸에 기분 좋은 소름이 돋았다. 저절로 몸이 움츠러들었다. 더운 숨결을 불어넣으며 속삭이던 그가 얇은 입술 사이로 귓바퀴를 물어 잡아당겼기 때문이었다.

"이건 뭔데요."

"이거? 글쎄. 나도 모르겠어."

"순 엉터리. 거짓말쟁이."

은서가 손바닥으로 물을 튕겨내자 물방울들이 들고 일어나며 사방으로 튀었다.

"하하하."

그의 가슴이 크게 울리며 욕조의 물이 파문을 그려냈다. 더불어 그에게 기댄 은서의 몸도 함께 울렸다. 그를 볼 수 없지만 그의 마음결을 읽을 수 있었다. 저처럼 평온한 것이 틀림없었다. 몸이 어떻게 반응을 하건 간에 그의 의지는 이대로 쉬고 싶은 거다.

"우리 얼른 씻고 나가요."

"왜? 불편해?"

은서의 말에 두준의 가슴에는 묘한 아쉬움이 피어올랐다. 이렇게 느긋하게 욕조에서 아무 생각 없이 있어본 적이 있던가? 평온하게 쉬고 싶은 순간에도 어김없이 찾아드는 상념에 늘 욕조에 들어앉아 있다가도 벌떡 일어나 나오기 일쑤였다.

가슴에 기대고 있는 은서는 단순히 여자 사람이 아니었다. 제게는 강렬했고 두려웠던. 하지만 달콤하고 향기로운 존재였다. 어쩌면 그녀의 말대로 이건 꿈인지도 모르겠다. 이렇게 평온함을 유지할 수 있는 것은 기적과도 같은 시간이었다. 평생 제가 갖지 못할 감정 상태였다. 그래서 깨고 싶지 않았다. 이대로 꿈속을 헤매듯 은서와 느른하게 있고 싶었다.

"아니요. 이곳 햄튼 바닷가에 와서 함께 석양을 못 보면 아쉬울 거 같아요. 우리 산책해요."

"그럴까."

아무려면 어떤가. 그녀가 함께 있어준다면 욕조 안이든 바닷가든 무슨 상관이 있겠는가.

"가만히 있어."

몸을 일으키려는 은서를 제 가슴에 기대게 한 두준이 욕조의 마개를 빼 냈다. 점점 물이 빠지며 은서의 희뿌연 살결이 물 밖으로 모습을 드러냈다. 눈길로 은서의 보드라운 몸을 맘껏 더듬었다. 그리고 은서의 머리카락 사이로 손가락을 집어넣고 살며시 문지르기 시작했다. 풍성한 하얀 거품이 일며 재스민 향이 코끝으로 느껴졌다. 향기로운 은서의 체 향과 비슷하다는 생각이 들자 더 기분이 좋아졌다.

은서는 그의 손길이 머리카락 사이를 비집고 들어와 쓸어내리듯 거품을 만들어내자 온몸에 기분 좋은 소름이 도는 게 느껴졌다. 정신이 아득해지며 가슴에서 무엇인가가 몽글몽글 솟아나는 것 같았다. 자꾸만 입가에 미소가 지어졌다. 눈을 감고 그의 손길에 제 몸을 맡겼다. 기분 좋은 온도의 물로 머리의 거품을 씻어내주고 이어 그의 손길이 제 몸에 동글동글 작은 원을 그리며 부드럽게 문질렀다.

"흐음."

"후훗, 당신의 의지와 상관없는 소리지?"

그랬다. 제 의지와는 상관없이 가슴에 찌르르한 전율이 일어났다.

"난, 아무 짓도 하지 않았어. 단지 거품을 내서 당신을 씻어주는 중이야."

"흐으으음."

귀에 대고 뜨거운 숨결을 퍼붓는 그가 얄미워 은서는 몸을 살짝 틀어 그의 머리를 두 손으로 끌어당겼다. 자꾸만 자극을 해놓고 태연한 척이라니. 얇은 그의 입술이 어느 때보다 섹시하게 느껴졌다. 입술을 벌려 그의 아랫입술을 물었다가 놓았다. 여린 살결의 느낌이 입술 사이로 전해지며 온몸에서 힘이 풀려 버렸다.

내가 당신 없이 살 수 있을까.

너무 멀리 온 것 같았다. 어쩌면 내일 그림을 받게 될지도 모른다. 그렇다면 우린 어떻게 되는 걸까. 한국에 돌아가서도 우린 이런 느낌들을 나눌 수 있을까. 미치도록 간절했다. 은서는 비틀었던 몸을 완전히 돌려 그를 품에 안았다. 평온하던 기분이 사그라지며 불안함이 밀려왔다. 이런 그를, 이렇게 다정한 그를 놓치고 싶지 않았다.

어느새 적극적으로 구애하는 은서의 몸짓이 뜨거워졌다. 간절함이 담긴 몸짓이었다. 아쉬움이 담긴 움직임은 점점 농밀해지고 있었다. 어떤 구실로든 그를 가둘 수만 있다면 제 안에 꽁꽁 가둬 버리고 싶은 욕망만 차오를 뿐이었다. 그를 제 다리 사이로 가두고 제 몸 안으로 들어오게 만들었다.

당황한 듯 멍하니 있던 두준이 반응을 시작했다. 저를 갈구하는 몸짓에 서린 감정을 알면서도 밀어내지 못하는 자신을 탓했다. 아니, 당신을 뜨겁게 원하고 평생을 함께하고 싶다고 말하지 못하는 스스로가 너무나 비참했다. 당신으로 인해 따뜻함을 알았는데 당신이 나로 인해 차가움을 알게 될 게 두렵다는 말을 할 수가 없었다. 차라리 조금 전 평온한 상태일 때 모든 것을 털어놓고 이해를 구하는 게 옳았는지 모른다. 격정에 휘말린 지금은 그녀를 밀어낼 수도 이해를 구할 수도 없었다.

욕망으로 끓어오르는 눈동자가 거침없는 눈빛을 보내왔다. 표정으로 그녀의 몸이 어떤 감각을 느끼는지 고스란히 전달됐다. 미간이 찌푸려졌다가 입술이 벌리며 탄성을 자아냈다. 타오르는 감각을 감당하지 못하겠다는 듯 이마를 부딪혀 오기도 했다. 그리고 입가에 희미한 미소를 피워 문다. 그녀의 표정, 몸짓 하나하나가 저를 들끓게 만들고 있었다.

맞물린 은밀한 곳이 사정을 두지 않고 요동을 쳤다. 뜨거움의 원천, 그녀가 무엇을 하는지도 모르면서 강하게 허리를 비틀어온다. 서툰 몸짓으로 저를 유혹하던 은서가 아니었다. 간절히 저를 가두고 삼키고 빨아들인다는 것이 느껴질수록 가슴이 저려왔다. 그녀를 무엇으로 만족시킬 수 있을까. 쾌락을 향해가는 몸짓이었다면 얼마든 그녀를 채워줄 수도 있다. 하지만 그녀가 원하는 것은 상처로 가득한 제 영혼이었다. 뜨겁게 가슴을 후비는 고통이 느껴졌다. 온몸은 쾌락을 느끼면서 이 무슨 말도 안 되는 기분인가.

"흐읍. 하읏. 하아."

몸의 움직임을 멈출 수가 없었다. 그를 품에 가두고 그의 허리를 두 다리로 사정을 두지 않고 조였다. 아니, 옭아맸다. 제 뜨거움에 그를 녹여 제 안에 그를 가둘 수만 있다면 이대로 불타 없어져도 좋았다. 어찌 된 일인지 그를 가두려고 하는 행동 하나하나가 오히려 그가 저를 가두고 있다는 느낌이 들기 시작했다. 고통으로 차오르던 가슴에 환희가 번져 갔다. 그에게 가둬지고 있다는 느낌이, 그와 하나가 되어간다는 느낌이 좋았다. 아득한 세상으로 함께 가고 있다는 것은 참 황홀한 기쁨이었다.

"사랑해요. 사랑하지 않고는 견딜 수가 없어."

제정신에서 하는 소리가 아니었다. 이미 정신을 차릴 수가 없는 은서는 그와 함께 파정을 맞이하며 고백을 하고 말았다. 그가 밀어낸다 해도 그가 멀어진다 해도 지금 이 순간에는 어쩔 도리가 없을 만큼 그를 사랑하고 있었다.

"참 곱죠."

은서가 어렵게 입을 뗐다. 욕실에서 사랑을 나눈 후부터 그는 아무 말이 없었다. 제 몸을 씻겨주고 욕실 가운을 걸쳐 주고 머리의 물기를 수건으로 닦아주는 손길은 여전히 다정했지만 그의 표정은 아무것도 읽을 수 없었다.

방으로 들어가 떨리는 손으로 겨우 옷을 걸치고 바닷가로 나가 그를 기다렸다. 고운 빛을 만들어내며 해가 기울고 있었다. 다채

롭게 변하고 있는 하늘과 바다를 멍하게 바라보았다. 너무나 아름다웠지만 아름답게 느낄 수 없었다. 어쩌자고 그 순간에 고백을 하고 만 걸까. 스스로를 자책하기 바빴다.

그가 나오지 않으면 어쩌나 걱정하며 서성이다 은서는 모래사장에 무릎을 세우고 주저앉았다. 오래지 않아 그가 옆에 와서 앉았다. 한 사람이 끼어 앉을 수 있는 거리를 두고. 안도해야 할까 서운해야 할까. 세운 무릎에 얼굴을 붙이고 그의 표정을 살폈다. 깊은 눈동자에 한없이 드리운 그늘이 보였다. 그가 어떤 말을 할지 두렵고 초조했다. 마치 판사의 판결을 기다리는 죄수가 된 기분이었다.

"은서 네가 더 고와."

그의 말에 코끝이 찡했다. 그대로 그를 보고 있다가는 다 보여줄 것 같았다. 제가 얼마나 심장을 졸이며 그와의 행복한 시간을 망쳤다고 자책을 했는지를. 은서가 세운 무릎에 고개를 돌려 얼굴을 묻었다.

"아이, 부끄럽게."

촉촉하게 젖은 목소리가 전혀 어울리지 않는 말을 내뱉었다.

바보. 어쩌면 저렇게 솔직할 수 있을까.

"더 부끄러운 것도 했는데 그런 말도 못하겠어?"

두준은 바닷가로 나오며 뭐든 은서에게 말해야겠다고 다짐했던 것을 저만큼 밀어버렸다. 조금 미루는 것뿐이었다. 그가 은서의 어깨를 끌어당기며 눈을 맞췄다.

"네게 할 말이 있어. 그런데 지금은 하고 싶지 않아. 조금만 더 기다려 줘."

그렇게 말하는 그의 눈빛이 어쩐지 촉촉해 보였다. 그의 시선이 바다를 향하고 있었다. 늘 자신감에 넘쳐흐르는 그와 어울리지 않게 쓸쓸해 보였다. 자꾸만 마음이 쓰였다. 은서는 그의 어깨에 살포시 머리를 대고 기댔다.

기다릴게요. 얼마든지 기다릴 수 있어요.

9

다음날 아침, 햄튼의 다운타운에서 가볍게 브런치로 시작하는 사이 비숍으로부터 전화가 왔다. 작품이 완성됐으니 찾아가라고 했다. 두 사람은 소호에 가기 전 센트럴 파크에서 휴가를 즐기는 연인처럼 느긋한 시간을 보냈다. 그리고 소호에 들러 그림을 찾아 햄튼으로 가는 기차에 올랐다.

"이제 좀 시차가 적응될 만하니까 돌아가야 하네요."

미국에 온 후 첫날 낮부터 쏟아지던 잠이 신기하게도 그와 함께 시간을 보내는 동안 각성제를 먹은 듯 멀쩡했다. 부드럽게, 뜨겁게 그리고 격정적으로 나눈 사랑의 여파로 피곤할 법도 한데 몸이 거짓말처럼 가뿐했다.

"비숍! 이 자식! 좀 더 게으름을 부리지 않고."

"비숍을 알아요?"

"아니."

"엄청 친한 것처럼 말하네."

"그랬나?"

다음부터는 눈앞에서 재촉해도 그림을 그려줄 수 없다는 말을 퉁명스레 내뱉으며 그림을 건네던 비숍을 떠올린 은서는 입술을 비죽거렸다.

"정말 눈치도 없이."

두준의 말대로 게으름을 부려도 되는 것을. 그러다 제 입술을 손으로 얼른 가리며 두준을 쳐다보았다.

"풉. 설마 기대하고 있는 건 아니지? 나도 그쯤은 알아. 나 때문에 비죽거리는 게 아니란 걸."

은서는 곱게 눈을 흘기며 아쉬움을 삼켰다. 그림을 받으러 갔다 오는 내내 그는 편안해 보였다. 가끔 뜨거운 눈길을 보내긴 했지만 다급하게 제 입술을 찾는 일은 없었다. 서두르지 않는 그의 여유로움에 살짝 서운한 마음이 없잖아 있었지만 그의 안정된 변화는 자신들의 관계가 진행형이라는 것을 보여주고 있는 것이라 생각하니 한결 제 마음도 편안했다.

"오늘은 느긋하게 쉬면서 얘기 많이 해요."

"괜찮겠어? 수첩에 적혀 있는 곳의 반도 못 가봤는데?"

"다음에 또 오죠."

"그래. 다음에 또 와. 내일 출발할 거야?"

"네. 그래야죠. 소영 언니가 기다리고 있을 거예요."

"그냥 그림만 항공으로 부치고 나랑 같이 들어가는 건 어때."

은서는 살며시 미소를 지었다. 얼마나 듣고 싶은 말인지 모른다.

"내일 들어갈래요. 일주일이나 자리를 비워둬서 진이 혼자 고생하고 있을 거예요."

"고집쟁이."

"아니요. 두준 씨도 회사 걱정하느라 밤새 잠도 안 자고 일만 하잖아요. 전화기에 불이 날 것 같던데."

"어떻게 알았어? 자는 줄 알았는데."

"훗, 그렇게 버럭 소리를 지르는데 안 깰 장사가 어딨어요."

"용케도 고롱고롱 소리를 내며 잠든 척했군."

"어머, 언제 고롱고롱 소리를 냈다고."

"고롱고롱 소리만 낸 줄 알아? 컥 소리에 기절하는 줄 알았어."

"아니에요. 절대 그런 소리를 내고 잘 리 없어요."

"자는 사람이 어떻게 알아?"

"안 잤어요. 자는 척만 했다고요."

"그럼 내가 당신 잠든 척한 사이 어디를 만졌는지 말해봐."

게슴츠레 뜬 눈으로 저를 끝까지 놀리는 두준의 입술을 은서가 삼켜 버렸다. 얄미운 입술을 다물게 할 최고의 방법이었다. 얇은 그의 입술이 그녀의 입안으로 쏙 들어왔다.

"이런 앙큼한."

키스를 마무리하고 입술을 떼어낸 은서의 콧등을 손가락으로 가볍게 튕긴 두준이 눈을 흘겼다.

"훗, 이런 기분이었네요."

그가 비죽거리는 자신의 입술을 삼킬 때 어떤 기분인지 알게 되자 은서는 뿌듯하다는 표정을 지었다.

"그렇게 잠도 안 자고 일하다가 병나요."

"곧 한국에 돌아가면 되는데 뭐."

"아직 일이 남아 있어요?"

"응."

그는 지금 당장 말하기 싫은 듯 고개를 옆으로 돌렸다. 은서는 다시 그의 어깨에 머리를 기댔다. 언제든 말해줄 것을 알기에 서운함은 없었다. 서울로 돌아가 꿈같은 나날을 보낼 생각에 은서의 가슴은 벌써부터 벅차오르고 있었다.

"힝. 안 돼요."

택시에서 내리자마자 그가 은서의 손을 잡고 집 안으로 이끌었다. 어제의 뜨거운 기억을 떠올린 은서는 장난스럽게 말하며 그의 손아귀에서 벗어나 해변으로 뛰어갔다. 이렇게 보드라운 모래의 촉감과 엷은 바다색을 언제 실컷 누려보겠는가. 한동안 일에 파묻혀 있을지도 모른다.

두준은 한쪽 손에 들린 그림 때문에 그녀를 따라 뛸 수가 없었다. 그림이 상할까 염려가 되어 던지지도 못하고 현관으로 이어지는 길 위에 살짝 내려놓고 허리를 펴니 은서는 벌써 멀리 달아나 있었다.

"내가 못 잡을 줄 알고. 각오해!"

"꺄아악!"

전속력으로 달려오는 그를 보고 은서가 뒤돌아서서 도망가며 소리를 질렀다. 어린아이 같은 해맑은 웃음을 한껏 머금은 채. 하지만 그녀는 곧 달음질을 멈춰야 했다. 순식간에 그에게 잡혀 모래사장을 뒹굴었다. 거친 호흡을 몰아쉬면서도 웃음이 멈춰지지 않았다.

한참을 웃던 두 사람은 서로의 눈을 사랑스럽게 응시했다. 햇살을 그의 머리가 가려줘서 은서는 누운 채로 그를 볼 수 있었다. 땀으로 얼룩진 이마에 머리카락과 모래가 들러붙어 있는 그의 얼굴이 장난꾸러기 아이같이 귀여워 보였다. 살짝 주름진 눈가가 더없이 매력적으로 보였다. 은서는 그의 이마에 들러붙은 머리카락을 다정하게 쓸어 넘겼다. 점점 그의 얼굴이 다가왔다. 은서는 미소를 지으며 눈을 감았다.

"그림 좋다!"

낯선 듯 낯설지 않은 목소리가 파도 소리만 들려오던 해변에 크게 울려 퍼졌다. 놀라 눈을 번쩍 뜬 사이 두준은 서둘러 제게서 몸을 떼어내고 일어서고 있었다. 순간 햇살이 눈으로 가득 번지며 시야가 탁해졌다.

"여긴 어쩐 일이야."

눈을 감고 들어도 그가 어떤 표정을 짓고 있을지 보였다. 얼음장처럼 차갑고 서늘할 터였다. 은서는 잔뜩 긴장을 하며 몸을 일으켰다. 두 남자의 사이에서 느껴지는 냉랭한 기운 탓에 소름이 돋을 지경이었다. 갑작스런 상황에 당황한 저를 두준이 미간을 찌푸리고 바라보고 있었다. 불안한 시선으로 그를 바라볼 수밖에 없었다.

"여기가 무슨 네 개인 별장이라도 돼?"

"연락은 하고 와야지."

"무슨 연락. 그렇게 곤란할 거 같으면 네가 먼저 했어야지."

호기심 어린 시선이 은서를 훑고 있었다. 은서를 더듬는 기준의 눈빛이 몹시 불쾌하게 느껴졌다. 두준은 은서를 거칠게 잡아 일으켜 제 뒤로 숨겼다. 그녀의 놀란 눈을 본 두준은 이를 악물었다. 미간을 잔뜩 찌푸린 깊은 눈동자가 날카롭게 기준에게 날아갔다. 기준의 입가에 머금은 비웃음이 보였다. 모든 걸 망쳐 놓고 있는 형이 미워 당장이라도 달려들어 흠씬 두들겨 패주고 싶었다.

"누구냐? 혼자서 피해자인 척하면서 뒤로 즐길 건 다 즐기네."

"형!"

"햄튼에 올 때마다 이러고 있었잖아. 내가 모를 줄 알아?"

두준은 더 세게 이를 악물었다. 제 뒤에서 모멸감을 느낄 은서 걱정에 아무 말도 할 수 없었다.

"얼른 짐이나 싸서 가."

"하. 네 여자 표정이나 보고 말해. 이미 분위기는 다 깨졌는데 뭐. 여자나 먼저 보내."

기준은 비아냥거리며 몸을 돌려 집 안으로 들어갔다.

제기랄!

도저히 뒤를 돌아 은서를 볼 수가 없었다. 모든 게 끝났다. 어제 제가 모든 걸 말하고 그녀의 이해를 구했대도 달라지는 건 아무것도 없었다. 절망감이 그의 가슴을 짓눌렀다.

은서야. 이게 나야. 이게 우리 가족의 모습이야. 부끄럽고 아파서 드러낼 수 없는. 어떻게 이런 가족 안에 너를 끼워 넣을 수 있을까. 너도 상처를 받을 거야. 이해할 수도 없을 거야. 결국 우린 처음부터 안 되는 거였어.

차츰 두준의 표정이 평정을 찾아갔다. 세게 악물었던 이에 힘을 뺐다. 허탈했다. 도망치고 몸부림쳐 봐야 아무 소용이 없었다. 자꾸만 헛웃음이 났다. 시퍼런 냉소를 지으며 은서를 돌아보았다.

"더 뭘 듣고 싶어?"

두준이 은서의 손을 피해 뒤로 한 발 물러서며 물었다.

"아직 당신이 내게 해주고 싶은 말을 듣지 못했어요."

"당신 바보군. 이제 그만해. 이제 꿈에서 깨어나. 이게 현실이야."

비릿한 웃음을 짓던 두준은 더 이상 말하는 것도 귀찮다는 듯 주머니에 손을 찔러 넣고 짜증스런 표정을 지었다.

"형 말 못 들었어? 들었잖아. 즐거웠어. 어차피 잘됐어. 이별의 흑장미도 준비하지 못했는데."

은서는 부정하듯 고개를 저었다. 그에 대한 정보를 수집하며 보았던 인터넷 댓글. 그는 지금 저와 놀아났다고 말하고 있었다. 하지만 믿을 수가 없었다. 그가 보여준 그의 모습이 전부 다 진실이 아니라고 할 수 있을까. 머릿속이 빙빙 도는 것같이 혼란스러웠다. 저를 온몸으로 거부하는 그를 미워할 수 없었다. 그러기엔 제가 너무 그에게 가까이 가버렸다.

"정말 내가 지금 떠나길 바라는 거예요?"

두준의 아무 표정 없는 얼굴은 바다를 바라볼 뿐이었다.

"정말 나와 함께한 모든 순간이 꿈이었기를 바라는 거예요!"

"난 쿨하지 못한 사람 딱 질색이야. 이럴 거면 일에서도 손 떼."

"좋아요."

은서의 대답에 두준은 볼일이 끝났다는 듯 집 쪽으로 몸을 돌렸다.

"지난 며칠은 그냥 꿈이었어요. 아무것도 아닌. 서울에서 뵙죠."

은서는 감정을 억누르며 방으로 뛰어들어 갔다. 그리고 택시를 부르고 어떻게 짐을 챙겼는지 알 수 없을 정도로 서둘러 공항으로 갔다. 멍했다. 마치 방어기제처럼 잠이 쏟아졌다. 겨우 눈을 부릅뜨고 탑승 수속을 해야 했다. 그제야 제가 햄튼에 소영이 부탁했던 그림을 놓고 온 것을 알았다. 그리고 제 영혼도 거기에, 그의 곁에 두고 온 것을 깨달았다.

은서가 서울의 오피스텔로 돌아온 지 5일이나 지나 있었다. 여전히 정신이 몽롱했다. 아무 생각도 하고 싶지 않았다. 멍하니 창밖을 응시할 뿐이었다. 하지만 자꾸만 뉴욕을 떠나던 날의 기억으로 되돌아갔다.

"은서야, 에어컨 좀 끌까?"

계속 제 팔을 부비고 있는 은서를 바라보며 진이가 물었다.

"아니야. 괜찮아."

약하게 틀어놓은 탓에 방 안 공기가 그렇게 차지 않았다. 그저 가슴에서 불어오는 바람이 서늘할 뿐이었다.

"아직 시차 적응이 안 된 것 같다. 피곤하면 며칠 더 쉬던가."

"아니야. 비행기에서 오는 내내 잠만 잤어. 그리고 집에 와서도 계속 잤는걸."

기절한 듯 잠만 잤다. 돌아오는 비행기 안에서 그리고 집에 도착해서도. 생각을 멈추는 방법이 죽은 듯 잠만 자는 방법밖에 없음을 몸은 용케도 알고 있는 듯했다. 그가 없는 삶은 생각할 수가 없었다. 은서는 가슴에서 싸한 느낌이 치밀어 올랐지만 애써 누르며 참았다.

"그래도 너 무척 피곤해 보여."

"너무 자서 멍해. 커피 한 잔 더 마셔야겠다."

은서는 뭔가 탐색하는 시선을 보내는 진이에게 미소를 지어 보였다. 진이와는 속내를 드러내고 모든 걸 터놓는 사이었지만 이번에는 아무 말도 꺼낼 수가 없었다. 제 머릿속으로도 정리가 안 된 걸 이러쿵저러쿵 말하다 보면 두준은 아주 나쁜 남자가 되어 있을 터였다. 그런데 이상했다. 아무리 제게는 나쁜 남자라도 그가 욕 먹는 게 싫었다.

"하아."

그를 떠올리면 이제 자동적으로 한숨이 쏟아졌다.

"하아."

은서는 연거푸 한숨을 내쉬었다.

"너 이상해."

"왜?"

희미하게 미소가 지어진 입과 달리 아련한 눈동자에는 많은 상념이 담겨 있는 은서에게 진이가 눈을 맞추며 말을 꺼냈다.

"뭔가 많이 달라진 것 같은데……. 딱 꼬집어 말할 수 없지만 너, 그렇게 보여."

매번 혼자 좋은 곳에 다녀와 미안하다며 내밀던 선물도 없었고 현지에서 구했다며 자랑을 하듯 늘어놓곤 하던 소품도 보이지 않았다. 게다가 여행을 다녀온 후 바로 가방을 정리하고 카메라에 담긴 이미지를 컴퓨터에 옮겨 자료화시키던 그녀의 모습을 찾아볼 수 없었다. 캐리어는 수하물 딱지를 떼지도 않은 채로 현관 옆에 세워두었다. 무엇보다 은서의 분위기가 이전과는 많이 달랐다.

"아니야. 나 달라진 거 아무것도 없어. 거의 매일 붙어 있다가 일주일이나 못 봐서 그런가 보네. 진이야, 뉴욕은 정말 멋진 곳이야. 아직도 내가 뉴욕에서 벗어나지 못하고 있나 봐."

진이의 시선을 피해 은서는 화제를 돌렸다.

"그래? 그런데 사진은 한 장도 안 찍은 거야?"

"응?"

"라스베이거스에서 찍은 사진은 엄청 많은데 뉴욕 사진은 하나도 없네."

진이는 은서를 대신해 디지털 카메라의 영상을 자료로 만들고 있는 중이었다.

"어……. 어쩌다 보니……."

Rrrrrrr.

딱히 핑계를 댈 것이 없어 당황한 은서가 얼버무릴 말을 생각하는 사이 휴대폰이 울렸다. 소영이었다. 은서는 더 당황했다. 아직도 그림을 가져오지 못한 핑곗거리를 만들지 못했다. 그림을 햄튼에 놓고 왔으니 두준이 전해줄 터였다. 어떻게 그와 함께 있었다는 걸 설명해야 할지 알 수가 없었다.

"언니."

[응. 잘 다녀왔니?]

"네. 덕분에 아주 편하게 잘 다녀왔어요."

일단 인사말을 건네며 은서는 방 안을 서성이며 어떤 말을 해야 좋을지 망설였다.

[그냥 들고 와도 되는 걸 택배로 보냈어.]

"네?"

[그림 말이야. 오늘 시간 있으면 점심 같이 먹을까?]

두준이 소영에게 그림을 택배로 보낸 모양이었다. 다행이라고
여겨야 하는데 묘한 감정이 가슴을 할퀴었다.

"……."

[왜? 많이 바쁘니?]

"네. 그게……."

지금 당장 소영을 만나기에는 머릿속이 너무 복잡했다. 그와 함
께 있었던 걸 숨겨야 할지 털어놓아야 하는지 분간이 되지 않았
다.

[하긴 너무 내가 시간을 많이 뺏었지? 일이 많이 밀렸을 텐데
나중에 바쁜 일 끝내면 그때 보자.]

"네. 죄송해요."

[뭐가. 내가 미안하지. 그리고 고마워.]

"전화드릴게요."

통화를 마친 은서는 소파에 풀썩 주저앉았다. 진이가 걱정스런
눈으로 바라보고 있는 게 느껴졌다. 하지만 아무 설명도 하고 싶
지 않았다.

"진이야, 아무래도 안 되겠어. 나 혼자 쉬고 싶어."

소파에 옆으로 누우며 눈을 감았다.

"그래. 좀 더 쉬도록 해. 침대에 편하게 누워서 쉬어."

미동도 없는 은서를 그냥 두고 가는 게 걱정스러웠지만 진이는
어깨를 으쓱하고는 가방을 들고 밖으로 나갔다.

쿵. 띠리리링.

문이 닫히는 소리가 들리자 은서는 눈을 떴다. 희뿌옇게 흐려지는 시야로 그의 얼굴이 희미하게 번졌다.

"보고 싶어⋯⋯. 두준 씨."

인천 공항 라운지에서 말끔하게 샤워를 마친 후 빗어 넘긴 머리가 흐트러짐 없이 두준의 머리에 찰싹 달라붙어 있었다. 한여름인데도 불구하고 넥타이까지 갖춘 슈트를 챙겨 입은 것은 마음을 다 잡기 위함이었다. 그런데 사무실에 도착한 지 몇 분도 지나지 않아 숨이 막힐 것만 같았다. 은서를 그렇게 떠나보내고 일주일이 훌쩍 지나 있다는 사실이 믿기지 않았다.

"소장님."

비어 있는 은서의 자리를 멍하니 바라보고 서 있는 두준을 김 실장이 불렀다

"은서 씨가 라스베이거스를 다녀왔을 텐데⋯⋯."

김 실장의 말에 두준의 한쪽 눈썹이 살짝 치켜 올라갔다.

"휴가 가기 전까지 휴일에도 이 자리에 앉아서 작업을 하더니 무리했나 봐요. 하루도 안 쉬고 일만 하다가 장거리 여행을 갔으니 지칠 만도 하죠."

"우리 직원도 아닌데 매일 출근을 왜 합니까."

"그러게 말이에요. 고객 상담이 없는 날도 꼭 이 자리에 앉아서 작업을 했어요. 뭐, 이미지가 잘 떠오른다나요? 일에 중독된 사람처럼 그러더니 병이라도 났나⋯⋯."

별안간 두준의 날카로운 시선이 날아오자 김 실장은 말꼬리를

흐렸다.

"소장님도 공항에서 바로 출근하셔서 피곤하실 텐데."

두준이 별다른 말 없이 소장실로 걸음을 옮기자 김 실장이 따라 붙으며 말을 걸었다.

"가서 일 보세요."

결재를 해야 할 서류들이 책상 위에 쌓여 있다는 걸 알았다. 그게 아니더라도 평정심을 유지하려면 일에 파묻혀 있는 것보다 더 좋은 방법은 없었다. 오랜 경험을 통해 체득한 방법만큼 확실한 처방전이 또 있을까. 두준은 사무실 앞까지 따라오는 김 실장이 머쓱해질 만큼 성가시다는 말을 내뱉고는 문을 닫았다.

은서가 앉아 있던 빈자리에 시선을 두는 게 아니었다. 서울로 돌아오면 모든 게 없었던 일처럼 느껴질지도 모른다는 기대를 했던 것부터가 잘못이었다. 사무실에 들어서자마자 저를 잡아당기는 은서를 느끼게 하는 모든 것들이 눈앞에 펼쳐졌다. 그것도 견디기 힘든데 김 실장까지 보탰다.

젠장!

신경질적으로 넥타이를 느슨하게 잡아당긴 두준은 이맛살을 찌푸리며 책상 앞에 자리를 잡고 앉았다. 에어컨 리모컨을 집어 들어 강 버튼을 누른 후 소파에 집어 던졌다. 강한 찬바람이 머리를 식혀주길 바랐다. 하지만 이미 소파에 앉아서 저를 물끄러미 바라보는 은서의 이미지가 머릿속을 가득 채운 채 사라지지 않았다. 두준은 두 눈을 꽉 감으며 마른세수를 연거푸 해댔다.

"두준아!"

아, 하필 이럴 때!

소영이었다. 꽤 반가운 목소리로 저를 부르고 있었다.

"어휴, 미쳤니? 한여름에 슈트까지 차려입고 에어컨은 이렇게 세게 틀어놓고?"

"더워!"

소영이 에어컨 리모컨을 집어 드는 것을 보고 두준은 짜증스럽게 소리쳤다.

"더우면 재킷을 벗어. 온몸이 얼어붙을 것 같아."

"싫으면 나가던가."

소영을 쫓아내려 그가 고집을 부렸다.

"싫어. 안 갈 거야."

두준은 미간을 찌푸렸다. 은서가 소영처럼 말해주길 바랐다. 안 갈 거라고 고집을 부리며 남아 있어주길 바랐다. 어떻게든 저를 붙들어주길 바랐다. 허탈함이 다시 가슴으로 번지고 있었다.

"왜 쓸데없는 짓은 해서."

허탈함을 감추려 두준은 소영을 서늘한 시선으로 노려보았다.

"응?"

아무것도 모르는 척 시치미를 떼는 표정을 짓는 소영의 눈동자에 궁금증이 가득했다.

"왜 그랬어!"

"뭐가."

"내가 뉴욕에 가면 햄튼 별장에 있을 거란 거 알면서 왜!"

"어머, 너 뉴욕에 갔었어? 금시초문이야."

"뻔질나게 내 사무실에 드나드는 누나가 내가 뉴욕에 간 걸 모른다니 말이 돼?"

"아니. 한동안 안 보이기에 비서한테 물어보긴 했어. 장기출장 갔다는 말만 들었단 말이야. 네 비서가 오죽 입이 무거워야 말이지. 그래서 그런가 보다 했어. 그러면 너 햄튼에 있었던 거야? 은 서랑?"

뻔뻔하게 속내를 감추고 전혀 몰랐다는 듯 말하는 소영을 향해 두준의 더욱 강한 시선이 날아갔다.

"어휴, 미안해. 정말 몰랐어. 알았으면 내가 미쳤니? 거기에 은서를 보내게. 너도 너지만 은서가 얼마나 곤란했겠어. 네가 숙소를 얻어주지 그랬어."

미안하다는 표정을 짓고 있지만 소영의 시선은 탐색을 하고 있었다. 더 말을 섞으면 제 입에서 무슨 말이 튀어나올지 알 수가 없었다. 소영의 집요한 탐색에 당한 것이 한두 번도 아니었다.

"이거 안 보여? 나 바빠."

두준은 더 이상 대거리를 하지 않겠다는 듯 책상에 쌓여 있는 서류들을 펼치기 시작했다.

"또 바쁘대!"

소영은 입을 비죽거렸다. 분명 냄새가 나는데 두준이 말을 아끼고 있어 더 이상의 탐색이 어려웠다. 저렇게 입에 힘까지 주고 있는 것을 보면 한동안 함구를 할 것이 뻔했다. 어쩌면 은서를 공략하는 쪽이 두 사람 사이의 기류를 파악하기 쉽겠다는 생각이 들었다.

"그래. 그럼 일 봐. 난 은서랑 점심이나 먹어야겠다."

소영의 탐색하는 시선은 두준의 눈썹이 움찔거리는 걸 놓치지 않았다. 분명 두 사람 사이에 무슨 일이 있었던 듯했다. 아무런 감정을 가지고 있지 않다면 두준이 저런 표정을 지을 리 없었다. 소영은 슬쩍 미소를 띠고 두준의 사무실을 나갔다.

"젠장!"

아무리 일거리가 쌓여 있어도 집중할 수 없었다. 제 마음이 통제되지 않을 만큼 온 신경이 은서에게로 쏠리고 있었다. 그런 자신이 더더욱 마음에 들지 않아 그는 정갈하게 빗어 넘긴 머리를 마구 흐트러뜨렸다.

Rrrrrr.

휴대폰이 울리는 소리에 두준은 미간을 잔뜩 좁혔다. 액정을 확인하지 않아도 전화를 건 사람이 누구인지 알 것 같았다. 두준은 짧은 통화를 마치고 성북동으로 향했다.

"어째서 너 혼자 온 게야!"

두준이 자초지종을 설명하기도 전에 벼락같은 소리가 온 집 안에 쩌렁쩌렁 울렸다. 서른이 다 된 건장한 어른이 되었어도 순식간에 주눅이 들 수밖에 없는 아버지의 목소리에 두준은 고개를 들지도 못한 채 얼어붙고 말았다.

"기다리고 설득하라고 했지. 네가 또 살 곳을 마련해 준 모양이구나."

"……."

"넌 형이 그렇게 사는 게 아무렇지도 않은 게냐? 걱정도 안 돼?"

모든 게 또 내 탓이란 건가? 왜 형이 그렇게 사는 것이 내 탓이란 말인가?

아버지의 말에 두준은 반감이 들었다.

내가 가족 때문에 무엇을 포기한 줄 아세요! 처음으로 사랑하는 여자를 포기했다고요!

목구멍까지 차오른 말이 차마 밖으로 나오지 못하고 입안을 맴돌았다.

"기준이가 싫다고 했겠죠. 그러다 혈압 오르면 어쩌시려고 소리를 지르세요."

병풍처럼 앉아만 있던 선정이 두준의 편을 들고 나서자 동진은 날카로운 눈초리를 그녀에게 보냈다. 그런 시선을 지켜보는 것만으로도 두준은 심장이 철렁 내려앉는 기분이 들었다.

"누가 자네 의견 따위가 듣고 싶다고 했어? 싫다고 고집을 부려도 어떻게든 데리고 올 궁리를 했어야지. 지가 돈줄을 끊으면 거기에서 어떻게 버텨."

아버지가 어머니를 향해 소리를 지르고 있지만 결국 다 자신의 탓이라는 소리였다. 매사에 당신의 생각만 옳다고 주장하는 아버지였다. 애초부터 자초지종을 들을 생각도 없었을 것이다. 기준과 함께 들어오기를 바라며 몇 년이고 형 곁에서 형을 돌봐야 한다는 말을 하고 싶었던 것이다.

"형도 성인이에요……."

두준은 간신히 용기를 내어 기준과 함께 올 수 없었던 이유를 설명하려 했다.

"뭐야! 그래도 네가 잘했다는 게냐?"

동진은 두준의 말이 채 끝나기도 전에 눈을 부릅뜨며 질책을 했다.

"아니요. 한 달 넘게 형을 설득하려고 애를 썼어요. 싫다는 사람을 어떻게 억지로 끌고 와요."

"끝까지 네 잘못이 없다고 하고 싶은 게야! 그러다 형이 잘못되면!"

그게 왜 제 탓이에요.

은서까지 포기하고 가족 곁에 남았다. 그런데 왜 제가 이렇게 질책을 당해야 하는지 알 수가 없었다. 목에서 꽉 막힌 소리는 고스란히 두준의 눈에 투영되었다.

"다시 미국에 가서 기준이 데리고 오너라."

아버지의 명령에 두준은 고개를 숙이고 눈을 감았다. 심장이 답답하게 옥죄는 기분이 들었다. 싫다는 말을 할 수도 없었다. 호통이 이어질 테니까. 어떻게든 이 상황을 피하고만 싶었다.

"급한 일만 처리하고 갈게요."

"형보다 네 일이 우선이구나."

소리를 지를 줄 알았던 동진의 입에서 의외로 나지막한 소리가 나오자 두준은 의아한 표정을 지으며 동진에게 시선을 가져갔다. 그의 얼굴에는 실망감이 가득했다.

어째서 아버지는 형의 인생만 중요하고 내 인생에는 아무런 관심을 가지지 않는 것일까. 당신의 무심함에 상처받는 내가 보이지 않는 걸까. 사랑하는 여인의 몸에서 태어난 형만 소중하다는 걸까.

두준은 멍하니 앉아 있는 선정에게 시선을 가져갔다. 평생 자신을 바라보지 않는 남자를 사랑한 어머니가 가여웠다. 어머니가 제게 곁을 주지 않았던 것이 아니라 곁을 내어줄 여력이 없었을지도 모른다는 생각이 들었다. 차라리 어머니와 함께 이 집을 나갈 걸 그랬다는 후회가 밀려왔다.

"여기야."

소영은 느긋하게 앉아서 출입구를 바라보다 은서가 나타나자 손을 흔들었다. 은서의 낯빛이 창백해 보였다.

"얼굴이 많이 상했네."

소영은 걱정스런 눈으로 은서를 살피며 말했다.

대체 둘 사이에 무슨 일이 있었던 걸까.

"시차 적응이 안 돼서 그런가 봐요."

말을 아끼는 건 두 사람이 똑같았다.

"햄튼에서 불편하지 않았어?"

두준에게 했듯이 아무것도 모르는 척 슬쩍 물었다.

"아니요. 정말 멋진 곳이던데요. 언니 덕분에 제가 호사를 누렸죠."

"내 덕분인가 뭐, 아버지 소유의 별장이야. 기준이가 별장 관리도 하면서 살았는데 일이 있어서 비어 있었거든."

"아아, 네에."

기준이 이야기를 꺼내자 살짝 눈이 커다래졌던 은서는 곧 미소를 지으며 고개를 끄덕였다. 아무래도 은서가 기준을 만난 모양이었다.

"혹시, 너 거기 있는 동안 기준이 만난 건 아니지?"

"네? 네. 만난 적 없어요."

"아, 기준이는 두준이 형이야."

마침 메뉴판을 들고 나타난 직원 때문에 은서가 고개를 잔뜩 숙이는 바람에 표정을 살필 수 없었던 소영은 지나가는 말처럼 기준에 대한 이야기를 꺼냈다.

　"비숍 씨가 다음부터는 코앞을 지키고 있어도 안 된다고 언니한테 꼭 전해달랬어요."

　어라. 화제 전환?

　순간 소영의 눈이 커다래졌다. 확실히 둘 사이에 무슨 일이 벌어졌던 것이 틀림없었다. 하나는 입을 다물고 다른 하나는 전혀 두 사람이 마주친 일이 없다는 듯 시치미를 떼고 있었다.

　"그래? 그러시던가."

　소영은 애초부터 그림 따위에는 안중에도 없었기에 비숍이 뭐라고 했든 상관없었다. 그녀에게 중요한 것은 두 사람의 케미가 터졌는지가 궁금할 뿐이었다.

　"방금 전에 두준이 사무실에 들렀다 왔어. 글쎄 넥타이에 슈트까지 입고는 에어컨을 어찌나 세게 틀고 있던지. 완전 얼음왕국이 따로 없더라."

　소영은 두준의 이야기를 슬쩍 은서에게 흘렸다. 은서의 대답을 기다릴 필요는 없었다. 은서의 얼굴이 백지장처럼 하얘지며 눈빛이 순식간에 멍해졌기 때문이었다.

　"우리, 뭐 먹을까? 여기 이탈리아식 화덕피자가 맛있다던데."

　소영은 짐짓 모르는 척 메뉴판으로 시선을 돌렸다.

　웅성웅성.

　짙은 감색 슈트를 차려입은 두준이 연회장 입구에 들어서면서

부터 여자들의 시선이 집중됐다. 여기저기서 수군거리는 소리가
들렸다. 어디를 가나 모습을 나타내기만 해도 존재감을 확실히 드
러내는 두준이었다.

"얼굴 잊어버리겠다."

"바빴어."

연회장에 들어서는 두준의 어깨를 승재가 툭 치며 인사를 건네
자 두준은 건조한 시선으로 연회장을 한 바퀴 둘러보며 퉁명스레
대답했다. 자신에게 쏟아지는 시선과 탄성에 이미 익숙해져 있는
그였다. 하지만 오늘따라 그런 시선조차 눈에 거슬렸다.

"그래. 꼭 그렇게 오기 싫은 티를 내야겠냐?"

"내가 꼭 와야 돼?"

리조트 대표이사직을 맡은 후 낙하산 꼬리표를 떼느라 고군분
투를 하는 승재의 부탁을 거절할 수 없어 그의 리조트에서 열리는
댄스파티의 분위기를 띄워주기 위해 이곳에 오기는 했지만 영 탐
탁지가 않았다. 전혀 이런 흥겨운 분위기에 편승을 할 기분이 아
니었다.

"네가 알다시피 나도 이런 파티는 취미 없어. 파티 홀을 꾸며놓
고 실적을 못 내면 낙하산 꼬리표를 언제 떼겠냐. 별수 없었어. 눈
에 띄는 인사 몇 명쯤 끼워 넣어야 훨씬 분위기가 고조되는 거니
까. 내가 너에 비해 인맥이 좋은 것도 아니고 너란 놈이 와줘야 따
라붙는 놈들도 있으니 어쩌겠어."

두준은 짐짓 미안한 표정을 짓는 승재에게 고개를 끄덕여 보였
다. 까칠하기로 저 못지않은 승재가 저렇게 말할 때는 꽤나 실적
때문에 속이 타는 모양이었다.

"난 자리만 지킨다. 춤까지 추게 하면 너 죽어."

"하하하. 걱정 마라. 자리만 지켜도 충분하니까."

난데없는 댄스파티라니…….

두준은 입술을 비틀며 홀을 눈으로 훑었다. 남자들은 대부분 스포츠 댄스 선수들마냥 몸에 달라붙는 셔츠 단추를 풀어헤친 채 매력 어필을 해댔다. 정장을 갖춰 입은 사람들은 저를 포함해 몇 되지 않았다. 그에 반해 여자들의 차림새는 다양했다. 초미니 드레스부터 치렁치렁한 드레스까지. 하나 공통된 점을 찾으려면 모두 제 매력을 발산하느라 노출 정도가 꽤 심하다는 것이었다.

"애플마티니."

은근한 시선들이 제게 꽂히는 게 짜증스럽다는 듯 두준은 바를 향해 몸을 돌려 서서 바텐더에게 칵테일을 주문했다. 그런 그의 모습조차도 눈길을 끌기 충분했다.

"나도 같은 걸로."

여러 명의 시선이 두준을 따라붙은 걸 흐뭇한 시선으로 바라보던 승재도 몸을 돌려 바텐더에게 말했다.

"이왕 왔으니 즐겨."

"너나 즐겨."

"하! 내가 이런 걸 즐기는 거 봤냐? 오늘따라 왜 그렇게 뾰족해? 그건 내 트레이드마큰데."

"유유상종인가 보지."

"자식, 뭐 안 풀리는 게 있나 보구나. 아니면……."

"그런 거 없어. 그냥 피곤해서 그래."

승재가 무슨 말을 해올지 알았다. 제 모든 걸 공유하는 친구였으니까. 제가 뉴욕에 왜 갔는지 알고 있으니 기준의 이야기를 꺼낼 게 분명했다. 지금은 그 누구하고도 자신의 이야기를 하고 싶지 않았다. 두준은 바를 장식하고 있는 흑장미를 보며 더욱 눈살을 찌푸렸다.

"클라이언트가 고혹적인 흑장미로 분위기를 한껏 띄워달라더라. 하고많은 꽃 중에서 흑장미를 콕 짚을 건 뭐람."

승재는 뭔가 생각이 난 듯 말을 이었다.

"이번 달 잡지 인터뷰에 또 그 여자가 똑같은 댓글 달았더라. 스토커인가 봐. 설마 그 시은이란 여자는 아니겠지."

"모르지."

"사이버수사대에 신고라도 해야 하는 거 아냐?"

"놔둬. 나름 상처받았다고 몸부림치는 걸 텐데."

"너, 그럼 상처 되는 일을 한 거야?"

"나를 뭐로 보고. 그런 적 없어. 그냥 저 혼자 좋아하다 내가 반응이 없으니까 떨어져 나간다기에 안쓰러워 저렇게 장식이 되어 있던 꽃을 뽑아서 건넨 것뿐이야. 그게 하필이면 흑장미다."

"다정도 병이다. 그런 거면 신경 쓰지 말고 가게 놔두지 뭐 하러 그런 짓을 해."

"어째 그 말은 네가 할 소리는 아니잖냐? 네 속에 있는 그 소녀가 흑장미라도 건넸다면 상처가 덜하지 않았을까?"

"그거하고 이거하고는 달라."

승재도 제 상처를 들추는 것이 싫다는 듯 애플마티니를 들이켰다. 두준은 한숨을 내쉬며 바텐더가 바 위에 올려둔 칵테일을 집어 들었다. 잔잔한 음악이 흐르던 공간에 불이 꺼지고 중앙 홀에 조명이 켜졌다. 파티의 오프닝이 시작될 모양이었다. 두준은 무심코 홀 중앙의 비어 있는 둥근 공간에 시선을 가져갔다. 등을 돌리고 서 있는 여자와 자신의 키쯤 되어 보이는 남자의 얼굴이 보였다.

"은서 키도 저 정도겠군."

멍한 시선으로 등을 돌리고 서 있는 여자를 바라보던 두준이 중얼거렸다.

중앙 홀에 마주 서 있던 남녀에게 조명이 집중되자 음악이 울려 퍼졌다. 이어 남자는 그대로 멈춰 서 있고 여자가 남자의 얼굴에 한 손을 들어 올려 쓸고 내려갔다. 구슬픈 전주와 함께 시작된 닿을 듯 말 듯한 여자의 손길이 낯설지가 않았다. 두준의 심장이 쿵쿵대기 시작했다. 애틋한 손길이 마치 저를 더듬는 것만 같았다.

가슴을 울리는 재즈 가수의 노랫소리가 들려왔다. 가슴까지 손길을 내리던 여자가 매우 더디게 뒤를 돌아섰다. 그런 여자의 모습이 극적이게 애잔해 보였다. 순간 두준의 눈이 커다래졌다.

윤은서…….

눈길을 내리깔고 여전히 뒤에 서 있는 남자의 몸에 닿을 듯 말 듯 손을 가져간 채 음악과 하나가 되어 있는 여자는 분명 은서였다. 아주 느리게 남자의 몸을 훑어 내리는 듯한 손길과 흐느적거리듯 몸을 흔들며 앉았다가 일어나는 몸짓에서 애틋함이 물씬 배어나왔다. 그녀의 몸짓은 사랑하는 이를 향한 간절함을 담고 있었다. 무심하게 서 있는 남자의 마음을 원하는 구애의 춤. 두준은 숨을 삼켰다.

은서가 움직임을 멈추고 시선을 앞으로 가져왔다. 그리고 바로 제게 눈을 맞춰왔다. 숨이 막힐 것처럼 고혹적인 눈빛에 심장이 타들어갔다. 은서가 서서 제게 눈을 맞추고 있는 사이 무심하게 서 있던 남자의 춤이 시작됐지만 그녀에게 사로잡힌 시선은 움직일 줄을 몰랐다. 시간이 멈추고 주변의 사람들이 모두 사라지고 오직 은서와 제가 있을 뿐이었다.

음악과 한 몸이 된 은서와 남자는 서로의 마음을 보여주는 춤을 췄다. 격정을 감추지 못하는 은서의 몸짓과 손의 움직임을 고스란히 느끼는 두준의 등줄기에 전율이 일었다. 남자의 손이 거침없이 은서를 휘감아 안고 빙글빙글 홀을 돌면 그는 이를 악물고 버텼다. 순식간에 남자에게 돌진해 주먹을 휘두르지 않으려 안간힘을 써야 했다. 불끈 쥔 주먹을 몸에 붙이고 서 있는 그는 얼어붙은 동상처럼 보였다.

간주가 흐르자 파트너와 한 몸처럼 얽혀 춤을 추던 은서는 다시 두준을 향해 섰다. 조금만 걸어가면 손에 닿을 거리에 그가 서 있었다. 지금 흐르는 음악이 아니더라도, 지금 자신이 추고 있는 구애의 춤, 룸바가 아니더라도 왈칵 눈물이 쏟아질 것만 같았다. 당장이라도 달려가 그의 품에 얼굴을 묻고 자신의 사랑을 구애하고만 싶었다. 그런데 서늘한 눈동자가 뚫어질 듯 자신을 노려보고만 있었다. 한눈에 보기에도 불쾌함이 가득한 시선이었다. 그럼에도 불구하고 노래에 맞춰 자신이 추는 춤은 그를 향한 것일 수밖에 없었다.

마침내 조명이 꺼지고 파티의 오프닝으로 시작된 룸바 공연이 끝이 났다. 사방에서 박수 소리와 환호성, 휘파람이 터져 나오고 있었지만 두준은 꼼짝도 하지 않았다. 어둠에 익숙해진 눈으로 은서에게 맞춘 시선을 거두지 않았다.

팟!

화려한 조명이 순간 커지고 남자가 은서의 드레스를 거칠게 잡
아당겼다.

저 자식이!

두준의 이글거리는 시선이 처음으로 남자에게 꽂혔다. 불끈 쥔
주먹이 부들부들 떨리고 있었다.

"와, 정말 대단하지."

아무것도 모르는 승재가 몸을 기울여 두준의 귀에 대고 소리쳤
다.

"이번에는 차차차를 출 거야."

하늘거리던 은서의 드레스를 남자가 잡아당기자 바로 몸에 들
러붙은 짧고 화려한 초미니 드레스가 드러났다. 찰랑거리는 비즈
가 잔뜩 달린 스커트 자락은 겨우 그녀의 엉덩이를 가리고 있었
다. 그마저도 은서가 움직일 때마다 훤히 엉덩이를 드러나게 만들
었다. 두준은 눈살을 잔뜩 찌푸렸다.

늑대 같은 남자들의 시선이 은서의 몸을 훑어 내리는 게 불쾌해
미칠 지경이었다. 하지만 어쩔 도리가 없었다. 은서는 제 여자가
아닌 것이다. 제가 제 입으로 그렇게 밀어냈으니까. 다시 이를 꽉
악무는 것밖에 할 수 있는 건 아무것도 없었다.

질투 어린 시선이 남자를 잡아먹을 듯 노려보았다. 아무것도 모
르는 남자는 함박웃음을 지으며 은서를 부둥켜안기도 하고 허리
에 덥석 손을 얹기도 했다. 엉덩이에도 손을 올리고 그녀의 엉덩
이를 양옆으로 마구 흔들어대기도 했다. 차라리 눈을 감던가 외면

을 하면 쉽게 해결될 것을 두준은 고집을 피우듯 남자만을 이를 악문 채 노려볼 뿐이었다.

한바탕 흥겨운 리듬에 맞춰 춤사위를 펼치던 은서와 남자는 음악이 끝나자 우레와 같은 박수 소리에 한껏 미소를 지어 보였다. 그리고 정중하게 인사를 하고 무대를 벗어났다. 이어 흥겨운 리듬이 다시 시작되고 무대 중앙으로 사람들이 쏟아져 나와 춤 솜씨를 뽐내듯 춤을 추기 시작했다. 두준의 시선은 은서와 남자를 끝까지 따라갔다.

"와. 정말 멋지긴 하네."

승재가 눈치도 없이 말을 걸어왔다.

"저 사람이 이 파티의 주최자야. 옷 갈아입고 올 거야."

"누가? 여자가?"

"훗. 인마, 여자한테 관심 없다더니."

"누가 관심 있대?"

"그러면서 눈을 못 떼고 있냐?"

춤을 추던 여자가 사라진 문에서 눈을 떼지도 않고 있으면서 두준의 어폐가 있는 말에 승재가 핀잔을 주었다.

"남자가 이 파티의 주최자야. 파트너는 대학 친구라고 했던 거 같은데. 댄스동아리 파트너였대. 인사시켜 달라고 할까?"

"됐어. 조금 있다가 갈 거야. 나 아니어도 꽤 유명 인사를 부른 거 같네."

잔뜩 미간을 찌푸리고 대답을 하던 두준이 고갯짓으로 입구를 가리켰다.

"어? 대영건업 김형석이잖아."

승재가 입구를 향해 가는 것을 보던 두준은 은서가 사라진 출입문을 서둘러 살폈다.

설마 아주 가버린 건 아니겠지?

"여기 애플마티니."

타는 듯한 갈증을 느낀 두준은 바텐더를 향해 주문을 했다.

"여기도 같은 걸로 두 잔요."

두준이 고개를 돌려 애플마티니를 주문하며 바텐더에게 눈을 맞추고 서 있는 은서를 돌아보았다. 그녀가 갈아입은 옷은 눈살을 찌푸리게 했던 드레스보다 더 나을 게 없었다. 물론 촌스럽게 덕지덕지 붙은 스팽글과 비즈는 없지만 심플하게 한쪽 어깨를 훤히 드러낸 짧은 플레어 드레스는 몸매가 그대로 드러나 보였다.

그는 주위의 시선을 살피며 이맛살에 잔뜩 힘을 주었다. 한마디 해주려던 두준은 눈을 크게 떴다. 애플마티니를 바텐더가 내놓자 은서는 제게 시선을 주지도 않고 조금 전 춤을 추던 파트너와 자리를 뜨려 했기 때문이었다.

"윤은서 씨."

두준은 다급하게 은서를 불러 세웠다.

"네. 소장님."

은서가 맑은 눈을 응시해 왔다. 그 어디에도 조금 전 춤을 추며 맞춰오던 애틋한 느낌은 전혀 배어 나오지 않았다. 그녀의 대답이 다소 사무적이게 들리는 건 제 호칭 때문일까. 전혀 포커페이스를 만들어내지 못하던 은서였다. 그녀의 건조한 표정이 제 가슴에 생채기를 내고 있었다. 호기롭게 불렀지만 뭐라 할 말을 잃고 말았다.

"누구야?"

다행스럽게 은서의 파트너가 끼어들었다.

"어, 나랑 같이 일하는 분이야."

"한두준입니다."

두준이 눈을 부릅뜨고 손을 내밀어 인사를 청했다. 손을 잡으면 아주 으스러뜨릴 기세로 내민 손이 머쓱하게 남자는 양손에 든 잔을 들어 올리며 가볍게 목례를 했다.

"준호야, 가자."

더는 할 말이 없다는 듯 은서는 파트너를 데리고 제 시선이 가장 잘 닿는 곳에 자리를 잡고 섰다. 그리고 보란 듯이 파트너와 다정하게 웃음을 주고받으며 이야기하기 시작했다. 두준은 평정심을 찾으려 애를 썼지만 제 시선이 금방 질투로 이글거리기 시작할 터였다. 그는 얼른 시선을 다른 곳으로 돌렸다.

10

"윤은서!"

마침내 두준이 폭발하고 말았다. 파티가 한창 무르익어 갈 무렵이었다. 칵테일에 취해 살짝 눈이 풀린 은서는 잠시도 쉬지 않고 파트너를 바꿔가며 춤을 췄다. 그녀는 마치 춤에 미친 사람처럼 굴었다. 남자들의 환호를 즐기기라도 하듯 환한 웃음을 짓고 있는 그녀를 지켜보는 것이 몹시 불편했다. 게다가 그녀는 남자들의 손이 깊게 파고드는 것도 인식하지 못하는 듯했다.

두준은 더 이상 은서를 두고 볼 수 없었다. 그대로 두었다가는 남자들의 먹잇감이 되기 십상이었다. 큰 소리로 이름을 부르고 다가가며 그녀의 팔을 휙 낚아챘다. 두준의 날카로운 시선이 은서의 허리를 더듬던 사내의 얼굴에 무섭게 꽂혔다.

"아는 사람이에요?"

사내가 은서를 향해 물었다.

"훗."

은서는 두준을 비웃듯 어이없다는 웃음소리를 냈다.

"아니요. 난 이 남자 몰라요."

은서는 두준을 더 자극하기 위해 비틀거리며 일부러 남자의 가슴에 등을 기댔다.

"은서야."

두준은 어금니를 꽉 깨물며 으르렁거리듯 은서의 이름을 불렀다. 그리고는 그녀를 자신의 품으로 힘껏 끌어당겼다.

"놔!"

은서가 완강하게 반항하며 아픈 눈을 그에게 가져갔다.

당신이 뭔데 나한테 이래.

그녀의 눈은 이렇게 말하고 있었다. 앙다문 입술에서도 떨림이 느껴졌다.

"이봐요. 당신이 뭔데."

사내가 은서의 말을 따라했다. 그것도 모자라 제 손목을 감싸 쥐며 은서에게서 손을 떼어내려 했다.

"이 여자는 내 여자야!"

평정심을 완전히 잃은 두준은 남자의 손을 잡아 으스러지도록 비틀었다.

"아아악."

거친 비명 소리가 나고 음악 소리가 끊기며 삽시간에 파티 홀의 분위기가 얼어붙었다. 두준은 미간을 잔뜩 찌푸린 채 남자의 손을 놓아주고 그대로 은서를 번쩍 안아 들었다. 저항하는 은서를 막무가내로 끌고 갈 수는 없었다.

간혹 저지를 하는 사람들이 있었지만 질투심에 불타오른 두준을 막을 수는 없었다. 건장한 남자가 이글거리는 눈을 맞추는 것만도 상당히 위압감이 느껴졌던 것이다. 게다가 저항을 하는 듯 보였던 은서가 두준이 번쩍 안아 들자마자 바로 그의 목에 팔을 휘감고 매달렸기 때문에 연인들 간의 소동 정도로 보였다.

멀리서 두준을 지켜보던 승재가 다시 음악을 틀라는 사인을 매니저에게 보냈다. 흥겨운 리듬의 음악이 파티 홀에 울려 퍼지자 잠시 벌어졌던 소동은 곧 사람들에게 잊혀졌다.

두준의 품에 얼굴을 묻은 은서는 눈을 감았다. 하염없이 솟아나는 눈물은 어쩔 도리가 없다는 듯 그녀의 두 볼을 타고 흘러내렸다. 그가 없이 보낸 한 달은 길고 지루했으며 지옥처럼 끔찍했다. 그의 품이 너무나 그리웠고 그의 심장이 내는 쿵쿵 소리를 이렇게 듣고 싶었던 은서다.

은서는 대학을 다닐 때, 댄스동아리 친구였던 준호로부터 댄스 파티의 오프닝 무대 파트너가 되어달라는 부탁을 받았을 때만 해도 두준이 이곳에 나타날 줄은 몰랐다. 내키지 않았지만 끈질기게 부탁을 하는 준호를 거절하지 못했다. 길고 지루한 나날들을 견딜 수 있도록 기분 전환이 되어줄 것 같아 수락을 하고 이곳에 왔다. 오프닝 무대 리허설을 마치고 옷을 갈아입기 위해 대기실로 향하던 은서는 파티 홀로 들어서는 그를 보았을 때는 거의 제정신이 아니었다. 미치도록 보고 싶었던 그였다. 무작정 그에게 달려가고 싶은 것을 간신히 참아야 했다.

인생은 정말 다이내믹하다. 꿈같이 그와 보낸 며칠의 대가로 그녀에게 지옥 같은 한 달을 견디라 하더니 그것에 대한 보상처럼 다시 꿈같은 시간을 내어주고 있었다. 이제 반전 같은 시간을 어떻게 보내야 하는가. 그건 은서가 선택할 수 있는 것이 아니었다. 그로 인해 고통스런 시간을 보냈음에도 불구하고 은서는 그와 함께하고 싶은 충동만 일었다. 그녀는 그의 품으로 파고들며 얼굴을 더 깊이 묻었다. 그리고 맘껏 그의 체 향을 들이켰다. 그녀는 너무나 행복했다. 비참할 정도로.

두준은 셔츠의 앞섶을 적시는 은서의 눈물에 가슴이 아려왔다. 안아 든 순간 저항할 줄 알았던 은서는 기다렸다는 듯 목에 팔을 감아왔다. 그렇다면 조금 전 제게 보였던 건 포커페이스였다. 저로 인해 상처받은 여자가 상처를 드러내지 않으려 안간힘을 썼던 것이다. 두준은 울컥 솟아나는 것을 꿀꺽 삼켰다. 제 팔에 안긴 여자가 자꾸만 가슴을 적셨다.

차가 가까이 보이기 시작하자 아쉬움이 피어올랐다. 이대로 그녀를 안고 있을 수 없는 걸까. 천천히 걸어가며 은서를 내려다보았다. 얼마나 마신 걸까. 소리도 없이 눈물을 흘리던 은서의 몸이 점점 축 늘어지는 것이 느껴졌다. 불편한 듯해서 추슬러 되안으려 했다. 툭 하고 제 목을 휘감았던 은서의 팔이 아래로 힘없이 떨어졌다.

"야, 어서 눕혀야겠다."

어느새 따라왔는지 승재가 다가왔다.

"차 키 어디 있어?"

"왼쪽 주머니."

승재가 차 키를 꺼내 조수석 문을 열어주었다. 두준은 은서를 조수석에 앉히고 조심스럽게 머리를 받침대에 기대게 했다. 그리고 그녀가 깰세라 등받이를 천천히 내려 눕히고는 운전석으로 갔다.

"아는 사람이었어?"

"응."

"네 여자냐?"

두준은 아무런 대답을 할 수 없었다.

"그래. 다음에 얘기하자. 얼른 가라."

승재는 더 이상 묻지 않았다. 그리고 손을 들어 인사를 건네고 그대로 몸을 돌려 건물 쪽으로 걸음을 옮겼다.

운전석에 앉은 그는 안전벨트를 끌어당기기 위해 은서 쪽으로 몸을 기울였다. 은서의 눈가에 채 흐르지 못하고 맺힌 눈물이 그를 멈추게 했다. 그는 왈칵 솟는 눈물을 이번에는 삼키지 않았다. 굵직한 얼굴선을 따라 흐르는 눈물이 은서의 얼굴을 적셨다.

왜! 그녀를 욕심내면 안 되는가. 왜! 아픈 그녀를 외면해야 하는가. 저항할 수 없는 현실을 향해 온 힘을 다해 거부하고 싶은 욕망이 들끓었다. 거친 숨결이 그를 뒤덮었다. 간신히 억눌렀던 그녀를 향한 마음이 들고 일어나 미친 듯이 춤을 추고 있었다.

"하아, 안 돼."

그는 운전석에 몸을 깊숙이 기대고 은서를 외면한 채 눈을 감아 버렸다. 하지만 얼마 지나지 않아 그의 시선은 저절로 은서에게 닿아 있었다. 고롱고롱 소리를 내며 잠든 은서를 바라보니 문득 욕조에서 함께 느긋하게 기대 있던 순간이 떠올랐다. 평온함이 저를 감싸 안는 기분이 느껴졌다.

그녀를 만나기 전에는 결코 제게 허락되지 않을 것 같은 감정이라고만 여겼던 행복감과 느긋한 평화로움을 그녀로 인해 알아버렸다. 그녀와 함께라면 자신도 행복해질 수 있을 것이었다. 하지만 그녀에게 제 가족이 줄 상처를 생각하면 도저히 그녀를 제 사람으로 만들 수 없었다. 자신이 지금까지 아팠던 것만큼 그녀도 아플 것을 생각하면 끔찍했다.

"처음부터 널 욕심내면 안 되는 거였어. 은서야, 널 어떡하니."

보낼 수도, 가질 수도 없는 은서를 바라보는 두준의 눈빛이 처연했다. 한동안 시선으로만 은서를 더듬던 두준은 손을 뻗어 그녀의 얼굴에 흘러내린 머리카락을 쓸어 넘겨주었다. 손에 닿은 부드러운 머리카락의 감촉에 가슴이 떨려왔다.

"으으음."

은서가 미간을 좁히며 몸을 뒤척이자 두준은 놀라 얼른 제 손을 거둬들였다. 숨을 고르며 슬쩍 돌아보니 은서는 미동도 없었다.

이럴 줄 알았으면 집 정도는 알아둘걸.

난감했다. 이대로 차 안에서 밤을 지새울 수 없는 노릇이었다. 두준은 결심을 한 듯 차에 시동을 걸고 가속페달을 조심스레 밟았다. 30여 분 남짓 달리던 차는 대나무가 빼곡히 담장을 이루고 있는 집 앞에 멈춰 섰다. 막상 집에 도착했지만 선뜻 그녀를 집 안으로 데리고 들어갈 수 없었다. 그녀와 단둘이 있게 된다는 사실만으로도 평정심을 유지할 수가 없었다. 어쩌면 또 큰 잘못을 저지르게 될지도 모른다는 생각에 두려움이 엄습했다.

"하아."

심호흡을 하며 마음속으로 최대한 평정심을 유지하려 애를 썼다. 시동을 끄고 차에서 내린 두준은 서둘러 대문과 현관문을 열어젖히고 집 안으로 뛰어들어 갔다. 거실에서 잠깐 망설이던 그는 안방 문을 열어두고 뒤를 돌아 은서가 있는 곳으로 신발도 벗어둔 채 달려갔다. 조심스럽게 은서의 목과 무릎 뒤에 팔을 끼워 넣어 안아 올렸다. 축 늘어져 있는 은서는 가뿐했다.

도대체 뭘 먹기는 한 거니?

한 달 사이 그녀의 마른 몸은 더 앙상해져 있었다.

"하아."

하나씩 하나씩 은서의 상처가 드러나는 것을 느끼며 두준은 후회로 가득한 한숨을 내쉬었다.

상처만 안겨준 주제에 무슨 자격으로 내 여자라고 외친 걸까!

가슴이 먹먹해졌다. 그녀에게 아무런 자격도 없다는 것을 뼈저리게 느낀 그는 침대에 은서를 살며시 눕히고 그대로 돌아서서 방을 나갔다. 하지만 어찌 된 일인지 한 걸음도 뗄 수가 없었다. 한동안 안방 문을 꽉 닫고 한참 동안 문에 기대 서 있었다.

한 달간의 노력이 수포로 돌아간 기분이었다. 은서를 다시 만나도 그녀에게 흔들리지 않을 자신이 있었다. 그녀를 사랑하는 만큼 그녀를 욕심내지 않을 수 있다고 믿었다. 하지만 모든 게 오산이었다. 아무래도 저는 그녀보다 자신을 사랑하는 이기적인 인간인 모양이있다.

"싫다고 하면서 닮는다더니……."

이기적이기만 한 가족들과 제가 대체 다른 것이 무엇이란 말인가.

쓴웃음이 그의 입가에 번졌다. 두준은 고개를 가로저으며 활짝 열어젖혀진 현관을 향해 걸어갔다. 대문도 활짝 열려 있었다. 아까와는 달리 그는 힘없이 걸어가 대문과 현관문을 차례로 닫았다. 현관에 선 채 굳게 닫혀 있는 안방 문을 바라보았다. 속절없이 한숨이 쏟아져 나왔다. 그는 이를 꽉 깨물고 게스트 룸에 들어가 찬물로 샤워를 했다.

샤워 가운을 걸치고 나온 두준은 소파에 털썩 주저앉았다. 한동안 멍하니 앉아 있던 그는 잰걸음으로 안방 문을 열고 들어갔다. 어쩌면 이번이 마지막이 될지도 모른다고 생각을 하니 가만히 앉아 있을 수가 없었다.

잠든 은서를 실컷 보는 것도 죄가 될까.

한참 동안 잠든 은서를 내려다보았다.

대체 실컷 보아두겠다는 욕심은 얼마나 보아야 채워지는 걸까.

그는 한숨을 속으로 삼켜야만 했다. 미간을 살짝 찌푸린 은서의 잠든 얼굴에 머리카락이 흐트러져 있었지만 아까처럼 감히 손을 뻗어 쓸어줄 엄두를 내지 못했다. 간신히 유지하고 있는 평정심을 깰 수는 없었다.

마침내 체념한 듯 두준은 돌아섰다. 에어컨을 약하게 켜두고 방을 나가려던 두준은 다시 뒤를 돌아다보았다. 앙상한 어깨를 훤히 드러내고 누워 있는 은서가 가여웠다. 차마 그대로 나갈 수가 없었다. 숨을 죽이고 다가가 그녀에게 이불을 덮어주려는 찰나였다. 거칠게 잡아당기는 힘에 의해 두준은 속절없이 은서를 덮치고 말았다.

"으으음."

타는 듯한 갈증을 누를 길이 없었다. 은서는 코끝으로 물씬 느껴지는 두준의 체 향에 눈을 번쩍 떴다. 그리고 크게 숨을 들이마셨다. 그랬다. 이건 그의 체취가 틀림없었다. 암흑 같은 방이었다. 문틈으로 아주 실낱같은 빛이 스며들고 있었다.

몸을 돌려 그가 머리를 베고 누웠을 베개에 얼굴을 묻었다. 그가 더 가까이에서 느껴져 입가에 미소가 지어졌다. 아무것도 생각할 수 없었다. 마냥 좋은 걸 어쩌지 못했다. 그가 옆에 누워 있는 것은 아니었지만 그와 가까이 있다는 것만으로도 좋았다.

하지만 그의 체 향이 가득한 방에 누워 있으니 점점 더 욕심이 났다. 잠이 든 그라도 맘껏 보고 만질 수만 있다면 얼마나 좋을까. 한번 그런 생각을 하자 욕심을 억누를 길이 없었다. 그가 아침이 될 때까지 이 방에 들어오지 않으면 어쩌나 불안했다. 몸을 다시 돌려 누웠다.

쉬이 다시 잠이 올 것 같지 않았다. 그는 게스트 룸에서 잠이 들었을지도 모른다.

조금만 시간을 두고 기다렸다가 몰래 그의 잠든 얼굴을 보아도 되지 않을까.

은서는 조급한 마음을 누르며 시간이 흐르기를 기다렸다.

'이 여자는 내 여자야!'

취기에도 그가 눈을 부릅뜬 채 내뱉는 말을 똑똑히 들었다. 무심한 눈길이 느껴질 때마다 한 잔 한 잔 비어낸 칵테일이 몇 잔이나 되는지 알 수 없을 만큼 취해 있었다. 그가 다가와 팔을 잡아당겼을 때는 뺨을 갈겨주고 싶을 만큼 그가 미웠다. 제 마음을 무시하는 그가 너무 미웠다.

왜 그런 말을 했을까.

아무 상관도 없다면 아무런 감정도 없다면 그는 무심하게 가버렸어야 했다. 하지만 이 여자는 내 여자야, 라고 내뱉는 그의 눈에는 살기가 느껴졌었다.

설마 그가 질투를?

은서는 눈을 동그랗게 떴다. 그렇다면 무슨 이유인지 알 수 없지만 그는 일부러 저를 밀어낸 것이다. 스스로를 바람둥이라고 했지만 그가 정말 바람둥이였다면 스스로를 그렇게 표현하지 않았을 것이다. 어떻게든 변명을 늘어놓고 저를 취하기 바빴을 것이다. 하지만 그는 그렇게 하지 않았다.

딸깍.

갑자기 방문이 열리는 소리가 들리며 방 안으로 빛이 가득 들어왔다. 은서는 얼른 눈을 감았다. 그가 다가오고 있음이 느껴졌다. 잠든 척하기가 쉽지 않았다. 들썩이는 가슴을 최대한 태연하게 만드는 데 집중했다.

'내가 당신이 잠든 사이 어디를 더듬었는지 말해봐.'

그의 속삭임이 들리는 듯했다. 긴장감으로 은서의 가슴은 미친 듯 뛰기 시작했다. 하지만 아무런 일도 일어나지 않았다. 온 신경이 집중된 귀에서 들려오는 건 그의 숨소리뿐이었다. 그것마저도 아주 희미하게 들려 미간을 찌푸려야 할 정도였다.

얼마나 시간이 흐른 걸까. 그의 발소리가 조금씩 멀어져 가는 게 느껴졌다. 가슴속에서 울컥 서운함이 솟아났다. 눈물이 솟구칠 것만 같았다. 벌떡 일어나 앉아 그에게 매달리고 싶었다. 왜 저를 밀어내려고만 하는지 따져 묻고 싶었다.

'쿨하지 못한 사람 딱 질색이야! 일에서도 손 떼!'

경고를 하듯 그가 했던 말이 간신히 제 욕망을 막고 있었다. 하지만 그 경고조차도 망각할 만큼 유혹적인 그의 체 향이 가까이에서 느껴지는 순간 거침없이 그를 끌어당기고 말았다. 그리고 정신없이 그의 입술을 찾았다.

놀랄 순간도 없었다. 은서가 저를 끌어당긴 순간 평정심은 깨졌다. 다급하게 다가온 그녀의 입술을 삼켰다. 미치도록 이 입술이 그리웠다. 금단의 열매에 대한 갈망은 무섭도록 저를 갉아먹고 있었다. 열린 그녀의 입술 사이로 혀를 가져갔다. 여린 입술 안쪽의 살결을 천천히 더듬었다. 맘껏 그녀를 느껴 그녀에 대한 모든 느낌을 제 심장에 각인시키고만 싶었다.

말캉한 혀가 단단한 혀를 쫓아왔다. 간절히 얽매이길 바라는 혀를 휘감아 입안으로 가져왔다. 기다렸다는 듯 가녀린 혀가 입술 안쪽을 쓸고 지나갔다. 그녀의 혀가 주는 감각에 희열을 느끼며 정신없이 은서의 머리를 쓰다듬고 얼굴을 어루만졌다.

"하아. 하아. 하아."

두준은 거친 숨을 토해냈다. 몸은 이미 그녀가 주던 감각을 상기한 듯했다. 제멋대로 제 손이 무서운 속도로 그녀의 치맛자락을 들쳐 위로 끌어 올리고 허벅지 안쪽의 살을 쓸고 있었다. 은서도 거침없이 제 목욕 가운을 열어젖히고 가슴을 강하게 문질러 댔다. 다시 한 번 격렬한 키스가 이어졌다. 은서의 손가락이 등 뒤에 깍지를 끼고 점점 더 강하게 저를 끌어당겼다. 숨이 막힐 지경이었다.

그의 등 뒤로 손가락에 깍지를 끼고 끌어안으며 온몸으로 물었다. 왜 자신을 거부하는지. 이렇게 격렬한 키스를 해주면서 왜 저를 밀어내는지. 짓눌리고 있는 몸이 말했다. 더, 더 그를 원한다고. 그의 몸이 말했다. 원하고 있다고. 하지만 차마 입을 열어 자신을 원하느냐고 물어 확인할 수가 없었다. 은서는 끊임없이 몸으로 말하기 시작했다. 얼마나 그를 원하고 사랑하는지를. 그것으로 그를 설득할 수 있기를 바랐다.

그를 옆으로 밀어 눕히고 은서는 그의 허리 위로 올라갔다. 허리를 굽혀 그의 얼굴에 제 얼굴을 가져간 은서가 그의 이마를 입술로 뜨겁게 눌렀다. 더운 입김을 불어넣으며 툭 불거진 이마와 날렵한 코를 미끄러져 내려온 은서의 입술이 그의 얼굴을 어루만지듯 부드럽게 지나갔다. 은서는 기억을 더듬어 그가 자신에게 안겨주던 감각들을 그에게 고스란히 전해주고 싶었다. 천천히 그의 귀로 다가간 그녀가 입술 사이로 그의 귓바퀴를 살짝 물었다 놓아주었다. 입술 안쪽으로 느껴지는 말랑한 살덩이의 느낌에 가슴이 뛰었다.

하지만 어찌 된 일인지 그의 관자놀이가 툭 불거졌다. 저라면 탄성을 질렀을 텐데 아까부터 그는 가만히 누운 채 아무런 반응을 보이지 않았다. 서툰 제 몸짓이 마음에 들지 않는다는 것인가. 조금 전까지 그의 몸과 허벅지 안으로 파고들던 손은 뜨거웠었다.

무엇이 잘못된 걸까. 다급해진 은서는 서둘러 몸을 일으켰다. 그가 눈을 감은 채 이를 악물고 있는 것이 보였다. 차라리 조금 전 그를 품에 꽉 끌어안았을 때 가만히 기다리고 있을 것을. 후회가 밀려왔다. 그를 밀치고 그의 허리로 올라갈 때만 해도 그가 저를 뜨겁게 원하게 만들 수 있을 거라 여겼다. 순간 멍해졌다. 아무런 감정이 없어 보이는 남자를 탐할 수는 없었다. 그에게 정말 거부 당했다는 생각에 비참해진 은서는 두 손으로 얼굴을 가려 버렸다.

아, 너를 이곳에 데려오는 게 아니었어!

너무나 원하는 그녀였다. 하지만 사랑을 나누는 행위가 끝나고 나면 무엇이 남을까. 이성이 마비되어 그녀를 안아버렸다고 자신의 행위에 정당함을 부여한들 제 행동을 스스로 납득할 수 없었다. 또다시 그녀에게 상처를 주고 있음을 느낀 두준은 이를 악물고 욕망을 억누를 수밖에 없었다.

그녀의 입술이 제 얼굴에서 멀어지자 두준은 필사적으로 이를 악물었던 입가에 힘을 풀었다. 그리고 눈을 뜨고 제 허리 위에 앉아 있는 은서를 응시했다. 상처 입은 은서가 앙상한 어깨를 드러내고 떨고 있었다.

"은서야!"

그 모습을 보는 순간 그의 눈에 불꽃이 튀었다. 오로지 그녀를 안아주고 싶다는 생각만 들었다. 서둘러 몸을 일으킨 두준은 은서를 격하게 안아 들었다. 한 손에 들어오는 그녀의 머리를 제 어깨에 강하게 눌러서 꽉 안았다. 다시는 놓아주지 않을 것처럼.

의도적으로 그 노래를 골랐던 거니. 아니, 노래가 아니더라도 너의 눈빛이 춤이 나를 향하고 있다는 걸 알아. 은서야, 너를 잃을까 나도 두렵다. 나도 너를 보내고 살아갈 날들이 두려워.

구애의 춤을 추던 은서와 하나가 되어 흐르던 노래가 귓가에 들려오는 것 같았다. 두준은 은서의 얼굴을 두 손으로 감쌌다. 떨리고 있는 어깨가 안쓰럽고 금방이라도 울음을 쏟아낼 것 같은 입술의 떨림이 애처로웠다. 은서의 입술을 두준이 감미롭게 빨아들였다. 마치 오늘 밤이 마지막 밤인 것처럼 그의 길고 긴 입맞춤에는 여운이 짙게 깔리고 있었다.

두준은 은서의 머리 위로 천천히 드레스를 벗겨냈다. 느릿한 그의 움직임에 은서는 숨을 삼켰다. 드레스를 벗기고 제 눈을 들여다보며 얼굴에서 목선으로 그리고 등으로 향하는 그의 다정한 손길은 그 어느 때보다 느리고 부드럽고 애잔했다. 은서도 서두르지 않았다. 손가락을 세워 그의 이마를 코를 입술을 천천히 쓸어내리며 손이 그를 기억하도록 했다.

한동안 서로를 쓸어내리던 손길이 점점 깊어졌다. 슬픔을 가득 안은 연인들은 마치 사랑을 나누다 이 세상이 끝나기만을 바라는 사람들처럼 보였다. 더디게 움직이는 눈길과 손길들이 엉키고 더듬는 감각이 천천히 그들을 달아오르게 했다. 그럼에도 그들은 격정적인 움직임을 보이지 않았다.

은서의 머리를 받치고 눕힌 두준이 그녀의 목덜미에 뜨거운 입술을 가져다 댔다. 입술 안쪽의 여린 살로 더듬어 내리는 감각에 은서의 숨결이 가슴으로 삼켜졌다. 환희의 감각마저도 심장이 저리도록 아팠다. 그의 머리카락 속을 파고든 은서의 손가락에 힘이 들어갔다. 목덜미를 지나 쇄골을 혀로 훑어 내리던 두준의 입술이 점점 아래로 향했다.

무르익은 듯 말랑거리는 살결을 입안으로 빨아들인 두준은 맘껏 은서의 달콤한 심장을 삼켰다. 도드라져 있는 정점까지 모두 삼킨 그의 입술은 다시 아래로 향했다. 움푹 파인 배꼽에서 한동안 머물러 타액을 묻히던 혀가 만족한 듯 좀 더 깊은 곳까지 내려가기 시작했다.

"흐으으웃."

흐느끼는 듯한 신음을 쏟아내며 은서의 몸이 떨리고 있었다. 처음 사랑을 나누는 것도 아닌데 그가 만들어내는 여운이 짙은 키스가 온몸에 아로새겨져 첫 경험보다 더 강렬하게 다가왔다. 이런 그를 어떻게 제가 잊을 수 있을지 점점 두려워졌다.

안심을 시키려는 듯 그가 떨리는 은서의 배를 부드럽게 쓸며 은밀한 그녀를 입술로 눌렀다. 뜨거운 입술이 제 은밀한 곳에 닿자 은서의 떨림은 더 거세졌다. 그럴수록 그의 손길은 더 다정하게 은서를 어루만졌다. 끈적한 신음이 은서의 입술 사이로 터져 나오고 있었다. 하지만 그녀는 부끄러워할 정신이 없었다. 오히려 그의 머리카락을 움켜쥔 손에 힘이 들어갔다.

혀로 은서의 은밀한 곳에 숨은 여린 꽃잎들을 하나씩 들추듯 쓸어내리던 두준은 입술을 크게 벌려 그녀의 은밀한 곳을 몽땅 삼켰다. 혀끝에 담긴 감각들이 제 중심으로 퍼져 나가고 있었다. 어서 그녀의 안으로 밀고 들어가게 해달라고 애원을 했다. 하지만 아쉬웠다. 그러기엔 그녀를 아직 다 기억에 가두지 못했다.

은서의 몸을 돌려 누이고 허벅지 안쪽의 살을 모두 입술로 핥고 손으로 더듬었다. 발끝까지 내려갔던 두준의 입술이 다시 위로 향했다. 매끄러운 엉덩이를 지나 척추의 마디 하나하나씩 입술로 각인을 한 그가 은서의 배에 손을 집어넣어 살짝 들어 올려 그녀 안으로 들어갔다.

"허어억."

흠뻑 젖은 은서가 그를 삼키듯 빨아들였다. 터져 나오는 짙은 그의 신음 소리에 은서의 등이 한껏 휘며 그를 더 깊이 빨아들였다. 팔꿈치로 몸을 지지한 두준의 손이 격정을 이기지 못하고 은서의 아래로 쏠려 더 도드라진 가슴을 움켜쥐었다. 그리고 천천히 위아래로 반동을 시작했다. 감각들이 짙어질수록 그녀의 가슴을 움켜쥔 손에 힘이 주어졌고 은서의 뒷덜미에 묻은 입술이 뜨거워졌다.

"하아, 아아아."

"은서야, 은서야."

은서의 짙은 신음 소리와 그녀의 이름을 부르는 그의 낮은 음성이 방 안을 가득 메웠다. 천천히 깊게 들어왔다 멀어지는 그 때문에 은서는 머릿속이 하얗게 비워졌다. 가슴을 움켜쥔 그의 한 손을 끌어와 입술로 손가락 하나하나를 더듬고 물고 핥았다.

그렇게 두 사람의 뜨거운 밤은 깊어가고 있었다. 오로지 서로를 원하는 마음이 간절했던 그들은 오래도록 사랑을 나누고 또 나눴다. 손가락 하나 까딱할 기운이 남아 있지 않을 때까지 두 사람의 사랑은 계속되어졌다.

뿌옇게 날이 밝아오고 있을 터였다. 하지만 그의 방은 여전히 어둠으로 가득했다. 밤새 뜨겁게 사랑을 나누느라 온몸이 나른했지만 두준은 잠들 수가 없었다. 그녀 안을 가득 채우고 또 가득 채워 제 몸에 남아 있던 그녀를 비워낼 수 있기를 바랐다. 하지만 온 힘을 다해 그녀를 비워내려 할수록 그녀의 여운이 저를 더 휘감을 뿐이었다.

빛 하나 들어오지 않는 방에서도 그녀의 전부가 보였다. 작고 동그란 얼굴, 알맞게 솟아난 콧대, 그 아래 앙증맞게 작은 입술,

긴 목선, 그 아래로 내려가면 봉긋하게 솟은 두 개의 봉우리, 잘록한 허리, 깊고 풍성한 숲에 수줍게 숨어 있는 은서가 있다. 은서의 발가락까지 그녀의 모든 살결의 느낌을 간직한 제 입술을 손으로 더듬어보았다. 생생한 느낌을 언제까지 기억할 수 있을까. 그는 숨을 삼켰다. 행여나 그녀의 꿈을 방해할까 봐.

두준 씨…….

그에게 등을 돌리고 누워 있는 은서도 잠을 이룰 수 없었다. 사랑을 나누며 이것이 그와의 마지막 밤이라는 걸 어렴풋이 알았다. 탈진한 것처럼 몸을 움직일 수가 없었다. 하지만 정신만큼은 또렷했다. 그와 나눈 사랑의 몸짓을 전부 마음에 되새겼다. 견딜 수 없이 그가 그리울 때, 곱씹고 곱씹으면 견딜 수 있을지도 모를 일이었다. 단 한 번도 사랑을. 더더구나 이런 이별을 경험한 바가 없었다. 당연히 어떻게 견뎌야 하는지 알지 못했다.

그의 손길, 그의 뜨거운 숨결, 그의 입술, 그의 움직임 어느 것 하나도 사랑이 아닌 것은 없었다. 그럼에도 저를 밀어내는 데는 그만한 이유가 있을 터였다. 가슴이 답답했다. 무슨 이유가 있는 것인지 묻고 싶었다. 하지만 그를 힘들게 하고 싶지 않았다. 기다려야 한다는 것을 알았다. 그가 그 기다림이 길고 지루하지 않기만을 바랄 뿐이었다. 괜스레 눈물이 핑 돌았다. 서로 사랑하고 있는데 왜 그 사랑을 숨겨야만 하는지 알 수가 없어 답답했다.

"하아아."

절로 한숨이 새어 나오자 은서는 얼른 손으로 입을 가렸다.

"은서야…….."

두준은 은서를 부르며 가만히 뒤에서 그녀를 안았다. 그녀가 왜 한숨을 내쉬는지 누구보다 더 잘 알았다. 서로 사랑하고 있지만 그녀에게 최선은 자신과 엮이지 않는 것이었다. 예전처럼 아무런 설명도 없이 그녀를 보낼 수 없었다. 설명을 한다 해도 여전히 상처를 줄 수밖에 없었지만 그녀에게 설명해야 했다. 이런 제 자신이 미워 견딜 수가 없었다.

"미안해."

나지막이 귓가를 울리는 그의 음성은 떨림을 담고 있었다.

"내가 나빴어."

은서는 고개를 저었다.

"아니야. 내가 네게 큰 잘못을 저질렀어. 널 처음부터 사랑하는 게 아니었어. 널 가질 자격도 없으면서 널 가진 게 잘못이었어. 너와 함께 있으면 모든 걸 잊을 만큼 행복했어. 네가 따뜻했어. 편안하고 아늑하고 설레었어. 그래서 욕심이 났어. 너와 함께 있고 싶었어."

"그럼 함께 있어요."

그는 사랑을 말하고 있었다. 어젯밤 그의 몸짓이 말해주었듯 지금 그의 말에도 사랑이 담뿍 느껴졌다. 그런데도 왜 자신을 밀어내려고만 하는 걸까. 은서는 저를 안고 있는 그의 팔을 두 팔로 꽉 끌어안았다.

"함께 있으면 안 되는 거예요?"

"그럴 수 없어. 은서야, 내가 문제가 많아. 아니, 우리 집이 문제가 많은 집이야. 보통 사람들 사는 것과는 너무나 달라. 굴레 같은 가족에게서 나조차도 도망치고 싶을 만큼 힘들어."

막상 말을 꺼냈지만 어디서부터 어떻게 자신의 가족들을 설명해야 좋을지 알 수가 없었다.

"네게 아무것도 약속할 수 없어. 너를 사랑하지만 네게 미래를 함께하자는 말을 할 수 없어. 그래서 널 보내주는 게 맞다고 생각했어."

은서가 세차게 고개를 저었다.

"함께 풀어가요."

"은서야······."

함께 풀 수 있을까.

곧 그는 고개를 가로저었다. 대체 무엇을 어떻게 풀 수 있단 말인가. 숨 막힐 것만 같은 가족의 굴레로 그녀를 끌어들인다면 그녀 역시 숨을 쉴 수 없이 답답해질 것이 뻔했다.

"넌 우리 가족 이해 못해. 그 속에서 자란 나도 이해 못하는데."

그가 자조적인 웃음을 입가에 머금었다.

"가족은 이해할 수 없어도 사랑할 수 있는 거래요. 각자 삶의 방식이나 표현의 방식이 달라도 내 가족이잖아요. 두준 씨와 내가 함께 노력해요. 서로를 배려하고 사랑하면 되잖아요. 내가 많이 노력할게요."

은서는 도무지 자신의 가족을 생각하면 그의 말이 이해가 되지 않았다. 어째서 가족에게서 도망가고 싶은 거고 가족을 굴레처럼 여길 수밖에 없는 걸까.

"하아."

그가 깊은 한숨을 내쉬며 자리에 일어나 앉아 마른세수를 했다.

어떻게 널 이해시킬 수 있을까. 널 보내는 것이 아프지만 네가 내 가족 때문에 상처를 받는 것은 죽을 것처럼 아픈 일이라는 걸

어떻게 설명해야 하는 거니.

"네가 아무리 노력해도 달라지는 건 없어. 널 아프게 할 뿐이야."

"아니요. 난 상관없어요. 견딜 수 있어요. 왜 우리가 헤어져야 해요. 우린 서로를 사랑하는데."

은서는 어떻게든 그의 단호한 결심을 돌리려 애를 썼다.

"하아. 난 네가 아픈 게 싫어. 내 옆에 있으면 내가 아픈 만큼 너도 아플 거야!"

그는 거칠게 시트를 젖히고 거실로 나갔다. 그녀에게 가족 이야기를 꺼낸 것부터 잘못이었다. 이별에 대한 최소한의 예의를 지키고자 했던 것은 조금이라도 죄책감을 덜기 위한 비겁한 짓이란 걸 깨달았다. 차라리 은서가 비겁한 자식이라고 욕이라도 해주면 좋겠다.

은서도 그를 따라 거실로 나왔다. 그리고 두준 앞에 서서 그를 응시했다. 미간을 잔뜩 찌푸리고 있는 그의 깊은 눈은 상처로 얼룩져 있었다. 잔뜩 일그러진 표정이 말해준다. 괴로워 미칠 것 같다고.

"두준 씨."

이별을 말하고 있는 그는 동시에 사랑과 배려를 말하고 있었다. 그러면서도 저를 아프게 하는 게 그가 말하고 있는 이별이라는 걸 모르는 것 같았다. 그에게 생각할 시간이 필요해 보였다.

"그래요. 그럼 당신 말대로 해요. 그게 당신을 편하게 하는 거라면. 그게 당신이 원하는 거라면."

어떻게든 그를 위로해 주고 싶었다. 힘들지 않게 하고 싶었다.

이별을 말하는 그의 마음결을 이해할 수 있을 것 같았다. 사랑하는 이를 아프게 하고 싶지 않은 마음을 알기에 은서는 잠시 뒤로 물러나 그가 제게 손을 내밀기를 기다리기로 했다. 그를 사랑하는 마음을 놓고 있지 않는 한 결코 그와 이별을 한 것은 아니었다.

담담하게 말하는 은서를 바라보는 두준의 동공이 크게 흔들렸다. 하지만 그는 아무런 말도 할 수 없었다. 그녀의 담담한 이별 통보가 믿어지지 않았다.

대체 무엇을 기대한 걸까. 바짓가랑이라도 붙들고 그녀가 애원해 주길 바랐단 말인가.

그녀가 눈앞에 있는데도 벌써부터 심장에서 서늘한 바람이 불어오고 있었다.

테마파크를 조성하는 문제로 영흥으로 출발한 지 1시간 30분가량 지날 무렵 대부대교에 다다랐다. 에어컨을 세게 틀었어도 창과 앞 유리로 들이치는 볕은 델 것처럼 뜨거웠다. 하지만 은서는 햇볕을 피하지 않았다. 마치 그의 뜨거웠던 입술의 느낌처럼 느껴졌기 때문이었다.

그와 마지막 밤을 보내며 많은 위로를 받았다. 어떻게 그가 없는 나날을 견딜까 걱정을 했지만 이전처럼 그의 마음을 모른 채 마냥 기다리는 것과는 달랐다. 마음의 여유가 생겼다. 그가 자신을 사랑하고 있다는 사실 하나만으로 얼마든지 버티며 기다릴 수 있었다.

그날 이후, 잠도 잘 자고, 밥도 잘 먹고, 일에도 집중하게 되었다. 하지만 그를 보기 위해 괜히 그의 사무실을 드나드는 일은 하지 않았다. 일이 있으면 갔고 소장실 앞을 기웃대지도 않았다. 그저 제가 잘 지내고 있음을 그가 어딘가에서 지켜봐 주길 바랐다.

"하아."

이성은 그랬다. 하지만 감정은 이렇게 한숨을 내뱉게 만들었다. 욕심을 내고 있다는 것을 안다. 언제까지고 기다릴 수 있다고 여기면서도 그가 보고 싶고 그를 만지고 싶었다. 어딘가에서 지켜만 보고 있지 말고 눈앞에 나타나 주길 바랐다.

하지만 그는 일부러 저를 피하기라도 하는 양 사무실에 갈 때마다 자리에 없었다. 피한다고 자신의 감정을 억누를 수 있는 게 아니라는 걸 은서는 알았다. 그 역시 그럴 거라 믿었다. 그러니 얼마나 힘이 들겠는가.

"두준 씨, 너무 오래 기다리게 하지 마요. 너무 애가 타."

그의 뜨거운 입술이 어루만지는 왼쪽 팔을 은서의 차가운 오른손이 가만히 쓸어내렸다. 휴가철이 끝난 후라 그런지 평일 오후 영흥으로 가는 도로는 한산했다. 대부대교를 건너고 한 시간 남짓 달리자 집이 보이기 시작했다. 어린 시절을 보낸 집은 그 시절을 돌아보기 좋을 만큼 변함이 없었다. 그러고 보니 주변의 모든 것이 변해 있음에도 불구하고 제집만은 옛 모습을 그대로 간직하고 있었다.

은서가 어린 시절부터 살았던 섬마을 바닷가의 작은 집은 늘 예쁜 꽃들로 가득 차 있었다. 옥주는 집 주변을 예쁜 꽃들로 넘쳐 나도록 정성 들여 가꿨다. 앙증맞은 앵두나무에 앵두가 늘어지도록 달리는 동안 작은 정원에는 백일홍, 샐비어, 봉숭아를 비롯한 이름 모를 야생화가 빼곡히 자라나고 있었다.

은서는 많은 시간을 엄마와 함께 흙을 만지며 놀곤 했다. 갖가지 꽃들의 이름을 묻고 또 묻고, 꽃잎과 풀잎, 열매를 따다가 소꿉놀이에 심취해 있곤 했다. 옥주 역시 그런 딸의 옆에서 구슬땀을 흘리며 정원을 가꾸는 일에 열심이었고, 행복한 나날을 보내곤 했다.

그런 모습을 떠올리며 그의 정원을 꾸몄었다. 은서는 제집의 마당을 통해 또 그를 떠올렸다. 그의 정원과 제집의 정원이 다른 것이 있다면 저 한해살이 꽃들이 없다는 것이었다. 그는 그의 집 정원에 한해살이 꽃들을 심지 못하게 했다. 덕분에 투박한 시골집 마당처럼 보여서 제가 꾸며놓고도 아쉬움을 더해주었다. 지금 생각해 보니 아무래도 제가 꽃을 핑계로 집에 드나들까 봐 그랬던 건 아닌지 의심스러웠다.

"외롭지 않게 복슬복슬 강아지를 데려다 놓을까?"

은서는 피식 웃으며 혼잣말을 중얼거렸다.

"왜? 강아지 키우고 싶어?"

은서는 놀라서 뒤를 돌아다보았다. 지환이가 수줍게 웃으며 서 있었다.

"어, 지환아."

"두 분 외로우실까 봐?"

"응? 으응."

"어머니는 정원 가꾸시랴 품앗이하시랴 바쁘셔. 개까지 키우면 성가시다 하실걸."

"그런가?"

"나도 큰 개 한 마리 키우고 싶은데 할머니가 어찌나 성질을 내시는지."

"큭큭. 알 것 같아. 아마 이러실 걸. 이눔아, 장가나 가서 애나 낳아."

"하하하하. 맞아."

지환이가 큰소리로 웃으면서도 제 눈길을 슬쩍슬쩍 피하며 얼굴을 붉혔다. 예나 지금이나 제집처럼 지환이도 변한 게 없었다. 지환이는 수줍음 많은 어린 시절 친구였다. 초등학교를 마치고 인천으로 이사를 갔던 그는 몇 해 전에 귀향을 했다. 올 해 초부터 청년회장직을 맡으며 동네의 일을 도맡아 하고 있었다.

"할머니 안녕하시지?"

어린 시절 제게 숱하게 욕을 퍼붓던 지환의 할머니를 떠올리며 안부를 물었다. 어수룩하기만 하던 손자를 꽤나 애지중지하시던, 입은 거칠지만 따뜻한 속정이 넘쳐흐르는 분이었다.

"응. 너무 안녕하셔서 탈이지."

"응? 아아, 잔소리가 더 느셨구나."

"말해 뭐 해. 아주 귀가 따가워 죽을 맛이야."

"그래도 감사해야지. 건강하시다는 증거니까."

"응. 어머니랑 아버지는?"

"어어, 아까 통화했는데 미연이네 밭에서 고구마 캐신댔어."

"아아, 다들 거기 몰려가신 모양이구나. 할머니도 거기 가셨는데."

"오늘 밤에는 고구마 밥을 먹겠네."

"우리도."

햇살은 뜨거운데 바닷바람은 시원하게 불어오고 있었다. 맑은 날씨 덕분에 바다 너머로 보이는 월미도, 인천항의 연안부두와 송도 신도시가 파노라마 사진처럼 느껴졌다.

"요즘은 송도 신도시나 인천대교의 화려한 조명 덕분에 이곳에서의 야경이 제법 볼만해."

지환이가 은서 옆에 조금 거리를 두고 서서 바다를 바라보며 말했다.

"응. 나도 봤어."

"몇 해가 지나고 나면 저쪽 송도 신도시는 홍콩의 야경과 비슷해질 거래."

"야경 때문에 이곳에 오는 관광객이 더 늘어나겠네?"

"음, 그래서 저기 폐교의 청소년 야영장을 새로 꾸미서 개장을 하려고. 학교 옆의 공터 있잖니? 거기를 테마파크로 꾸미면 어떨까 생각해 봤는데 괜찮을까?"

"청년회에서 추진하는 일이야?"

"응."

"수줍음 많던 네가 청년회장을 다 하고. 아버지가 그러시더라. 어른들께도 싹싹하고 청년회 일도 능동적으로 잘한다고. 동네 사람들의 칭찬이 아주 자자하다며."

은서는 몇 해 전 지환이가 이곳에 돌아왔을 때, 엄마와 아빠가 은근하게 사윗감으로 점을 찍는 바람에 식겁했던 기억을 떠올렸다.

"지환이가 원래 살던 집으로 이사를 왔어. 어휴, 녀석 아주 잘 컸더라. 키도 조그맣고 몸집도 볼품없던 녀석이 보면 볼수록 탐나게 자랐더라구."

"뭐! 엄마 혹시 사윗감으로 생각하는 거야? 지환이를?"

"하! 우리 딸 눈치 참 빠르네."

"하하, 네 엄마가 너 온다는 소리 듣고부터 어찌나 신신당부를 하며 지환이 칭찬을 네 앞에서 하라고 하는지. 눈치 백단 우리 딸이 모를 리 없다 해도 저러는구나."

"어휴, 저 양반이 참! 은서 짝했으면 좋겠다고 한 양반이 누구였어요? 조실부모한 게 흠이지만 성격도 그만하면 됐고 인물도 빠지지 않고 성실하니 은서에게 그리 빠지는 자리는 아니라고 해놓고는 왜 나한테 뒤집어씌우고 그래요?"

"그냥 지환이가 네 짝으로 괜찮아 보인다는 거지 꼭 결혼하라는 건 아냐. 무조건 아니라고만 하지 말고 생각을 열어두라는 거야. 지환이도 사정이 어떤지 모르는 것이고."

"그래도 지환이는 친구예요."

"폐교에 가보지 않을래?"

수줍은 음성에 은서가 지환을 돌아보았다.

"그래."

두 사람은 폐교로 천천히 걸어가며 말을 이었다.

"소수의 인원만 이용하기는 여기 좀 아깝다는 생각이 들긴 했어. 경치도 좋고 장소도 넓어서 잘 활용하면 좋을 텐데."

"그렇지? 이곳에 관광객도 늘고 요즘 캠핑 붐이 일어서 시에서도 발 빠르게 움직이는 모양이더라고. 시에서 이곳을 사들여 캠핑장으로 활용하려고 했는데 예산이 부족하대."

여전히 수줍은 목소리가 퍼지지도 못하고 기어들어 가는 소리를 냈다.

"어머, 그래서 공사를 못하고 있는 거야?"

"수익금의 일부를 받는 조건으로 마을 공동체에서 대신 공사를 하기로 시와 협의를 끝냈어."

"그래?"

"청소년 야영장으로 활용해서 이 운동장과 건물 자체는 손볼 게 별로 없는데 폐교 뒤쪽에 애들이 농사짓던 텃밭이 너무 흉물스러워서 얼른 손을 봐야 해."

"일단 가보자."

폐교 뒤쪽에 있던 선생님들의 관사는 없어지고 황무지였던 경사진 땅을 평편하게 골라 아이들 자연학습을 위한 농지로 사용했던 공간은 꽤 넓었다. 잘 활용하면 멋진 정원으로 꾸밀 수 있을 것 같았다.

공터를 둘러보던 은서의 시선이 한창 공사가 진행되고 있는 주택단지를 향했다. 어쩌면 그가 저기 있을지도 모른다고 생각을 하니 저절로 눈이 감기며 깊게 호흡을 하게 됐다. 바람결에 그의 체향이 풍겨오길 기대하며.

"이만하면 테마파크로 꾸미기 충분한 공간은 확보된 것 같지?"

다소 떨리는 음색으로 물어오는 소리에 은서는 감았던 눈을 뜨고 지환을 돌아보았다.

"예산이 어느 정도야?"

"음, 그렇게 많지 않아."

"그러면 최대한 학교에 남아 있는 나무들을 활용하고 이곳을 해당화 군락지처럼 꾸미는 건 어때? 해당화라면 영흥 곳곳에 많으니 많은 돈 들이지 않아도 쉽게 구할 수 있을 거고 마을 사람들이 짬을 내서 품앗이를 하면 인건비도 들이지 않고 공사를 할 수 있지 않을까?"

"와! 좋은데."

생각지도 못한 제안에 지환은 눈을 동그랗게 떴다.

"공터 옆의 연못도 크니까 연꽃도 심고. 으음, 이건 내 생각인데 요즘 테마파크는 흔하니까 그런 거보다는 휴식을 콘셉트로 잡아서 아늑한 분위기를 주는 게 좋을 것 같아. 밤에 산책도 가능하게 조명을 적절히 활용하면 정말 환상적이겠지?"

은서가 갑자기 하늘을 바라보며 꿈꾸는 듯한 표정으로 무엇인가를 가득 품듯이 두 팔을 넓게 벌려 보이며 말을 이었다.

"생각해 봐, 지환아. 도시에 사는 사람들은 밤하늘을 올려다보아도 별 구경하는 게 참 힘들어. 반면에 시골의 밤은 칠흑같이 어둡지. 하늘을 올려다보면 쏟아질 것처럼 반짝이는 무수한 별무리를 볼 수가 있잖아. 분위기 좋은 곳에서 마주하는 그런 풍경은 아마 평생 잊지 못하고 간직하게 되는 좋은 추억거리가 될 거야. 그런 입소문이 나면 이곳에 오는 관광객도 늘어날 거야."

그렇게 말하는 그녀의 옆모습을 연신 곁눈질로 보던 지환이 그녀의 말에 감동했는지 입을 벌리고 놀라워하는 표정을 지었다.

"와 역시 전문가는 다르구나. 너 제법이다. 실은 골치가 아팠거든. 야심 차게 일은 추진해 놓고 마무리를 제대로 못할까 봐."

"헤헤. 친구 좋다는 게 뭐야. 여긴 우리들 놀이터였잖아. 흉물스럽게 방치하는 것보다는 잘 활용하면 좋지. 음 한번쯤 밤에 산책하기 좋은 정원을 꾸며보고 싶었는데 잘됐네. 급하게 공사를 해야 하는 거야?"

"아니야, 일단은 계획안을 만들어 시에 제출해야 돼. 개장은 내년 삼월쯤으로 맞추기로 했거든."

"시간은 넉넉하네. 그럼 이따가 저녁때, 같이 계획안 만들까?"

"너한테 얼마나 돈을 줘야 해?"

"어휴, 따지고 보면 나도 여기 주민인 거니까 그냥 해줄게."

"아 정말? 그래 줄 수 있어?"

"저쪽 주택단지 가드닝도 맡았거든. 내 일당 대신 주택단지의 이미지 콘셉트랑 어우러지게 작업 좀 하자. 추가로 드는 비용은 내가 어떻게든 마련해 볼게."

"그렇게만 해준다면 우리야 나쁠 거 없지."

지환이가 기쁜 얼굴로 활짝 웃었다. 은서도 기분 좋은 웃음을 머금었다. 잘하면 두준에게 칭찬을 받을지도 모른다는 기대감에 부푼 은서였다.

11

"하아."

영흥대교를 건너가며 두준은 한숨을 크게 내쉬었다. 그날 이후, 은서를 만날 수는 없었다. 미국에 가 있느라 자리를 비운 탓에 외부로 돌아야 할 일이 많았던 탓도 있었지만 우연이라도 그녀를 사무실에서 마주치는 일도 없었다. 스스로가 이별을 말해놓고도 사무실로 들어서면 여지없이 제 눈은 그녀를 찾아다니고 있었다.

주택단지는 토목공사가 완전히 마무리되고 골조 공사가 한창 진행 중이었다. 마음이 심란할 때는 거친 노동을 하는 것이 제격이었다. 인부들과 함께 땀을 흘리며 일하는 것이 심란한 마음을 가라앉힐 수 있는 유일한 방법이라 여긴 두준은 영흥 현장으로 달려왔다.

영흥대교를 건너 차를 오른쪽으로 꺾은 후, 해안도로에 접어들고 얼마 지나지 않아 은서의 집이 멀리서 보이기 시작했다. 바닷가의 작은집, 어찌나 단란해 보이던지 눈길을 끌었던 그 집이 은서의 어린 시절을 품고 있었다니. 생각만으로도 입가에 미소가 지어졌다.

저놈은 뭐야!

갑자기 그가 차의 속도를 늦추며 눈을 크게 떴다. 은서의 집 옆에 서 있는 것은 분명 은서였다. 멀리서도 한눈에 그녀를 알아볼 수 있었다. 잠깐 반가움이 서렸던 그의 눈에 불꽃이 일었다. 두 사람은 조금 떨어져 서 있긴 했지만 어쩐지 다정해 보였다.

두준은 해안도로에 붙어 있는 펜션 주차장에 잠깐 차를 세우고 그들을 지켜보았다. 멀리서 볼 때는 긴 머리를 묶고 있어서 여자인 줄 알았다. 하지만 여자로 보기에 지나치게 큰 키였다. 얼굴을 차 앞 유리에 바싹 붙이고 살펴보니 은서 옆에서 내내 웃음 짓고 있는 것은 허여멀끔한 사내였다.

이제는 아무 상관도 없는 은서였다. 그런데 왜 그녀가 다른 사내와 나란히 서서 이야기를 나누는 게 이렇게 화가 날까. 그는 관자놀이가 툭 불거지도록 이를 악물었다. 도통 자신을 이해할 수가 없었다.

"하룻밤 주무시게요?"

펜션의 주인인 듯한 남자가 다가와 물었다.

"아, 아닙니다. 잠깐 뭐 좀 하느라. 다음에 다시 오겠습니다."

그는 서둘러 차를 출발시켰다. 그러는 사이 두 사람이 폐교로 들어가는 것을 본 두준은 크게 가슴을 들썩이며 눈을 부릅떴다.

마치 아내의 불륜 현장을 목격한 남편이라도 되는 양 점점 거친 호흡을 하며 천천히 차를 몰았다.

현장으로 가는 도로로 차를 몰며 두준의 눈길은 그들을 따라갔다. 여전히 다정하게 걸어가며 말을 섞고 있는 모습을 보는 그의 눈살이 점점 구겨졌다. 그녀를 마지막으로 보았던 밤, 남자들에게 안겨 춤을 추는 것을 볼 때와 별반 다르지 않은 질투의 감정이 끓어올랐다.

"제기랄! 유치하기 짝이 없군."

스스로를 향해 욕을 퍼부으면서도 눈길이 그들에게서 떨어질 줄을 몰랐다. 더는 참을 수 없는 지경에 이르자 그는 무조건 차를 세웠다. 폐교 뒤 쪽 잡풀이 우거진 공터를 성큼성큼 가로질러 걸어가는 두준의 눈빛에 살기가 돌았다.

가까이 다가가니 그들은 가관이었다. 남자가 은서에게 눈을 맞추고 환하게 웃고 있었다. 두준의 이글거리는 눈이 남자에게 향했다. 남자가 제 시선을 느꼈는지 고개를 주억거리며 눈을 피했다. 그리고 은서의 눈치를 살피는 듯했다.

"누구……."

남자의 행동에 이상함을 느꼈는지 은서가 몸을 돌렸다. 그리고 놀란 표정을 지었다. 타는 듯한 질투심이 폭발해서 앞뒤를 따질 겨를도 없이 두 사람에게 돌진했다. 하지만 은서와 눈이 마주치자 어금니를 꽉 물고 멈춰 섰다. 대체 뭐라 둘러댈지 머릿속을 바삐 움직였다. 이별 통보를 했던 건 자신이었다. 그런데 이게 무슨 짓인가. 살기가 돌던 눈빛을 순화시켜 차갑게 둘을 응시했다. 그저 볼일이 있었던 듯 제 감정을 최대한 드러내지 않으려 노력했다.

"현장에 가던 중에 할 말이 있어서."

"네. 참, 지환아. 이분은 저쪽 주택단지 공사를 하는 회사의 대표님이셔."

잠깐 반가움이 스치던 은서가 건조한 표정으로 지환에게 두준을 소개했다. 그를 편하게 해주는 유일한 방법은 포커페이스를 유지하는 것이기에 일부러 그에게 시선을 두지 않으려 애썼다.

"안녕하세요. 저는 은서 친구, 강지환이에요."

지환이 정중하게 허리를 굽혀 인사를 하자 두준은 미간을 찌푸렸다. 대체 남자들끼리 하는 악수는 어디에 팔아먹은 것인가. 제 감정을 실어 인사할 기회를 놓친 게 억울해 두준은 손을 내밀어 다시 인사를 청했다.

"한두준입니다."

눈도 제대로 맞추지도 못하며 지환이 다시 허리를 숙여 그의 손을 잡는 둥 마는 둥 순식간에 잡았다가 놓았다. 두준은 지환의 행동에 몹시 당황하며 손을 거두었다. 언젠가는 꼭 저 손을 비틀어 버리겠다고 다짐을 하며 지환의 손을 날카롭게 응시했다.

"하실 말씀이 뭐예요?"

은서는 매정하리만큼 사무적인 태도를 보였다. 그게 포커페이스라면 엄청난 연기력이었다. 직업을 배우로 바꿔도 손색이 없을 정도였다.

"여기서 하기는 좀 그렇군."

"저 때문인가 보네요. 은서야, 나 집에 갔다가 올게. 그럼 말씀 나누세요."

다시 허리를 굽혀 공손하게 인사를 하고 멀어지는 지환을 몸을 돌려가며 바라보던 두준의 한쪽 눈썹이 꿈틀거렸다.

아주 갈 것이지. 왜 또 와?

"소장님."

은서가 저를 부르자 두준은 눈을 찡그렸다. 지환을 은서에게서 떼어내는 데는 성공을 했지만 뭐라 둘러댈 말이 없었다. 그러던 그의 눈에 잡풀로 우거진 공터가 보였다.

"일단 주택공사를 우선적으로 해야겠지만 이곳이 지나다닐 때마다 신경이 쓰이더군. 여길 사들일 수는 없고 개발계획이 없는 곳이면 소유주 파악하는 대로 임시방편을 좀 세워야 할 것 같아."

"그렇잖아도 이곳 때문에 여기 왔어요. 지환이가 이곳을 어떻게 활용했으면 좋을지 의논을 하자고 해서요."

신경이 쓰였다. 저는 소장님이라 부르며 그 자식은 꼬박꼬박 이름을 부르고 있는 은서다. 두준은 그런 은서가 마음에 들지 않아 그녀의 얼굴을 서늘한 시선으로 훑었다. 자꾸만 저를 자극하는 은서였다.

"은서야!"

은서를 부르는 소리에 두 사람은 동시에 소리가 나는 쪽으로 시선을 가져갔다.

"엄마, 아부지!"

옥주와 경섭을 부르는 은서의 얼굴이 환해졌다. 두준은 멍하니 은서의 밝은 표정을 들여다보았다. 저는 한번도 어머니와 아버지를 향해 지어본 적 없는 표정이었다. 따뜻함을 가득 담은 집에 살고 있는 은서 가족의 모습이 그녀의 표정으로 투영되는 순간이었다. 심장에서 덜컹거리는 소리가 들리는 것 같았다.

"고구마는 다 캐셨어요?"

"그래! 좀 일찍 와서 같이하지!"

"아니, 바쁜 애한테 바랄 걸 바라야지. 그게 어미가 할 소리야?"

"아유, 그냥 해본 소리죠. 일찍 오면 얼굴 더 보고 좀 좋아요? 근데 옆에 계신 분은 누구냐?"

옥주가 멍한 표정으로 서 있는 훤칠하고 건장해 보이는 남자에게 시선을 떼지 못하고 은서에게 물었다.

"엄마, 아부지. 이분은……."

은서는 갑자기 가슴이 먹먹해져 말을 삼켰다.

"안녕하십니까. 한두준입니다."

마치 얼어붙은 듯 가만히 서 있던 두준은 제정신을 차리고 정중하게 허리를 굽혀 인사를 했다.

"네에."

얼떨결에 인사를 받는 두 분이 궁금한 얼굴로 은서를 보았다.

"저기 주택단지 만드시는 분이야."

"아이구! 귀한 양반이시구나. 몰라뵀네요."

대번에 환한 웃음을 띠우며 옥주가 반가움을 표시했다.

"정식으로 인사합시다. 나는 은서 애비 되는 윤경섭올시다."

경섭은 손에 들고 있던 고구마 자루를 바닥에 얼른 내려놓았다. 그리고 손을 털어내고 인사를 청했다. 두준은 어색한 표정으로 경섭이 내민 손을 가볍게 잡으며 허리를 살짝 굽혔다.

"난 또, 네가 아주 멋진 양반이랑 같이 서 있기에 잔뜩 기대를 했구나."

"엄마."

은서는 난감한 표정을 지으며 엄마의 팔을 잡았다. 아무것도 모르는 엄마에게 두준을 제 남자라 소개할 수 없어 미안하면서도 엄마의 눈치 없는 말에 두준의 반응이 쓰였다.

"아니. 말이 그렇다는 거지."

옥주는 아쉬운 시선을 두준에게서 거둬들이며 은서의 얼굴을 쓰다듬었다.

"아이고. 못 본 사이 얼굴이 이게 뭐야! 봄보다 더 상했네!"

안쓰러운 느낌이 담뿍 담긴 옥주의 시선을 바라보던 두준은 가슴이 철렁했다. 은서의 얼굴이 상한 것이 저 때문이란 것을 알기에 이들과 함께 있는 것이 불편했다.

"그럼 전 이만."

그가 인사를 하고 몸을 돌리려 하자 옥주가 두준의 손을 잡았다. 두준은 제 손을 맞잡은 옥주의 손에 시선을 가져가 물끄러미 바라보았다. 제 어머니는 언제 이렇게 다정하게 손을 잡아준 적이 있었는지 떠올려 보았다. 기억을 아무리 헤집어보아도 없었다. 다시 가슴이 철렁 내려앉았다.

"아유, 미안해요. 일하다 와서 더러운 것도 잊고 급한 마음에 손부터 덥석 잡았네."

두준의 시선을 오해한 옥주가 얼른 그의 손을 놓았다. 두준의 가슴에 허전함이 번졌다. 좀 더 오래도록 따뜻함이 느껴지는 손길이 머물기를 바랐던 모양이었다.

"괜찮습니다."

두준은 바로 대답했지만 그의 표정은 딱딱하게 굳어져 있었다.

그런 두준을 바라보는 은서의 시선이 서늘해지기 시작했다.

"저녁 준비할 테니 오셔서 들고 가세요!"

"아닙니다."

"아유, 찬은 없지만 꼭 오세요."

"정말 괜찮습니다."

그가 끝내 거절했다. 은서는 서늘한 눈길을 그에게서 거두고 퉁명스럽게 말하기 시작했다.

"아니야, 소장님 바쁘셔. 이따가 지환이가 저녁 먹으러 온다고 했어."

"그래?"

옥주는 은서가 지환이 이야기를 꺼내자 반색이 되었다. 그런 모습에 두준은 갑자기 화가 치밀기 시작했다. 다시 한 번 제게 식사 제의를 해주길 바라며 그는 옥주를 빤히 쳐다보았다.

"그럼 어떠냐. 소장님도 괜찮으시죠? 저녁 드시러 꼭 오세요."

"네. 누가 되지 않으신다면 가겠습니다."

"누라니요! 꼭 오세요. 은서야, 가자. 서둘러야겠다."

두준이 저녁을 먹으러 온다는 소리에 은서는 미간을 좁히며 그를 응시했다. 그런 은서에게 두준의 눈길이 잠깐 스치고 지나갔다. 옥주는 저녁준비를 할 생각에 바쁜 듯 은서의 팔에 팔짱을 끼고 걸음을 재촉했다. 옥주에게 이끌려 가던 은서가 두준을 다시 흘깃 쳐다보았다. 도무지 그의 속을 알 수가 없었다.

"그럼 이따 봅시다."

경섭도 이내 두 사람을 따라갔다.

"겨우 요거예요?"

경섭의 손에 들린 자루에 담긴 고구마를 보며 은서가 물었다.

"무거워서 저녁에 먹을 거만 담아왔지. 미연이네서 나중에 경운기로 실어다 준다더라."

"힘드셨죠."

"아니다. 우리 딸 보니까 너무 좋아서 하나도 안 힘들어."

은서 가족의 단란한 대화가 그의 가슴을 파고들었다. 일상을 나누는 대화조차도 단절된 제집의 분위기와는 확연히 다른 가족의 모습. 그가 꿈꿔오던 것과 같은 것이었다. 그들이 멀어질 때까지 두준은 멍하니 서 있었다. 질투심에 저녁을 먹으러 가겠다고 한 것이 후회됐다. 저녁을 먹는 내내 제 가슴은 더 아플 것 같았다. 벌써부터 그는 속이 더부룩함을 느꼈다.

"하아."

공사 현장의 인부들이 바삐 움직이는 사이에 전혀 어울리지 않는 복장을 한 두준이 인상을 구기고 한숨만 내쉬고 있었다.

"소장님."

현장의 책임자, 영진이 두준을 불렀다. 두준은 의아한 눈으로 그를 응시했다.

"그렇게 서 계시지 말고 현장 사무실로 가시죠. 먼지 때문에……."

영진은 두준의 구두를 바라보며 말끝을 흐렸다.

"아, 괜찮습니다."

두준은 개의치 말라는 표정을 지으며 손수건을 꺼내 구두의 먼지를 털어냈다.

"그래도……."

영진의 표정에 당혹스런 빛이 서려 있었다. 두준은 주위를 둘러보았다. 현장 인부들이 힐긋대며 제 눈치를 살피는 듯했다. 상념에 젖어 있느라 제가 인상을 구기고 한숨을 쉬고 있음을 느끼지 못했다. 그들이 오해를 하는 것 같았다. 두준은 스스로가 못마땅해 입가에 힘을 주고 시계를 들여다보았다. 저녁 식사에 초대를 받은 건 맞지만 시간이 정해져 있지 않았다. 몇 시에 가야 하는지 몰라 당황스러웠다.

"안전사고 나지 않게 조심하세요. 수일 내에 다시 오겠습니다."

"네. 살펴 가십시오."

두준은 다시 현장을 한 번 시선으로 훑었다. 순차적으로 아래쪽부터 주택이 지어지고 있었다. 며칠 내에 골조 공사가 마무리될 듯 보였다. 현재로서는 제가 이곳에 온다 한들 할 일은 없었다. 몸을 쓰는 노동을 하겠다며 영흥으로 온 것은 순전히 핑계였는지도 모른다.

"양복에 구두라니."

그는 혼잣말을 중얼거리며 고개를 저었다. 현장 입구로 내려와 차에 오르려던 두준은 미간을 찌푸렸다. 흙먼지를 뒤집어쓴 짙은 색 슈트와 구두를 보니 심란하기까지 했다. 그냥 차에 오르려던 그는 주머니에서 손수건을 꺼내 신경질적으로 먼지를 털어냈다.

"현장에 오실 계획은 없으셨나 봐요."

언제부터 와 있었는지 은서의 목소리가 가까이서 들려왔다.

"여긴 왜 왔어?"

그는 고개도 들지 않고 계속 먼지를 털어내며 은서에게 물었다.

"엄마가 가보라고 해서요. 낯을 많이 가리시는 분 같다고 꼭 모시고 오라고 했어요."

시선도 마주치지 않는 그가 미워 은서는 뾰족한 말투로 대답하고 몸을 돌려 앞서 걸어갔다.

"모시고 오라고 했다면서."

"어떻게 모시고 갈까요?"

은서는 뒤돌아서서 여전히 뾰족한 말투로 물었다. 눈초리까지 새치름한 그녀의 눈매를 훑던 그가 턱짓으로 제 차를 가리켰다.

"저는 걸어갈래요."

마음에도 없는 소리였지만 그와 함께 차를 타고 가는 게 순간 두려워졌다. 잘 숨기고 있는 감정을 드러내 하염없이 그의 얼굴을 훔쳐볼 것만 같았다. 얼른 몸을 돌려 발걸음을 재촉하려 했다. 하지만 그가 성큼성큼 걸어와 은서의 팔을 잡았다.

"그래도 식사 초대를 받았는데 빈손으로 갈 수야 없지. 이곳 지리를 잘 알 거 아냐. 과일 가게라도 안내를 해줘야지."

그가 그럴듯한 핑계를 댔다. 잠깐 그에게 눈을 맞춘 은서가 팔을 그의 손아귀에서 빼내고 조수석으로 걸어갔다. 과일 가게까지 가는 시간은 겨우 5분 남짓이었다. 하지만 전방만을 주시하고 있는 은서에게는 시간이 멈춘 것처럼 아주 길게 느껴졌다. 주먹을 무릎에 그러쥔 채 그를 훔쳐보고 싶다는 마음과 안간힘을 다해 싸워야 했다.

"과일이 마땅하지가 않군."

생전 과일 같은 것을 직접 사본 일은 없었다. 간혹 문병을 갈 때 비서가 들려주곤 하던 과일 바구니와 비슷한 걸 찾아보았지만 그런 것은 보이지 않았다.

"왜요? 다 싱싱해 보이는데."

"무슨 과일 좋아해?"

"내가 좋아하는 게 뭐가 중요해요. 어차피 소장님이 원하는 과일을 사면 될 텐데."

그를 사랑하는 만큼 그가 미웠다. 그를 이해하는 만큼 그도 자신을 배려해 주길 바랐다. 아까 부모님을 마주하며 그가 보인 태도는 지극히 사무적이었다. 이미 감정 정리를 마친 사람처럼 구는 그가 미워 은서는 뾰족해지고 말았다.

"괜히 물었군."

"사과 좋아해요. 저는 사과를 아주, 아주 좋아해요."

"흠. 아주머니 복숭아 한 박스와 배 한 박스 트렁크에 실어주세요."

아까부터 기대에 찬 시선을 보내던 과일 가게 주인이 얼굴에 화색을 띠며 상자를 차 트렁크에 실어주었다. 입술을 삐죽 내민 은서는 그를 힐끗 쳐다보고 차에 올랐다. 두준은 아주머니에게 과일값을 치르고 운전석으로 가 차에 오르기 전에 빙긋 웃었다. 간만에 본 은서의 토라진 표정이었다. 그 입술을 훔치고 싶었다. 그는 서둘러 얼굴에서 웃음기를 지우고 차에 올랐다.

"내가 좋아하는 과일 살 것도 아니면서 왜 물어요?"

용케도 건조한 말을 늘어놓는다 했다. 감정이 실린 말투에 두준은 가슴이 뛰는 것 같았다.

"내가 사과를 싫어하거든. 과일을 후식으로 내주실 텐데 싫은 과일을 먹을 순 없지."

두준은 시선을 앞으로 둔 채 그대로 차를 출발시켰다.

실은 은서도 사과를 좋아하지 않았다. 의도를 담아 말했던 것을 들킨 것 같아 마음이 찜찜했다. 은서는 고개를 돌려 창밖을 보다가 창문을 활짝 열었다. 그의 체 향이 가득한 차 안의 공기에 자꾸만 마음이 심란했다. 여유로워졌다고 믿었는데 그와 함께 있으면 조급한 마음이 앞서는 듯했다. 이렇게 가까이 있는데 그를 바라볼 수도 만질 수도 없다는 사실에 애가 탔다. 사랑은 그런 것인 모양이었다.

"지환아."

마당에 서 있는 지환이가 마치 흑기사 같았다. 은서는 차에서 급히 내리며 지환을 반갑게 불렀다. 그런 은서 때문에 두준의 표정이 순식간에 굳어졌다.

"들어가서 기다리지 왜 나와 있어."

"어머니가 나가보라고 해서."

차에서 내린 두준은 지환의 말에 멈칫했다. 자연스럽게 은서의 엄마를 어머니라 부르는 지환이었다. 그의 날카로운 시선이 지환을 향했다. 잠깐 지환이 눈을 마주치고는 얼른 시선을 돌리는 게 보였지만 두준은 으르렁거리는 시선을 지환에게서 거두지 않았다.

"들어가자."

은서가 먼저 현관으로 들어서는 것을 본 두준은 얼른 지환에게 다가가 손을 내밀었다.

"반갑습니다. 또 뵙는군요."

지환은 어리둥절한 표정을 지으며 두준이 내민 손을 내려다보았다. 기회를 놓칠세라 두준이 덥석 지환의 손을 잡아당겨 움켜쥐고 악수를 했다. 지환은 더 어리둥절한 표정을 지으며 두준을 보았다. 그리고 손을 잡아 빼려 애를 썼다. 하지만 두준은 그를 잡은 손에 더 힘을 가하며 잡아먹을 듯한 시선을 보냈다.

"뭐 해? 안 들어오고?"

은서가 몸을 돌리는 것을 본 두준은 자연스럽게 손을 떼어내고 아무런 일도 없었던 듯 지환의 어깨를 일부러 부딪치며 현관으로 걸어갔다.

"어, 들어가. 들어간다고."

현관에 들어서는 지환의 표정을 살피던 은서가 두준을 힐긋 쳐다보았다. 두준은 어깨를 으쓱해 보였다.

"넌 표정이 왜 그래?"

불편한 표정을 지으며 두준을 힐긋대는 지환을 향해 은서가 물었다.

"어? 아…… 아니야."

지환은 고개를 저으며 어색하게 웃었다.

"아니, 왔으면 어서들 들어오지 왜 그러고들 계신가."

현관 앞까지 나온 옥주가 반기는 얼굴로 재촉했다.

"어르신. 어, 지환이도 있었네. 마침 잘 만났다."

은서 집 앞을 지나던 이장이 경섭과 지환에게 볼일이 있다며 찾아와서 그들은 마당에 은서와 옥주는 저녁 식사 준비로 부엌에 있었다. 거실에 혼자 앉아 있는 두준의 얼굴은 딱딱하게 굳어져만 갔다. 어색한 표정으로 앉아 있던 두준은 찬찬히 거실을 둘러보았다. 지은 지 오래되었지만 꽤 관리가 잘된 집이었다. 집 구조의 탐색을 마친 그의 시선이 옹기종기 모여 있는 액자에 닿았다. 그러던 그의 눈살이 대번에 찌푸려졌다.

저 자식이!

앙증맞은 얼굴을 한 은서와 손을 잡고 웃을 듯 말 듯한 표정을 짓고 있는 어린 지환의 사진이었다. 한눈에 보기에도 동심이 묻어나는 순박한 어린 시절의 사진일 뿐이었다. 그럼에도 불구하고 치밀어 오르는 감정을 억누를 수가 없었다. 제가 모르는 은서의 어린 시절을 공유한 지환에게 묘한 질투심이 생겼다.

곱상하게 생긴데다 머리 끝은!

지환을 떠올린 두준의 한쪽 입꼬리가 씰룩댔다. 그러던 그의 눈길이 마당에 앉아 소꿉놀이에 열중한 은서의 사진에 닿았다. 작고 하얀 손, 통통한 볼, 짙은 속눈썹을 바라보는 그의 눈과 입매가 부드럽게 휘어졌다. 어린 은서부터 다 자란 지금의 은서까지 사진 속의 수많은 은서가 웃고 있었다. 행복해 보였다. 그의 깊은 눈에 묘한 슬픔이 차오르기 시작했다. 그는 서둘러 시선을 거실 베란다 밖 정원으로 가져갔다.

바닷가 옆의 아담한 집. 그 집을 둘러싼 정원. 그 정원에서 꼼지락거리며 놀았을 은서의 어린 시절을 그려보았다. 그녀에게서 흐르는 안정감의 원천이 되었던 것은 이곳과 부모님이었구나. 그녀가 포근하고 편안한 느낌을 주었던 이유를 알 것 같았다.

"손님을 오랫동안 기다리게 해서 미안해요. 마침 고구마를 캐서 고구마 밥을 했는데 입맛에 맞으실지 모르겠네요. 혹시 몰라 쌀밥도 지었는데 한번 드셔보시고 입맛에 안 맞으면 쌀밥을 드세요."

상에 저녁 식사 준비를 마친 옥주가 지환의 옆에 앉으며 말했다.

"네."

두준은 어색한 표정으로 짧게 대답했다.

"지환아, 많이 먹어라. 전에부터 이런 자리 마련하고 싶었는데 은서가 통 시간이 없어서. 이제야 한자리서 밥을 먹는구나."

고구마 밥을 한입 떠 넣고 삼키던 두준의 목이 꽉 메었다. 밥 때문만은 아닌 듯했다. 그는 목을 잔뜩 늘이며 밥을 억지로 삼켰다.

"어이구, 이 밥은 오래 씹어야 해요. 그냥 쌀밥보다 부드럽지만 오래 씹지 않으면 목이 메. 그러다 큰일 나요."

옥주가 물을 컵에 따라 얼른 두준에게 내밀며 말했다.

"네."

그는 옥주에게 물컵을 받아 들고 은서를 슬쩍 쳐다보았다. 제게는 관심도 없다는 듯 무심하게 밥을 먹고 있었다. 물을 마시고 물컵을 내려놓으며 그의 시선이 다시 은서 쪽으로 향했다. 은서 옆에 앉아 있는 지환 때문에 눈빛이 곱게 떠지지 않았다.

한동안 은서 가족의 대화가 자연스레 오고 갔다. 대화가 흐르는 식사 시간……. 그런 시간을 가져 본 일이 없는 제 가족의 모습이 겹쳐져 갑자기 그의 가슴이 먹먹해지고 아려왔다. 맛있게 밥을 넘기던 목구멍이 꽉 막혀왔다. 그래도 그는 꾸역꾸역 밥을 밀어 넣고 있었다.

"지환아, 술 한잔할래?"

술이라면 지환보다 제게 더 필요하다 여기는 두준이었다. 조금 전부터 은서는 계속 지환과 말을 주고받으면서도 제게는 일체의 시선을 주지 않았다. 게다가 지환의 옆에 앉은 옥주는 살뜰하게 지환 앞에 반찬들을 밀어주며 챙겼다. 마치 사위를 거둬 먹이는 장모님처럼 다정했다. 그 모습에 자꾸만 속이 뒤집혔다.

"네. 주세요, 아버님."

고개를 살짝 숙이고 밥을 먹던 두준은 눈만 치켜뜨고 지환을 노려보았다. 제 시선을 보았는지 그가 얼른 시선을 피했다.

어디서 꼬박꼬박 아버님이야!

내뱉을 수 없는 말을 고스란히 눈으로 전달하는 두준이었다.

"은서야, 냉장고에서 소주 있으니까 잔하고 챙겨와라."

은서가 상에 내려놓은 소주잔은 두 개였다. 제 아버지와 지환 앞에 잔을 내려놓는 은서와 시선을 부딪치며 두준이 눈으로 물었다. 내 거는?

"소장님은 운전하셔야 되니까 못 드시죠?"

성의 없는 은서의 물음에 그는 입매를 굳혔다.

"제가 실례를 했네요. 시골에서는 저녁 먹으며 반주를 곁들이는 게 예사라. 소장님도 술 한잔하실래요?"

"아부지, 소장님은 차 가지고 오셔서 안 돼요."

"괜찮습니다, 어르신. 한 잔 마시고 술 깨고 출발하죠."

"얼른 내가 하나 더 가져오마. 넌 어여 밥 먹어."

"아버님, 제가 한잔 올릴게요."

옥주가 잔을 가져오자 지환이 얼른 무릎을 꿇고 술병을 두 손으로 공손히 잡아 경섭에게 술을 따랐다.

지가 무슨 이 집 사위라도 돼?

불편한 심기가 그의 얼굴에 고스란히 드러나며 점점 표정이 굳어졌다.

"소장님도 한잔 받으세요."

"네."

경섭은 두준에게 술을 따르며 온화한 표정을 지어 보였다. 경섭이 지환에게 술을 권한 것은 실은 두준을 위해서였다. 아까부터 긴장한 듯 불편한 기색을 풀지 않는 것에 마음이 쓰였던 것이다. 초면에 술을 권하면 그가 거절할 것 같아 일단 지환에게 술을 권했다. 두준이 술을 두 손으로 공손하게 받았다. 가볍게 건배를 한 후, 두준이 고개를 돌려 술을 마시는 것을 본 후에야 경섭은 제 술잔을 입에 가져갔다.

"아까 오다가 보니까 토목공사는 완전히 마치고 골조 공사가 진행되는 것 같더군요. 근데 한 가지 여쭤봐도 되겠어요?"

두준이 통 대화에 참여를 못하는 것에 대한 배려로 그는 두준에게 공사에 대한 것을 묻기 시작했다.

"아카시아 나무를 군데군데 남겨두셨더라고요. 그러면 공사를 하는데 좀 불편할 텐데요."

"네. 다 밀어버리고 공사를 진행하면 일이야 편하겠지만 수령이 꽤 된 나무이기도 하고 주택단지 옆의 산에 아카시아 나무가 많기 때문에 잘 활용하면 주택단지와 어우러질 것 같았습니다."

얼굴을 굳히고 과묵하게 앉아서 식사에만 집중하던 두준은 경섭의 질문에 긴장한 표정으로 답했다. 커다란 프로젝트의 프레젠테이션을 하는 것도 아니건만 몹시 심장이 두근거렸다. 그러면서 제 아버지를 떠올렸다. 단 한 번도 제 일에 대해 관심을 보인 적이 없었다. 그리고 저렇게 온화한 표정으로 저를 봐준 적도 없었다.

"주변과의 조화를 고려하신 거로군요. 역시 건축가 상을 받을 만하시네요."

경섭의 말에 두준은 눈을 크게 떴다. 제 아버지도 모르는 걸 어떻게 그가 알고 있는 걸까. 갑자기 가시를 삼킨 것처럼 가슴이 뻐근했다.

"소장님이 상까지 받으셨어요?"

지환의 밥 위에 조기 한 마리를 통째로 얹어놓던 옥주가 두준을 대단하다는 듯 바라보았다.

"우리 은서가 공사를 맡은 곳이잖아. 관심을 갖다 보니까 알게 됐지."

경섭은 두준에게 미소를 지어 보이며 동시에 은서를 살폈다. 경섭은 두준과 은서 사이의 묘한 기류를 느끼고 있었다. 처음에는 은서가 원청사 오너와 함께 식사를 하는 것이 부담스러운 모양이라 여겼는데 두준을 바라보는 딸의 시선이 조금 이상했다. 오너를 대하는 것이 그렇게 공손해 보이지도 않았다. 지환과 계속 말을 주고받으면서 두준에게는 한마디 말을 건네지도 않았다. 그렇다고 아주 신경을 안 쓰는 것도 아니었다. 평소 은서의 모습과 많이 달랐다.

"은서는 언제부터 주택단지 일을 시작하는 거냐?"

"저는 내년쯤에나 본격적으로 시작해요."

"으응? 내년?"

"네. 가드닝이란 게 원래 제일 마지막에 들어가는 공사기도 하고 전체적인 이미지는 소장님 회사에서 진행하고 전 각 주택의 세

부적인 가드닝을 할 거라서요."

"아이고, 아직도 멀었구나. 난 네가 여기 와 있을 줄 알고 좋아라 했구만."

"다음 주쯤부터는 지환이가 의뢰한 일 때문에 자주 올 거예요. 계획안 오늘 만들어 내일 제출하면 다음 주부터는 일을 시작할 수 있겠지?"

은서가 지환에게 시선을 돌리며 물었다.

"응, 바로 내일 기획안을 제출하면 다음 주부터는 가능할 거야."

지환은 수줍은 미소를 띠며 답했다. 두준의 미간이 확 찌푸려지며 한 잔의 술을 또 비워냈다. 경섭은 살며시 웃으며 그의 잔에 술을 따라주었다. 조금은 두 사람 사이를 알 것 같았다.

"얼른 먹고 방에 가서 기획안 만들자."

"그래."

식사를 마치고 상을 치운 은서와 지환은 방으로 들어가고 두준은 경섭과 거실에 앉아 있었다.

"아주 실해 보이는 과일이에요. 뭘 이렇게 많이 사오셨어요. 빈손으로 오셔도 되는데."

설거지를 뒤로 미루고 나온 옥주가 과일을 쟁반에 받쳐 들고 거실로 나오며 말했다.

"아닙니다."

두준은 어색하게 미소를 지으며 대답했다.

"소장님 술 한잔 더 하실래요?"

식사 후 다시 과묵해진 두준을 가만히 바라보고 있던 경섭이 술을 권했다.

"아까도 몇 잔 하셨는데 괜찮겠어요? 오늘 당신이 술이 당기는 모양이네요."

"기분이 좋아서 그래. 이제 자주 볼 텐데 이 기회에 친해지면 좀 좋아. 안 그렇소? 소장님."

은근한 기대감을 가지며 경섭은 에둘러 표현했다.

"네."

여전히 온화한 미소를 지어 보이며 저를 바라보는 경섭을 바라보는 두준은 어색하게 대답했다. 자꾸만 제 아버지의 차가운 얼굴이 떠오르며 비교가 됐다.

저분이 내 아버지라면……

철이 나고부터 제 가족이 이런 모습이었으면 좋겠다고 꿈꾸던 이상적인 모습이 눈앞에 펼쳐져 있었다.

"하아."

낮게 한숨을 내쉰 두준은 고개를 숙이고 자신의 가족을 들여다보았다. 작은 배려나 관심이 없는 집 안의 공기는 늘 무겁게 가라앉아 있었다. 한 공간에 모이는 것조차 힘이 든 가족이었다. 각자의 공간에 갇혀 지내다가 눈이라도 마주치면 무표정한 서늘함을 주고받는 것이 익숙했다. 저 또한 그런 서늘함과 무관심에 익숙한 척을 했지만 가슴 한구석으로는 늘 따뜻한 가족의 모습을 갈구했다. 간극을 좁히려 노력할수록 외면당하고 실망하기를 반복하며 점점 자신도 무정한 인간이 되어가고 있었다.

"택지 개발하는 곳도 많은데 어떻게 이곳을 알게 됐는지 물어봐도 괜찮겠소?"

경섭의 물음에 두준은 고개를 들어 그를 바라보았다. 두준의 눈빛이 잠시 흔들렸다.

"적당한 곳을 찾고 있었습니다. 조용하면서도 바다가 보이는 산자락에 집을 짓고 싶었어요. 우연히 블로그에서 이곳 사진을 보고 현장답사를 왔다가…… 제가 꿈꾸던 주택단지를 완성할 수 있을 것 같았습니다."

문득 이런 일이 제게 예정되어 있던 것은 아닐까 하는 생각이 두준의 머릿속에 잠시 스쳤다. 현장답사를 오던 날, 은서의 집이 없었다면 무리를 해서 택지를 구매하는 일도 없었을 것이기에.

"잘 알려진 곳이 아니라 분양하기 쉽지 않았을 텐데요."

"네. 쉽지 않았습니다."

"도시와의 접근성이 용이하지 않아서 더 그랬을 것 같아요."

"그래서 자연친화적인 주택단지라는 걸 적극 홍보했습니다. 삭막한 도심을 떠나 자연에서 자란 아이들의 행복한 웃음을 강조했죠. 아이들에게 필요한 건 부모와의 단란한 시간이니까요."

제 어린 시절을 떠올리던 두준의 얼굴이 잠시 어두워졌다. 제가 짓고 싶은 건 단지 멋진 주택단지가 아니었다. 그곳에서 생활하는 사람들의 행복한 웃음소리를 만들고 싶었다.

"점점 동네에 아이들 웃음소리가 사라져 아쉬웠는데 잘됐군요. 마을도 점점 활기로 넘쳐나겠어요. 허허허."

경섭과 말을 주고받던 두준은 가슴으로 꽉 차오르는 감정에 목이 멨다. 이런 대화를 제 아버지와 나눌 수 있었다면 얼마나 좋을까. 부질없는 바람일 뿐이었다. 대화를 나누며 풀어졌던 그의 표정이 다시 굳어지기 시작했다.

그러던 두준은 잠시 잊고 있던 게 생각난 듯 은서의 방으로 시선을 가져갔다. 굳이 방으로 지환을 데리고 들어갈 건 뭔가! 이렇게 거실도 넓은데. 조금 열린 방문 틈으로 두 사람이 나란히 노트북 앞에 앉아 대화를 하는 게 보였다. 은서의 머리가 보이고 지환의 얼굴을 볼 수 있었다.

저 자식이!

그의 눈에 힘이 잔뜩 들어갔다. 지환이 미소를 짓고 있다가 저와 눈이 마주치자 얼른 은서의 머리 뒤로 얼굴을 감췄다. 두 사람이 키스를 나누는 것도 아닌 걸 알면서도 두준은 정신을 차리지 못할 정도로 질투심에 불타오르고 있었다.

"어르신, 화장실이 어딥니까."

"어, 저쪽 은서 방 옆이에요."

두준은 얼른 일어나 은서의 방 옆으로 걸어가 화장실 문을 열기 전 은서의 방문을 슬쩍 밀어 문이 활짝 열리도록 하며 지환에게 으르렁거리는 시선을 꽂았다. 지금 제가 할 수 있는 것은 가슴이 서늘하도록 경고의 눈빛을 보내는 것밖에는 없었다. 거의 살기가 도는 눈빛을 느낀 것인지 지환은 숨을 삼키며 목을 움츠렸다. 그 모습에 두준은 입꼬리를 끌어 올리며 비웃어주는 것도 잊지 않았다.

"지환아."

지환의 행동에 이상함을 느낀 은서가 고개를 돌렸다. 두준은 은서를 무심한 얼굴로 쳐다보고 화장실 문을 열고 들어갔다.

"아쉽구나. 자고 가는 걸로 알고 있었는데."

"다음 주부터는 자주 올 거예요."

"그래, 조심해서 운전하고. 소장님도 안녕히 가세요."

은서를 품에 안고 등을 두드리던 옥주는 아쉬운 얼굴로 딸과 인사를 마친 후 두준에게도 인사를 건넸다.

"네. 안녕히 계십시오."

두준은 어색한 표정으로 은서의 부모님께 가벼운 목례를 했다. 은서가 운전석에 자리를 잡고 앉아 시동을 걸자 두준은 은서의 차에 올랐다.

"엄마, 아부지. 다음 주에 봬요."

은서는 다시 인사를 건네고 차를 출발시켰다. 룸미러로 멀어지는 부모님을 보던 은서가 앞에 시선을 두고 운전에 집중했다. 괜히 그와 눈을 마주치면 그가 말을 걸어올 것 같았다. 지금 같은 마음으로 대화를 나누다 보면 저도 모르게 제 속내를 홀라당 드러내고 말 것이었다.

두준은 아까부터 입을 꽉 다물고 운전에만 온 신경을 집중하고 있는 은서를 가만히 쳐다보고 있었다. 저를 흘깃댈 만도 한데 전혀 미동도 없이 앞만 주시하고 있는 은서다. 포커페이스를 유지하려는 건가. 그는 한쪽 입술을 비틀어 올리며 소리 없이 웃었다.

어쩌다 보니 술을 과하게 마시게 됐다. 지환을 떠올린 두준은 인상을 확 구기며 창밖으로 시선을 돌렸다. 내내 제 속을 뒤집던 지환은 기획안 작성을 마치자마자 집으로 돌아갔다. 그런 그를 은서는 집 앞까지 배웅을 해주었다. 부글부글 끓어오르는 감정을 참고 있으려니 견딜 수가 없었다. 전혀 계획에도 없었는데 은서의 차로 집까지 가게 됐다.

뭐라고 말이라도 걸면 좋겠는데 딱히 할 말이 없었다. 두준은 고개를 돌려 은서를 응시했다. 볼록 솟은 이마, 그 아래 잘 정돈된 눈썹에 닿은 그의 시선이 천천히 눈꺼풀을 내렸다 올리는 눈으로 이동했다. 긴 속눈썹이 부드럽게 위로 향해 있었다. 제 입술에 닿을 때 파르르 떨리던 속눈썹이다. 다시 그 감각을 느끼고 싶다는 욕심이 솟구쳤다.

그는 크게 숨을 삼키며 앙다문 그녀의 입술로 시선을 가져갔다. 살짝 토라진 듯한 입술이 유혹적이었다. 뭐라고 한마디만 하면 당장에 삼켜주고 싶을 만큼 도톰한 입술이 자꾸만 저를 끌어당기고 있었다. 다시 크게 숨을 삼킨 그가 긴장감을 덜어내려 CD플레이어 버튼을 눌렀다. 갑자기 차의 속도를 줄이며 은서가 눈을 크게 뜨고 바라보았다. 곧 그 이유를 알 수 있었다.

낯익은 전주가 흐르고 애잔한 목소리의 노랫소리가 겹쳐졌다. 댄스파티가 있던 날 은서가 파트너와 룸바를 출 때 흐르던 노래였다. 두 사람은 동시에 할 말을 잃고 마주 보았던 시선을 앞으로 가져갔다.

은서는 미간에 잔뜩 힘을 주었다. 그가 제 차에 탈 일이 생길 거라 생각하지 못했기에 이런 순간이 오리라고 예상하지 못했다. 가뜩이나 제집에서의 그의 행동 때문에 날이 서 있던 은서는 더 마음이 뾰족해지고 말았다.

"오해하지 마세요. 진이가 좋아하는 곡이에요."

퉁명스레 말하며 그가 믿어주길 바랐지만 그는 아무런 대답이 없었다. 노래가 점점 애잔해지며 그와 마지막 밤을 보냈던 순간으로 자꾸만 기억이 빨려 들어갔다. 은서는 이를 앙다물며 손을 뻗어 CD플레이어로 가져갔다. 하지만 그가 동시에 손을 뻗어 제 손을 저지했다. 흘깃하고 그를 보았다. 두준의 시선이 뜨거웠다. 은서는 흠칫 놀라 숨을 크게 들이켰다. 그도 그날의 기억을 떠올리고 있는 것이 틀림없었다. 은서는 눈을 부릅뜨고 다시 운전에 집중하려 애를 썼다.

영흥대교를 지나 어둡고 좁은 도로를 달려 대부대교에 이를 때까지 은서는 단 한 번도 그를 쳐다보지 않았다. 어찌 된 일인지 그도 아무런 말이 없었다. 대부대교를 건너기 전 마지막 신호에 걸려 차를 세운 은서는 운전대를 톡톡 손가락으로 두드리다가 더는 참지 못하고 그를 슬쩍 돌아보았다.

두준이 등받이에 몸을 깊숙이 기대고 잠이 들어 있었다. 술을 꽤 마시긴 한 모양이었다. 흘러내린 앞머리 탓인지 그는 몹시 지쳐 보였다. 턱 선에 수염이 돋아 거뭇거뭇했다. 잠시 차를 세우고 그를 편하게 눕히고 싶었지만 신호가 바뀌어 앞 차가 출발하는 것을 보고 그대로 차를 천천히 출발시켰다.

그가 집 안에 들어선 순간부터 무언가를 기대한 모양이었다. 그는 제 부모님이 깍듯하게 존대를 하는데도 전혀 불편을 느끼는 기색이 없었다. 어쩐지 그가 의도적으로 두 분께 거리감을 두는 것처럼 보였다. 그의 그런 행동이 상처가 되어 고스란히 가슴에 박혔다.

문득 그를 부모님께 소개를 시키던 순간을 떠올린 은서의 눈에 눈물이 차올랐다. 아까는 부모님이 계셔서 간신히 울컥 솟아나는 감정을 억눌렀지만 지금은 그도 잠이 든 터라 맘껏 속풀이를 하듯 울었다. 사랑하는 이라고 소개를 할 수 없는 상황이 야속했다. 겨우 눈물을 진정시킨 은서가 운전하며 그를 돌아다보았다. 그의 고개가 돌려져 있어 쉽게 그의 무표정한 얼굴이 눈에 들어왔다.

다 보고 있었던 게 틀림없었다. 저를 흘깃거리는 것도, 소리 없이 눈물을 흘리는 것도 보았을 텐데 매정하게 위로의 말이 없다. 이제는 아주 잘 모양인지 의자까지 뒤로 완전히 젖히고 누워 버리는 그다. 은서는 입술을 비죽거리며 다시 운전에 집중했다.

"어르신, 안녕하세요."

두준은 매일 현장 방문을 거르지 않았다. 현장으로 가는 길에 있는 은서의 집은 힐링이 되는 동시에 넘어야 할 큰 산과도 같았다. 처음 차에서 내려 인사를 할 때는 어색하게 목례만 했지만 언젠가부터 자연스레 안부를 물으며 인사를 하게 되었다.

"소장님도 안녕하세요."

"어르신, 말씀 낮추십시오."

인자하게 웃으며 반겨주는 경섭의 인사에 두준은 용기를 내어 말했다.

"그럼 안 되지요. 은서가 불편할 거요."

"괜찮습니다. 제가 불편해서 그럽니다."

"어쩐다……"

"정말 괜찮습니다, 어르신."

"그럼 그러겠네."

"네, 편히 말씀하십시오."

"허허, 이래도 되는지 참."

말을 낮추면서 미소를 짓는 경섭을 보며 두준은 제 아버지를 떠올렸다. 자신을 철저히 외면하고 사신 양반, 늘 강압적으로 명령만 하던 차가운 얼굴을 떠올리면 등골까지 서늘함이 번져 왔다.

당신도 저런 인자한 모습일 순 없는 걸까?

"매일 오는 건가?"

"네. 제가 직접 짓고 싶은 집이 있어서요."

"그럼 여기 와서 식사해. 현장에서 아무리 잘 먹는다고 해도 집밥만은 못하지."

"아니요. 그럴 순 없습니다."

"아유, 두 늙은이가 하루 종일 입에서 군내가 나도록 말 붙일 사람도 없이 외로운데. 불편해하지 말고 내 집처럼 드나들어."

내 집처럼 드나들라는 옥주의 말에 두준의 눈동자가 잠시 흔들렸다. 그가 한사코 거절하자 옥주가 섭섭해하는 눈치였지만 장기간 그런 폐를 끼칠 수는 없다는 게 그의 입장이었다.

"그럼 가보겠습니다."

이렇게 며칠 동안 서로 권하고 거절하는 일이 일상처럼 벌어졌다. 그리고 며칠 후, 현장으로 경섭이 찾아오기에 이르렀다.

"한 소장, 후우."

"어르신, 이곳까지 어쩐 일이세요."

경섭이 가쁜 숨을 몰아쉬며 비 오듯 땀을 흘리고 서 있는 모습에 두준은 눈을 크게 떴다. 경섭의 양손에는 커다란 보자기가 들려 있었다.

"으응, 은서 엄마가 이거 갖다 주라고 해서."

"어르신, 이쪽으로 오세요."

두준은 급히 경섭의 손에 들린 보자기를 받아 들고 사무실로 안내했다. 작은 컨테이너 안은 에어컨 바람 덕분에 시원했다.

"어이구, 시원하다. 가을 날씨가 제법 무더워. 자네 일하기 힘들겠네. 은서 엄마가 삼계탕 끓였다고 자네 먹이고 싶다고 해서 말이야. 내가 일 방해한 건 아니지? 점심은 들었나?"

두준은 어르신께 아직 온기가 남아 있는 삼계탕이 담긴 냄비와 휴대용 버너까지 챙겨 오시게 한 게 죄송한 마음이 들었다.

"어르신, 정말 이러실 것까지 없는데. 그러면 제가 너무 죄송해요."

"그럼 어쩌겠나. 은서 엄마가 그렇게 자네 챙겨 먹이고 싶어하는데. 자네를 부르면 안 올 테고 그러니 내가 나를 수밖에 없잖은가?"

경섭에게서 은서와 두준의 사이가 아무래도 심상치 않다는 말을 전해 들은 옥주는 기어코 두준을 가까이서 두고 봐야겠다며 그를 집으로 불러들일 방법을 생각해 냈다.

"당신이 이걸 가지고 가면 분명히 내려와서 밥을 먹을 거예요. 생각해 봐요. 아무리 거절하고 싶어도 노인네가 땀까지 흘리며 이렇게 무거운 냄비에 휴대용 버너까지 들고 가면 그 사람도 생각이 달라질 거라고요."

눈치를 보니 옥주의 묘안이 먹히는 모양이었다. 두준의 눈에 망설임이 가득했다.

"어르신, 그러면 내일부터는 제가 내려가겠습니다."

"허허, 그럴 텐가?"

경섭의 눈꼬리가 한없이 처지며 기뻐하는 얼굴을 보이자 그도 함께 미소 지었다.

[은서야!]

　"네. 언니, 안녕하셨어요."

　밝은 톤의 목소리에 은서는 축 처진 어깨를 살짝 긴장시키며 인사를 건넸다.

　[아니, 전혀 안녕하지 못했어.]

　혹시라도 두준과 제 사이에 대해 관심을 보일까 걱정이 되었던 은서는 칭얼거리듯 애교를 부리는 목소리에 피식 웃음을 머금었다.

　"왜요?"

　[어어, 그냥. 나, 이틀 동안 자유 시간 허락받았는데 나랑 좀 놀아줘.]

　"어떡해요. 저 영흥에 가야 하는데."

[일하러 가는 거야?]

"네."

[그럼 나도 데리고 가. 너 일하는 거 구경도 하고 엄마 밥도 좀 얻어먹고. 기를 팍팍 충전해서 와야겠다. 괜찮지?]

"네. 그럼 제가 언니 데리러 갈 가요?"

[그럴래?]

"아, 맞다! 어쩌면 며칠 못 올 수도 있는데. 언니 차로 가요."

[괜찮아, 아까 두준이랑 통화했는데 영흥에 있대. 올 때는 두준이한테 데려다 달라고 하지 뭐.]

"……."

그의 이름을 들으니 갑자기 목이 메었다. 맘껏 그의 이름을 부르는 소영이 부러웠다.

[은서야?]

"네, 언니. 지금 출발할게요."

[응. 기다릴게.]

은서는 전화를 끊고 서둘러 준비를 했다. 기획안을 내면 바로 시작할 수 있다더니 시에서 허가가 떨어지는데 2주나 걸렸다. 덕분에 부케를 만들던 작업의 인수인계를 잘 마치고 진이의 결혼식도 잘 치렀다. 일정도 진이가 신혼여행을 떠나고 없는 동안 혼자 잘 처리할 수 있도록 잘 짜놓았다. 그를 떠올리면 시간이 멈춘 듯하다가도 이런 일들을 처리하다 보니 어느새 2주나 지나 있었다. 그를 볼 생각에 은서는 속절없이 들떠 버렸다.

"엄마."

"어휴, 우리 딸들 왔어!"

옥주가 두 팔을 벌려 은서와 소영을 반겼지만 덥석 안지는 않았다. 요즘 바지락을 캐러 다니느라 집에 오면 옷이 온통 갯벌투성이였기 때문이었다.

"이거 바지락이네요. 우와! 살아 있나 봐요."

소영은 입을 벌렸다가 오므렸다 하기를 반복하며 숨을 쉬고 있는 바지락이 신기해 손가락으로 콕콕 찍어 내렸다.

"부잣집 사모님이 바지락을 알아?"

"저 바지락 칼국수 엄청 좋아해요."

"그래? 그럼 지금 당장 끓여 먹을까?"

"칼국수 면 사올까요?"

"그걸 뭐 하러 사. 반죽해서 만들어 먹으면 더 맛있지. 한 소장도 와서 먹으라고 해야겠다."

"두준이가 올까요?"

"부르면 금방 오지. 내가 안 올 수 없도록 만들었거든."

은서는 옥주의 말에 고개를 갸웃하며 궁금해했다. 옥주는 신이나 제 묘안에 굴복한 두준에 대해 무용담을 늘어놓듯 자랑했다.

"후후후, 두준이도 엄마의 정에 굴복을 했네요."

소영은 두 사람의 돌아가는 상황이 궁금해 오는 길에 은서를 흔들어보았으나 함구를 하는 통에 별다른 정보를 얻을 수 없었다. 그런데 의외의 진전이 있어보이자 재미있다는 듯 은서의 표정을 살폈다.

의외의 상황이 벌어지는 게 은서로서는 당황스러울 뿐이었다. 마음을 정리하는 듯 보였던 그가 제집을 드나들며 식사를 해결하고 있다니 믿을 수가 없었다. 하지만 거짓말처럼 여겨지던 일이 정말 벌어졌다. 칼국수 면이 다 만들어질 즈음 두준이 현관으로 들어왔다.

"두준아!"

"누나가 여긴 어쩐 일이야."

"여기가 무슨 너네 집이니?"

두준은 소영에게 눈을 거둬들이며 은서에게 시선을 가져갔다. 2주 만에 보는 그녀였다. 하지만 두준은 전혀 반가운 내색을 하지 않았다. 그저 건조한 시선만을 건네고 제집의 거실인 듯 자리를 잡고 앉았다.

"너, 참 자연스럽다. 꼭……."

"꼭 뭐?"

"아니야."

소영은 사위 같다, 라는 말을 하려다 은서를 돌아보며 참았다. 어쩐지 그런 농담을 던지기에는 은서의 표정이 애달파 보였다. 잠시 멍한 시선으로 두준을 보던 은서는 칼국수 면을 흔들어 가루를 털어냈다.

"한 소장 왔네."

화장실에서 나온 옥주가 반가운 얼굴로 두주에게 말을 건네자 은서는 다시 그를 보았다. 전혀 어색하지 않은 웃음을 지으며 옥 주에게 눈인사를 했다. 은서는 저도 모르게 기대감에 차올라 미소 를 지었다.

"엄마, 면 준비 다 됐어요."

한껏 들뜬 목소리로 눈을 빛내는 은서였다.

"엄마, 나도 바지락 잡아보고 싶어요."

소영의 뜬금없는 말에 옥주는 눈을 크게 떴다.

"물때가 맞아야 해. 내일 일찍 가야 잡을 수 있어. 오늘은 끝났어."

"어, 그런 거예요? 그럼 내일 잡으러 가면 되죠."

"자고 가려고?"

두준이 가만히 듣고만 있다가 어이없다는 표정으로 물었다.

"엄마, 저 자고 가도 되죠?"

"그러엄. 얼마든지. 근데 신랑한테 허락받아야 되지 않아?"

"이틀 동안 휴가예요."

눈망울을 반짝거리며 두준을 바라보는 소영의 시선이 심상치 않았다. 미소조차도 사악해 보였다. 분명 뭔가 신나는 모략을 떠올린 게 틀림없었다. 두준은 눈살을 찌푸리며 소영에게 무언의 짜증을 부렸다.

상관 마.

"은서야, 내일 오전에 나랑 바지락 캐러 가는 거다. 두준아, 너도 가자."

세 여자들의 시선이 동시에 두준에게 향했다. 잔뜩 기대에 찬 시선을 하나씩 맞추던 두준의 어깨가 갑자기 축 늘어졌다.

"그래, 한 소장. 휴일도 없이 일만 했잖은가. 바다에 나가 바닷바람도 쐬고 바지락도 좀 날라주고. 저게 별거 아닌 거 같아도 무게가 얼마나 나가는지 내 허리가 절단날 것같이 무거워."

옥주는 얼마나, 라는 말에 힘주어 말하며 인상까지 잔뜩 찌푸렸다.

"나도 아들이 있었으면 좀 좋아. 지환이는 할머니 무거울까 봐 꼬박꼬박 바다에 마중 나오던데."

옥주는 제가 힘들어하는 제스처에 두준이 망설이는 것 같자 쐐기를 박듯 지환 이야기를 넌지시 꺼냈다. 단번에 두준에게서 반응이 나오자 옥주의 입가에 짓궂은 미소가 번졌다.

"지환이가 누구야?"

"응, 지환이? 걔는 은서 소꿉친구. 엄청 꽃미남이야."

두준을 놀리는 것에 맛 들인 사람처럼 옥주는 꽃미남이라는 걸 강조하며 말했다. 두준은 시선을 돌렸지만 그의 관자놀이가 움찔거리는 것이 보였다. 큭큭대는 소영과 옥주와 표정을 굳힌 두준을 바라보는 은서의 머릿속은 혼란스러울 뿐이었다.

"그렇게 재미있어?"

"뭐가?"

"누나 악취미는 알아줘야 해."

"무슨 내가 악취미를 가졌다고 그래?"

은서의 집이 보이지 않을 때가 돼서야 두준은 인상을 구기며 소영에게 성질을 냈다. 애써 은서에게 차가운 시선을 보내며 공적인 관계만을 유지하려 했는데 소영 덕분에 산통을 깨버린 기분이 들었던 것이나. 문위기에 편승해 자꾸만 제게 보내오는 은서의 기대감에 차오른 눈빛에 숨이 막혔다. 빠져나올 수 없는 덫에 걸린 짐승의 심정이 이런 것일 터였다.

"악취미가 아니면 왜 자꾸 은서랑 나랑 엮으려고 혈안이야."

"그럼 안 돼?"

"하! 이제야 본색을 드러내시는군."

"참, 허우대가 아깝다."

"뭐?"

"신은 참 공평해."

"무슨 소리야?"

"그렇잖니? 뚜렷하고 강인한 이목구비. 한눈에 보기에도 잘생긴 외모잖아. 어디 그뿐이야? 어깨도 떡 벌어지고 키도 훤칠하지. 게다가 부자이기까지. 겉보기에 너는 부족함 하나 없는 완벽남 같아 보이잖아? 그런데 네게 부족한 한 가지가 있어. 그러니 신은 인간에게 모든 것을 허락하지 않는다는 말이 맞는 소리라는 거야."

"내가 부족한 게 뭐야?"

"몰라?"

눈에 잔뜩 힘을 주고 물어오는 두준에게 소영은 정말 모르냐는 듯 되물었다.

"그런 거 없어."

"홋, 소심해."

"뭐?"

"남자답게 생긴 녀석이 남자답지 못하게 엄청 소심하잖아, 너!"

"내가 무슨 소심하다고 그래!"

"바보야! 나도 알겠는데 왜 모르는 척을 해. 은서 아주 말려 죽일 작정이야? 그럴 거면 아예 손 떼! 가여워서 못 보겠더라."

소영은 이틀 내내 두준의 뒤를 좇는 은서의 시선에 가슴이 아팠다. 기대감을 띠던 눈빛이 점점 어떻게 변해가는지 고스란히 지켜보며 후회했다. 은서의 따뜻함. 은서 가족의 온화함이 두준의 얼어붙은 심장을 녹여줄 수 있을 거라 기대를 했던 것이 잘못처럼 여겨졌다.

"⋯⋯."

소영의 비난에 두준은 목울대를 크게 움직이며 무언가를 삼켜야만 했다. 아무런 말도 할 수 없었다.

"하아, 네가 이 정도로 상처가 깊은 줄은 몰랐어. 왜 그렇게 이기적이니?"

"나도⋯⋯ 아파."

두준이 목울대를 크게 움직이며 아프다는 말을 단번에 내뱉지 못하고 슬픔을 삼키고 있었다. 소영은 그 모습이 안쓰러워 두준의 어깨에 손을 올려 다독였다. 왜 이렇게 그들의 사랑이 쉽지 않은 것인지 두 사람 다 애처로워 보였다.

"쉽게 생각해. 너도 은서 사랑하잖아. 그럼 맘껏 사랑해."

"그렇게 단순하지 않아. 누나도 알잖아. 봤잖아. 우리 가족과 은서네 가족."

"그게 뭐 어때서. 네가 가족을 선택해서 태어날 수도 없는 거고 네 가족의 문제는 접어두고 네 인생을 살아. 왜 어두운 가족에 묻혀서 너도 어둡게 살려고 해."

"나도 그러고 싶어. 죽도록 벗어나고 싶어. 그래도 그게 안 돼. 은서에게도 상처가 될 거야."

"은서는 네가 있으니까 잘 이겨낼 거야."

"싫어. 난 은서가 아파하는 거 볼 수 없어."

"너 때문에 아파하는 은서는 두고 볼 수 있나 보네."

"⋯⋯."

"거봐. 그건 은서에게 더 못할 짓이야. 차라리 다른 사람에게 상처받는 게 훨씬 낫지."

"아니! 은서는 무조건 행복해야 해. 은서처럼 완벽한 사람은 완벽하게 행복할 자격이 있어. ……속까지 따뜻한 남자 만나서 무조건 행복했으면 좋겠어."

"은서도 완벽하지 않아."

"아냐."

"훗, 콩깍지가 제대로 씌었구나. 그래. 은서야 해맑고 순수하고 어여쁘지. 몸매도 예술이고 말야. 근데 은서에게도 단점은 있어."

"단점 같은 거 없어!"

"야! 너 은서 보낼 생각이 있는 거야? 넌 절대로 은서 못 놓아줄 걸. 하아, 그러다 두 사람 아까운 청춘 다 보내고 다 늙어서 사랑을 이루게 생겼다."

두준의 강한 부정에 소영은 웃음과 한숨이 교차됐다. 결국 열쇠는 두준의 가족이 쥔 모양이었다. 제가 알고 있는 가족의 비밀을 두준에게 털어놓으면 어떻게 될까 생각하던 소영은 고개를 저었다. 차마 지금 그에게 비밀을 털어놓을 수는 없었다. 아무래도 시간이 필요한 일인 듯했다. 은서가 잘 버텨주기만을 빌 수밖에 없었다.

"은서는 너무 쓸데없이 착해."

"그러네."

그는 힘없이 소영의 말에 수긍했다. 그녀에게 단점이 있다면 그거였다. 뜨거운 눈길을 보내는 은서가 마치 뜨거운 감자처럼 여겨져 두준은 가슴이 아렸다. 보낼 수도 가질 수도 없는 은서를 어떻게 할까. 상념에 사로잡힌 그의 눈매가 축 처졌다.

"하아."

두준은 얼굴을 일그러뜨리며 거칠게 마른세수를 했다. 기준 엄마의 기제사 날이었다. 제 엄마도 아닌데 일 년에 두 번 생일 제사, 기제사를 치러야 하는 두준은 늘 제사상이 차려진 후에야 집안으로 들어가곤 했다. 오늘도 예외는 아니었다. 성북동 집에 도착하고도 멀찌감치 차를 세우고 마음을 다잡던 중이었다.

"젠장!"

그렇게 도망치고 싶으면서도 왜 번번이 이러고 있는 걸까. 은서를 아프게 하면서까지 가족을 외면할 수 없는 제 자신이 싫어 견딜 수가 없었다. 성북동 집을 나온 후, 지난 몇 년간 일 년에 딱 두 번 아버지와 어머니를 보았을 뿐이었다. 기준은 미국으로 떠난 후 단 한 번도 한국에 오지 않았다. 지금까지 그들을 외면하고 살았다고 착각을 했었다. 그동안 그들이 잠잠했을 뿐이었다. 자신은 가족이라는 올가미에서 벗어날 수 없을 것 같았다. 결국 은서를 포기할 수밖에 없다는 생각에 미칠 것만 같았다.

어젯밤에도 여지없이 악몽을 꾸었다. 기준 엄마의 제삿날이 다가오면 가슴이 옥죄는 기분에 시달리기 때문에 꾸게 되는 꿈같았다. 여전히 그 꿈의 일들이 어린 시절의 단면처럼 여겨졌다. 비가 오는 밤이면 거실에서는 늘 음산한 사내의 울음소리가 났다. 하지만 엄마를 찾는 일은 없었다. 이불을 뒤집어쓴 채로 공포에 질린 밤을 보내기 일쑤였다.

그랬다는 건 꿈이 현실이었기 때문이 아닐까? 충격적인 경험으

319

로 어린 자신은 아무에게도 손을 내밀지 못했던 것이 아닐까. 어째서 그날, 엄마는 어린 아들을 안아주지 않았을까. 아버지는 왜 술에 절어 비통한 눈물을 쏟아냈던 걸까. 5살이나 많았던 형은 왜 저를 내버려 둔 채 제 방으로 돌아갔을까.

기억의 조각들을 맞추며 의구심을 풀어보려 애를 썼지만 무엇 하나 시원하게 풀어낸 것이 없었다. 철이 들고 세상에 섞이며 자신의 가족이 보통의 가족과는 많이 다르다는 것을 알게 됐다. 그러면서 혼란스러움은 더 가중됐다. 왜! 어째서! 하는 원망만 이어질 뿐 달라지는 건 없었다.

남보다 못한 가족이 대체 가족이라고 할 수 있을까? 내가 행복해지기 위해 그들과 인연을 끊고 살아간다 해서 과연 나는 행복할 수 있을까?

두준은 고개를 저었다.

자신은 완전히 행복할 수 없을 것 같았다. 제가 아무리 가족과 인연을 끊고 산다고 해도 은서의 부모님을 볼 때면 자신의 부모님을 떠올리게 될 것이고 자연스레 죄책감에 시달리게 될 것이 뻔했다.

씁쓸한 미소가 그의 입가에 번졌다. 마음이 따뜻한 사람이 그리우면서도 그들과 동화될 수 없는 스스로에 대한 연민이 그를 감쌌다. 한동안 가만히 눈을 감고 심호흡을 하던 그는 차에서 내렸다. 본가로 가는 시간을 어떻게든 늦추려는 듯 그는 멀찌감치 세워둔 차를 그대로 둔 채 언덕을 천천히 오르기 시작했다.

이미 해는 기울어 점점 어둠이 내려앉고 있었다. 일제히 가로등이 켜졌다. 집 가까이 다다를 즈음이었다. 아버지의 차가 집 앞에 멈추고 낯선 사내들에게 끌려 나오는 기준이 보였다. 두준은 눈을 크게 떴다. 기준이 왔다는 것은 굳이 제가 제사에 참석하지 않아도 된다는 의미라 생각하니 막힌 숨통이 트이는 것 같았다.

잠시 환해졌던 두준의 표정이 순식간에 일그러졌다. 제 엄마의 제사를 지내러 가는 아들이 꼭 저렇게 반항을 할 일인가? 도무지 형이 이해되지 않았다. 왜 늘 자신만이 가족들을 이해하려 애를 써야 하는가.

'가족은 이해할 수 없어도 사랑할 수 있는 거래요.'

문득 은서의 말이 떠올랐다. 무심코 들어 넘긴 말이었다.

과연 내가 가족을 사랑한 적이 있을까? 진심으로 그들을 걱정한 적이 있었나? 자기 연민에 빠져 나만 노력한다는 피해 의식을 가졌던 것은 아닐까?

가슴이 뻐근하게 아팠다. 원망이 깊어 자신 역시 어떤 노력을 한 적이 없었다. 수동적으로 눈치만 살피고 피해 다니기 바빴다. 그럴 수밖에 없는 상황만을 탓했을 뿐이었다.

어떤 노력을 하면 될까. 내가 저들을 감싸 안고 사랑할 수 있을까?

"아아아악!"

심상치 않은 기준의 비명 소리에 두준은 다시 움츠러들었다. 쩌렁쩌렁한 동진의 노여움 가득한 소리에 등골이 시렸다. 심장까지 오그라드는 차가움에 두준은 몸서리가 쳐졌다. 잠시 희망을 품었던 자신을 비웃듯 그의 입가에 조소가 떠올랐다. 그리고 결심했다. 오늘로 가족의 연결 고리를 끊고 말겠다고. 제 인생에서 가족들을 밀어내겠다고. 그리고 은서에게 달려가겠다고!

"아아아악."

기준은 건장한 두 남자에게 양쪽 팔을 붙잡힌 채 집 안으로 끌려들어 가며 비명을 질러댔다. 동진은 지팡이에 몸을 의지한 채 그 모습을 서늘한 시선으로 바라볼 뿐이었다.

"기어이 이렇게 하셔야 해요!"

기준은 아무리 발버둥 쳐도 꿈쩍을 하지 않는 동진을 향해 소리를 질렀다. 기준의 눈에는 노여움으로 빨간 핏대가 선연했다. 그래도 동진은 아랑곳하지 않고 턱짓으로 사내들을 몰아붙였다.

"내가 이 집에서 엄마랑 똑같이 죽어 나가야 멈추실 거예요!"

그제야 동진의 눈썹이 꿈틀댔다.

"이 녀석이! 그게 지금 애비한테 할 소리야!"

간담을 서늘하게 하는 동진의 목소리가 밖에까지 쩌렁쩌렁 울려 나왔다.

"못할 건 뭐예요. 아버지나 이 집에서 죽은 엄마 끌어안고 사시라고요. 나랑 두준이는 좀 놔주시라고요!"

"가족이 뭐냐? 함께 살아야지. 네가 그렇게 밖으로만 도니 두준이도 밖으로 도는 거 아니냐. 뭣들 해! 어서 집 안으로 들이지 않고!"

명령에 복종하는 개처럼 남자들은 발버둥 치는 기준을 기어이 집 안으로 끌고 들어갔다. 대문 밖에서 그 소동을 고스란히 지켜보던 두준은 온몸이 얼어붙은 듯 꿈쩍을 할 수가 없었다.

이 집에서 죽은 엄마라니?

전혀 제가 알지 못했던 사실이었다. 제가 알기로 기준의 엄마는 친정에서 몸을 던져 자살한 것으로 알고 있었다. 두준은 대문을 지나 현관 앞에 섰다. 열린 문으로 기준의 거센 반항이 보였다. 그리고 기준과 아버지의 대화가 고스란히 들려왔다.

"난, 이 사람 몰라요. 우리 엄마도 아냐. 엄마라면 두준이랑 나한테 그럴 수 없어. 아아아악."

"기준아!"

"놔! 이거 놓으라고! 숨이 막혀 죽는 꼴을 보고 싶은 거예요? 정말 제가 죽기를 바라세요?"

거친 숨소리와 함께 오열을 퍼붓는 기준이었다.

"으어어어엉, 엄마! 왜 그랬어! 우리들한테 왜 그랬어! 어떻게 그렇게 내 눈앞에서 죽을 수 있어! 그러고도 당신이 엄마야! 내가 그리고 왜 두준이가 당신 제사를 지내야 해! 우리를 낳았다고 다 엄마야!"

제 아버지에게 아무리 협박을 해도 통하지 않자 기준은 제사상 위에 놓인 제 엄마의 사진에 대고 분노를 퍼부어댔다.

"놔아아아!"

괴성을 지르던 기준의 몸이 축 늘어졌다.

"기준아!"

동진이 지팡이를 던지며 기준에게 달려갔다.

"어서 방에 눕혀."

사내들에 의해 방으로 질질 끌려가는 기준을 멍한 눈으로 바라보던 두준은 가만히 서서 눈만 깜박였다.

'너만 피해자인 척 굴지 마. 아무것도 모르는 주제에……'

기준이 입을 달싹이며 뱉어내던 말들이 떠오르며 지금 제가 보고 들은 상황이 머릿속에 정리가 되지 않은 채 뒤죽박죽 어지럽게 떠다녔다.

"우리 엄마?"

숨이 막히는 것만 같았다. 두준의 시선이 새파랗게 질린 채 거실 한구석에 서 있는 선정에게 향했다.

"두…… 두준아."

망부석처럼 서 있던 선정은 두준을 발견하고 커다랗게 눈을 뜬 채 그의 이름을 불렀다. 다급하게 맨발로 달려나온 선정이 두준을 끌어안았다. 엄마의 품이 낯설었다. 어린 시절에도 다정하게 안겨 본 기억이 없었다. 그는 양팔을 늘어뜨린 채 멍하니 서 있기만 했다.

"들어와라. 네 에미 제사는 지내고 가야 할 거 아니냐."

방에서 나온 동진의 서늘한 목소리가 현관 밖으로 흘러나와 두준의 정신을 일깨웠다. 이런 상황에도 제사를 들먹이는 그가 이해가 되지 않았다.

어떻게 죽은 사람만 보이고 산 사람은 보이지 않는 걸까.

두준은 눈을 부릅뜨고 선정을 품에서 밀어냈다. 더욱 새파랗게 질린 여인이 휘청거렸지만 두준은 그대로 그녀를 지나쳐 집 안으로 들어갔다. 소파에 앉아 제사상 위의 사진을 응시하고 앉아 있는 아버지의 모습에 두준은 화가 치밀었다. 하지만 어깨를 들썩이며 숨을 몰아쉴 뿐 감히 대들 엄두를 내지 못했다. 손톱이 손바닥의 살점을 파고들 만큼 주먹을 그러쥐었다.

"앉아라."

명령에 익숙한 두준의 몸은 저절로 그 자리에 자리를 잡고 앉았다.

"뭐 하고 서 있는 게야! 얼른 준비 마치지 않고."

선정을 향해 서늘한 목소리가 명령을 했다. 사시나무 떨듯 떨고 있던 선정은 부리나케 부엌으로 움직였다. 더는 참을 수가 없었다. 이게 어떻게 정상적인 가족의 모습이란 말인가. 지금까지 자신이 몰랐던 가족사에 대해 들어야 했다.

"설명해 주세요."

"무얼 말이냐."

"형이 아까 했던 말들. 제가 알아야 할 것들. 전부 다."

더 이상 주눅이 든 채 아버지의 말에 복종하던 두준은 없었다. 서늘한 아버지의 시선을 그대로 받아내며 제 아버지를 같은 시선으로 응시했다.

"저 불쌍한 사람이 네 엄마다."

아버지의 시선이 제사상 위의 사진으로 향했다. 부엌에서 접시가 깨지는 소리가 들렸다.

'저 여자가 정말 내 엄마라고?'

두준의 얼굴이 삽시간에 일그러졌다. 점점 머리로 피가 솟구쳤다. 머리가 터질 것 같았다. 사실을 한꺼번에 받아들이기를 거부하기라도 하듯 금방이라도 피와 살점, 뼈의 파편으로 거실을 낭자하게 물들일 기세였다. 숨이 쉬어지지 않았다.

"왜 그러셨어요!"

두준은 눈에 핏발을 세우며 아버지에 대한 원망을 가득 담아 악을 썼다.

"그럴 수밖에 없었다."

분노를 터뜨리며 어깨를 크게 들썩이는 아들에게 시선을 두고 있던 동진은 눈을 감고 떨리는 음성으로 말을 이었다.

"나 때문에 네 엄마가 이 세상을 등졌다. 그런 네 엄마의 주검을 기준이가 먼저 발견했지. 넌 어렸고……."

"말해주시지 그러셨어요!"

두준은 아버지의 표정이 낯설지 않았다. 무릎을 꿇은 채 용서를 구하는 악몽 속에서의 표정과 같았다. 제게 용서를 구하기라도 하는 걸까? 이제 와서 그런 게 무슨 소용이 있을까. 이미 가족들 모두 상처투성이인데.

"왜 아버지는! 아버지가 되어주지 않으셨어요! 왜! 저 여자의 남편으로만 사셨냐고요!"

제가 듣고 싶은 말은 상황에 대한 설명도, 구차한 변명 따위도 아니었다. 평생을 참고 있었던 아버지에 대한 원망이 봇물 터지듯 쏟아져 나왔다.

"두준아!"

자신을 나무라는 아버지의 목소리가 집 안을 쩌렁쩌렁 울렸지만 두준은 멈추지 않았다.

"평생을 아버지의 품을 그리워했어요. 아버지가 저 여자만 바라보고 사시는 동안 저뿐만 아니라 형도, 어머니도. 아무리 아파도 아버지는 그러시면 안 되는 거였어요. 함께 아파할 수도 있었잖아요. 우리를 끌어안으셨어야 해요. 적어도 아버지는 그렇게 하셨어야 해요."

어느새 두준의 눈에서 굵은 눈물이 흘러내리고 있었다.

"저 사람과 나는 평생 네 엄마에게 속죄를 하며 살아야 한다."

"여보! 제발!"

선정이 달려와 동진의 말을 가로막았다. 하지만 동진은 아무런 소리도 들리지 않는 듯 멍한 표정으로 말을 이었다.

"선정이는 정신병을 앓고 있는 네 엄마를 대신해 너희들을 돌봤다. 변명은 하지 않으마. 저 사람과 나는 넘지 말아야 할 선을 넘었다. 결국 네 엄마가 그 사실을 알게 됐고 우울증이 심해진 네 엄마는 스스로 세상을 등졌다."

종이 인형처럼 위태롭게 서 있던 선정이 힘없이 주저앉았다.

"어떻게 그러실 수 있어요. 어떻게 이렇게 잔인하세요."

충격으로 잔뜩 굳어져 있던 두준은 동진에게 원망의 말을 뱉었다. 두준은 비통한 표정을 지으며 한동안 멍하니 앉아 있었다. 그의 시선이 선정에게 닿았다. 그녀가 왜 제게 곁을 내어주지 않았는지 이제야 확실히 알 것 같았다. 혼란스러우면서도 그녀에게 연민을 가졌다. 친모를 죽게 만든 장본인을 어떻게 제 친모로 둔갑시킬 수 있을까. 숨이 쉬어지지 않았다. 가슴을 쥐어뜯었지만 막힌 숨통은 이내 트이지 않았다.

"모르길 바랐다. 그냥 너만은 아무것도 모르고 상처받지 않기를 바랐어."

백지장처럼 하얘진 두준의 얼굴을 향해 동진이 손을 뻗었다. 하지만 두준은 물러나 앉으며 그의 손길을 거부했다. 일말이 미련도 남아 있지 않은 눈길로 아버지를 노려보던 두준은 몸을 일으켰다. 이제 모든 악연을 끊어내겠다고 결심한 두준의 무심한 눈길이 집 안을 훑었다. 바닥에 주저앉아 멍하니 제사상 위의 여인을 바라보는 아버지. 그리고 늘 타인처럼 여겼던 저를 낳아준 어머니의 영정 사진. 세상 모든 것을 잃은 표정으로 널브러져 있는 선정이 천천히 감았다가 떠지는 눈 사이로 스치듯 지나갔다.

후두둑.

물방울이 욕조에서 일어나 나온 두준의 몸을 타고 흘렀다. 뜨거
웠다. 앞이 뿌옇게 흐려지는 것을 느꼈지만 그저 그것이 물이라
우기고 싶었다. 며칠째 컴컴한 방 안에 자신을 가두었던 두준은
무언엔가 이끌리듯 욕조에 물을 받고 몸을 담갔다. 편안함이 몹시
그리울 만큼 지치고 말았다.

냉장고에서 맥주를 꺼내 벌컥벌컥 들이켰다. 뜨거운 눈물을 지
우고 싶었다. 신경질적인 동작으로 대충 젖은 몸을 닦고 머리도
문질렀다. 옷을 주섬주섬 챙겨 입으면서도 머릿속이 멍해 자신이
무엇을 하고 있는지도 의식을 할 수가 없었다.

그는 한동안 어두운 거실에서 고개를 숙이고 앉아 있었다. 미동
도 없던 그의 어깨가 조금씩 흔들리기 시작했다. 아이가 되어버린
두준의 어깨가 들썩이며 울음소리를 내었다. 서럽게 울고 있는 커
다란 남자를 위로해 줄 것은 아무것도 없었다.

집에서 나온 후, 간절히 은서가 그리웠다. 은서에게 달려가 위
로를 받고 싶었지만 그럴 수가 없었다. 스스로가 얼마나 이기적인
존재인가가 느껴졌다. 자식에게 상처를 줄 수 없어 진실을 덮었던
아버지나 그녀가 고통스러워할까 봐 사랑을 밀어냈던 저나 다를
바가 없었다. 누구에게 잔인하다 말할 수 있을까. 은서의 말대로
사랑한다면 함께 이겨내려고 노력했어야 하는 거였다. 고통의 순
간일지라도 함께했어야 했다. 그게 사랑이었다.

"하아."

비가 며칠째 내리고 있었다. 겨울을 재촉하는 늦가을에 내리는 비치고는 제법 많은 양이 쏟아지고 있었다. 사납게 퍼붓는 비를 멍한 눈으로 바라보던 두준은 크게 한숨을 내쉬었다. 무슨 정신으로 살아 있는 건지 알 수가 없었다. 현실의 무게가 너무 버거워 미칠 지경이었다.

Rrrrrrrr.

소영이었다. 시간을 확인한 두준은 미간을 찌푸렸다. 소영은 결혼 이후 이 시간에 한 번도 전화를 한 적이 없었다.

"어."

혹시라도 제 일에 대해 아는 척을 하면 확 끊어버릴 기세로 그가 전화를 받았다.

[두준아.]

잔뜩 혀가 풀린 채 제 이름을 부르는 소영의 목소리에 두준은 눈을 크게 떴다.

[너 술 한잔 안 할래?]

멀쩡해 보이려 안간힘을 쓰고 있지만 소영은 술에 취해 있는 것이 틀림없었다.

"누나, 어디야?"

[흐흐흥. 짜식. 올 거야 말 거야?]

"어디야?"

[네 빌딩에 있는 바.]

"알았어. 갈게. 기다려."

두준은 마음이 급해졌다. 이 시간에 바에서 술에 취해 자신에게 전화를 했다는 것은 소영에게 좋지 않은 일이 생긴 게 분명했기 때문이다. 피는 섞이지 않았지만 소영은 제게 유일한 가족과 같은 존재였다. 늘 저를 걱정하고 마음결을 쓰다듬어 주는 누이였다.

"하아."

바 안으로 들어가자 테이블에 거의 엎드리다시피 한 소영의 뒷모습이 보였다. 두준은 한숨을 깊게 내쉬며 소영에게 다가갔다.

"어어? 자식, 왔네. 후후후후."

눈도 제대로 뜨지 못하고 테이블에 의지해 겨우 몸을 일으킨 소영이 웃어댔다.

"후후후후, 우리 밤새 달려보자. 후후후후, 오랜만에 짠. 건배도 하고. 아유, 네가 있으니 좋다. 후후후후후."

술에 취하면 웃음이 많아지는 소영이었다. 그녀의 보호자가 되어야 하는데 소영은 술잔을 챙겨 가득 와인을 부어주었다. 그리고 건배를 하자고 막무가내로 졸랐다. 저 역시 술이 고팠지만 마실 수는 없었다. 이미 잔뜩 취해 있던 소영은 이내 그대로 앞으로 쓰러져 버렸다.

두준은 소영을 어디에 데려다주어야 할지 한참 망설였다. 그녀가 이렇게 술을 마시러 나왔다는 것은 집이 싫다는 거였다. 결혼 이후, 단 한 번도 시댁에 책잡힐 일을 하지 않고 잘 견디던 소영이었다. 집에 있지 못하는 이유가 반드시 있을 터였다. 다시 집으로 데리고 갈 수도, 소영의 친어머니가 안 계신 친정으로 데려다줄 수도 없었다. 난감했다. 얼굴이 알려진 소영에게는 위험한 일이 될 수도 있어 호텔에 데리고 갈 수도 없었다.

조수석 의자에 기대 축 늘어져 있는 소영을 바라보고 있으니 마음이 더 심란했다. 제 상념도 버거운데 소영이 이러고 있다. 최고의 자리에서 인정받겠다며 결혼을 선택한 소영은 행복하지 않은 것인가? 자신이 원하던 것을 얻으면 사람들은 행복해져야 하는 게 맞는데 무엇이 소영을 이렇게 무너뜨리는지 알 수가 없었다.

아이러니한 일이 벌어지는 것이 인생인 모양이었다. 가족에 대한 모든 의문을 풀고도 답답한 기분이 드는 것도 가족과의 인연을 끊겠다고 결심을 하고서도 은서에게 선뜻 다가가지 못하는 것도. 제게로 달려드는 상념이 무섭게 쏟아지는 빗속에 저를 벌거벗긴 채 세워둔 것만 같았다.

억수같이 쏟아지는 빗길을 달리는 자동차가 더디게 움직였다. 주말 정체 시간을 방불케 하는 도로 사정 덕분에 3시간 가까이 달려서야 겨우 집에 도착했다. 우산이 없어 쏟아지는 비를 맞으며 소영을 집 안으로 데리고 들어갔다. 그 바람에 소영이 정신이 든 모양이었다.

"두준아, 나 물 좀."

두준은 수건을 소영에게 건네고 물을 가져왔다. 비에 흠뻑 젖은 소영의 머릿결을 타고 물이 뚝뚝 떨어지고 있었다.

"그러다 감기 걸려."

두준은 물컵을 소영 앞에 내려놓고 냉기로 가득한 집의 벽난로에 불을 지폈다. 뒤를 돌아보니 소영은 여전히 멍한 눈으로 앉아만 있었다. 코끝이 찡했다. 매운 연기 탓인지 제 감정 탓인지 소영이 짠해 보인 탓인지 모르겠다.

"수건으로 좀 닦아!"

"……."

"누나!"

"응, 나 좀 씻어야겠어. 기분이 더러워서 말이야."

술이 깨긴 했는지 소영의 목소리에 웃음기가 없었다.

"이제 좀 누나 같네."

소영은 그대로 일어나 게스트 룸으로 들어갔다. 감정에 사로잡히면 안 되었지만 주도권이고 뭐고 다 귀찮았다. 도저히 한 공간에서 남편, 정세현과 같이 있다고 생각하니 견딜 수가 없었다. 무작정 집을 나왔지만 갈 곳이 없었다. 친정 엄마가 안 계신 친정은 더 이상 친정이 아니었다. 서러웠다. 제 몸 하나 누일 곳이 없다는게. 제 마음 하나 둘 곳이 없다는 게.

드레스 룸으로 간 두준은 무용지물이 된 파자마를 내려다보았다. 언제 은서가 올지 몰라 준비해 두었던 파자마다. 그의 입가에 쓴웃음이 번졌다. 셔츠와 파자마를 들고 게스트 룸으로 들어간 두준은 미간을 찌푸렸다. 물소리가 들리지 않았다. 혹시 다시 취기가 올라 쓰러진 게 아닌지 걱정이 됐다.

그런데…… 가녀린 흐느낌이 들려왔다. 소영이 저렇게 우는 건처음이었다. 제 친정 엄마가 돌아가셨을 때도 사람들 앞에서 흐느껴 우는 걸 본 적이 없었다. 마치 제가 눈물을 흘리는 것처럼 가슴이 저려왔다. 망부석이라도 된 것처럼 서 있던 두준은 욕실 앞에옷을 두고 조용히 문을 닫고 나왔다.

한참 만에 게스트 룸에서 나온 소영의 코끝이 빨갛게 물들어 있었다. 그런 그녀가 두준을 보고 웃었다.

"들어가서 자."

"두준아."

"으응."

"왜 안 물어봐?"

"뭘?"

"내가 운 이유."

"……."

"우리 두준이 이제 좀 어른 같네. 서른이 넘어도 애 같더니만."

"누나!"

"후후, 남자는 사랑을 제대로 해봐야 진짜 어른이 되는 건가 보다."

소영이 두준의 표정을 살폈다. 고뇌에 차 있는 얼굴이었다. 그건 사랑이 깊어졌다는 의미였다. 농익어 터지는 순간이 코앞에 와 있는 듯 보였다.

다행이다. 녀석, 이제 인생을 제대로 살겠구나.

소영은 안심이 되는 동시에 아픔을 겪으면서도 서로를 놓지 않는 그들의 예쁜 사랑이 힘이 됐다. 소파에 가서 깊숙이 등을 기대며 두준에게 와서 앉으라고 제 옆자리를 손으로 두드렸다. 순순히 두준이 옆에 와서 앉았다.

"이제 그만 익히고 터트려. 네 감정에 솔직해져."

"은서를 사랑할 자격이 내겐 없어."

"두준아, 네가 자격이 있든 없든 은서는 너를 사랑해. 너도 알잖아. 은서는 널 품을 수 있을 거야. 널 따뜻하게 감싸주고 네 아픔을 나눠 주고 결국에는 그 아픔이 무엇이었는지도 잊게 해줄 거야. 어쩌면 은서의 따뜻함이 네 가족까지 품어 변화시켜 줄지 모르지. 네 얼음장 같던 마음도 녹였잖아?"

"내가 어떻게 해야 할지 나도 모르겠어. 나도 은서가 필요해. 하지만 내 가족을 품어달라고 못하겠어. 나조차도 품을 수 없는 가족을 어떻게 은서에게 품어달라고 하겠어."

두준이 마른세수를 했다.

"혹시 기준이한테 뭐 들은 거야?"

소영의 말에 두준은 눈을 크게 떴다.

"무슨 말이야? 설마 누나도 우리 집 일을 알고 있었어?"

"하아…… 숨긴다고 숨겨질 일은 아니었어."

"대체 언제부터 알고 있던 거야."

"그게 뭐가 중요해. 엄마랑 네 엄마가 친구였어. 가끔 네 엄마 이야기를 하시며 우시곤 해서 알았어. 사람들은 각자의 인생을 살아가는 거야. 네 엄마는 네 엄마의 인생을 사신 거고."

"……."

"당연히 모든 게 원망스럽겠지. 더군다나 네가 원한다고 은서 부모님 같은 인자한 분들을 부모님으로 선택해서 태어날 수도 없었던 거고. 어쩌겠니. 받아들여야지. 벗어나고 싶다고 네가 평생을 발버둥 쳤어도 넌 가족을 외면하지 못했잖아."

두준은 고개를 숙인 채 말이 없었다.

"원망한다고 달라지는 건 없어. 결국 네 삶이고 네 인생이야. 네 자신이 행복해져야 네 가족도 따뜻하게 품어줄 수 있는 거야."

두준을 위로하려 했던 말이 소영의 가슴을 파고들었다. 그건 제 스스로에게도 필요한 말이었다.

"나처럼 뒤늦게 뼈저리게 후회할 일 만들지 말고 너는 행복했으면 좋겠다."

"지금은 행복하지 않다는 말 같네."

"으응, 지금은 몹시 불행하지. 후후후."

소영이 두준의 어깨에 머리를 기댔다. 오늘따라 아빠 같고, 동생 같은 두준에게 제 아픈 마음을 기대고 싶어졌다. 이럴 때에는 가족이 필요했다. 무조건 내 편일 것 같은 가족. 아무 말도 하지 않아도 다 알아줄 것 같은 그런 가족 말이다.

"두준아, 은서가 네게 따뜻한 가족이 되어줄 거야."

소영의 웃음이 쓸쓸하게 들려왔다. 두준은 아무 말 없이 소영의 머리를 쓰다듬어 주었다. 제 상처를 드러내고 싶지 않은 그녀의 심정이 제 것과 같아 보였다.

"네가 있어서 참 다행이야. 두준아, 고마워."

"누나, 힘내. 누나한테 무슨 일 있으면 나도 기운 빠져."

"후훗, 그런 말도 할 줄 알고."

소영은 기운이 나는 것 같았다. 두준의 위로 덕분에 자신이 어찌해야 좋을지 알 것 같았다. 제가 힘을 내야 두준도 용기를 낼 수 있을 것 같았다. 소영이 두준의 어깨에 기댔던 머리를 들고 두준을 바라보았다. 자기는 이제 괜찮다고 그러니까 걱정하지 말고 용기를 내라는 의미로 미소를 지어주었다.

미소를 짓고 있지만 소영의 빨갛게 부어 있는 눈이 괜찮지 않다고 말해주는 것만 같았다. 가만히 소영의 눈을 바라보던 두준은 천천히 소영에게 다가갔다. 그리고 그녀의 머리를 끌어당겼다. 마치 제 상처를 끌어안는 것처럼.

폭우는 며칠 동안이나 계속되고 있었다. 바람이 비명을 질러대고 있었고 금방이라도 깨져 버리기라도 할 것처럼 유리창이 덜컹거렸다. 세상을 집어삼키려는 듯 맹렬히 퍼부어대는 폭우 속에서 은서는 아무것도 할 수 없었다. 마치 하늘이 제 마음을 대변해 주는 것 같았다.

어째서일까.

두준이 다가와 주길 기다리는 내내 버틸 수 있었던 것은 그의 마음결이 느껴지는 눈빛 때문이었다. 사랑하는 이를 갈구하는 눈빛을 종종 볼 수 있었기에 가능했다. 하지만 며칠째 모습을 보이지 않는 그 때문에 애가 타기 시작했다.

이렇게 마냥 기다리는 것이 맞는 걸까. 아니면 제가 먼저 그에게 다가가야 하는 걸까. 가족을 굴레로 표현한 의미는 그만큼 간절히 무언가를 갈구하는 것은 아닐까. 그가 자유롭고 싶지만 벗어날 수 없는 관계를 유지할 수밖에 없는 것은 어쩌면 그건 사랑인지도 모른다. 사랑하기 때문에 자유로울 수도 벗어날 수도 없는 제 자신의 감정과 다를 게 없었다. 순간 은서는 깨달았다. 그에게 제가 필요하다는 것을, 사랑하기에 이별할 수밖에 없다는 말은 저를 갈망하고 있음을 반증하는 것이란 것을.

종일 오피스텔 안을 서성이던 은서는 자동차 키를 집어 들었다. 아, 왜 이제야 깨달은 것일까. 그를 붙잡아주었어야 했다. 그가 원하는 건 그런 거였다. 힘이 되어주는 누군가가 필요했던 거였다.

무려 시속 140킬로미터로 내달리면서도 빗길의 과속이 얼마나 위험한지조차 느끼지 못했다. 거침없이 사랑하는 이에게 달려가는 그녀의 가슴은 터질 것처럼 부풀어 오르고 있었다. 가슴속에 차오르는 충만함으로 그녀의 얼굴은 환희로 가득했다. 그에게로 달려가고 있음에 온몸의 감각세포가 들고 일어나며 짜릿한 희열이 느껴졌다.

"소영 언니?"

그의 집 앞에 다다른 은서의 눈에 의아한 빛이 서렸다. 헤드라이트를 통해 그의 집 앞에 세워진 소영의 차가 보였던 것이다. 자정을 넘긴 시간에 왜 그녀가 온 걸까. 은서는 갑자기 초조해지기 시작했다. 차에서 내려 그의 집 앞에 섰다. 빼곡하게 울타리를 이루고 있는 키가 큰 대나무들 사이에 놓인 대문은 수줍게 열려 있었다.

그의 집 거실에서 희미한 불빛이 새어 나오고 있었다. 어른거리고 있는 불빛, 게다가 지붕 위로 피어오르다가 재빠르게 사라지는 연기는 벽난로에서 나무가 타면서 자아내는 불빛임을 짐작하게 했다. 마당 한가운데 선 은서는 한 발자국도 앞으로 나아가지 못했다.

어쩌면 지금 돌아서서 그의 집을 빠져나가는 게 옳은 선택인지 모른다. 자신을 위해, 상처가 될 장면과 맞닥뜨리지 않기 위해. 하지만 입을 앙다문 그녀의 몸이 제멋대로 움직이기 시작했다. 두 다리는 마치 타인의 것인 양 그의 거실이 들여다보이는 통유리 쪽으로 저를 이끌었다.

불길함은 곧 눈앞에 펼쳐졌다. 세찬 폭우가 쏟아지는 제가 서 있는 곳과 아무 상관 없다는 듯 유리창 너머 안쪽은 온화함이 가득 배어 나왔다. 폭우 속에 작은 우산 하나 받쳐 들고 위태롭게 서 있는 은서의 눈에 눈물이 차올랐다.

긴 소파에 깊숙이 몸을 파묻고 나란히 앉아 있는 다정한 두 사람의 뒷모습에 은서의 가슴이 무너져 내렸다. 한없이 다정한 느낌을 주는 그의 손길. 마치 어린아이를 달래듯 어루만지는 느낌을 자아내고 있었다. 은서는 그 자리에서 고드름처럼 얼어붙었다. 무작정 창문을 부수고 들어가 저 둘을 떼어놓고만 싶은 질투심이 타올랐다. 그러쥔 주먹에서 피가 날 것처럼 아팠다.

소영을 마주 보고 있던 그가 그녀의 얼굴 가까이로 다가가는 것이 보였다. 은서는 질끈 눈을 감아버렸다. 더 이상 둘의 애정 행각을 볼 수 없었다. 그들의 작은 움직임마저 하나도 놓치지 않고 보아버린 눈을 후벼 파버리고 싶었다.

'아! 왜 그들의 관계를 아무런 의심 없이 보아 넘긴 걸까.'

그녀가 들고 있던 우산이 힘없이 아래로 떨어졌다. 차가운 빗방울이 은서의 온몸과 가슴을 적시기 시작했다. 은서는 힘없이 비틀거리며 도망치듯 그의 집을 빠져나갔다. 차에 올라탄 은서는 덜덜 떨리는 손으로 겨우 시동을 걸었다. 흠뻑 젖어버린 은서의 몸에서 열기가 피어오르고 있었다. 그녀는 시동을 건 채 한참을 차 시트에 몸을 맡기고 널브러졌다. 놀라움과 좌절감, 절망으로 온몸이 녹아내리는 것 같아 꼼짝도 할 수 없었다. 어느새 몸이 사시나무 떨듯 거세게 떨려왔다. 의도치 않았음에도 이를 딱딱 부닥치며 떨어댔다.

하늘도 알았던 걸까? 제가 받을 상처를 알고 있던 탓에 이렇게 비를 토해냈던 걸까?

폭우 소리는 제 슬픔도, 차의 시동을 거는 소리도 삼켜주고 있었다. 집 안의 두 사람에게 자신의 존재를 들켰다면 얼마나 더 비참한 기분을 느끼게 될까. 그녀는 서러움이 잦아들고 이성을 되찾을 즈음 차를 출발시켰다. 그렇게 고통스런 현실에서 멀어지듯, 그에게서 도망치듯 내달렸다. 멈추었던 눈물은 또다시 하염없이 흐르고 무슨 정신으로 운전을 했는지 기억나지 않았다. 오로지 감각에 몸을 의지한 채 집으로 돌아왔다.

"어르신, 계십니까?"

제발 은서가 이곳에 있기를 바라는 간절한 마음으로 두준은 은서의 시골집 현관문을 조심스럽게 두드렸다.

기제사 날 알게 된 가족사의 충격에서 허우적거리는 사이 급작스럽게 은서에게서 주택단지의 가드닝을 할 수 없게 됐다는 계약 파기한다는 이메일이 왔다.

무슨 오만한 생각으로 은서가 무작정 저를 기다려 줄 거라 기대를 했던 걸까. 저를 바라봐 주지 않는 사람을 기다린다는 것이 얼마나 힘든지 알고 있으면서도 외면했던 자신이 용서가 되지 않았다. 당장 달려가 그녀를 붙잡고 싶었지만 그럴 수도 없었다. 그러기에는 은서에게 너무 미안했고 염치없는 일이었다. 그렇게 한 달의 시간을 허비하는 동안 은서는 오피스텔까지 정리하고 사라졌다.

제발! 은서가 이곳에 있기를!

차가운 바닷바람이 휘몰아치며 온몸을 덮쳤지만 심장에서 불어오는 바람만큼 춥게 느껴지지 않았다. 정말 죽을 만큼 은서가 그리웠다. 어서 은서를 만나 따뜻한 온기를 느끼고 싶었다.

"아이구, 한 소장. 오랜만일세."

얼마 지나지 않아 경섭이 현관문을 열고 나와 인사를 했다.

"네. 안녕하셨어요. 어머님도 안녕하시지요?"

두준은 떨리는 음성으로 인사를 하며 옥주의 안부를 물었다. 아무래도 은서는 제 부모님께 아무 말도 하지 않은 모양이었다. 여전히 경섭의 표정이 온화했다.

"어여 안으로 들어오게. 바람이 차. 그동안 많이 바빴던 모양이야."

"……."

두준은 아무 말도 하지 못한 채 잠시 망설이다 경섭을 따라 집 안으로 들어갔다. 이제 익숙하게 여겨지는 온화한 집 냄새에 두준은 마음이 편해졌다.

"여보, 한 소장이 왔어."

"세상에 이게 누구야! 얼굴도 잊어버리겠네!"

부엌에서 콩을 고르고 있던 옥주가 돋보기를 아래로 내리며 한달음에 달려와 두준의 손을 덥석 잡았다. 한눈에 보기에도 반가운 기색이 역력했다. 두준은 마음이 더 무거워졌다. 제게는 이런 대접을 받을 자격이 없는 탓이었다.

"죄송해요. 바쁜 일이 있어서 통 현장에 못 왔습니다."

"회사 대표니까 바쁘기도 하겠지."

경섭이 고개를 끄덕였다.

"아직 점심 안 먹었지?"

옥주의 물음에 두준은 코끝이 찡해졌다. 작은 것 하나라도 살뜰히 챙기는 마음결이 느껴졌다. 왜 이런 마음을 받아들일 생각도 하지 못했는지 모르겠다. 제 어머니와 비교하며 피해 의식만을 키웠을 뿐 이들 속에 젖어들어 마음을 열어보려는 시도조차 하지 않은 자신이 너무나 한심했다.

"점심 먹기에는 아직 이른 시간이지. 한 소장 바쁠 텐데."

경섭은 두준이 선뜻 대답을 못하는 것으로 알고 얼른 그가 빠져나갈 구멍을 만들어주었다. 두준은 비로소 숨을 쉬는 것 같았다. 이렇게 따뜻한 분위기 속에서 제 상처를 치유받고 타인을 배려할 줄 아는 사람으로 변하고 싶어졌다. 진작 깨닫지 못한 것이 후회스러웠다.

"아닙니다. 오늘은 바쁜 일 없습니다. 점심 주십시오."

"그래? 뭘 해줄까? 먹고 싶은 게 있나?"

"어머님이 해주시는 건 다 맛있어요."

두준은 옥주의 눈을 바라보며 어머님이라고 불러보았다. 가슴에서 따뜻한 기운이 샘솟는 것 같았다. 옥주는 저를 부르는 호칭이 마음에 든 듯 환한 미소를 지어 보이고 부엌으로 들어갔다.

"앉게."

경섭이 방석을 내어주자 두준은 자리에 앉았다.

"은서 때문에 공사에 차질이 있지는 않은가?"

경섭이 조심스레 두준에게 물었다. 그가 어떤 대답을 할지 궁금했다. 갑작스레 은서가 몇 달만 영국에 다녀오겠다는 말을 꺼냈을 때부터 두 사람의 관계가 어그러진 것이 아닌지 걱정하던 차였다. 한 달이 넘도록 두준도 현장에 오지 않았다. 그런데 이렇게 두준이 찾아온 걸 보면 두 사람의 관계가 아주 어그러진 것은 아닌 듯했다.

"아버님, 제가 은서를 아프게 했습니다."

두준은 얼른 무릎을 꿇고 앉아 용서를 빌기 시작했다.

"이게 무슨 말이야? 그럼 우리 은서가 영국에 간 게 자네 때문이란 거야?"

부엌에 있던 옥주가 달려와 경섭 옆에 앉으며 놀란 표정을 지었다.

"어떻게 아프게 했다는 거야?"

"여보, 일단은 두준 군 말을 먼저 들어보자고."

차분한 표정으로 고개를 숙이고 있는 두준을 바라보던 경섭이 옥주를 달랬다.

"처음 이곳에 주택단지를 조성할 생각을 할 수 있었던 것은 두 분 덕분이에요. 이곳에 왔을 때 이 집과 툇마루에서 담소를 나누고 계신 두 분을 본 순간 세상 어느 곳보다 따뜻한 곳이라 여겨졌어요."

잠시 목이 멘 두준은 마른침을 삼키고 다시 말을 이었다.

"우연히, 아니, 어쩌면 제게는 필연이었던 것 같아요. 은서를 알게 됐어요. 세상에서 가장 귀엽고, 예쁘고, 따뜻한……."

어느새 두준의 눈에서는 굵은 눈물이 흐르고 있었다.

"사랑하지 않고는 견딜 수 없는 사랑스런 은서에게 제가 너무 잔인한 짓을 했어요. 은서가 제 가족으로부터 상처를 받지 않았으면 좋겠다고만 생각했어요. 사랑하지만 헤어질 수밖에 없다고……. 마음이 아프지만 은서를 위해 그렇게 해야만 한다고 믿었어요."

그의 손등으로 눈물이 뚝뚝 떨어졌다.

"가족에게서 상처를 많이 받은 모양이군."

경섭의 말에 두준은 고개를 들었다. 당신의 딸을 아프게 했다고 호통을 쳐도 모자랄 텐데 경섭은 제게 손수건을 내밀고 있었다. 옥주는 경섭의 옆에서 눈물을 훔치고 있었다. 두준은 침을 꿀꺽 삼키고 어린 시절 자신이 겪었던 가족의 분위기와 부끄러운 자신의 가족사에 대해 조심스레 털어놓았다. 쫓겨나는 일이 있어도 은서와 미래를 함께하는 것을 허락받고 싶었다.

"두준아, 네 마음이 변한 게 아니었잖아? 은서를 사랑하는 마음이 깊어서 네가 상처받은 만큼 은서도 상처를 받게 될까 봐 그게 걱정이 됐던 거지?"

"네, 아버님. 흐흐흑."

이 세상 어느 것보다 경섭의 따뜻한 말 한마디에 제 마음 속에 쌓여 있던 상처가 스르륵 녹아내리는 것이 느껴졌다. 결국 두준은 울음을 토해냈다.

"실컷 울어. 남자라고 울지 말라는 법은 없어."

경섭이 두준에게 가까이 다가가 그의 등을 쓸어주고 다독여 주었다.

"그래서 이제 어떻게 할 생각이지? 우리야 은서와 자네 마음이 같다면 미래를 함께해도 좋지만 은서가 마음을 정리하려고 영국에 간 거라면 쉽지 않을 텐데. 그 아이 한번 고집이 나면 우리도 못 말려."

두준이 어느 정도 진정되자 경섭은 미소를 머금고 두준에게 물었다.

"어쩌긴 어째요. 은서한테 빌어야죠. 평생 빌고 또 빌어야지."

옥주가 두준에게 눈을 흘기며 말하고 있었지만 미움이 담겨 있는 눈초리가 아니었다.

"진작 이렇게 했으면 오죽 좋아! 물론 은서를 아끼는 마음은 충분히 알겠네만 자네는 하나만 알고 둘은 몰랐던 게야. 그래도 뭐 과정이려니 생각하네. 그러니 무조건 은서한테 가서 빌고 또 빌어. 우리 딸 데리고 와야 하네."

"쯧쯧, 당신도 좋으면서 말을 꼭 그렇게 해야 하나?"

경섭이 옥주에게 핀잔을 주었다.

"당장 멀리 떠나 있는 은서를 생각하면 아주 좋은 것만은 아니에요. 보고 싶어서 눈에 진물 나게 생겼다고요."

"어머니, 제가 잘못했습니다. 꼭 은서 데리고 오겠습니다."

"그런데 은서가 어디에 있는지는 알아?"

"당신도 참! 두준이가 은서 있는 곳을 알면 여기부터 왔겠어요? 당장에 은서 있는 곳으로 달려갔겠지? 안 그런가?"

두준은 고개를 끄덕였다.

"봐요. 은서가 아주 작정을 하고 간 거라고요. 사랑하는 사람이 헤어지자고 했는데 그 사람이 눈앞에 아른거리고 있으니 그 속이 오죽했겠냐고. 피가 말랐을 거라고요. 그걸 생각하면 자네 정말 나한테 며칠 동안 등짝을 맞아도 싸네."

"어허, 이 사람이."

"지금 당장 못 알려주겠네."

"여보."

옥주가 자꾸만 어깃장을 놓자 경섭은 옥주를 달래려 그녀의 손을 잡았다.

"밥은 먹이고 보내야죠. 지금 알려주면 밥도 안 먹고 뛰쳐나갈 거 아니에요. 우리 은서만 골은 게 아니잖아요."

옥주의 말에 두준은 왈칵 눈물이 솟구치고 말았다.

"뭘 잘했다고 우나. 아주 울보 사위 보게 생겼네."

옥주도 눈물을 훔치며 부엌으로 들어갔다.

"사람 참, 자네 장모 말 너무 마음에 두지 마. 속상해서 하는 말이니까."

두준은 따뜻한 두 분의 배려에 제 속도 따뜻해지는 것을 느꼈다. 곧 은서를 만날 생각에 벌써부터 심장이 두근거렸다. 옥주의 말대로 은서가 있는 곳을 들으면 바로 뛰쳐나갔을지 모를 만큼.

"하아."

그날 제가 목격한 것을 받아들이기 위해서는 무작정 떠나는 것 말고 방법이 없었다. 그런 장면을 목격하고도 제가 잘못 봤다는 생각만 들었다. 그에게 달려가고만 싶었다. 스스로를 통제할 수 없을 만큼 그를 사랑하고 있었다. 방법은 하나였다. 그를 볼 수 없는 곳으로 가야 한다는 생각으로 이곳에 왔다.

하지만 스스로가 한심하기 짝이 없었다. 철저한 준비 과정도 없이 홀쩍 떠나온 탓에 한군데 정착을 하지 못하고 떠돌이 생활을 하고 있었다. 이러다가 일 년도 못 견디고 벌어놓은 돈을 다 까먹게 생겼다. 영국의 햄튼을 선택했던 건 언젠가 다큐멘터리를 보다가 반하게 된 곳이었기 때문이다. 하지만 겨울이라 스산한 잡풀들이 우거진 정원의 모습에 아무런 감흥을 느낄 수 없었다. 내친김에 따뜻한 지중해 지방을 둘러본 후 다시 햄튼으로 돌아왔다.

왜 하필 햄튼이 여기도 있는 거야!

원류를 따지자면 뉴욕의 햄튼은 이곳 지명을 따른 것일 텐데 괜스레 부아가 났다. 은서는 눈살을 찌푸리며 햄튼의 골목길을 천천히 걸어 다녔다. 좁다란 골목길을 따라 늘어선 집 모양은 제각각이었지만 튀거나 도드라져 보이지 않았다. 게다가 집을 장식하고 있는 정원이라 말할 수도 없지만 그 독특한 공간이 눈길을 사로잡았다. 조화로운 공간에 대한 이해를 쉽게 할 수 있는 곳이었다.

다양하면서도 이렇게 주변과 어우러지는 풍경이라니.

은서의 입가에 미소가 번졌다. 정원의 형태만 있을 뿐이어서 아쉽지만 태블릿에 영상을 띄워 비교해 보는 것도 나쁘지 않았다.

"하아아."

미소를 짓던 은서가 돌연 짙은 한숨을 내쉬었다. 두준 때문이었다. 파렴치하기 짝이 없는 인간으로 낙인을 쾅 찍어도 모자라건만 그의 주택단지와 잘 어우러질 것 같은 풍경을 보면 여지없이 그가 떠올랐다. 지금도 예외는 아니었다.

'전격 합의 이혼!'

소영의 이혼 기사 제목을 떠올린 은서의 미간이 잔뜩 찌푸려졌다. 그들이 한없이 미웠다. 인터넷에는 소영의 이혼 기사로 도배되다시피 했고 그들이 진짜로 이혼한 사유에 대해 온갖 추측과 루

머가 난무했다. 그녀가 이혼한 진짜 이유를 아는 사람은 저 혼자인 듯했다.

"은서야!"

등 뒤에서 들려오는 매력적인 중저음의 목소리에 은서는 호흡을 멈췄다. 그녀의 얼굴이 잔뜩 일그러졌다.

아직도 뭘 기대하는 거야!

등 뒤에서 들려오는 소리가 환청이라는 생각에 그녀는 고개를 세차게 저었다. 그가 이곳에 올 리가 없었다. 제가 이곳에 있는 것은 부모님만 아는 일이었다.

"은서야!"

또렷하게 저를 부르는 소리가 점점 가까이서 들려왔다. 은서는 설마 하는 생각에 고개를 돌렸다. 그리고는 얼굴이 하얗게 질린 채 두준을 바라보았다. 까만 동공이 어지럽게 흔들렸다.

"은서야, 할 말이 있어서 왔어."

두준은 은서의 표정으로 모든 게 읽혀지자 다행스런 기분이 들었다. 그녀가 저를 잊기 위해 떠났지만 그녀의 표정에는 그렇게 하지 못했다는 감정이 서려 있었기 때문이었다. 아직도 자신을 사랑하고 있음이 고스란히 드러난 눈동자를 바라보는 두준의 눈가가 촉촉해졌다.

"우리 어디 가서 얘기 좀 해."

아직 우리라고 불러도 되는 관계인 걸까?

은서는 선뜻 대답하지 못하고 입을 앙다문 채 서 있기만 했다. 아무런 말을 듣지 못했는데 벌써부터 가슴이 떨렸다. 그를 떠나왔지만 정말 그를 완전히 잊어야 하는 이유를 듣게 될까 두려웠다.

"은서야."

두준은 더 이상 참지 못하고 성큼성큼 은서에게 다가가 끌어안았다.

"보고 싶어 죽는 줄 알았어."

제 품에서 벗어나려 바르작거리는 은서를 더욱더 세게 끌어안으며 그녀의 정수리에 뜨거운 숨결을 불어넣었다.

보고 싶었다고? 내가 꿈을 꾸고 있는 걸까? 너무나 그이가 보고 싶어서?

그의 품에서 벗어나려고 안간힘을 쓰던 은서는 제 정수리에 닿는 그의 뜨거운 숨결과 보고 싶다는 말 한마디에 아무것도 생각할 수가 없었다. 그저 이 순간이 현실이기를 바랐다.

"은서야, 내가 잘못했어. 널 아프게 해서…… 널 힘들게 해서 너무 미안해."

은서는 대답 대신 목을 늘이며 침을 삼켰다. 아직도 그날을 떠올리면 숨이 제대로 쉬어지지 않았다. 대체 그가 무슨 말이 하고 싶은 건지 도무지 그의 의도를 파악할 수 없었다. 그냥 소영과 결혼하면 될 텐데 왜 제게 찾아와 사과를 하는 걸까. 은서는 있는 힘을 다해 그를 밀어냈다.

"사과 싫어하잖아요. 애써 나한테 이렇게 사과할 필요 없어요. 앞으로 행복하게 잘사세요."

"은서야……."

두준의 얼굴이 백지장처럼 하얘졌다. 잠시 흔들리는 듯 보였던 그녀의 동공은 또렷해져 있었다. 그 눈빛이 너무나 단호해 아무 말도 할 수 없었다. 그동안 얼마나 저를 잊으려 애를 썼던 것일까.

아무래도 제가 너무 늦게 그녀에게 손을 내민 것 같았다.

내가 어떻게 하면 네 마음을 돌릴 수 있을까?

"돌아가세요. 이제 와서 이러는 이유가 뭐예요. 우린 벌써 다 끝난 사이잖아요. 소장님이 그렇게 만들었잖아요. 더 이상 저한테 상처 주지 마세요. 지금까지도 충분하잖아요?"

가슴을 후벼 파는 그녀의 말에 두준은 멍하니 은서를 바라볼 뿐이었다. 그녀의 말이 모두 사실이었다. 모두 제가 저지른 일이었다.

"제발, 나를 용서해 줘."

"하! 용서요? 그렇군요. 조금이라도 죄책감을 덜고 싶은 거군요. 나한테 헤어지자는 말을 할 때 알아차렸어야 했어요. 알량한 죄책감을 덜고 싶어서 소장님이 그런 이유를 댔던 걸. 내가 너무 내 감정에 빠져 있었어요. 누구를 탓하겠어요. 내가 어리석었던 탓인데요."

은서는 미움을 가득 담아 그를 노려보았다. 제가 받았던 모든 상처를 그에게 쏘아주었다. 상처를 받을까 두려워 사랑함에도 헤어지자는 말을 할 때부터가 이상한 거였다. 그를 아프게 하고 싶지 않아 헤어짐을 받아들이는 자신의 감정과 그의 감정이 다를 것이 없다고 여긴 탓에 그가 정말 헤어지고 싶은 이유를 놓쳤던 것이다.

"용서해 드릴게요. 그러니 돌아가서 행복하게 잘사세요. 저는 이제 소장님 사랑하지 않아요. 그러니까 제 감정에 책임지실 필요 없어요."

두준은 세상을 다 잃은 것 같은 표정을 지었다. 그런 그를 바라보는 은서의 마음이 갈기갈기 찢어지고 있었다. 그를 곱게 보내주고 싶지 않아 일부러 상처를 주기 위해 단호하게 말했다. 그런 자신이 너무 싫었다. 아픈 눈을 하고 있는 그가 이해되지 않았지만 이렇게 마음이 찢어지는 것 같은 기분이 드는 건 아직도 그를 사랑하기 때문인 것 같았다.

"안녕히 가세요."

은서는 더 이상 그를 보는 게 힘들었다. 최대한 자연스럽게 몸을 돌려 걸었다. 하지만 희뿌옇게 흐려진 시야에는 아무것도 보이지 않았다. 그저 감각에 의지한 채 한 발 한 발 그에게서 스스로 멀어져 갔다.

며칠 전 그렇게 그와 헤어진 후 밤새도록 잠을 이룰 수가 없었다. 두 눈이 퉁퉁 부어오를 만큼 울었다. 이곳에 온 후 그를 잊으려 노력한 시간들이 무색하게도 그를 다시 본 순간 여전히 제 마음속에는 그가 있다는 걸 알았다. 잠시 그의 품에 안겼을 때 느껴지던 건 분명 행복감이었다. 아무리 부정하려 해도 부정할 수 없는 감정에 서러웠다.

모든 것이 심드렁해졌고 아무것도 하고 싶지 않았다. 그렇게 며칠 동안 집 밖에도 나가지 않고 있었다. 하지만 언제까지 아파할 수만은 없었다. 이런 것도 그를 잊기 위한 과정의 일부라 생각하며 힘을 내기로 했다. 그가 없는 삶이 과연 행복할 수 있을지 확신은 없었지만 그래도 그를 보내야 한다고 여겼다.

"은서야."

며칠 만에 집 밖으로 나온 은서는 또렷하게 들려오는 그의 목소리에 눈을 크게 떴다. 어떻게 그가 이곳에 와 있는 걸까.

"아직 안 돌아가셨어요?"

"네가 용서를 해줄 때까지 갈 수 없어."

"용서해 드렸잖아요."

은서는 미간을 잔뜩 찌푸리며 말했다. 도무지 지금의 상황이 믿기지 않았다.

"용서하지 않았다는 거 알아."

"용서했어요. 그러니까 더 괴롭히지 말고 가세요."

"내가 잘못했어. 평생 동안 내가 다 갚아줄게."

"뭘 갚아줘요? 나한테 빚진 거 없다고 했잖아요. 내 감정까지 왜 소장님이 맘대로 책임을 지려고 해요! 내 마음은 내 거라고요!"

"은서야, 내가 어떻게 하면 될까?"

"가시라고요. 내 눈앞에서 사라지란 말이에요!"

"그럴 수 없어."

"왜요? 용서했다고 했는데도 또 뭘 바라시는 거예요?"

"널 사랑해. 평생 함께 있고 싶어. 그러니까 혼자 돌아갈 수 없어."

"정말 뻔뻔하군요."

"맞아. 그래도 할 수 없어. 너 없이는 살 수 없어."

너무나 달콤한 유혹이었지만 그래서 눈을 질끈 감고 또 꿈속으로 빠져들고 싶었지만 참담한 현실을 마주할 것을 생각하면 그럴 수는 없었다.

"제 마음은 변하지 않아요. 그리고 여긴 어떻게 아셨어요? 스토킹으로 신고하기 전에 가세요!"

은서는 대문 밖에 그를 세워둔 채 다시 집 안으로 들어갔다.

"하아, 그래도 오늘은 얼굴이라도 봐서 다행이야."

두준은 아쉬운 마음을 삼키며 발걸음을 돌렸다. 그녀의 마음이 풀릴 때까지 빌고 또 빌 작정이었다. 사랑한다는 말에 그녀의 눈빛이 흔들렸고 너 없이 살 수 없다는 말에 그녀의 표정이 아련해지는 것을 보았다. 그것으로 충분했다. 아직 기회는 남아 있다는 거였다. 제가 한 잘못에 비하면 그녀의 행동은 정말 솜방망이 같은 느낌이었다. 봄이 오려는지 햄튼의 골목길에 훈풍이 불어오고 있었다.

[아직도 은서가 마음을 돌리지 않은 거야?]

"응. 쉽지 않네."

[네가 한 짓을 생각해 봐. 얼마나 은서가 상처를 받았으면 그렇게 하겠어.]

"알아. 그러니까 아직도 여기 있는 거잖아. 누나는 괜찮아?"

[괜찮아. 홀가분해. 맘껏 내 시간 보낼 수 있어 좋기만 하네. 진작 이혼할 걸 그랬어.]

"맘에도 없는 소리. 정세현 그 자식이 그런 짓 안 했으면 누난 이혼 안 했을걸."

[아니야. 사랑도 없는 결혼 따위에 미련 없어. 나도 너희들처럼 그렇게 절절히 사랑하고 싶다.]

"이제 하면 되지."

[어쭈, 아주 이제 여유로워 보인다. 무슨 진전이라도 있어?]

"그냥, 느낌이 은서가 날 아직도 사랑하긴 하는 거 같아."

[큭큭큭. 사랑하니까 거기까지 도망간 거야. 그걸 몰라? 바보.]

"그런 거지?"

소영에게서 확인 도장까지 받자 두준은 어깨를 활짝 펴고 여유로운 마음으로 호텔을 나섰다.

"얼른 자. 새벽이잖아."

[그래. 자야지. 오늘은 단판을 지어. 보쌈이라도 해버려. 후후후후.]

전화를 끊은 두준은 피식 웃었다. 맘 같아서는 보쌈이라도 해서 강제로 끌어안고 키스를 퍼붓고 싶은 마음이 굴뚝이었지만 우악스럽게 그녀를 다루고 싶지 않았다. 용서를 빌고 그녀의 마음을 풀어주는 게 우선이었다. 간신히 억누르며 버티고 있지만 그녀를 보면 입술을 맞추고 싶어 죽을 지경이었다.

바닷가에 있는 호텔을 나서 언덕을 한참 오르니 은서의 숙소가 보이기 시작했다. 곧 은서를 마주할 생각에 가슴이 뛰었다. 대문 밖에도 안 나오던 은서가 얼마 전부터는 저를 투명인간 취급하며 골목길을 걸어 다녔다. 꽃이 피기 시작한 골목길의 정겨운 정원의 풍경을 카메라로 찍기도 하고 태블릿을 꺼내 무엇인가를 열심히 찾아보기도 했다. 그리고 수첩을 꺼내 메모도 했다. 그런 그녀의 모습을 뒤에서 지켜보기만 했다. 그러다가 그녀의 배낭이 무거워 보여 낚아채 들고 성큼성큼 걸어가면 대번에 쫓아와 노려보며 가방을 빼앗아 갔다. 그런 모습조차 귀여워 미칠 지경이었다.

그녀의 숙소에 다다라 한참을 서성였다. 그녀가 규칙적인 시간에 나오는 것이 아니어서 언제 나올지 모르기에 기다려야 했다. 하지만 그런 기다림마저 설레고 행복했다. 마침내 은서가 배낭을

메고 나오는 것이 보였다. 두준은 활짝 웃으며 은서를 보았지만 그녀는 쌩하게 그의 곁을 지나쳐 갔다. 오늘도 투명인간이 되어야 할 모양이었다. 하지만 그래도 행복했다. 그녀와 함께하는 시간이 었기에.

"집요하시군요."

"고마워."

"뭐라고요?"

"오늘은 투명인간을 면하게 해줘서."

"하아. 언제까지 이러고 있을 거예요."

"네가 마음을 열 때까지?"

은서의 표정이 딱딱하게 굳어졌다. 그리고 무언가 결심을 한 듯 입술을 앙다물고 몸을 돌려 걷기 시작했다. 두준은 서둘러 은서의 뒤를 따라갔다.

"소영 언니는요."

"응?"

"소영 언니는 이혼했잖아요."

"알고 있었어?"

"인터넷에 그 난리가 났는데 모를 리 있어요?"

"누나는 괜찮아. 걱정 안 해도 돼. 잘 견뎌내고 있어."

갑자기 은서가 앞서가던 걸음을 멈추고 두준을 노려보았다. 실망감이 가득한 눈빛에 두준은 당황했다.

"어떻게 그런 말을 해요? 소영 언니가 이혼 한 이유를 알아요. 세상 사람들은 모르는 진짜 이혼한 이유!"

두준은 눈을 동그랗게 떴다. 소영이 그새 은서와 무슨 통화를 한 걸까?

"소장님 때문에 이혼한 거잖아요."

"뭐?"

"아니라고 하고 싶어요? 숨기고 싶어요? 왜! 대체 왜!"

은서의 얼굴이 심하게 일그러졌다. 고통스러운 표정을 짓는 그
녀는 가슴까지 들먹거렸다.

"그날, 다 봤어요. 소장님과 소영 언니가 함께 있는 걸. 다정하
게 안고 있는 걸. 이래도 아니라고 할 거예요! 정말 잔인한 사람이
에요."

은서는 할 말을 다 했다는 듯 몸을 휙 돌려 빠른 걸음으로 걸어
갔다. 두준은 잠시 멍한 표정을 짓다가 재빨리 은서를 쫓아가 그
녀를 뒤에서 끌어안았다.

"놔요! 이게 무슨 짓이에요!"

"하아."

은서가 발버둥 쳤지만 두준은 그녀의 허리를 감싸 안은 팔에 힘
을 주었다. 그리고 안도의 한숨을 내쉬었다. 아무래도 소영과 함
께 있던 날 은서가 왔던 모양이었다.

"오해야! 은서야, 그건 오해야!"

"놔요! 내가 똑똑히 봤는데도 오해라고 하다니 정말 몹쓸 사람
이야."

"정세현이 그날 누나 침실로 여자를 끌어들인 걸 누나가 목격
했어. 잔뜩 취해 있는 누나를 데리고 호텔로 갈 수가 없어 집으로
데리고 온 거야. 그리고 누나를 위로하느라 안아주었던 거고. 바
보! 내 안에는 오직 너밖에 없어. 널 사랑해서 네가 상처를 받는

것조차 두려워서 널 보내려고 한 거지 절대로 다른 사람을 내 마음에 들여놓은 적은 없어! 은서야, 사랑해. 정말 미치도록 사랑해."

두준은 격하게 은서를 안고 그녀의 목덜미에 뜨거운 입술을 묻었다.

"그런 오해를 한 거였어? 나를 잊으려고 했던 게? 그럼 빨리 말해주지. 난 생각지도 못했어. 얼마나 아팠니!"

두준이 은서를 돌려 세우고 촉촉해진 눈동자를 그녀에게 맞췄다. 모든 오해가 풀린 그녀의 눈동자는 한없이 따뜻해져 있었다.

"흐흑. 사랑해요. 사랑해요. 사랑……."

은서의 거침없는 고백은 이내 그의 입술 속에 삼켜졌다. 그녀의 두 볼을 감싸 쥔 그의 손바닥은 열기로 가득했다. 그의 입술과 그의 혀도 뜨거웠다. 고스란히 그의 사랑이 감지되자 은서는 기다렸다는 듯 그의 목에 두 팔을 휘감고 끌어당겼다. 그리고 얼마나 애타게 그의 사랑을 갈구했는지 보여주듯 그의 입술과 혀를 거세게 빨아들였다.

"하아, 은서야."

호흡을 고르기 위해 입술을 뗀 그가 그녀의 이마에 제 이마를 살며시 댔다. 그리고 부드러운 머리카락 사이로 손가락을 집어넣어 다정하게 쓸어내렸다. 너무나 그리운 은서를 느끼는 그의 입매가 행복감을 표현하듯 길게 늘어졌다.

"하아."

숨 가쁘게 그의 입술과 혀를 빨아들이던 은서도 밭은 호흡을 내뱉었다. 그녀의 뜨거운 숨결이 제 얼굴에 닿자 두준은 다시 키스를 퍼부었다. 두 사람은 입술이 부어오를 때까지 서로의 뜨거운 감정을 나눴다. 오랜 기다림은 그들을 뜨겁게 만들기 충분했다.

"우리 얘기부터 해야 하지 않을까?"

마침내 입술을 뗀 두준은 뜨겁게 달아오른 감정을 누르며 말했다. 은서는 뜨거운 눈길을 그에게 맞추며 고개를 저었다. 그리고 그의 손을 잡고 제가 머물고 있는 숙소로 그를 이끌었다. 누구에게도 방해받지 않는 곳에서 사랑을 확인하고 싶었다.

"햄튼에서처럼 안아줘요."

방으로 그를 이끈 은서가 두준에게 몸을 찰싹 붙이고 속삭였다.

"하아, 은서야."

두준은 사랑스런 은서의 유혹에 미칠 것처럼 타올랐다. 이제 두 사람의 사랑을 막아서는 장애물은 없었다. 거리낄 것 없는 자유로운 영혼으로 마음껏 서로를 탐하는 두 사람의 짙은 신음 소리가 한동안 방 안을 가득 메웠다.

"사랑해."

서로의 육체를 나눈다는 것은 참 아름다운 대화였다. 말하지 않아도 상대방이 얼마나 뜨겁게 자신을 원하는지 일깨워 주었다. 참 알 수 없는 매력을 가진 은서였다. 이렇게 작고 앙증맞은 여자에게서 터져 나오는 열정적인 몸짓은 제 심장과 온몸의 감각들을 녹여 버렸다. 짙은 신음 소리를 뱉게 만드는 능력자였다. 그는 온몸을 휘감은 채 떨어질 줄 모르는 은서의 척추뼈를 하나하나 더듬으며 사랑을 고백했다.

"알아요."

"사랑해."

두준은 또 고백했다.

"안다니까요."

사랑을 나눌 때 그렇게 뜨겁던 은서였다. 그런데 사랑을 나누고 나면 바로 담백한 여자로 돌아간다. 믿기지 않았다. 게다가 제 사랑 고백을 되돌려 주지도 않는다. 두준은 은서의 몸 위로 올라갔다. 그리고 두 볼을 감싸 쥐고 다시 한 번 사랑한다고 말했다. 그러자 은서는 피식 웃으며 입술을 촉 맞춰줄 뿐이었다. 두준이 인상을 확 구겼다.

"어? 안 사랑하는 표정이네."

은서가 입술을 삐죽 내밀며 눈을 흘겼다.

"사랑한다는 말을 몇 번이나 들어야 나한테도 말해줄 거야? 아까는 너무 급해서 겨우 두 번밖에 듣지 못했어."

"음…… 평생?"

그녀의 말에 두준은 실망이 가득한 표정을 짓더니 옆으로 벌러덩 누워 버렸다.

"어어, 평생 나한테 사랑한다는 말, 하기 싫어요?"

은서가 냉큼 쫓아와 두 다리로 두준의 허리를 휘감으며 물었다.

"나도 듣고 싶어."

"그래요? 내가 사랑한다는 말 안 해서 삐쳤어요?"

"응."

"큭큭, 소심한 두준 씨."

"뭐? 소영이 누나지!"

"후회하지 말아요. 내가 당신을 얼마나 사랑하는지 말해줄게요."

은서는 장난스런 미소를 지어 보이며 두준의 귓불을 살짝 입술로 끌어당겨 핥았다.

"별로 안 사랑하는데."

은서의 혀가 귓불을 시작으로 뜨거운 숨을 내뿜으며 제 귀를 집요하게 핥아대자 두준의 가슴이 크게 들썩였다.

"흐으음."

천천히 은서의 손이 그의 가슴을 어루만지기 시작했다. 그리고 재빠르게 아래로 향했다. 금방 부풀어 오른 그의 몸에 처음으로 그녀의 손이 닿자 그는 감았던 눈을 번쩍 떴다.

"허억."

은서가 저를 내려다보며 은근한 미소를 짓고 있었다.

"나를 죽일 셈이야!"

"이제 당신은 내 거야."

두준은 말로 하는 사랑 고백만큼이나 뜨거운 은서의 손으로 말하는 사랑에 정신을 차릴 수가 없었다. 눈이 풀린 채 아무런 말도 못하고 그녀가 선사하는 감각에 몰입하고 말았다. 낮부터 시작된 사랑 고백은 다 저녁때가 돼서 두 사람이 녹초가 되어 늘어질 때까지 계속됐다. 느른하게 그의 가슴에 얼굴을 대고 누운 은서는 제 머리를 쓸어내리는 감각에 눈을 감고 그의 품에 깊이 안겼다.

"아직도 부족해? 내가 얼마나 당신을 원하는지 또 보여줘?"

"그만! 큭큭."

"은서야, 미안해."

"아니요. 이렇게 나한테 손을 내밀었으니까 이제 괜찮아요."

"아니야. 괜찮지 않아. 네게 이해를 구해야 할 것들이 많아. 너를 사랑할 자격도 없는데 네가 없이는 단 하루도 살아 있는 기분이 들지 않아서 욕심을 냈어. 앞으로도 내 가족 때문에 널 힘들게 할지도 몰라. 하지만 내가 더 잘할게. 네가 아프지 않도록 내가 중심 잘 잡고 널 사랑할게."

"사랑하는 게 왜 욕심이에요. 내가 두준 씨를 이렇게 사랑하는데 뭐가 문제예요. 두준 씨는 내가 아이 같아요? 나도 어른이에요. 한 남자를 뜨겁게 사랑할 줄 아는 여자라고요. 사랑하는 남자를 위해서 기꺼이 아파할 줄 아는 여자라고요. 내가 그렇게 못 미더워요?"

은서의 말에 두준은 어렵게 제 이야기를 꺼냈다. 제 가족의 이야기를 듣는 내내 은서는 제 가슴을 적셨다. 이야기를 마친 두준의 젖은 얼굴도 가슴으로 끌어당겨 꽉 안아주었다.

"두준 씨 가족을 다 이해한다는 말은 못해요. 하지만 당신도 당신의 가족도 내가 이렇게 안아줄게요. 내가 당신을 사랑한다는 건 당신을 있는 그대로 사랑한다는 거예요. 당신의 상처까지도 함께 아파할 준비를 하고 그날 밤, 당신 집에 갔었어요."

"하아, 그랬군."

굵은 눈물이 강한 선을 타고 흘러내렸다. 늘 제게 따뜻함을 선사하는 은서였다. 가슴 가득 번지는 온화한 충만함을 두준은 고스란히 담아 은서를 세게 끌어안았다. 그리고 더 이상 저로 인해 이렇게 아프게 하는 일은 하지 않겠다고 다짐했다.

"같이 돌아가. 돌아가서 우리 같이 살 집 짓자."

"어어, 이거 프러포즈하는 거예요?"

"아니. 같이 돌아가자는 말이야."

"두준 씨 혼자 돌아가요."

은서의 의외의 반응에 두준은 고개를 들어 은서에게 눈을 맞췄다. 그의 얼굴이 굳어져 있었다.

"나를 잊기 위해 이곳에 온 거 아니었어?"

"그랬죠."

"그렇다면 더 이상 이곳에 있을 이유가 없잖아."

그의 말에 은서는 고개를 저었다.

"나요, 두준 씨가 주택단지에 쏟는 정성이 얼마나 대단한지 알아요. 나도 돕고 싶어요. 처음 하는 가드닝 작업인데다 아무리 감각이 있대도 직접 고객들과 부딪치며 상담을 하다 보니 내가 얼마나 부족한지 알게 됐어요."

"네 능력이면 충분해."

"그렇지 않아요. 이곳에서 사람 냄새 나는 주택과 정원을 보고 느끼고 그들이 어떻게 생활 속에서 가드닝을 해나가는지 알고 싶어요. 실은 이곳에 올 때, 주택단지 입주 고객들을 상담한 자료 몽땅 카피해서 들고 왔어요. 그리고 이렇게 작업하면 어떨까 생각하면서 이미지를 만들고 있어요."

두준은 더 이상 그녀를 말릴 수 없음을 깨달았다. 그리고 제가 얼마나 행복한 남자인지도.

"정말 나를 사랑하지 않는군."

하지만 아쉬운 마음은 어쩔 수가 없었다.

"헤헤, 정말 이럴 때는 애 같다니까. 일 년 안에 꼭 돌아갈 수 있도록 나도 열심히 할게요."

"하아. 내 피를 말려 죽일 셈이군."

"어어, 매력 포텐 터지는 말투 오랜만이다."

"응?"

"올백 머리, 매력적인 중저음, 싸늘한 어조로 그렇게 말하면 얼마나 멋있었는데. 결국 그거에 홀라당 넘어갔다고요!"

"뭐? 하하하하."

"뉴욕에서 당신이랑 나이아가라 갔을 때, 그때 난 이미 당신에게 사랑한다고 고백했었어요. 당신은 폭포 소리 때문에 못 들었겠지만."

"정말이야?"

"네. 난 그때부터 지금까지 한결같이 당신 기다렸어요. 이번엔 당신이 기다려 줘요."

"하아. 얼마나 기다려야 해?"

"후후후. 최대한 빨리!"

은서는 촉 소리가 나도록 그에게 입을 맞추며 길게 입매를 늘이며 웃었다. 그녀의 얼굴이 행복해 보였다.

은서를 영국에 남겨두고 두준은 홀로 한국으로 돌아왔다. 고집을 피우는 그녀를 당할 수 없었다. 그녀가 돌아오기만을 손꼽아 기다리는 날들이 이어졌다.

Rrrrrr.

기준이었다. 간단하게 통화를 마친 두준은 형이 입원한 병원으로 향했다. 이젠 형을 마주하고 대화를 하는 것이 어색하지 않았다. 가족이란 피한다고 피해지는 게 아닌 까닭에. 은서로 인해 너른 품을 갖게 된 두준은 거부하던 가족을 천천히 받아들이고 있었다.

"형."

몇 주 만에 보는 기준은 무척 수척한 얼굴을 하고 있었지만 표정은 한결 편안해 보였다. 발작을 일으키며 불안과 공포에 시달리던 기준은 집에서 지낸지 일주일 만에 정신병원에 입원을 했었다.

"바쁘지?"

두준이 병실에 온 게 좋았던 기준은 희미하게 미소를 지어 보였다.

"오너가 신경을 못 썼더니 공사 기간이 늘어나 애먹고 있어. 정신없이 바빠. 그래도 형한테 올 시간은 있어. 바깥 날씨가 좋던데 우리 바람 쐴까?"

"그래."

폐쇄 병동에 갇혀 있을 때는 꿈도 꾸지 못했던 산책을 하며 기준은 산뜻해진 공기를 폐부로 깊이 들이마셨다.

"우리 좀 더 빨리 이렇게 살았어야 했는데."

"그러게."

"그랬으면 훨씬 서로 상처를 덜 받았을 거야."

"맞아."

"미안했다. 아무것도 모르는 너한테 형으로서 그렇게 하면 안되는 거였어. 그런데 두준아, 나 많이 힘들고 아팠어. 내 상처만 생각하느라 네가 상처받고 자란 것을 외면했어. 너도 많이 힘들었을 텐데 형이 되어가지고 네게 투정만 부린 것 같다."

심리적으로 안정이 되고부터 동생에게 하고 싶었던 말이었다.

"처음 아버지한테 들었을 때, 나도 형이랑 다르지 않았어. 나만

생각했어. 내 상처만 생각했어. 사람이란 게 그런 거래. 누구나 아
픈 걸 경험하면 자기 방어적으로 변해서 남을 돌아볼 겨를이 없
대."

"차라리 처음부터 네게 다 말해줄 걸 그랬어. 그리고 함께 이겨
내 보려고 했으면 이렇게까지 오랫동안 아프지 않았을 것 같아."

"지금이라도 서로가 얼마나 아팠는지 이야기할 수 있는 게 얼
마나 다행이야. 난 요즘 형하고 어린 시절 이야기할 때가 좋아. 내
가 어떤 마음이었는지 맘껏 말해도 되고 형도 그런 나를 이해해
주고."

혼자서 끙끙 가슴앓이를 할 때는 몰랐다. 상처란 게 혼자서 이
겨내려 하면 할수록 더욱 상처가 곪는다는 것을. 공감할 수 있는
누군가와 실컷 말해야만 서로의 상처를 보듬고 치유할 수 있다는
것을. 서로의 상처를 보여주고 공감하고 위로한 덕분에 형제 사이
에 지금의 이런 대화가 가능했다. 그 어느 때보다 더 끈끈해진 것
을 느끼며 두준은 기준과 나란히 걸었다.

"엄마는 어떤 분이셨어?"

두준의 물음에 기준은 미소를 지으며 엄마를 떠올려 보았다.

눈앞에 엄마가 앉아 있었다. 그리고 그 옆에는 늘 주변을 맴돌
며 엄마의 품을 파고들고 싶어 안달하는 어린 소년 기준도 있었
다. 엄마는 품을 파고드는 자식을 먼저 안아주려 하지 않았다. 무
표정하게 자신을 밀어내던 엄마의 얼굴과 멍한 눈빛이 기준의 가
슴에 파고들었다.

"우울증이 심했던 모양이야. 나도 어려서 엄마 상태를 몰랐어.
나중에 커서야 엄마가 심한 우울증에 시달렸다는 걸 알았지."

기준은 의외로 담담하게 말했다. 이젠 엄마에 대한 기억을 동생과 공유를 할 수 있다는 게 몹시 위안이 됐다. 어머니를 떠올리면 아프고 두려운 기억뿐이라 여겼는데 두준의 물음에 엄마에 대한 좋은 기억들이 하나둘씩 떠오르기 시작했다.

"어쩌다 엄마가 정신이 돌아오면 꼭 안아주셨지. 그 품이 참 따뜻했어. 엄마 냄새 정말 좋았는데. 너는 기억하지 못하겠지만 너도 꼭 안아주셨었어. 그건 내가 기억해. 그러니까 우리 더 이상 엄마를 미워하지 말자."

기준은 비로소 눈물을 흘리기 시작했다. 철이 들고 엄마를 떠올리며 한 번도 울어본 적 없는 기준이었다. 그건 용서의 눈물이었다.

"두준아, 그날 미안했다. 아무것도 모르는 주제에 피해자인 척 굴더니 여자랑 그렇게 장난치며 환하게 웃는 너를 보고 화가 났어. 네 잘못이 아닌데……. 너 정말 행복해 보이더라. 사귀는 사람이니?"

"응. 형 그날 정말 두들겨 패주고 싶었어. 처음 마음에 담은 사람인데 형 때문에 모든 걸 망쳤다고만 생각했어."

"그래서 헤어진 거야?"

기준이 놀란 듯 눈을 동그랗게 뜨며 물었다.

"아니. 지금은 은서가 영국에 있어서 같이 못 왔어. 돌아오면 같이 올게."

"그래. 네 표정이 이렇게 유하게 바뀐 걸 보면 은서 씨가 널 변화시킨 모양이다."

두준은 고개를 미소를 지으며 고개를 끄덕였다. 이해할 수 없지만 사랑할 수는 있는 것 그게 가족인 거였다. 돌이켜 보면 서로 외면하고 지냈던 것은 상처를 헤집어낼 만큼 단단하지 못했던 탓이 컸는지도 모른다. 서로의 상처를 보려 했다면 그래서 측은하게 생각하고 보듬으려고만 했다면 그렇게 외로움에 몸서리치며 살지 않았을 텐데. 각자 자신의 상처들만 끌어안고 자신의 속에 갇혀 굴을 파고 들어갔는지도 모른다. 상처를 극복하는데 너무나 서툰 가족이었다.

제가 이렇게 가족을 용서할 수 있는 힘을 준 것은 은서였다. 그녀를 향한 마음이 얼어붙었던 심장을 녹였고 형의 손도 잡고 울수 있었던 것이다. 아직 아버지와의 화해가 남아 있었지만 이전처럼 마음이 무겁지만은 않았다. 아버지도 은서 가족을 통해 저처럼 많은 것을 느끼고 변화할 수 있다고 믿었다.

딩동.

이메일이 도착했다는 메시지 음이 울리자 두준은 입가에 미소를 지으며 메일을 열어보았다.

Dear. 두준 씨.

잘 지내고 있지요?

저도 밥도 잘 먹고 잠도 잘 자고 잘 지내고 있답니다.

돌아오라는 이메일에 대한 회신으로 업무 전달을 한다고 심통이 나서 인상을 구기며 휴지통에 버리지 않으신 거죠?

첨부파일 열어보세요. 지난번에 보낸 것보다 훨씬 풍성한 이미지를 담아봤는데 체크해 보고 연락 주세요. 이미지에 있는 화분들은 곧 택배로 도착할 거예요.

영흥 집으로 보냈어요. 거기에 내 마음도 보냈답니다.

보고 싶고 그리워요.

그럼 회신 기다리고 있을게요.

From. 당신의 은서.

담백한 내용이었지만 은서의 결이 담뿍 느껴지는 이메일을 두준은 읽고 또 읽었다.

사랑하는 나의 연인, 나의 생명, 은서야.

그렇게 시작된 답신에 그는 처음 은서를 만나기 전부터 그녀에게 느꼈던 감정부터 지금의 제 마음 상태까지 세세하게 기록해 나갔다. 그리고 단 하루도 사랑하지 않았던 순간이 없었음을 고백했다. 아프게 한 시간만큼 평생 함께하며 행복하게 해주겠다는 약속도 했다.

처음 써보는 연애편지라 쑥스러웠지만 그는 제가 가진 그녀에 대한 감정을 솔직하게 고백했다. 이메일을 보내고 바로 수신확인을 해보았다. 늦은 시간임에도 그녀는 기다렸던 듯 바로 메일을 열어본 모양이었다. 몸은 멀리 떨어져 있지만 마음이 닿아 있는 것 같아 전혀 허전하지 않았다. 아마도 은서도 같은 마음일 거라 여겼다.

그 후, 은서가 한국으로 돌아올 때까지 두준은 세 번이나 은서에게 다녀왔다. 물론 주택단지 가드닝에 필요한 소품들을 구한다는 명목으로. 그럴 때면 그들은 밤새도록 사랑을 나누며 아쉬움을 달랬다. 두준은 같이 돌아가자며 떼를 쓰곤 했지만 은서는 고집을 굽히지 않았다.

두준은 5월의 햇살만큼이나 따사로운 눈빛으로 정원을 손질하고 있는 은서를 한참 동안 지켜보았다. 내일이면 은서가 제 신부가 된다는 것에 벌써부터 가슴이 벅차올랐다. 지난 1월, 은서가 유학을 마치고 돌아오자마자 상견례를 하고 결혼 날짜를 주택단지 완공 이후로 하자는 은서의 제안에 서운했지만 그동안 공들여 작업했던 것들을 잘 마무리하고 싶어 하는 은서의 고집을 꺾을 수는 없었다. 함께 주택단지를 완성하는 동안 시간은 생각보다 빠르게 흘러갔다. 벌써 5개월이 지나 있었다.

"내일이 결혼식인데, 신부가 너무하네."

결혼식이 내일인데도 신혼집 정원 손질에 여념이 없는 은서였다.

"후후후, 이것만 마무리하고요."

"대체 나랑 결혼하는 거야? 정원하고 결혼하는 거야?"

두준은 아이처럼 투정을 부리면서 은서의 허리를 깊이 끌어안았다.

"아이."

"스읍."

은서가 방해하지 말라며 엉덩이로 저를 밀어내자 그녀의 허리를 더 거세게 안으며 잇새로 경고음을 냈다.

"누가 보면 어쩌려고."

그런데도 두준은 입술을 은서의 뒷목에 묻고 미끄러지듯 위로 이동시켜 귓불을 혀끝으로 슬쩍 핥았다. 기분 좋은 소름이 은서의 드러난 목선에 도는 것을 확인하고 나서야 그는 다시 그녀의 볼에 제 볼을 가져가며 한숨을 내쉬었다.

"아이, 정말."

"뭐가. 이제 그만 좀 해. 어머니가 함 받을 준비해야 한다고 오라고 했어."

"그러니까요. 얼른 이거 끝내야 가죠."

두준은 끝내 고집을 피우며 은서의 손에 들린 도구들을 빼앗아 마당 저편으로 던져 버렸다. 그리고 그녀의 손을 잡아끌고 집 안으로 데리고 들어갔다. 그리고 뜨거운 숨결을 내뱉으며 은서의 입술을 탐했다. 달콤한 향을 가득 뿜어내는 입술을 정신없이 탐하던 두준은 제 입술을 떼어내며 여전히 아쉽다는 눈길을 은서에게 보냈다.

"돌아오기만을 얼마나 기다렸는데, 좋은 게 하나도 없어."

"하아아."

은서가 가쁜 숨을 내쉬며 기다란 손가락으로 그의 미간에 잡힌 주름을 펴주었다. 하지만 두준은 도로 미간에 주름을 잔뜩 만들며 으르렁거리는 표정을 지었다.

"매일 일만 하고 나랑은 놀아주지도 않고."

"후후후. 정말, 못 봐주겠네."

"뭐야!"

"이렇게 덩치 큰 사내아이랑 어떻게 놀아주라고요. 매일 일은 뒷전이고 강아지처럼 졸랑졸랑 쫓아다니기나 하고. 덕분에 오늘까지 일하게 만들었잖아요."

은서가 눈을 흘기면서도 두준의 셔츠 속으로 손을 밀어 넣고 단단한 가슴을 둥글게 쓸었다.

"나도 이렇게 두준 씨를 원해요."

"이제부터 놀아주는 거야? 흐으음."

두준은 만족스런 미소를 지으며 신음 소리를 냈다.

"그러니까 오늘만 참아요."

은서는 혀를 쏙 내밀고 얼른 현관 밖으로 뛰어나갔다.

"안 돼! 가슴에 불 질러놓고 어딜 도망가."

"꺄아아아악."

은서와 두준의 로맨틱 가든에 두 사람의 행복한 웃음소리가 가득했다. 내일이면 은서를 닮은 따뜻하고 소박한 꽃들로 가득한 이곳에서 두 사람의 결혼식이 치러질 예정이다. 두준은 모든 것을 품어주는 따스한 대지, 은서에게 깊이 뿌리를 내리는 나무가 될 것이다. 대지로부터 거센 비바람에도 끄떡없이 버틸 수 있는 힘을 얻은 나무는 달콤하고 행복한 꽃을 피워낼 터였다.

에필로그

"아유! 신랑이 참 멋져요."

"그러게. 참 탐나는 신랑감이야. 하지만 은서도 뭐 빠지지 않아."

"그런데, 왜 함을 이제야 가져온 거지? 결혼식이 내일이잖아."

"은서 저 앙큼한 것이 간소하게 하자고 했다네요. 신랑이 직접 함을 들고 왔잖아요."

"은서는 참 요즘 아이답지 않게 참해."

은서 집 마당에서 초대를 받은 동네 어른들의 왁자지껄한 소리를 들으며 동진은 흐뭇한 미소를 지었다. 절대로 제게 마음을 열어주지 않을 것 같았던 두준은 몇 달 전에 은서와 함께 인사를 왔었다. 동네 사람들 말대로 은서는 요즘 아이답지 않게 차분하고 따뜻해 보였다. 얼어붙어 있던 두준을 설득해 데리고 온 눈치였다. 뻣뻣한 태도를 보이며 앉아 있었지만 그런 아들을 볼 수 있는 것만으로도 다행스러웠다. 저는 자식들이 평생 인연을 끊고 산다 해도 할 말이 없는 죄인이었다.

"사돈, 왜 나와 계세요."

"함 들어가는 날이야 사돈댁 잔치인데 저까지 이렇게 폐를 끼쳐 송구합니다."

"무슨 그런 말씀을 하세요."

"그러는 사돈은 왜 나오셨어요?"

"안에서는 함 구경하느라 난리가 한바탕이라. 하하하."

"안사람이 없어 제대로 챙겨주지 못해 송구합니다."

"아닙니다. 두 사람이 뜻이 맞아 잘살면 됐지 그런 게 뭐가 중요합니까. 전 없던 아들이 생겨서 좋고 사돈은 없던 딸이 생겨 좋은 거죠."

"맞습니다."

동진과 경섭은 나란히 서서 집 안을 들여다보았다.

"사돈, 여보, 들어오세요. 식사하셔야죠."

옥주가 펼쳐 놓았던 함을 정리하고 식사를 청했다. 두준은 나란히 서 계시는 두 분을 바라보며 뭉클한 기분이 들었다. 상견례 이후 동진은 부쩍 달라진 모습이었다. 늘 눈을 부릅뜨고 못마땅한 표정을 짓거나 무표정하게 멍하니 앉아 계시던 아버지의 표정이 지금은 많이 부드러워져 있었다. 이 모든 변화가 은서 가족의 밝은 에너지 덕분이었다.

"아저씨 술 드셔도 돼?"

소영이 동진의 건강이 염려되어 물었다.

"오늘 같은 날은 한두 잔은 마시고 싶다셔서 안 말렸어."

"어제 병원에 같이 다녀왔는데 의사 선생님이 무리만 하지 않으시면 괜찮다고 하셨어요."

"아저씨가 좋아하셨겠다. 어렵지 않았어?"

"뭐가요?"

"난 어려서부터 아저씨를 뵀는데 아직도 어렵거든. 늘 근엄한 표정이셔서. 근데 오늘은 정말 다른 사람 같아 보여."

"아버님 하나도 안 어려워요. 어제 병원 가면서 제가 팔짱을 끼고 부축해 드렸더니 좋아하시던데요. 그리고 딸내미가 생긴 것 같다며 웃기도 하셨어요."

"우와."

소영이 놀라는 표정을 짓자 두준은 어깨를 으쓱해 보였다. 그의 표정이 은서를 아주 자랑스러워하고 있었다.

"그래! 너 장가 잘 가는 거야! 근데 그거 알아? 이 누나 공이 컸다는 거?"

"알지."

두준은 장난스럽게 웃다가 정원 구석에 서 있는 지환을 발견하고 인상을 구겼다. 그리고 성큼성큼 지환을 향해 걸어갔다. 꿈을 꾸는 듯한 표정으로 있던 지환은 제가 다가가자 눈을 내리깔고 시선을 피했다. 두준은 의기양양한 표정을 지어 보였다.

"그렇게 좋습니까?"

지환이 슬쩍 고개를 돌려 두준의 표정을 보고 질투 어린 말을 했다. 너도 사랑이란 걸 해봐. 두준이 표정으로 그렇게 말하는 듯했기 때문이었다.

"저기 저 여자 참 예쁘지? 눈에 넣어도 아프지 않을 만큼 사랑스럽고 섹시하지?"

그는 분명 은서를 가리키며 말하고 있을 터였다.

"네, 아주 사랑스럽죠. 안고 싶어 미치도록 말이지요?"

지환은 소영을 보며 대답했다. 그러자 두준이 지환의 시선 끝에 닿은 사람이 누구인지 확인하는 듯 지환과 소영이 있는 쪽을 번갈아 보았다. 소영 바로 옆에는 은서가 있었다.

대체 이 자식 누굴 보고 있는 거야!

두준이 갸웃하며 지환을 살폈다. 곧 지환이 고개를 숙이고 쓴웃음을 지어 보였다. 그 모습에 오해를 한 두준은 묘한 경계심을 드러내며 날카로운 눈빛으로 지환을 노려보았다.

"지환이도 와 있었네."

은서와 소영이 다가오자 지환이 벌겋게 얼굴을 붉히며 은서를 보았다. 두준은 얼른 은서의 허리를 끌어안아 제 옆에 바싹 붙였다.

"아이고! 내일이면 결혼할 텐데, 네가 아주 마음이 급하구나. 그런데 어떻게 지금까지 용케 참았을까. 그러고 싶은걸?"

소영이 두준의 애정 행각이 눈꼴사납다며 떨어지라고 했지만 그럴수록 두준은 더 은서의 허리를 제 쪽으로 밀착시키며 지환을 경계할 뿐이었다.

"짝 없는 사람 어디 서러워서 살겠나!"

소영의 말에 지환의 표정이 환해졌다. 지환의 마음이 향한 사람이 누구인지 모르는 두준이 날을 바짝 세우고 경계를 늦추지 않았다.

"참! 지환아, 인사해. 소영 언니야. 내가 제일 좋아하는 언니야. 언니, 전에 이야기한 적 있죠? 얘가 두준 씨가 경계를 하던 제 소꿉친구 지환이에요."

"이소영이에요."

소영은 환한 웃음을 지으며 손을 내밀었다. 지환은 차마 그녀의 손을 마주 잡지 못한 채 그녀의 환한 웃음에 황홀해져 헤벌쭉 웃음 짓고 말았다. 심장도 떨려왔다. 침도 꼴깍 삼켜야만 했다. 긴장이 되자 입안에 침이 제 흐름을 잃고 고이기 시작했으니까. 그걸 들키지 않으려고 뒤로 돌아서기도 하고 헛기침을 해야 했다.

"들어가자."

두준은 으르렁거리는 표정을 지환에게 보내며 은서의 허리를 끌어안은 채 집 안으로 이끌었다.

"어머, 쟤 왜 저래? 반가웠어요."

소영은 영문을 몰라 피식 웃고는 지환에게 인사를 건네고 집 안으로 들어갔다.

유럽의 한 마을을 통째로 옮겨놓은 분위기를 자아내는 주택단지에서 치러지는 결혼식은 그 어떠한 결혼식보다 화려하고 아름다울 터였다. 황토기와를 얹은 투스카니 양식의 집들이 늘어선 주택단지에는 유럽에서 공수된 각종 토분들이 장식되어져 있었고 갖가지 꽃들이 피어나기 시작하면서 봄의 향연이 벌어졌다.

두 사람의 러브스토리를 담고 있어서 그런지 갓 피어나기 시작한 탐스런 꽃들은 제 색깔과 자태를 뽐내며 토분들과 어우러져 로맨틱한 분위기를 자아내고 있었다. 토분 옆에 피어난 탐스런 수국은 정원을 더욱 풍성하게 만들어주었다.

두준은 언덕을 오르며 감회에 젖어들었다. 아이들의 행복한 웃음소리가 넘쳐 나는 꿈의 주택단지를 완성할 수 있었던 것은 행복한 가정을 꿈꾸었기 때문에 가능했었다. 그 행복한 가정의 중심에 언제부턴가 은서가 있었다. 스스로가 그런 가정을 꾸릴 수 있을 거란 생각도 못했었다. 단지 자신이 그런 가정에서 자라지 못했다는 아픔만 되새기며 사는 줄 알았다. 그런데 그녀를 만나고 그녀의 가족과 생활하며 그는 자신이 그런 꿈을 꾸어왔다는 것을 깨달았다. 곧 그녀와 결혼을 한다는 사실이 믿기지 않을 만큼 행복했다.

"은서야, 정말 예쁘다."

크림색 공단으로 만들어진 홀터넥 인어라인 드레스를 입고 머리에 티아라 대신 커다란 꽃 장식을 한 은서는 정말 예뻤다.

"언니도 민폐 하객이에요. 들러리가 신부보다 더 우아하고 아름다우면 곤란한데."

"무슨! 여신 같은 신부가 들러리보다 안 예쁠까 봐 걱정을 하니. 두준이가 널 보면 입을 못 다물걸."

소영의 예상은 적중했다. 버진로드 앞에 은서가 나타나자 두준은 입을 다물지 못하고 제 신부에게 눈을 맞췄다. 식이 진행되는 내내 함박웃음을 머금은 그들은 이 세상 누구보다 행복해 보였다.

"자, 부케 받으실 분 나오세요."

식이 끝나고 사진 촬영이 이어지고 있었다. 소영이 부케를 받을 위치에 서자 은서는 활짝 웃으며 부케를 던졌다.

"언니, 좋은 사람 만나셔야 해요!"

은서의 덕담에 소영은 환하게 웃었다. 부케를 받으라는 말에 소영은 한사코 거절했지만 은서는 뜻을 굽히지 않았다. 소영이 어서 상처를 극복하고 좋은 사람을 만나 행복해지길 바라는 마음에서였다.

"고마워."

향긋한 작약 향을 코끝으로 느끼며 소영은 마치 그들의 행복을 릴레이로 전달받은 것 같은 기분이 들었다.

"힘들지?"

모든 예식의 절차가 끝나고 신혼여행을 가기 위해 편한 옷으로 갈아입는 은서에게 소영이 물었다.

"들떠서 그런가 힘든 줄도 모르겠어요."

"마냥 행복한 얼굴이다. 정말 신혼여행을 뉴욕으로 가도 괜찮겠어? 더 좋은 휴양지도 많은데."

"세상에 어느 곳보다 그곳이 제겐 의미가 있는 곳이니까요. 언니 덕분에 두준 씨의 참 모습을 볼 수 있었어요. 그리고 사랑을 확인할 수 있었고요."

"진작 두준이가 이렇게 했다! 하고 이르지 그랬어. 네가 아무 말도 안 하니까 도와줄 수도 없고 얼마나 속이 탔는지 아니? 그랬다면 나와 두준이 사이를 오해할 일도 없었고 그렇게 오래 떨어져 있지도 않았을 거 아냐!"

소영이 가볍게 눈을 흘기며 말하자 은서가 배시시 웃었다.

"행복하게 지내다가 와."

"언니도 다 잊고 편하게 지내세요."

햄튼에 도착하고 두 사람은 별장을 떠나지 않았다. 두준은 영국에서 돌아온 은서를 벌써부터 안고 싶었지만 사정이 여의치 않았다. 두준의 집에는 소영이 와 있었고 은서는 제집에서 지냈기 때문에 맘껏 그녀를 안을 수가 없었다. 그랬던 탓에 두준은 한꺼번에 열정을 풀어내기 바빴다.

방금 전 한차례 뜨겁게 그녀를 안은 후 함께 목욕을 했다. 그날의 기억을 떠올리며 느긋하게 욕조에 몸을 눕히고 함께 누워 많은 이야기를 나눴다. 간단하게 식사를 하고 바로 침대에 누웠다. 은서가 몹시 피곤해 보였다. 그런 그녀를 오늘 밤엔 괴롭히지 말자고 생각했다. 하지만 그녀에게서 풍기는 향기에 벌써부터 그의 중심은 성나 있었다. 나른한 하품을 하는 그녀의 모습이 안쓰러워 참을 수 없는 욕망으로 꿈틀대는 녀석을 살살 달래며 은서에게 등을 돌리고 누웠다.

그런 두준의 마음을 헤아리지 못한 은서는 그가 등을 돌려 눕자 등 뒤에서 그를 껴안았다. 그러고는 간지럼을 태웠다.

"뭐예요? 왜 등을 돌리고 누워! 애정이 식은 거예요?"

"하하하하. 그만, 그만!"

두준이 웃자 그녀도 까르르 따라 웃었다.

"내가 얼마나 큰 인내심을 발휘하고 있는지 알아?"

두준은 야속하다는 듯 곱게 은서에게 눈을 흘겼다. 애써 가라앉힌 그 녀석은 빳빳하게 하늘로 튕겨 올랐다. 제가 욕망을 누르고 있다는 것을 눈치챈 녀석은 마구 성을 내기 시작했다. 그녀를 안기 시작하면 밤새 그녀를 못 자게 할 것이 뻔했다. 쏟아내도 끝없는 자신의 열정에 그녀는 힘겨워하면서도 온몸으로 받아주었었다. 그 결과로 그녀의 몸은 휴식을 간절히 원하고 있는 듯했다.

그는 무서울 정도의 인내심을 발휘하며 은서를 돌려 눕히고 뒤에서 힘껏 안았다. 비비적거리는 하체에서 남성이 성이 난 것을 그녀는 자신의 엉덩이로 고스란히 느껴지는지 피식 웃었다.

"오늘은 조용히 주무세요."

그녀는 웃음기가 가득한 목소리로 그의 성난 남성을 부드럽게 쓸어주었다. 아까도 간신히 참아냈건만. 그녀는 간지럼을 태워 애를 태우더니 이번엔 부드러운 손길로 애를 태웠다. 두준은 그녀의 귓불에 더운 숨을 불어넣으며 나지막이 신음 소리를 냈다. 그러고는 그녀의 귓불을 살짝 베어 물고 혀끝으로 살짝 핥았다. 신음 소리와 귓불에 느껴지는 입술의 감촉 때문인지 그녀가 얼른 몸을 떼어내려 했지만 그는 그녀를 끌어안은 팔에 힘을 주어 그녀를 옴짝달싹 못하게 했다.

"흥! 어딜 도망가? 나를 애태운 벌이야."

다리로 그녀의 엉덩이를 결박까지 했다.

"아이, 오늘은 그냥 안고 잠만 자면 안 돼요?"

은서가 앙탈을 부렸지만 이미 발동이 걸린 두준은 그녀를 이대로 재울 수는 없었다. 잠깐이라도 그녀를 품에 안고 뒹굴지 않으면 밤새 침만 꼴깍거리며 잠을 잘 수 없을 것이 뻔했다. 그는 굶주린 짐승처럼 그녀의 등 뒤에서 그녀의 머리와 목덜미에 기분 좋은 입맞춤을 하기 시작했다. 은서의 귀 뒤 예민한 피부에 뜨거운 입술을 누른 그는 그녀의 쇄골과 어깨뼈가 맞닿은 지점까지 입술을 미끄러뜨렸다. 그리고 또 혀끝으로 살살 문질렀다.

"하아, 안 돼요. 우리 오늘은 푹 쉬기로 했잖아요. 내일 나이아가라에 가기로 했잖아요."

　달뜬 신음 소리를 내면서 그녀가 그를 밀어내려 했다.

　"은서야, 내가 널 많이 사랑해서 그래. 오늘 밤에도 사랑하고 싶어."

　두준이 그녀의 귀에 바짝 대고 사랑한다고 열심히 소곤거리자 은서는 엉덩이를 눌러오는 애타는 남성을 받아들이기 시작했다. 두준의 부드럽고도 달콤한 애무가 계속되자 은서는 제 몸을 부드럽게 열어주었다. 조용하면서도 달뜬 울림은 밤새 이어졌다.

THE END

< 작가 후기 >

    유난히도 지치고 무더웠던 여름의 끝자락이네요. 아침, 저녁으로 선선한 바람이 불고 풀벌레 소리가 듣기 좋게 들려오기 시작했어요. 끝날 것 같지 않던 여름이 끝나고 막혔던 숨통이 트이는 것처럼 개인적으로 힘들었던 일들이 마무리되고 있는 것을 보면서 모든 것에는 시작과 끝이 있기 마련이라는 것을 새삼스레 느껴봅니다.

    『로맨틱 가든』은 제가 작가로서 첫발을 디딘 작품이에요. 2012년 12월 12일, 사랑하는 언니를 저세상으로 떠나보내고 힘들어하던 때였어요. 그 당시 두 권의 책을 출간한 친구로부터 글을 써보라는 말을 들었을 때는 그저 희미하게 웃어넘겼어요. 글이라니? 그건 작가님들이 쓰는 대단한 거잖아? 글을 쓰는 것을 배운 적도 없고 게다가 재주라고는 하나도 없는 평범한 내가? 이런 생각이 들었거든요.

그러던 제가 언젠가부터 노트북 앞에 앉아 글을 쓰는 사람이 되어 있더라고요. 신기하게도 제가 만들어낸 인물들과 함께 울고 웃는 동안 묘한 위로를 받았어요.

제게 글은 넋두리예요. 돌이켜 보면 글은 외로움이 깊은, 소심하고 내성적이었던 제게 힘이었고 위로였고 유일한 도피처였어요. 일기장을 펼치고 답답하고 힘들었던 경험을 쏟아내고 실컷 넋두리를 하다 보면 아픔을 이겨 나갈 수 있는 힘을 얻기도 했죠.

인생에는 공짜가 없다는 말을 실감하는 요즘입니다. 아프고 힘들었던 경험들이 지금 제가 글을 쓰는 바탕이 되고 있으니까요. 표현력이 부족한 저로서는 내 안의 많은 생각들을 정리해서 주인공들에게 투영시킨다는 것이 어렵지만 글을 통해 타인의 상처를 어루만져 주는 사람이 되고 싶다는 소망을 가진 이상 열심히 노력해야겠다는 다짐을 해봅니다.

첫 종이책 출간을 앞두고 감사해야 할 사람이 많다는 게 행복하네요.

지현아, 네가 아니었으면 내가 어떻게 이 세상을 살았을까? 네가 있어 그래도 내 삶이 참 따뜻했다. 내가 이렇게 책을 낼 수 있었던 것은 네 덕분이야. 나도 네게 힘이 되어주는 친구였으면 좋겠다.

가장 아팠던 시기에 제게 가족이 되어주셨던 '첫눈 속을 걷다' 카페의 작가님들! 첫눈 가족들! 그리고 아라! 얼마나 위로가 되고 힘이 되었는지 몰라요. 덕분에 희망을 품을 수 있었고 기운을 얻을 수 있었어요. 따뜻하고 너른 품을 내어주셨던 것 잊지 않을게요. 소중하고 감사한 인연 평생 이어갔으면 좋겠어요.

또한, 부족한 글을 책으로 만드느라 애쓰신 예원북스의 편집자, 유경화 실장님께 감사합니다.

끝으로 하늘에 있는 사랑하는 언니에게 이 글을 보냅니다.